終戦まで膨大な組織と機構を維持した関東軍の司令部。

（上）昭和20年２月、大連に集まった陸軍の巨頭。前列右２人目・岡村寧次支那派遣軍司令官、３人目・梅津美治郎参謀総長、５人目・山田乙三関東軍司令官。（下）ソ連軍に戦車を引き渡す関東軍の代表。

NF文庫
ノンフィクション

新装版

ハイラル国境守備隊顚末記

関東軍戦記

「丸」編集部編

潮書房光人新社

志賀清茂通訳生。昭和15年３月29日付で陸軍通訳生に任ぜられ、ハイラルの阿部部隊へと向かった。旅装を解いてすぐに申告に行くと、第８国境守備隊司令部に勤務するよう命令されて、副官部に籍をおくことになった。

第８国境守備隊司令部の正面入口。興安北省ハイラルに位置し、市街の防衛にあたった。

第８国境守備隊司令部要員（昭和17年）。前列左から４人目が志賀通訳生。２列目左から10人目が４代目守備隊長の石田保忠中将。実直で人情味あふれる将軍だった。

昼夜やすみなく監視する国境守備隊の兵士。ハイラル市の周囲5ヵ所の丘陵に堅固なベトン陣地を構築して防御にあたり、ハイラル要塞に死角なし、といわれたほどだった。だが、戦局が逼迫してくるにつれて、装備されていた砲はあいついで南方戦線に移送されたため、戦力は低下し、各陣地ごとに肉薄攻撃をおこなうよりほかなくなった。

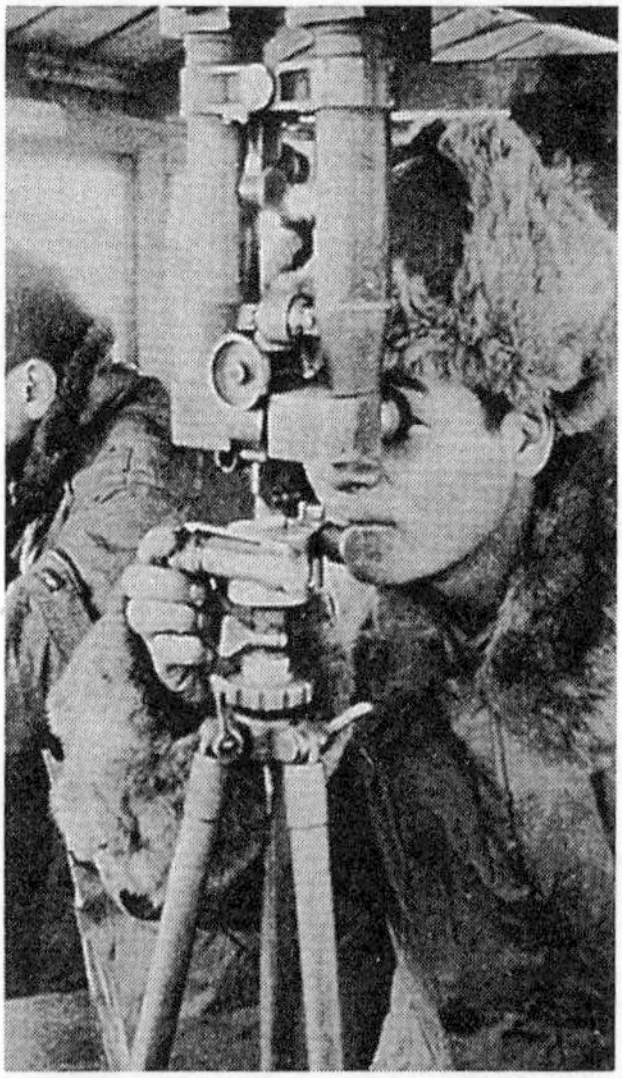

風雲急をつげるソ満国境では関東軍の猛訓練がつづいた。志賀通訳生は石田隊長によびだされて、守備隊演習のてつだいをさせられた。隊長がすらすらと口述する演習作戦命令を筆記していったという。また、あるときは、国境周辺の巡視にも同行した。隊長は熱心に視察してまわり、周囲の地形を地図と照らし合わせながら各所を見ていった。

昭和20年８月９日、ソ連軍は満州への侵攻を開始した。T34型中戦車を先頭に怒濤のごとく押しよせた機甲化部隊は、物量にものをいわせて日本軍陣地を猛襲した。

新京でソ連軍側と停戦交渉する関東軍首脳。右から２人目が総司令官の山田乙三大将で、３人目が総参謀長の秦彦三郎中将。無条件降伏によって関東軍はついえた。

停戦交渉によって、日本軍はただちに武装解除することになり、ソ連軍の指定した場所に武器を集結した。志賀通訳生はソ連軍からの要請で、陣地にたてこもって戦闘をつづけている日本軍部隊の説得に向かった。目かくしをされてジープに乗せられ、目的地に到着すると、白旗をかかげて1人で陣地に入っていき、武装解除するよう懸命に説得したという。

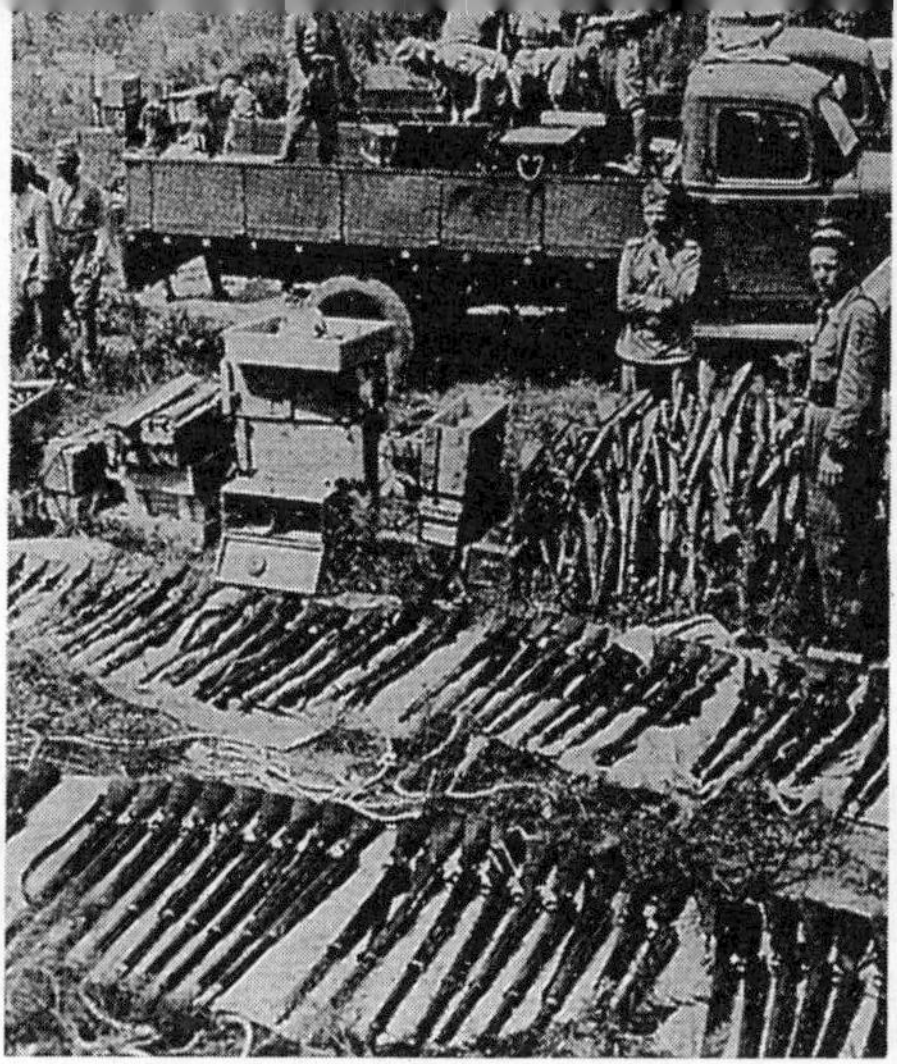

武装解除された日本兵たち。その後、シベリヤへ抑留され、強制労働をしいられた。志賀通訳生は収容所につくとすぐに、1500人分の兵員名簿の作成にとりかかった。

八路軍の兵士たち。終戦後、ソ連軍の捕虜となるのをさけて安東に身をひそめていた松島正治見習士官はある日、八路軍の幹部から軍事教官になるようすすめられた。

満州に進駐したソ連軍。安東の町で医薬品の売買をしていた松島見習士官は、日本人の家庭に居候していたが、ある夜、ソ連軍の強盗に押し入られた。町は無法と化し、スリや盗賊が横行した。だが、人々は、戦後の混乱期をたくましく生きぬいていった。

陸軍気象部長の新妻雄少将(手前)と三谷太郎大尉(左)のもと少年気象兵は訓練にはげんだ。

陸軍気象部の一色明技術中尉。難関を突破して第1回陸軍気象部技術要員に合格し、4ヵ月の訓練を終えて戦地へと向かった。毎日、亜欧天気図を書き上げると第2航空軍司令官室に持参し、ソ連地区の天気概況と今後の予想を説明した。また、各飛行場大隊へいって気象知識の教育も行なった。

露場に設置された百葉箱。定時に気象観測をおこなった。地熱の反射をふせぐため、ふつう芝生が植えられたが、野戦では手に入るはずもなく、雑草をひろい集めた。

防寒服に身をつつんで酷寒の雪原で砲撃訓練をおこなう日本兵たち。演習の際、弾道がそれて気象観測器の近くで炸裂したので、一色中尉はあわてて現場に向かった。

ホロンバイル高原の演習から新京に帰ったときに撮った一葉。中央が一色中尉で、右の防寒服が岩田育左右技手、左が神田平八技手。雪原での演習は想像を絶するものがあり、炊事場で食事をもらって帰る途中に凍りつき、ストーブでとかさなければならなかった。一色中尉は2、3分間、軍手をはずしたために凍傷になり、岩田技手の手をかりて、雪をひろってきては懸命になって血の気が出るまでこすった。

新京の満鉄社屋。昭和19年４月、大連から移転してきた調査部の早蕨庸夫２等兵のもとにもついに召集令状がとどき、昭和20年７月20日、新京駅を出発していった。

武装解除した日本軍捕虜は、厳しい監視のもとに移送された。無敵を誇った関東軍は潰滅し、日本軍将兵たちは収容所での生活を余儀なくされた。ソ連軍との武装解除の会談の際、正規の通訳官がまだ配属されていなかったので、早蕨２等兵がよびだされて通訳を命じられた。その後、通訳要員として師団情報部に臨時編入され、勤務することになったという。

＊写真提供／筆者・雑誌「丸」編集部

『ハイラル国境守備隊顚末記』 目次

ハイラル国境守備隊顚末記

ハイラル国境守備隊顛末記

知られざる精強関東軍の記録／ある陸軍通訳生の回想——志賀清茂

1　北辺随一の城塞へ

旧満州国の西北部に位置する大興安嶺を中心とする地域は、往時より蒙古民族の遊牧地帯として知られ、とくに大興安嶺の西北部ホロンバイルの遊牧地帯は有名である。蒙古人にもバルガ族、ダホール族、ブリヤート族など各種族があり、それぞれの境界を守って、のどかに暮らしていたのである。

海拉爾《ハイラル》市は、旧満州国行政区分でいえば、興安北省の省都で、東支鉄道（日本が同鉄道を建設したロシアより、金銭で譲渡をうけたハルビン～満州里間を結ぶ鉄道で、満鉄では浜州線と称していた）のロシア国境より東へ約百七、八十キロに位置する、当時もっとも繁栄していた都市であり、人口約六千、漢人は満州里より多く、ロシア人は満州里とおなじ約三千人ぐらい住んでいた。現在でも蒙古民族自治地区として、人口は数倍にふえ、各種産業などが発展している。

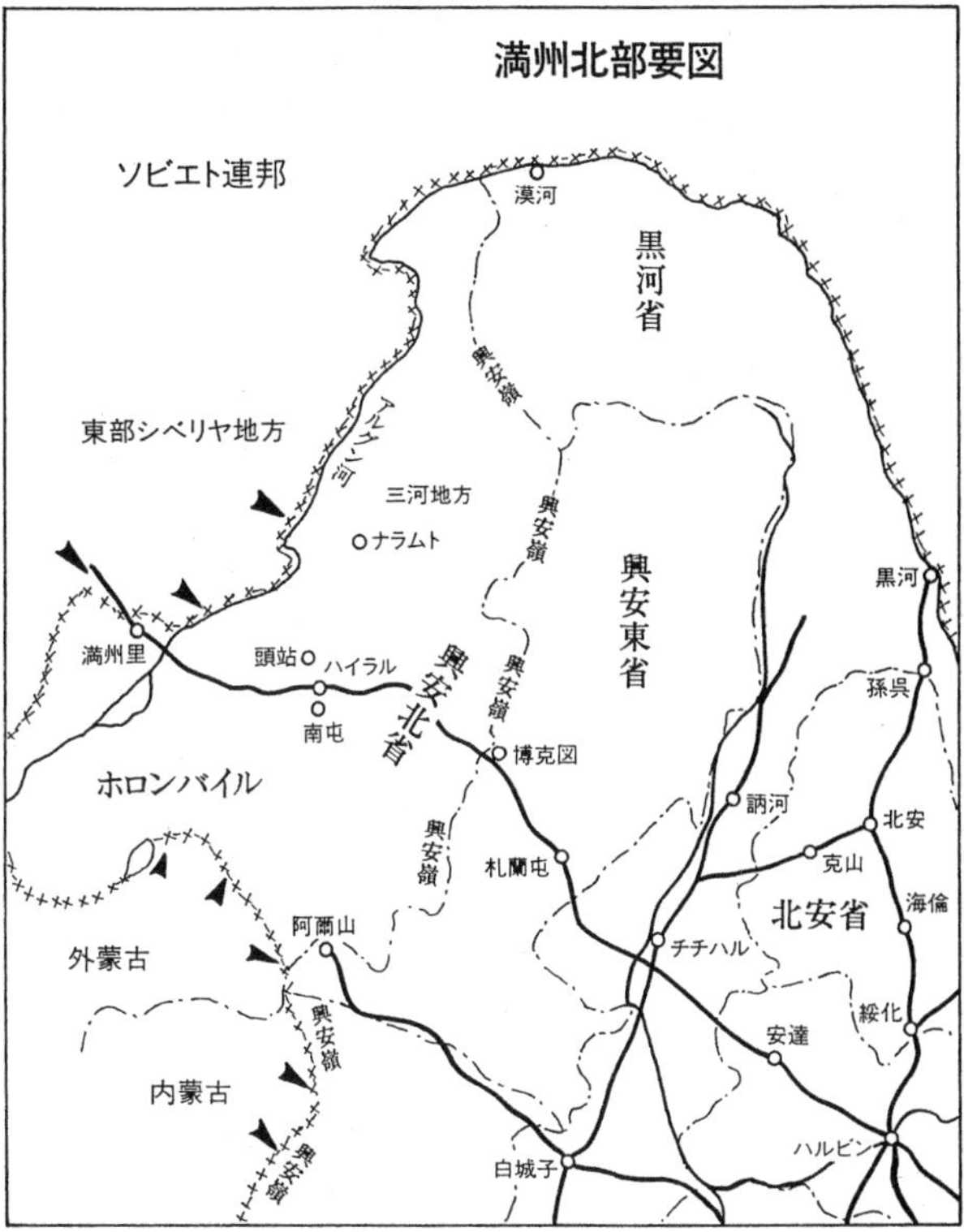

「貴官は昭和十五年三月二十九日付、陸軍通訳生に任ぜられた。興安北省ハイラル阿部部隊に赴任されたい」

という意味の電報を陸軍省から受けとり、ハイラル駅頭に降り立ったのは、四月十日ごろの早朝だった。駅には、斉藤属が出迎えにきてくれており、

「私もこの間ま

で准尉だったのですが、ご同様の軍属となったところですよ」

とのことで、さっそく阿部部隊本部へ案内してくれた。

経理班で旅費の支給、宿舎のめんどうをみてもらって翌日、服装をととのえ（それまでは長髪だったし、民間服だった）、腰に重い軍刀をつって、高級副官、参謀に申告、同日付をもって第五地区隊付を命課されたが、同日、阿部部隊すなわち第八国境守備隊司令部勤務となり、副官部に籍をおくこととなって、私の生涯わすれえぬハイラルにおける生活がはじまったのである。

ここで、昭和十五年四月ごろのハイラルを中心とした、日本陸軍の配置をのべておこう。
◎第六軍司令部（ハイラル・東山）
興安嶺以西（満州国行政区分にしたがえば興安北省を主とするいわゆる西北地区）の防衛。
司令官＝①荻洲立兵中将（ただし、前年、昭和十四年のノモンハン事件の責任により予備役編入）②安井藤治中将③喜多誠一中将（のち大将）の歴代の司令官がつづき、その隷《れい》下には
つぎのような部隊があった。
◇第二十三師団（ハイラル）
完全な野戦部隊であるが、前年、昭和十四年のノモンハンに敗れ、小松原道太師団長は予備役に編入された。だが、当時、駐屯地ハイラルに引き返していたつわものどもは、死闘の実戦を経験してきただけに、まさに猛者の集まりであった。
◇第八国境守備隊（ハイラル）

ハイラル市街を守るのが主任務であるが、開戦時、ソ連軍の北方、西方、西南方よりの侵攻を阻止し、できうれば撃滅し、同地以東、満州中央部への侵入を阻害する目的もあった。

そのため昭和十一年～十二年ごろから、関東軍は築城技術の粋をつくして市街をかこむ北方、西方、西南方、東方、東南方の五ヵ所の丘陵に堅固なベトン要塞を構築、ハイラル陣地に死角なし、といわれた、いうならば近代的な名城であった。

五ヵ所の陣地一つ一つをとってみても、A陣地に突撃する敵は、BまたはCから射撃ができ、おなじくCにたいするものにはA・D・Eからねらい撃ちできる設計になっていたし、五個の要塞どうしにおいてもそれが可能であった。

すなわち、一例をとれば、第一地区北方正面から旧三河街道をへて、上ハイラル橋への侵入を企図する敵にたいしては、向かい側東山陣地の第五地区からの砲が火をふき、砂山陣地の第三地区南方へ侵入する敵には、伊敏河右岸の桜台第四地区の砲が、ハイラル市街を飛び越して弾幕を張る、といったように、各要塞相互間の援助射撃も万全であった。

事実、当時の関東軍には、ソ連国境にそって、綏芬河、東寧、虎頭、虎林、黒河など第一より第十四国境守備隊があったが、ハイラルの〝八国〟ほど堅固な陣地はない、と築城専門家はいっていた。

ただし、そういえるのは、各陣地に装備してあるべき重砲、野砲、高射砲、速射砲などが完全にそろっており、陣地守備につく全兵員の武器弾薬が、員数どおりに準備されていて、さらに、そうした訓練を充分にうけた戦闘員が配備されていてのことである。

その他の軍直轄部隊として、軍通信隊、兵器廠、被服廠、貨物廠、軍馬廠、陸軍病院、満州里警備隊などがあり、それ以外にも、特殊情報部、ハイラル憲兵隊、特務機関（満州里およびハイラル）、停車場司令部なども指揮下だったろうし、満州国軍第十軍管区司令部（ウルチン中将麾下の蒙古人部隊が南屯に）などがあった。

さて、私たちに一番関係の深い第八国境守備隊の状況は、どうであったのだろうか——。（昭和十五年四月現在では、固有部隊名秘匿のための通称名はなかったが、カッコ内に便宜上記しておく）

◎第八国境守備隊（八四〇部隊）

◇司令部（六一一部隊）守備隊長＝①矢野音三郎少将（初代・転出後、関東軍参謀副長）②阿部平輔少将（二代目・のち転出。この隊長の時期に私は赴任）③千田貞雄少将（三代目・のち待命と同時に中将）④石田保忠少将（四代目・昭和十九年、樺太混成旅団長に転出。のち中将。昭和二十年、赴任の途上に病死）

ここまでは正式な〝八国〟（以下略称する）の歴代部隊長であって、この後、塩沢清宣中将が着任されたが、これは新師団編成のためで、昭和十九年十一月、〝八国〟の主力をもって野戦部隊としての第百十九師団を編成、師団司令部も、元第六軍司令部があった東山の庁舎にうつった。

その後、前記師団編成のため精鋭主力がぬけたハイラル陣地守備のため、昭和二十年二月、新たに独立混成第八十旅団が編成され、予備役より野村登喜江少将が召集され、元〝八国〟

司令部に着任した。着任の時期はおそく、昭和二十年の六月か、七月ではなかったろうか。もちろん、この独混編成のため、三月ごろ以前には参謀の原博一中佐（陸士三十七期）は着任していた。

〝八国〟の隷下部隊として、五つの要塞を守備する部隊が五つあったことはすでにのべたとおりであるが、昭和十五年ごろについてみれば、

◇第一地区隊（六八一部隊）安堡陣地

　島本大佐（当時）

◇第二地区隊（一五一部隊）河南台陣地

服部直臣大佐（のち少将、転出）、浜田十之助大佐（転出）、砲兵隊長東美大佐

ハイラル五個陣地中で、最大のもの。〝八国〟司令部の戦闘司令所も、有事にさいしてはこの陣地に入り、第二地区戦闘指揮所の一階か二階下の場所で命令を下達することになっていた。ちなみにこの陣地は、地下五階層の鉄筋ベトンでかためた堅陣であった。

◇第三地区隊（四九〇部隊）砂山陣地

　仁保進大佐（当時）

◇第四地区隊（五五九部隊）桜台陣地

　岡明之助大佐（のちガダルカナル島へ転出）

◇第五地区隊（七〇〇部隊）東山陣地

　山口正一大佐（当時、のちフィリピンで絞首刑と聞く）

付中佐……美田千賀蔵中佐（のち大佐、転出、沖縄で戦死）

となっており、完全編成をもって〝八国〟麾下の兵力は四千五百名。各地区隊とも、日夜、猛訓練をかさね、自己の守備担当範囲の陣地内は、くまなく知りつくし、さらにこの堅陣を攻撃する敵にたいする機動攻撃訓練も順調にすすめられ、昭和十六年七月の関特演実施とともに、意気まさに天をつくものがあった。

私は着任と同時に司令部勤務を命ぜられ、副官部に身をおくことになった。もちろん、着任まもなく、命課部隊である第五地区隊へ申告に行ったが、山口部隊長も上機嫌で、なにかと身上のことを聞かれたが、

「わが隊付というのに、司令部がすぐに取ってしまう。だが、軍旗祭のときはみなと楽しむため、かならず当隊へ顔を出せよ」

といわれたのを忘れない。

美田中佐にも会って、司令部への帰途は、同中佐の単車に同乗させていただいた。その後、軍旗祭当日には毎年、顔を出したが、いつも式場に臨席前の山口大佐から、

「オイ志賀、勲章をつけてくれ」

といわれ、佩《は》用《い》させてあげたこともある。

当時の八国司令部の構造なり、私がおぼえている人びとについてのべよう（昭和十五年当時）。

◎第八国境守備隊司令部

守備隊長＝阿部平輔少将（第二代目）

◇参謀部

参謀＝長久大佐（その後、太田重英中佐、坂元中佐とかわる。太田参謀のころ、付将校として、村津良雄中尉〈京都出身〉、橋本景行中尉〈高知県出身〉が勤務）

元浜武夫軍曹（のち准尉、香川県小豆島出身）

細井寿治軍曹（のち准尉、愛知県出身）

池田武司通訳生（北京大学卒、長崎県出身、のち駐蒙軍へ転属、同氏転属にともない私が後任として参謀部勤務となる）

三石誉助雇員（長野県出身）

◇副官部

高級副官＝間瀬担平少佐（のち中佐で転出、名古屋出身、終戦後、名古屋のある学校でドイツ語を教えていると聞いた）

後日、高級副官には佐元団治少佐（山口県徳山市出身）が着任。師団に編成がえになって内田仁八郎少佐となる。

次級副官＝酒向一二中尉（のち第一地区隊中隊長、南方へ転出、阿南惟幾大将の副官をされたと聞く。その後、航空総監部付少佐。岐阜県関市におられるはず）

野村英男軍曹（のち准尉、機密書類係）

五利江敏一軍曹（のち准尉、鳥取県出身、功績係〈現姓・岸本〉）

畝岡虎治軍曹（のち准尉）
大滝軍曹（のち准尉）
斉藤属（もと第二地区の准尉、文官となり叙位・叙勲関係人事担当）
山本一弘通訳生（ロシア語、拓殖大学卒、福岡県若松出身）
志賀清茂通訳生（ロシア語、天理外国語学校出身、本籍は奈良県天理市、私のこと）
村尾利夫通訳（北京語、京都府出身）
タイピスト数名

◇通信班
川瀬寿大尉
落合茂雄軍曹（のち少尉）
平野孝雇員（のち陸軍業務手、東京出身、電気工事のベテラン）

そのほか、兵器班（江口大尉）、築城班（順具亀太郎少尉）、軍医班（長谷川廣軍医大尉）、獣医班（中島中尉）、経理班（鈴木主計少佐）、司令部勤務小隊（警備防衛召集隊、昭和十九年ごろにハイラル周辺在住の邦人を召集した約百名）などがあった。

およそ以上の編成が、第八国境守備隊司令部の内容であった。

もちろん、昭和十五年から二十年八月までの約六年の間には、命課がえ、転属、除隊などによって、守備隊長以下軍人の交替は多数あり、さらに昭和十九年十月の編成がえ（第八国境守備隊の基幹をもって、第百十九師団を新編。このとき私も同師団司令部付となり参謀部情報班勤務)、そしてまた、昭和二十年二月には、従来の〝八国〟の任務を継承する目的で、独混第八十旅団が召集者を主体として新編(これにともない私もまた四月十五日、同旅団司令部付参謀部勤務となる)されたりしたので、人事の移動がはなはだしく、記憶もあいまいになりがちであるが、〝八国〟が師団に編成がえになるまでのことは、わりあい正確におぼえているつもりである。

ハイラル市司令街に位置する八国司令部、のちの独混八十旅司令部に、人はあれこれ顔ぶれが変わったけれど、変わらずにその最期の日までいたのは、陸軍文官の軍属としては、私一人くらいではなかったろうか。

2　石田少将の人間性

一人の将校が徒歩で、司令部営門から入ってくる。立哨兵に答礼し、営門を二、三歩入ったところでちょっと立ちどまる。衛兵所からバラバラと衛兵司令以下、勤務兵が執銃で一列横隊に整列、司令の号令で「捧《ささ》げ銃」の敬礼、同時にラッパ手が将官にたいするラッパを吹奏、将校は左手にカバンを下げ、歩調をゆるめてさっと挙手の敬礼(典範令どおりの模範的型)で、ゆっくり司令以下衛兵を凝視しながら歩をはこぶ。

列が終わったところでサッと右手をおろすと、やや歩をはやめて正面玄関に向かう。出迎えた太田参謀以下、幕僚および司令部各部班長の敬礼をうけ、酒向次級副官の案内で二階の隊長室に入った。

第八国境守備隊第四代隊長、石田保忠少将の着任であった。

昭和十七年の春と記憶する。

衛兵整列がすこしおくれた理由は、歴代隊長は乗馬での登庁がふつうで、通常、当番兵がすこし前に営門を入り、歩哨なり衛兵司令なりに隊長の登庁を事前通知するのが通例であったし、隊長官舎は司令部の西側にあったので営門立哨兵からはよく見えた。

だが、その日の新隊長は、東の方（司令部東どなりの憲兵隊まえの道路）から徒歩での登庁なので、歩哨用のボックスのかげになってわからなかったらしい。入ってくる将校の階級章を見ておどろき「捧げ銃」するとともに、衛兵所へ合図を送ったようである。

一瞬、衛兵整列がおくれたようすを見て、新隊長は営門を二、三歩入ったところで一応停止し、整列のための時間をあたえたようにみえた。その日、印象ぶかかったのは、答礼する人の節度ある挙手の礼である。

軍人も上級将校ともなれば、なぜか答礼がおろそかになりがちで、赤の刀帯になれば指先がピンとのびずにぞんざいになり、黄色の刀帯ともなれば指先が曲がってきて、しだいに右ひじが前に出て海軍式敬礼にちかいものになる。その点において、その日の石田少将の営門に第一歩をしるしたときの答礼に、私は思わずウーンこれは一般軍人とはちょっとちがうぞ、一本筋が通っているなという感を持った。

「志賀君、閣下が手伝ってほしいといっておられるから鉛筆と用紙を持って応接室へ行ってくれんか」

との次級副官（まだ酒向さんだったと思う）の言葉に、行ってみると、地図をひろげてのぞきこんでいた石田少将が、

「すこし手伝ってくれんか」

と前の椅子をしめす。

「いまからいう言葉を筆記して、ちぎって、私にくれんか」

とのこと。

なにがはじまるのか、私にはわからなかったが、「ハイ」と用紙に鉛筆をかまえて待機する。「三河街道」という声にそう書くと、

「それでいいんだ、そこのぶんを小さくちぎってこちらへくれ」

――そこで、いわれた大きさにちぎって紙片を手渡すと、それを机上においた。

「アンポー陣地」とつぎの声、また渡す。「砂山陣地」「満州里陣地」「伊敏河盂《う》の線」とつぎつぎに単語がとび出す。およそ十二、三枚ほど書いた小紙片を机上にならべたところで、

「それでいい、みじかいのは終わったよ。つぎは口述することを筆記してくれ」

ということで、そのころになって私にもその作業の内容が、ちかく行なわれる守備隊演習のためのものだな、とわかった。

「想定、敵は本〇日未明、西北国境を突破、戦車・装甲車約〇〇両を主力とする兵力をもっ

て、三河街道にそい南下中なり。敵車両部隊の安堡陣地到着時刻は、おおむね〇〇時前後と判断せらる。

決心＝守備隊は第一地区隊正面に来襲する敵を撃滅せんとす。

命令＝第一地区隊長はただちに戦闘配備につき、来襲する敵を撃滅せよ。

細部にかんしては参謀をして指示せしむ。本職は河南台戦闘司令所にあり」

と、すらすらと口述した。

これが演習作戦命令となるのだが、つづいて参謀指示まで口述される。

すなわち、北正面からの敵にたいする処置は、第二、第四地区隊から工兵各一個小隊を抽出して一地区に応援に派遣し、対戦車肉薄攻撃を実施せしめる。満州里方面からも侵攻する可能性も大とし、第二、第三地区隊長への指示、第四、第五地区隊長にたいする遊撃戦準備および第一地区援護砲撃と牙克石《ヤケシ》方面にたいする警戒などなど……。

筆記し終わって提出すると、

「ご苦労さん、あとの方は参謀がやることだが、参謀さんも今いそがしそうだからね」

と笑っていた。

これが皮切りとなって、時に応じて私は呼び出され、退庁後、官舎に出向いてお手伝いすることもたびたびあった。いわば私的秘書とでもいったぐあいだったが、参謀部に勤務する文官だからこそ、こうした面でお仕えできたことは幸いと思う。

こうした作業は参謀が立案作成し、隊長はそれにたいし多少の訂正と、印を押すのがふつうだった。だから当時の参謀職に在った人はどう感じたか知らぬが、私は隊長としての責任感からのことであろうと思う。

いずれにしても、その頭脳の明晰さにはおどろかされた。

昭和十七年の夏だったと思う。三泊四日ていどの守備隊長による国境周辺の巡視があった。過去にも歴代隊長が実施したことで、私も何度か随行したものだが、ほとんどが内容的にはカモ撃ち、ノロ狩り、魚釣りの大名旅行のようなものだった。

しかし、今回のそれはすこしちがっていて、乗用車一台（隊長、副官、通訳の私と運転兵の四名）、警護兵約四十名がトラック二台に分乗、全員が私服着用（兵員は蒼色作業服着用）で、早朝、ハイラルを出発した。

頭站をへてナラムト（三河地方の西額旗公署所在地）へ向かったが、後続するトラックには警護兵員と幕舎材料、二台目には、巡視間の糧秣全般が積載してあった。

北行中、ところどころで停車し、隊長はその周辺の地形を地図とともに視察した。やがてナラムトの街に着いたのが午後四時ごろ、同地の警察隊員が走りより、二台目のトラックが頭站出発後に故障が発生し、目下、修理中との電話連絡をつたえた。

本来ならばナラムト北方約四キロの地点で幕舎を張る予定だったが、隊長は、

「後続車がまよってはいけないから、一応この街で待とう」

といって停車する。

夏といってもしだいに日の影もうすくなってくる。次級副官は職務上、某旅館（旗公署ち

かくの日本人経営の旅館）と交渉し、隊長、副官、私は同旅館の二部屋に入り、同時に到着した兵員は同旅館内の空地に幕舎を設営し、後続隊の到着を待った。

副官は、隊長の部屋に入ったり警察隊へ電話したりしていたが、七時ごろになって旅館に夕食を依頼した。副官は、

「閣下の指示だよ」

と私に耳打ちした。やがて隊長室、私と副官の部屋および幕舎内の兵員に夕食がくばられた。

ところが、警察隊と電話連絡していた副官が、

「後続隊は修理完了、五時ごろ頭站北方を出発したよ」

と部屋へもどるなり私にいうと、

「ところで志賀君、閣下は夕食にまだ手をつけておられぬよ」

「どうしてですか」

と聞くと、

「後続隊が到着して食事をとるときに、いっしょに私も食べる、といわれた」

というのだった。

やがて十一時ごろに後続隊が到着、状況報告をうけて旅館よりの給食を確認してから、隊長もはじめて箸をとったという。

このとき、不時の出費（旅館への支払い）のため、副官から、

「百円なんとかならんか」

といわれ、旗公署勤務の母校の先輩、清田益雄氏（元西額旗副参事官、戦後札幌市在住、北海道庁勤務？）の官舎をたたき起こして百円也を借用、旅館の支払いに当てたことを記すのは蛇足だろうが、〝八国〟としてはそのときお世話になった故清田先輩の霊にたいしても、記しておきたい事実である。

翌朝、出発後は国境に直行、五卡、四卡、三卡とアルグン河にそって南へ進路をとった。北に流れるアルグン河岸の各所で停車し、各地点における川幅、流速、周辺の地形、対岸のソ連領のようすをながめながら、隊長は一つ一つ地図に記入していた。

のちに、四卡に〝八国〟直轄の監視哨の配備を強化したのは、このときの巡視の結果だろう（五卡、三卡には第六軍直轄の監視哨があった）。

さらに、バルガの草原地帯における戦闘には、ハイラル要塞の守備力のみにたよるのでは効果大ならず、要塞前方において敵兵力をたたいておくことの要ありと判断し、爾後、数度にわたり機動部隊の設置を第六軍にたいして意見具申したのも、このときの国境巡視からえたものであろう。

巡視最後の夕食時、幕舎の前で全員が車座にすわるよう指示があり、大きな円をつくって食事をともにした。

隊長は携行の日本酒を全部とり出させ、兵員の一人ひとりに、

「ご苦労さん、あと一日だ、さあ飲んでくれ」

と一升びんから酒をついでまわる。

おどろいてだれもが立ち上がり、直立不動で飯盒のふたで受けようとすると、

「かたくなるなよ、みな、すわったまま、すわったまま」

と制しながら、うれしそうにニコニコ顔であった。

3　人情将軍の悲運

米軍機の本土来襲がふえてきていた昭和十八年ごろからは、満州全土でも防空演習がさかんになってきた。

興安北省全域は、西北防衛地区として第六軍司令官が防衛司令官、ハイラル周辺はハイラル防衛地区として〝八国〟隊長が地区隊長であった。

そして、この地区でも防空強化週間としての防空演習が行なわれることになった。満州国側官公庁、民間自衛組織と、その指導側として〝八国〟司令部防衛担当者である参謀部付の村津良雄中尉があたり、実施約一ヵ月前からいろいろと打ち合わせが行なわれた。

主たる実施者は満州国側であったが、〝八国〟としては防衛地区隊としての責任もあり、指導者としての市内外の重要施設・建物・機関の設定、防御方法について数度の検討をかさねた。民間側にたいしての重点は灯火管制である。

この周知徹底のための啓蒙・指導の広報活動には市側があたった。そして、その強化週間がやってきた。十一月半ばのころだったと思う。

退庁後、官舎で夕食をすましたころ、司令部勤務の運転兵がやってきて、

「志賀さん、閣下と村津中尉殿が市中見回りに同行してくれとのことです。表の車で待っておられます」

さっそく私が防寒服装をととのえてかけつけると、

「今日から一週間、街の灯火管制の状況を見にまわるのでたのむよ」

とのことだった。

十一月ともなればハイラルは寒い。降った雪は凍っていて零下十五度くらいだったろうか。乗用車でハイラル駅北側からまわり、司令街、東・西頭道街、二、三、四道街、中央大街、神社方面、西屯、東山官舎地帯、農林屯付近まで巡回したが、管制状況は良好であった。

「どこか高い所から見たい」

と、三日目かに閣下の言で、それなら消防隊の火の見やぐらがよかろうということになり、同所に急行、やぐらのハシゴを閣下が一番先にのぼり、村津中尉、私の順で上がったが、頂上の見張所に満州人の消防隊員がひとり執銃姿で見張っていた。

むこうは日本軍人であるのはすぐわかったらしいが、どうしたらよいか、瞬時の処置にこまっているらしい。そこで私が、

「ご苦労さん、この人はハイラル防衛地区隊長である」

と北京語でいうと、さっと捧げ銃の敬礼をした。帰路、閣下が、

「志賀はシナ語もできるのか」

といったので、学校で兼習語として学んだむね答えておいた。

こうして防空週間中、毎夜七時から約二時間、零下数十度のハイラル市中を巡視したが、将軍とよばれる高級将校が、同地域が実戦中でもないのに、このように努力していたということは、いかに自己の任務に責任を感じていたか、私など頭が下がる思いであった。

「閣下が入院された」――と、だれかがつたえた。急性腸捻転とのことで、ただちにハイラル陸軍病院に入院した。

これはあとで副官部の人たちから聞いた話である。

至急手術の要があったが、ハイラルには設備がない。そこで急遽、軍用機で新京の陸軍病院へ移送したそうである。次級副官（酒向さんのつぎの人、斉藤中尉）が同行しているとのことだ。

だが、手術が終わっても一ヵ月くらいは帰隊されるのはむりだろうと話していた。

ところが、その守備隊長がハイラルの司令部に登庁したのは、六日目か七日目であった。

次級副官の話によると、応急手当が終わったあと、閣下は新京陸軍病院長にたいし、

「終わったのならすぐ退院させてほしい」

と要求したそうであるが、びっくりした院長は、

「今後の養生が大切で、あとすくなくとも二、三週間は安静を要する」

と告げたそうだが、

「私にはハイラルに四千五百の部下が待っている。ここで二週間も三週間も入院しているわけにはいかん」

と強硬に述べ、退院許可も出ないまま、二日目か三日目に強引に自己退院し、新京飛行場から軍用機を出させてハイラルに帰任したという。

その後、昭和十九年になって、隊長は樺太混成旅団長に栄転が発令され、各職員と別れを告げ、着任時とおなじ模範的答礼をされて、司令部営門を出て行かれた姿はじつに印象的だった。

まもなく陸軍異動通報に「任陸軍中将」の昇進の報が掲載されてあった。

やがて私は昭和十九年十月二十五日、新編第百十九師団司令部参謀部付（東山。元第六軍司令部跡）、さらに翌二十年四月十五日、旧第八国守備隊の任務継承の目的で新編成された、独立混成第八十旅団司令部参謀部付として、元の〝八国〟司令部庁舎にまいもどった。

そして、しばらくたった六月か七月だったと思うが、新聞で陸軍中将石田保忠病死の記事を読んだのだった。

陸軍中将石田保忠《もりただ》——陸士二十七期、陸大本科卒。ポーランド駐在武官、第八国境守備第二地区隊歩兵隊長、北支軍楓《かえで》歩兵団長、済南駐在、第八国境守備隊長、樺太混成旅団長、任陸軍中将——その人柄と責任感はいまだに忘れられない。

4　ソ連軍侵攻す！

「非常呼集！　非常呼集！　志賀通訳生殿、非常呼集です！」

司令部勤務小隊の伝令兵が、当時、居住していた司令街の私の官舎の玄関戸をたたいたのは、昭和二十年八月九日の午前五時ごろだった。

さっそく独混八十旅団司令部参謀部へ登庁してみると、すでに原博一参謀も参謀部付古川少佐（五月ごろに北安から転属してきた）も緊張した顔つきである。

原参謀の説明によると、四卡監視哨からの直通電話が、九日正零時になりひびき、同監視哨隊長（防衛召集隊の某見習士官、兵力五十名）から、

「対岸のソ連軍から射撃をうけました！」

と報告があり、電話は切らずにそのままにしておいたところ、銃声がさかんに聞こえ、そのうち、

「ソ連軍は架橋をはじめました！」

という報告があり、いちだんと激しい銃声が聞こえたという。それからしばらくたって、

「敵は戦車を先頭に侵入してきます。応戦いたします！」

という声と同時に、砲声が大きく聞こえ、プッツリ電話の応答がなくなったとのこと。

四卡という所は、興安嶺から流れ出た川が、ハイラル付近ではハイラル河（アルグン河）と呼ばれ西へ蛇行し、満州里付近で北へ方向を変えているのであるが、地形の関係で河幅がハイラル市付近のそれにくらべて、所によっては約三分の一くらいにせまくなっているところがあって、むかしから、渡河点になっていた地点の一つで、ハイラル西北方約百七十キロ〜百八十キロに位置している。

私の計算によると、四卡まで百八十キロとみて、戦車その他車両部隊の速度を一時間三十キロとみても、約六時間ていどでハイラルにたっするはずである。

とすると、ハイラル到着は昼前か、正午ごろであろうと想定されるむねを参謀に進言した。もちろん徒歩の歩兵隊の速度とか、休憩時間のことはべつとしてのことだが……。

原参謀は、隷下部隊にただちに戦闘配備につくよう指示をあたえている。

と、不意に、ズシーン、ドドーンという音が市街の南方から聞こえてきた。同時にゴウゴウと轟音をたてて飛行機が南から北へ、約五百メートルほどの高度で飛んで行く。窓側へ走りよって空をあおぐと、六機編隊の爆撃機だ。翼を見ると真っ赤な星のマークが見えた。とたんに私は大きなショックを感じた。

アメリカ軍の飛行機ではないか、という考えもあったからである。それが赤い星を見たのと同時に〈しまった！〉という思いと、〈なぜだ、なぜだ！〉という憤激の気持が頭をかすめた。日ソ中立条約の期間がまだ一年のこっているではないか。

参謀は旅団長と相談していたが、家族同伴者は一時官舎に帰り、家族をつれて司令部にただちに集合を命ずるむねが発令された。

私も一時官舎へ帰り、家族のしたくを待つ間もなく、追いつめられた気持で司令部へ出頭すべく準備していたとき、第二回目の爆撃をうけた。

ちかくの軍馬廠に一トン爆弾が落ちたらしく、官舎の窓ガラスがほとんど吹っ飛んだ。つづいて焼夷弾がバラバラと降ってきた。

司令部に着くと営庭には、だれかれの家族がだいぶ集結している。家族は東ハイラル駅から（伊敏河にかかる浜州線の鉄橋はすでに爆破していたため）列車で、東方チチハル方面へ避難させるとのことだ。

やがてトラックで家族部隊が出発した後は、軍関係者のみとなり、一応、家族のことは念頭から去って、やるべきことをやろうという気がわいてきたのは、当時のいつわりのない心境だった。

司令部関係者が、第二地区（河南台陣地）の戦闘司令所へうつり、その配置を完了したのは、正午すこし前だったと記憶している。

こうして、八月九日から十八日未明に停戦する間におけるハイラル周辺の死闘の幕が切って落とされたのである。

さて、河南台陣地の堅陣に入ってみてびっくりした。というのは、真っ暗なのである。ただ陣地内通路の要所要所に、携帯燃料の罐に布地の灯芯をつけて点火してある灯りが見えるだけだ。司令部各班の割り当てられている部屋もおなじだったが、それでも旅団長室、作戦

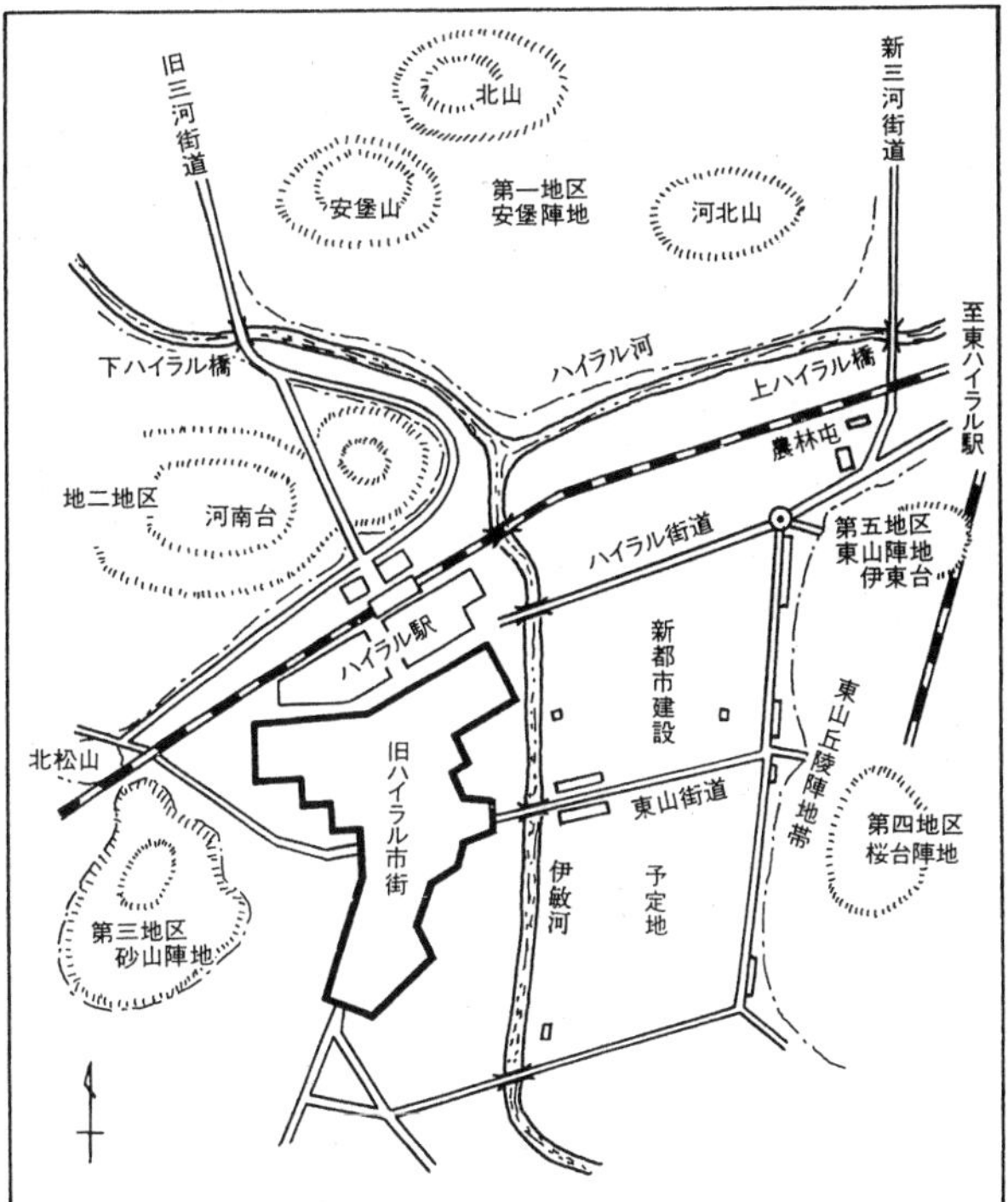

ハイラル市周辺の日本軍陣地配備図

室、幕僚室などには、机上にロウソクが立ててあった。

　野村旅団長が独混八十旅に着任したのは、はやい時期ではなかったと記憶する。開戦になった八月九日より、十日か二週間くらい前ではなかったろうか。一ヵ月も前ということはなかったように思う。

　そして、最初

の陣地視察が原参謀以下（原参謀もたしかはじめての陣地内視察であった）われわれも随行して実施されたのは、私の記憶にあやまりがなければ、八月二日だったと思う。すなわち開戦に先立つこと一週間前のことであった。

そのとき案内役として立ったのは、〝八国〟当時からいた陣地内にくわしい第二地区隊の少佐か大尉の人だった。松岡大尉あるいは谷口大尉ではなかったか？

原参謀は、陣地内の諸状況をチェックし、とくに陣地内水槽（巨大なもので、陣地内の炊事用その他の水源となる）が空っぽになっているのに目をつけ、「水を張っておく要があるな」と担当者に命じていたが、そのとき電気系統の照明用発電機も故障していたはずである。

このように、みずからの戦場となるべき陣地内の状況も、熟知していないまま戦闘配備についた、というのが偽わらざる事実で、このことは司令部だけではなく、隷下の五個部隊についてもおなじことがいえるだろう。

もちろん、各部隊内には〝八国〟当時からの残留者もいくぶんかは配置されていたことはみとめるとしても、過去数ヵ年にわたり陣地内攻防戦の訓練できたえられた将兵は、野戦兵団第百十九師団の基幹兵力として、昭和十九年秋から遠く大興安嶺の山麓にむけられ、いまは要塞内のようすもよく知らぬ将兵が、陣地内の通路にまよいながら立てこもった、というありさまであった。

作戦室に落ちついた参謀部員は、原参謀、古川少佐、曾我部曹長（砲兵科出身）、軍曹二名（氏名失念、八国司令部当時の人はよくおぼえているのだが、独混時代の人名はどうしても記憶がうすい）、伝令・警備兵数名、私、タイピスト（当時は打字手といった）数名といったところである。

この日（八月九日）、ソ連軍侵攻を緊急報告した後、命令系統にある上級部隊すなわち第百十九師団よりうけた命令は、「ハイラル陣地を固守せよ」であった。

九日午後二時ごろまでには、まだ敵の動きは直接的に把握していないし、攻撃をうけたという報告もない。

私は原参謀から、司令部付の女子タイピストの監督を命ぜられ、作戦室の隣室が休憩室になっている場所へ、各部班配属になっていた七、八名のタイピストを集合させて、ともに武運を祈っていた。

その間におそらくは、上級部隊との連絡とか、三河地方、満州里、ジャライノール方面からの報告連絡もあっただろうし、ハイラル市内の満州国軍、官庁、特務機関、憲兵隊、警察などとの連絡もあったと思う。また、陣地への緊急避難をねがってくる官民も多かったことだろう。

夕刻に、参謀部付少佐が私のところにやってきて、

「ソ連軍はいったいどちらからくるだろう」

と意見を聞きにきた。

そこでつぎの要領のことをつたえた。

「従来の〝八国〟当時の図上作戦の想定にもとづけば、敵の主力はいずれにしても満州里方

面、つまり西正面から大部隊で侵攻してくるのは明らかである。

というのは、ソ連領から機甲部隊をふくむ車両兵団が渡河を要せず、満州里街道を一路東進すればよいだけの大草原だから、大兵力の侵攻に難点になるものはなにもない、かならず主力は西からきますよ。

ただし奇襲の意味もあって、戦車を主体とする機甲部隊は、九日零時に四卡の監視哨を突破しているので、まず一番先にわが軍に攻撃をかけてくるのは三河方面、つまり北から侵攻する敵で、その部隊と戦火を開くことになるでしょう。つまり安堡山を陣地とする第一地区正面につっかかってくるでしょう。

もっともそのうちの一部は、哈克《ハケ》、牙克石《ヤケシ》・免渡河《メントハ》方面の東にもまわり、渡河できる場所があればアルグン河を南に渡り、東山・桜台、つまり四、五地区にも攻撃があることは考えられる。が、この兵力はたいした兵力ではない。

なお、三地区正面にはアムクロ、甘珠爾廟方面からの敵襲もあるでしょうが、これは距離が遠いためすこし後になるでしょう。なんといっても、わが軍のうける最初の主力攻撃は安堡でしょう。これが以前からの〝八国〟の基本想定です」

と答えると、

「ヨシッ、わかった」

と了解して行った。

まもなく参謀に進言したらしく、隷下部隊の命令受領者にたいし、

「敵は北より来攻するもののごとし……」

という命令が出された。

陣中の食事はニギリ飯と罐詰の配給があり、空腹感はなかったが、貯水槽の水は空っぽだったはずなので、経理班関係者は民家付近の井戸まで水をくみに行って、炊事に遺憾なきを期しただろうし、その苦労は察するにあまりある。

一方、陣地内には米はたくさん貯蔵してあるし、罐詰、酒、ビール、甘味品などはイヤというくらい蓄積してあった。ただ照明がつかず暗いということは、人の心にひどく憂鬱感を抱かせるものである。

やがて、はたして安堡陣地にたいして敵の攻撃が開始された。

正直いって私は、この最初の敵の攻撃がいつはじめられたのか、記憶にない。ひょっとすると、九日の夜であったのか、翌十日の午後くらいだったのか正確にはおぼえていない。というのは、タイピストたちの監督を命ぜられて、控え室の方にいた時間が多かったからである。

ハイラル陣地へ退避してきた満州国官吏たちのなかに、母校の二年先輩の井村正己さんを見出した。

彼はジャライノール地区からトラックで逃げてきたとのことで、原参謀も心よくこれらの同胞にハイラル陣地への避難を認可したので、それ以降、井村さんと私は陣地内で暮らすことになる。

5 「固守」から「死守」へ

竹中虎臣少佐指揮下の安堡陣地にたいする敵の攻撃は、日を追うにしたがって熾烈になっていった。銃声、砲声が観測所まで坑内をのぼって行き、観測孔からのぞいていた私の耳にも激しく聞こえる。

それは八月十一日だったろう。伊敏河にかかっているハイラル市内から東山方面へ通ずる橋の上に、ソ連軍の戦車が一両とまっており、ソ連兵数名が河に入って身体を洗っている。どこからハイラル市内へ入ってきたのだろうか。おそらく三河方面からの敵部隊が、アルグン河（ハイラル河）にかかっている上ハイラル橋を渡って、農林屯をへて市中につっ込んできたのだろう。

とすると、ハイラル市街を外からかこむ形で守っている五個陣地も、内部からの攻撃をうけることになる。つまり市街に敵を入れないための防御陣地は突破され、内ふところからとの戦闘も必要になってきたわけである。

観測孔から街をずっとながめてみると、満州人、ロシア人の住宅の各戸には赤いソ連国旗や青天白日旗やらが出ていて色とりどりである。

ちょうど居合わせた曾我部曹長が、

「くやしい、くやしいな」

と橋上にとまっている戦車を見て、

「ヨシ、高射砲を撃ってやる」

といって作戦室にもどって行った。

ちなみに、河南台陣地に残されていた砲は、十五センチ榴弾砲（一ヵ所に二門が装備されていた）で、その二門が西方満州里街道をのぞんでおり、高射砲が一門だけで、他の砲という砲は全部南方または内地へ引き揚げられていたし、各兵員が持つ歩兵銃は、三八式あり、九九式あり、しかも配給された弾丸がそれぞれに合わぬといった状態で、銃の配給はうけたが、もらった弾丸が合わぬという状況であった。

やがてドーンという音がして、しばらくすると、伊敏河で水浴をしているソ連兵のわりあい近い所へ砲弾が落ちた。なにしろ高射砲で撃ったのだから、いったん空中高く撃ち上げられた弾丸が、落下してきての着弾だから命中する確率はすくない。それでも効果はあった。敵はあわててバラバラと岸に上がり、大急ぎで戦車の中にもぐり込んだ。

その翌日だったが、西へひらけている観測孔から、さきの曹長と監視していると、西正面から敵車両の大部隊が、米国製トラックに兵員を満載し、昼間でも点灯する作戦前照灯を光らせながら、つぎからつぎへとぞくぞくと東に向かって進んでくる。

曾我部曹長は参謀に意見具申し、

「十五榴で一発でも撃たせてください」

といって、二、三名の兵とともに砲塔室へといそいだ。

やがてドドーンという砲声がした。ジッと観測孔からのぞいていると、シュルシュルという音をひいた砲弾は、数秒ののち、敵車両兵団の約五十メートル手前で白煙を上げた。あわてふためいた敵は急遽、スピードを上げて東方へ突き進んで行った。

あとで知ったことだが、この主力部隊はハイラルを素通りして、はるか東方、東南方方面へ侵攻目標をもっていたようである。

安堡正面の戦闘は、ますます熾烈をきわめているようすであった。十三日だったと思う。通信室へきてくれとのことで、行ってみると、無線室からロシア語の言葉が流れてくる。

「××に戦車を送れ！」「×××地点を砲撃せよ！」

とかいう、大変あわてているソ連軍側の無線連絡である。

ただし、その中の××とか×××というのは彼らの暗号になっているらしく、こちらではわからない。しかし明瞭に近く聞こえるので、おそらく安堡正面の敵であろう。

そのむねを少佐にいうと、

「その場所がわからんからなぁ」

と、お手上げといったようすだ。だがその直後、私の耳のそばで、

「命令が変わった。先刻うけた命令では『固守せよ』だったが、『死守せよ』に変わったよ」

と、うつろな目でささやいた。

これでハイラル守備の独立混成第八十旅団は、西北満州バルガ草原に孤立して、とり残さ

れた「捨て石」部隊となったのである。

6　まぼろしと化した戦力

関東軍随一の名築城とうたわれ、その陣地に死角なしといわれたハイラル要塞も、設備されていた砲はあいついで南方戦線に抽出、移送されたため、各陣地間を相互に援護すべきすべがない。

そのうえ、陣地内外の地形、情勢もよく知らない指揮官、兵員数の方がはるかに多い状況下で、約三、四倍のすぐれた装備の機甲兵団に周囲をとりかこまれた守りの戦闘ほど、むずかしいものはなかろう。

それは、たとえば、あえぎながらはい上がろうとしても、ズルズルと底に落ちて行く蟻地獄とおなじであった。

このような状態下におかれては各陣地が独立して戦う、つまり昼間は陣地内にかくれ、夜間出撃して敵に切り込み攻撃をかける、また既設陣地の外にタコツボを掘り、ここにかくれて敵戦車に爆雷をもって肉薄攻撃をする、といった戦法しかとりようがなかった。

ここで、当時のハイラル各陣地の配置状況を、後日判明した資料にもとづいてあわせて記してみよう。

◇一地区（安堡陣地）

ハイラル（アルグン）河北部に位置し、北方へ旧、新三河街道が通じ、旧三河街道は下ハイラル橋をへてハイラル市内へ、新三河街道は上ハイラル橋より農林屯、東山方面へ。主陣地として河北山陣地、安堡山陣地、北山陣地がある。

・独立混成第八十旅団独歩第五八四大隊（長、竹中虎臣少佐）主力

・独立混成第八十旅団挺身大隊第一中隊二個小隊

・独立混成第八十旅団通信隊の一部

◇二地区（河南台陣地）

ハイラル駅西北方台地に地下五階層設備の陣地で、ハイラル要塞の主陣地。独混八十旅団の戦闘司令所もこの陣地内に位置していた。

・独立混成第八十旅団独歩第五八三大隊（長、谷口猛大尉）の主力

・独立混成第八十旅団工兵隊（長、南一二三少佐）

・独立混成第八十旅団輜重隊（長、岡田稔少佐）

・独立混成第八十旅団通信隊（長、板垣恭二少佐）

・ハイラル憲兵分隊

・防衛召集隊（長、福永少尉）

・国境警察隊および官民邦人（婦女子をふくむ）もはいり、職域ごとに省公署部隊、市公署部隊にわかれて隊を編成していた。

◇三地区（砂山陣地）
西山とも松山陣地ともよばれ、ハイラル市西方丘陵地帯につくられており、浜州線の線路をはさんで松の木のある丘陵地があり、北側を北松山、南側を南松山陣地とよび、満州里、アムクロ、将軍廟方面より来攻する敵にたいし、ハイラル防備のためにつくられていた。
・独立混成第八十旅団独歩第五八七大隊（長、国生岩男大尉）の主力
・独立混成第八十旅団挺身大隊（長、米田三郎大尉）の第三中隊三個小隊
・独立混成第八十旅団砲兵隊（長、松岡栄太郎大尉）の主力
・独立混成第八十旅団通信隊の一部
・ハイラル特務機関
・東新巴爾虎旗国境警察隊および日系旗民（婦女子をふくむ）
◇四地区（桜台陣地）
東山陣地ともいい、伊敏河東岸丘陵地にあり、ハイラル市の後方にそなえた陣地。
・独立混成第八十旅団独歩第五八六大隊の主力の機関銃中隊（長、山田保三中尉）
・独立混成第八十旅団挺身大隊の一個小隊
・独立混成第八十旅団通信隊の一部
◇五地区（東山陣地）
伊東台陣地ともいい、ハイラル駅東南（鉄道線路の南側）丘陵地にあり、東方よりの攻撃および北方より新三河街道をへて上ハイラル橋方面にたいする敵攻撃への防御。

・独立混成第八十旅団独歩第五八五大隊（長、藤堂駒次郎大尉）の主力
・独立混成第八十旅団第五八三大隊の一部
・独立混成第八十通信隊の一部

八月九日、ソ連軍が満州内に侵攻していらい、私は二地区河南台陣地の旅団司令部陣地内にいたのであるが、急襲をうけたため軍官民の家族中、東ハイラル駅からの数本の列車でチチハル、ハルビン方面に移送された数は知れたもので、その列車に乗車できなかったハイラル市内在住の日鮮系民間人家族の大多数は、馬車または徒歩で、遠く興安嶺方向へ後退したにちがいないが、その人たちの将来の運命には、まことに暗然たる思いがする。

まして、興安北省の辺境地区に居住していた人たちについては、それ以上の苦難の途であったといえるだろう。ハイラル市から遠くはなれた北部、西部、西南部に生活していた人たちは、一応ハイラルか、あるいは直接チチハル、白城子方面をめざしたものであろうが、これらの人たちにも悲しい運命が待っていたことだろう。

それでも、ハイラル市内または近辺の満州国関係（警察官、満州国官吏、対日協力者）の人たちは、一応その上司とともに近くの陣地、すなわち二地区、三地区へ避難し、とくに二地区陣地内で見うけた朝鮮系、漢系、満系、蒙系の警察官が銃を手にしてうつろな目つきで立哨しているのを見たとき、ひにくなことに、満州国の建国精神ともいうべき「五族協和」のシンボルが、こんなとき、このような場所で確認されたような感をうけたのには、われながら苦笑いを禁じえなかった。

7　悲報あいついで……

八月九日零時を期して、アルグン河の五卡、四卡、三卡の国境地点に架橋、強行渡河して、無人の大草原を北方より進撃を開始したソ連軍は（あとでソ連側将兵に聞いたことだが）戦車旅団、機械化狙撃師団、狙撃師団のおよそ三個師団がハイラル攻略を主任務として、バルガ草原を三河街道にそって南下していた。

また、ノモンハン方面の外蒙古からの機械化部隊がホロンバイルの草原を、ハイラルに向けて北上しており、さらに、満州里より侵入を開始したソ連軍主力の機甲兵団、機械化兵団の戦車、装甲車、軍用トラックの長蛇の列が、ハイラル、博克図《ブハト》、札蘭屯《ジャラント》、チチハルをめざしてぞくぞくと東進していた。

この三方面からの侵攻部隊のうち、もっともはやくハイラル要塞の日本軍陣地に到着したのは、もちろん三河街道を南下して進撃してきた機動部隊であった。同時にハイラル要塞を中心とする彼我の攻防戦に入ったわけであるが、以下は、外部者（日本軍関係者以外の日本人、つまり満州国官吏などの人たち）の記録もお借りして参考にさせていただき、日数の経過とともに、ハイラル陣地戦闘の模様をのべてみよう。

ソ連軍先頭部隊は、九日午後十一時半ごろには一地区陣地の正面にたっし、戦闘の火ぶたがはじめて切られた。

八月十日（金曜日）。

①新三河街道を南下、上ハイラル橋にたっした敵機動部隊は、砲兵陣地を展開、夜明けそうそう一地区東端の河北山陣地を攻撃。木本見習士官以下三十名玉砕。

②旧三河街道を南下した別機動部隊は、下ハイラル橋にたっし、一地区陣地と二地区陣地との連絡を遮断する作戦をとり、一地区主陣地安堡山陣地への攻撃を開始。

③さらに新三河街道を南下する別機動部隊は午前十時ごろ、上ハイラル橋を渡り鉄道線路を越え、夜にはハイラル駅うらの伊敏河岸に進出、二地区陣地を裏側より攻撃せんとする作戦にでた。

ここで一言しておきたいことは、ハイラル要塞の主任務というか機能といったものは、外部からの敵の攻勢に対処、防御してハイラル市街を守るのが目的で、外部にたいして死角がないよう構築されている。たとえば上、下ハイラル橋を渡られぬため五地区、二地区からの各種砲、機関銃による援護射撃によって敵を粉砕し、市内へは一歩も入れぬ、というのがその眼目になっていたのだが、その砲がない、機関銃がないというのが実状だった。渡橋されてハイラル市内の内ふところに敵が侵入してくれば、腹背に攻撃をうけるわけで、上ハイラル橋を渡られた時点で、わが方が苦戦をしいられる状況におかれた。

④東新巴旗アムクロを撤退した丸山参事官以下邦人婦女子ら全員は、興安嶺越えを断念し、午後三時ごろ三地区陣地に入り国生岩男大尉の指揮下に入る。

⑤ジャライノールを撤退した西江市長の一団（この人たちの中に私の学校の先輩である井村総務科長もいた）は、途中、多数の犠牲者を出しながら夕方、ようやくハイラルにたどりつき二地区陣地に入り、省公署部隊に合流。

⑥旅団司令部と、後方の興安嶺に陣する師団司令部とは無線機故障のため連絡つかず。

⑦背反の白系露人が、ハイラル駅を占領し、わが陣地を攻撃したため、斬り込み隊によって退散せしむ。

⑧二地区陣地にせまる敵戦車にたいし、夜間斬り込み部隊が出動し、敵戦車に損害をあたえた。

八月十一日（土曜日）。

①敵機は早朝からハイラル上空を旋回、偵察をかね日本軍陣地に機銃掃射した。このとき、私と井村先輩は、陣地内の暗いのにまいって、すこしは陽の光でも浴びようや、というので丘陵上部の伝令壕に出てよもやま話をしていた。そこへ小型飛行機が上空に飛んできた。わが軍の連絡機かなとふり仰ぐと赤い星のマークだ。

さっそく機銃掃射をはじめたが、その方向が二人のいる場所からはずれているので動きもせず、そのまま見送った。ところが突然、ブルーンと音をたてて私たちより一メートルほど離れた壕の壁に突きささった物がある。長さ十五センチくらいの破裂した迫撃砲弾の破片であった。ねじ曲がった破片の切り口はカミソリの刃のようにするどかった。

②一地区の主陣地（安堡山陣地）には、砲兵支援の敵戦車四、五十両が攻撃を続行。

③二地区陣地の裏側に侵入した敵は、この日の朝、ハイラル駅裏を通りこし街の北側台地に進出、午後より二地区陣地にたいし熾烈なる砲撃を開始した。
④日本軍は昼間陣地内にひそみ、夜間斬り込み隊をもって応戦する。
⑤二地区陣地にこもっていた警務庁川上特務科長ら二十三名は、斬り込み隊とともに出動してそのまま帰らず、興安嶺以東に脱出した。
八月十二日（日曜日）。
①一地区河北山陣地の攻防、一進一退の激戦がつづく。
②二地区では午前八時ごろより敵の砲撃が開始された。日本側はこの日はじめて砲門をひらくも、間もなく破壊され使用不能となる。
③二地区陣地東端にたてこもる防衛召集中隊の陣地は、カノン砲と榴弾砲による集中攻撃をうけ、後退のやむなきにいたった。もともと防衛召集部隊は司令部の判断としては、予備役兵の召集隊であるため、任務としては比較的かるいと思われる場所に部署されていた。ところが敵は、陣地の内ぶところからも強烈な攻撃をかけてきた。そのため、同部隊の守備陣地が二地区の最激戦地となり、一時は突破される懸念もあり、応急の救援隊を急派して防戦につとめたので、陣地内側への敵の侵入をなんとか食いとめることができた。その戦闘時のことである、同部隊の基幹要員の一人である柳田曹長が、「戦車が来る、戦車が来る」と口ばしって発狂したのは……。
④午前十一時ごろ、二機の日本軍偵察機が南方より飛来し、鉄道にそってジャライノール

方面に向かい、ふたたびハイラルをへて東方に姿を消す。敵の対空砲火は熾烈をきわめる。この日、「ハイラル陣地を固守せよ」から「ハイラル陣地を死守せよ」と、師団よりの命令変更をうける。

⑤将軍廟方面より北上せる敵機動部隊がハイラルに到着し、三地区陣地を攻撃開始。

⑥満州里方面より進撃の敵機動部隊主力がハイラルに到着。鉄道北側低地より二地区陣地を砲撃す。

⑦ジャライノール方面駐屯部隊の一部、二地区陣地に撤退しきたる。

⑧日本軍は各地区とも夜間斬り込み隊出動し応戦。

⑨四地区陣地守備隊、暗夜を利して師団主力のこもる興安嶺陣地へ撤退開始。

⑩召集兵部隊より戦死者四名、負傷者四名をはじめて出す。

八月十三日（月曜日）。

①一地区では、一部戦車壕が突破され、熾烈なる陣内戦となる。大隊長竹中少佐以下多数の戦死傷者を出す。竹中大隊長はこの日、戦闘指揮のため監測孔から敵情を視察中、ソ連軍T34型戦車の主砲七十六・二ミリ砲の直撃をうけ、顔半分をふっ飛ばされて壮烈な戦死をとげた。

②二地区陣地にたいする敵の砲撃は熾烈をきわめる。肉薄攻撃で応戦。私も二地区の監測孔から視察したのだが、ハイラル（アルグン）河をへだてた一地区陣地の南側、下ハイラル橋より下流の台地上（つまり河南台陣地の真向かい）に、ずらりとソ連軍の小山のように見

えるT34型中戦車（乗員四名、重量二十六・三トン、最高時速五十四キロ、主砲七十六・二ミリ、機関銃三）が三十両ほどならび、高射砲かと思われる長い主砲をぶきみに上下させている。

河南台陣地内の旅団司令部の戦闘司令所にいても、その主砲から発射された弾丸が、なんでもない砂にあたったときはべつに感じないが、ベトン部のどこかに直撃されるとビリビリとした振動が陣内に伝わり、地下三層の戦闘司令所も地震のようにふるえた。

③二地区と三地区の間に仮設された前進陣地（北松山、南松山）では、満州里方面より進攻してきた敵戦車に、爆雷を抱いての肉薄攻撃が行なわれた。

④三地区陣地では、配置された一門の大砲で敵戦車十両を擱座させた。

⑤四地区陣地では、金井少尉の中隊が斬り込み隊をもって焼き討ちした。

⑥前夜、四地区陣地を放棄撤退した山岡中尉のひきいる六百数十名の日本軍は、この日、梅ヶ丘陣地（ハイラルを去る十キロ地点）に到着していたが、ソ連の発見するところとなり、包囲攻撃をうけて全滅した。

⑦三地区陣地内に避難中の東新巴旗在住の邦人婦女子（丸山参事官夫人および三人の子供以下五十二名）、手榴弾で絶望の集団自決をはかる。

⑧召集兵部隊より戦死十二、負傷八名を出す。

八月十四日（火曜日）。

①敵は各地陣地にさらに熾烈なる砲撃をくわえ、攻防戦はいぜんとしてつづいた。とくに

一地区安堡山陣地では壮烈なる白兵戦が展開された。
②召集部隊でも二地区で六名の死傷を出し、かつ三地区の藤田中隊との連絡不通となる。
③旅団司令部と興安嶺陣地による師団司令部との連絡は、まったく不通となる。
④この日の夜、師団司令部では、「日本がポツダム宣言を受諾した」というハワイ放送を傍受したという。

8　旗は白く炎は赤く

八月十五日（水曜日）。
①一地区陣地、きわめて危険なる状態におちいる。
②二地区陣地では、敵戦車が戦闘指揮所に接近、日本軍は急造爆雷で応戦。
③三地区陣地、熾烈なる敵砲撃により日本軍苦戦。
④松山陣地、玉砕状態となる。なお、この地にあった藤田中隊（防衛召集兵）は、藤道少尉ほか六名をのこし全員玉砕。
⑤旅団参謀原中佐は、この日午後二時ごろ、「正午、終戦にかんする天皇の玉音放送があった」という内密の報告をうけたという。
この件は、通信室において無電機によりラジオ放送をたしかに傍受したのである。重大放

送があるという予告は数回にわたり通信係は聞いていたので、参謀部付将校に報告していたし、その時刻になって雑音が多くて聞きとりにくかったとしても、一応、玉音は聞きとった。参謀、旅団長に当然報告されたが、あるいは謀略かも知れぬ、との観点からいっさい口外をとめられ、通信室内への立ち入り、および通信兵の室からの外出は禁止されたのが実情である。

八月十六日（木曜日）。

①敵戦車一両も出動せず。砲もまた沈黙、静穏なりしも夕刻より、催促するかのごとき砲撃をくう。

②日本軍は夜をまって肉薄攻撃を行なうも、戦死者続出す。

③旅団参謀原中佐は、この日、「関東軍の停戦にかんする当局談」を傍受したとの報告をうけた。よって旅団長野村少将と協議するも、旅団長は師団司令部よりの連絡があるまで待つことに決定した。

旅団長の立場としては、非常にむずかしいものがあったと思う。

午前は砲撃もなく、敵戦車の出動もなかったので、私は要塞上部の伝令壕に出てみた。数日ぶりにふりあおぐ太陽の光は心地よかった。その壕の中で軍帽もとり、陽光を身に浴びてあぐらをかいてすわり込み、考えにふけっている旅団長の姿を見出したとき、私は声をかける気にもなれず、そーっと他の位置に移動した。

なぜ直属上級部隊である第百十九師団からなんらかの命令、指示、連絡もないのか、このままであればまだ同師団からの「ハイラル陣地を死守せよ」の作戦命令が生きており、現地部隊長がかってに停戦行為に出ることはゆるされないだろう。

しかし、このままでは毎夜の斬り込み攻撃のため、部下将兵の生命はあと数日で失われるだろう。玉音放送や関東軍の当局談のことも信頼しうるものだろう。それにしても直属上官からの連絡がほしい、といったいろいろの考えが旅団長の頭の中にかけめぐっていたと考えられた。

八月十七日（金曜日）。

①各地区陣地とも早暁より敵砲弾が雨のごとく落下、つづいて陣内に突入せる敵は、対戦車砲をもちいてベトンの陣地を破壊しつつ近接、対する日本軍は砲、迫撃砲ともに破損使用にたえず、戦線はしだいに後退縮小されていった。

②この夜、二地区では全員玉砕を期して斬り込みを敢行すべく、健全者すべて適当なる武器をとり、負傷者もまた自決の覚悟をきめた。

司令部で正午前、私は監督下にある女子軍属の自決用手榴弾を受け取り、一応、彼女たちに手榴弾の発火要領など取り扱い方法を教え、覚悟をきめておくことを説明した。

私自身は切腹してはてるつもりだったので、常時佩《はい》用している愛刀を抜いてみた。その刀は手入れは行きとどいているのだが、切先から三寸ばかりのところに一ヵ所刃こぼれがある。この箇所が腹の皮にひっかかると、すぱーと切り難いだろうな、と考えたりもした。

③夜十時、旅団長野村登亀江少将は、各部隊長を戦闘司令所に集め、降伏決定の断を下す。

（事実は、降伏という語句は使わず「停戦」を用いた。師団司令部からの連絡はついになかった）

野村旅団長としては、直属部隊からの指示はないが、放送などを考慮に入れ、それにもまして今日以降にいたれば、部下部隊に甚大な損害が出るであろうことを念頭においての決断であっただろう。

さっそく明早朝の停戦協定軍使団の人選となり、原参謀、参謀部付古川少佐、参謀部付通訳生の私、その他に満州国官吏側からもとの話があったので、私は井村先輩を同行することになり、もう一名ロシア語にたんのうな人（名前も所属も知らないが、おそらく省公署か市公署ないしは警察関係か、憲兵隊に関する人と思われる）をくわえて計五名が、明十八日に出かけることになった。

八月十八日（土曜日）。

①白布を切断して白旗をつくる。

②午前六時、東方を遙拝する。

③午前八時、前記五名、サオにつけた白旗を持って、二地区陣地の西南方丘陵の陣地出口から地上へ出た。ハイラル地方としてはめずらしく、早朝の陣地外の地上には細い雨がしとしとと降っていた。

こうして、これ以上戦闘を継続すれば、隷下部隊の損害は急増加するだろう、との野村旅団長の決断により停戦にふみきった日本軍は、八月十八日午前八時、旅団参謀原中佐を全権とする停戦軍使団五名を、河南台陣地から地上へ送り出した。

軍使であることを明示するため、作成した白旗を軍関係者である私が持って先頭に立ち、陣地より外に出て丘陵地に立った。

最初に感じたのは、ああ、雨だな、ということであった。たいして強い勢いではなかったが、細い雨が、夜明けの河南台周辺の砂丘にそそいでいる。

周囲を見まわしたが、だれも動いている人影は見えない、サオにつけた白旗を高く揚げ、左右にふってみたがなんの答えもなかった。

外に出てすぐ目に入った様相はすさまじかった。死体が近辺一帯に散乱している。ソ連兵の死体、日本兵の死体、軍馬が二頭、腹が裂けて腸が露出したまま転がっている。二十メートルほど西にソ連軍のT26型中戦車と、BT7型中戦車の二両が、まだブスブスと黒煙を上げて擱座している。目にふれるそれらの物体はビクとも動かない。

おそらく要塞の近くまでソ連軍はきているはずだと判断していたので、西南方へ歩を進めてみる。その途中、倒れている日本兵を確認しようと近づいた。死者の数はソ連兵にくらべ日本兵の方がはるかに多かった。

すぐそばに行ってみると、その戦死している日本兵は胸から上がなかった。近所に倒れている日本兵のほとんどがその状態である。つまり顔がないのである。せめて名前でもたしかめようと、残っている着衣のあちこちをながめてもなにも見当たらない。

これらの日本兵は破甲爆雷を背負い、爆発装置に直結する二本のヒモを両手ににぎり、野球でやる頭からのすべり込みの要領で戦車の下に突っ込み、壮烈な戦死をとげたのである。当時、兵隊は胸部物入れ上部に、名前を記入した布を付着していたのだが、爆雷破裂とともに胸部から上が吹っ飛んでしまったのであろう。

どこのだれとも確認されぬまま、兵士は国家永遠の繁栄を念じながら戦死し、この地の土となるのかと一瞬感じたとき、電気にふれたようにジーンと眼頭が熱くなった。

西南方へ約五十メートル、丘陵を下りかかると、めざす敵影があった。ソ連軍の上級中尉が……。第一線の中隊長か小隊長であろう。部下の十名ばかりの兵と浅い壕を掘って身をかがめている。

その将校は、はじめ疑わしそうにピストルを擬して、じっと私たちを見ていたが、私の持っている白旗をしばらく凝視して、ニヤリとうれしそうに微笑しながら立ち上がった。私たちも近寄り、停戦交渉のための軍使であるむねを伝え、全権である原参謀を紹介した。

その後は要約すると、ハイラル攻撃軍の司令官と交渉してくれとのことで、その場所へはトラックで案内するという。だが、まず武装を解除するから、武器をこの場で渡してほしいとのことで、彼の部下によって古川少佐も私も身につけていた軍刀、拳銃などの武器を押収された。

ただ原中佐のみは、全権という格式を尊重したのだろか、帯刀のみは携行することを許された。もちろん参謀飾緒も……。

その場からソ連軍のトラックに乗車、警備兵五、六名とともにハイラル市街を南方に走り、伊敏河の最上流にかかっている橋を東山方向に渡った。トラックの走ってきた市街地の中心、中央大街も付近の繁華街、南部地区の民家もすべて表戸をしめ、静まりかえっており、べつに混乱状態などは見うけられなかった。

橋を渡りおえるくらいの地点のあたりから、北方の河南台方面が見える。その手前の東頭道街か司令街と思われる付近から黒煙がさかんにふき上がっている。

頭道街あたりの民家かな、それとも憲兵隊か司令部かなと考えているとき、自動小銃を肩からかけている若いソ連警備兵の一人が、

「ハイラル、ガリット（ハイラルが燃えている）」

と無表情につぶやいた。

まさにそのとおり、方角から案じて憲兵隊付近か？　司令街あたりの軍官舎地帯か？

騎兵集団当時から十年以上の歳月をかけて、営々ときずき上げたハイラルの繁栄も、日本軍および日本民族の優位も国家全体の敗戦という現実の前に、もろくもけし飛んだことが、「ハイラル、ガリット」のみじかい言葉で身にしみて感じられた。

9　みごとなり原中佐

停戦交渉軍使団一行を乗せたソ連軍トラックは、伊敏河上流にかかった橋を渡り、西から

東へ東山方面に進んで行く。道路の左右には多数のトランクがころがっており、それらはほとんど全部フタが開き、中にいれてあったらしい色とりどりの布類、衣類などが周囲に散乱していた。視野に入る周辺の人影はなかった。

トラックがゆく道路の左端に、まるで土から生えているような右手首が見えた。右手首関節の五センチくらい上部の腕から先が、指を開いて斜め上空へ突き出ている。出血しつくしてしまった蒼白く細い、しなやかな指であった。その手首の先だけがそこに存在しているのだろうか、それとも、それにつながっているはずの本体は、平坦になっている道路の土の下に埋もれているのだろうか？　男か？　女か？　日本人か？　異民族か？　胸がしめつけられる思いである。

トラックがその場所を通過して、ふり返って見たが、車両のスピードが速いため、たんたんとした道路が見えるのみで、土から咲いたその手首はしだいに白い斑点となって、視野からうすれていった。

東山街道に出て左折し、今度は北に向かう、むかしの第六軍司令部、のちの百十九師団司令部への坂の分岐点であるロータリーも通りすぎ、まっすぐ北へ。やがて農林屯である。白い幕舎が五つ六つ建っていた。一つの幕舎の前で下ろされ、その中に入れという。

そこには、ソ連軍高級将校が三名いた。一人が中将、二人は少将だった。

停戦交渉の状況は、要約するとつぎのごとくである。

①旅団隷下部隊の戦闘行動をただちに停止させる。

②全日本軍は、要塞陣地から武器携帯のまま出てきて、所定の場所で武装を解除する。
③その後、ソ連軍の指定する一ヵ所に日本軍は集結する。
およそ以上のことを日本軍最高司令官に伝えるよう、といったことであった。

この交渉会見の場における原参謀の出処進退、いうところの挙措は立派なものであった。敵軍とはいえ中将、少将であれば、陸軍中佐である参謀よりは、国はことなってもやはり上級者である。参謀は節度ある敬礼動作などで礼を失せず、といって臆せず卑屈にもならず、第④の条件ともいうべき「正午までに全日本軍の集結を命ず」の言にたいし、部下部隊が各地に点在しており、通信連絡がきかぬからという理由で、さらに数時間の余裕をもとめたことなどは、こちらの要望もいうことはいうといった考えで、理由をあげてソ連側の容認をえたことでも知られよう。

「では引き返しまして以上のむね旅団長に伝えます」

そう参謀がいって辞去しかけたとき、中将が、

「だれか一人ここに残ってくれ」

といい出した。

これもむりからぬことで、軍使団五名が全部帰ってしまっては、これから後の日本軍との連絡にこまるからである。一瞬、私の頭につぎのことがひらめいた。

旅団全般の統率上、原参謀自身を残すわけにはいかない。つぎに古川少佐はロシア語がわからない。井村先輩は満州国政府の官吏で、日本軍関係者ではない。もう一人ロシア語の堪

能な人は、どの所属の人か名前も知らず、これまで見たこともない人で、このさい日本軍関係者としては、私自身が一番適任であると瞬間的に判断した。そこで私は、

「自分が残りましょう」

と参謀に申し出た。

「残ってくれるか」

参謀もホッとしたようすで、

「それではたのむぞ」

と決定して幕舎から出ていった。午前九時半か十時ごろだったろう。そのとき、井村先輩がふり返って一瞬、私を見つめたが、ひょっとすると私がこの場で殺されるのではないかと、半信半疑の思いだったと後で語っている。

さて、以上のように、私一人が残って、他の軍使四名は河南台陣地へ引き返して行った。

まもなくソ連軍の当番兵らしいのが私をすぐ後ろの幕舎へ案内し、

「ここで休んでいなさい」

と、監視をかねてていねいにあつかってくれる。ゴソゴソとなにやら料理をつくっていたようだが、やがて肉の焼いたのとパン、紅茶を持ってきて食べろという。私が空腹と思ったのだろう。

「うまいか」

と聞くので、

「大変おいしい」

と答えると、うれしそうに、二十歳にはなっていないだろうその兵士は童顔をほころばせた。なにかと話し合いながら、おたがいにだいぶ気持がなごんできたころに、

「ソ連軍は何個師団でハイラル陣地を攻撃したのか？」

とズバリ聞いてみた。

「三個師団だ」

と答えた。戦闘時のつかれと満腹感で眠くなったのだろう。私はおいてあったそまつな机の上に腕をついて、ウトウト眠りこんでしまった。

10　たった一人の停戦軍使

「ヤポンスキー」

どれくらい眠っていたのだろうか。突然、声をかけられて私は目をさました。先刻の当番兵とソ連軍中佐がかたわらに立っている。

「ある陣地ではまだ戦闘を続行している日本軍部隊がいるから、いまから行って戦闘行動を停止し、武装解除のうえ、ソ連軍の指示にしたがうよう伝えてくれ」

という。どこの陣地だろうと思いながら、「了解」といって幕舎を出ようとする私をとめ

て、

「伊敏河、アルグン河の川底を横断して、日本軍の要塞陣地相互間に交通できる秘密通路があるのではないか」

とたずねた。

「いや、そういったものはない」

と、はっきり否定したが、ソ連軍側にもそんな点まで考える軍人もいるのかと、率直にいって感心した。

幕舎前からジープに乗ると、目かくしをされさっそく発進。ジープが北を向いていたので、農林屯から北へ向かったのははっきりしている。

しばらく進むと、ガタガタとそうとうにゆれる道を通っているのがわかる。

十分くらい走っただろうか、ジープが停止し、目かくしがはずされた。見ると山の斜面である。その斜面に奥行き二メートルくらいの掩蔽壕が掘られてあり、その中にソ連軍大尉と上級中尉その他二、三名がいた。

「日本軍はこの山の向こう側にいる。ときおり撃ってくる。行って戦闘を停止するようにいってくれ」

という。

「それはわかったが、一体ここはどこなのだ」

そう問いながら私は、周辺の地形を見まわした。左下方を見ると、蛇行する川が流れている。アルグン（ハイラル）河だ。とすると、この場所は一地区陣地の河北山か安堡山で、しかもその南側斜面だな、と見当がついた。つまり陣地の内ブトコロに入れられているのか、と感じとりながらもあぜんとした。

おそらくソ連軍は、戦略的に最重要地点である上ハイラル橋にしゃにむに速攻で到達し、一部は渡橋して農林屯、東山からハイラル市内へ、また他の一地区攻撃部隊の主力は、もちろん北正面から攻撃をかけたが、その支隊は上ハイラル橋を渡らず、アルグン（ハイラル）河北岸と、河北山南麓の間のせまい場所を西へもぐり込み、一地区陣地の内ふところというよりも、陣地の背後に突っ込んだのにちがいない。

過去の演習想定にも、このせまい部隊の通行不能とみられる線からの敵侵入は、くわえて五地区からこの地点にたいする阻止射撃もあり、まったく予想されたことがなかっただけに、まさに奇襲作戦の成功であるし、このような戦術を思いつき、実現したソ連軍の戦法はみごとというほかはない。

当然、このためにはハイラル要塞攻略のためのソ連軍の戦術研究もあったろうし、ハイラル付近在住のロシア・蒙古・満州人などの諜報活動の成果もあったことだろう。

「わかった。行くが、ソ連軍のだれかがいっしょについて行くのか」

と聞くと、

「いや、きみが一人で行ってくれ」

という。

「それでは、白旗がいるからつくってほしい」

と要求すると、「了解」とあり合わせの白い布をさがし出し、木の小枝にくりつけてくれたので、私はそれを持って壕を出た。

雨は相変わらずシトシトと降っている。銃を持ったソ連兵が三、四名、山の頂上の方に向いて警戒している。歩哨なのだろう。そのうちの一名は女兵であった。しかも長いスカートをはいて、それが雨にぬれたためかドロンとたれている。銃を手にしてキョロキョロと、さかんに山頂方面に目をくばっていた。私が、

「日本軍はどこにいる？」

と聞くと、

「山の向こうにいる」

と稜線を指さす。頂上まで八十メートルか百メートルくらいあるだろう。この位置からは頂上は見えない。私は一歩一歩、砂地の多い山腹を登りだした。周辺に目を向けても、その近辺に死体は見えなかった。私は、

「竹中部隊！」

と白旗を精一ぱい高くかかげて大声をあげてみた。しばらく停止して二度三度さけぶが、なんの返答もない。もっと上だな、と四、五十メートルほど一気に登ってみた。と、敵味方の死体がゴロゴロと見えだした。

近づいて戦死体をのぞいてみると、ほとんどの者は銃弾によってたおれていた。さきに二

地区河南台で見たような胸から上がなくなっている破甲爆雷攻撃による戦死体は見えない。ソ連軍戦車もさすがに南麓方面からは、傾斜が急で狭隘であるためだろうか、突っ込めなかったのだろう。

やがて頂上が見えてきた。しかし、そのようすが、いつも見なれている陣地の状況とちがっている。高さ約三メートル、直径五、六メートルもあろうかと思われる鋼鉄製の掩蓋が、平常は土におおわれ土饅頭のような形状をしているのだが、鋼鉄部分がむき出しになって、三十度くらいの角度にかたむいて陣地にかぶさっている。ちょうど一度、掩蓋部分が空中に持ち上げられて、ふたたび落ちてきたようだ。

あとで聞いたことだが、ソ連軍はこの掩蓋陣地の攻撃に手をやき、最後は爆撃機に搭載する強力爆弾をしかけ、掩蓋を吹き飛ばしたという。ただし、その真偽は知らない。

その周辺の敵味方戦死者の数はおびただしかった。

多数の敵味方兵員の屍はそれぞれ銃を手にしており、ソ連兵と相討ちになっている者が多かった。こちらは単発の小銃だし、向こうは自動小銃だから、弾丸を発射する量や速度がちがう。

歯をくいしばっている者、目をあけたままあらぬ方を見つめている者、眉間を撃ち抜かれている者、銃剣で敵を刺し自分は自動小銃の的となって倒れている者、そのなかで一人の若い見習士官が、軍刀でソ連兵の胸を突き刺し、自分もそのソ連兵の銃剣で刺しつらぬかれて最期をとげている姿を見たとき、一地区における白兵戦がいかに激しかったかが感じられた。

敵味方戦死者の顔色はみなどす黒かった。

それら敵と味方の屍の上に、相変わらず細かい雨が絶え間なく降っている。

ようやく頂上にたっした。もう味方第一線にちがいないな、と思い、

「竹中部隊！」

を連呼してみるが、なんの反応もない。稜線から北へ進んでみようと北斜面へ出て、白旗をふりながら、

「竹中部隊！」

を大声でくり返す。

と、山頂から二十メートルほど北斜面を下ったとき、背後から、

「竹中部隊です！」

という日本語が聞こえてきた。

ふり返ると、稜線から五メートルくらい北へ下った散兵壕から、首から上だけを出して、こちらへ銃口を向けている二、三名の日本兵が見える。顔はすすけて真っ黒で眼光だけがするどい。

「撃つなッ、司令部からの伝令だ、撃つなッ」

私はそう声をかけて近づいた。

「司令部からの伝令だが、竹中部隊長殿にお目にかかりたい」

その兵はかたわらの兵と相談していたが、意を決したらしく、

「副官殿がおられます。案内します！」

といって、真っ黒な顔から白い歯なみを見せてみちびいてくれた。

11　サムライの最期

橋口副官と私自身とは、過去に面識がなかった。少佐、大尉の隊長級は司令部にときおりくることもあったが、そのさいにも副官同道ということはなかったのだ。もっとも将官の部隊長ともなれば、公的にどこへ行くのにも幅広い緑色の副官肩章をかけた次級副官を帯同していたのだが……。ちなみに、高級副官の肩章は黄色である。一番多く司令部に出入りしていたのは、各部隊の命令受領者、連絡、打ち合わせのための将校、下士官であった。

つまり、橋口副官も私も初対面だったのだ。

竹中部隊の戦闘指揮所であり、部隊本部である陣地内の一室に案内されて、副官とはじめて会ったが、「若い人だなあ」と最初に感じた。型どおり職官氏名を名乗り、竹中部隊長にあわせてほしいと申し出ると、

「部隊長殿は戦死された」

と怒ったようにいい、部屋の片隅に毛布をかぶって横たわる姿を目でしめす。「戦死されましたか」――私も言葉が出ない。「観測孔から敵情視察中、戦車砲の直撃をくい、顔面半

分を吹き飛ばされて壮烈な戦死だ」という。それでは次級者の副官に伝えるべきだろうと、私はこれまでのいきさつをのべ、命令を伝達した。

「ナニッ、日本が敗けた？　停戦協定に参謀殿が行った？　ウソだ！」

とどなると、

「オイ、これは敵の謀略かもしれん。この男も敵のスパイかもわからん、充分に注意しろ、場合によっては射殺してもかまわん！」

と左右の兵にいう。

橋口副官も以前（〝八国〟当時）、一地区隊にいたわけでもないだろうし、私との面識もない。軍人の階級章とまったくことなる軍属（陸軍文官）の服装階級章で、しかも無腰の私を見て、〈こやつ何者か〉と思ったかもしれない。

陸軍服装令によって、軍属のなかでも文官は常時帯刀が本分であったが、この日の朝、河南台陣地を出てソ連軍と接触した時点で、私たちは武装を解除されていたのだ。もっとも、当時の軍人さん自体で、軍属全般や、まして文官の服装階級などを的確に知っていた人はあまりいなかったのではなかろうか。まして緊迫した状況下の、一地区指揮者としてはむりもなかったことと思う。

「司令部からの命令は、まだなにも聞いておられませんか」

と問うと、

「ウン、命令受領者を何組かさし出しているが、まだ帰ってこない。そうだ、命令受領が帰ってくるまで、ここにいるように」

という。それでもだいぶ落ち着いてきたらしく、あやしいとはっきりすれば、私をいつでも殺せると思ったのだろう。その本部内での待機を申し渡された。

三十分待ったか、一時間もすぎただろうか。陣地の外はソ連軍も攻撃してこないので、静かな時間がすぎた。

と、突然、二、三名が本部室に入ってきて副官に報告をはじめた。命令受領者が帰ってきたのだな、と感じた。そのうちの一人が副官と低声で話していたが、私を見つけると、

「アッ、志賀さん」

と叫んで、近づいてきた。

「この人を知っているのか」

副官がたずねると、

「司令部の志賀通訳さんです」

と証明してくれた。大隊本部の村山曹長である。

司令部参謀部付として私の担当していた情報、防衛、諜報関係業務に関連して、つねに連絡のあった竹中部隊での同業務担当で、もちろん、それまでいくどかの面識はあった。おかげで私は友軍から殺されるハメにならずにすんだが、それよりも妙な目で見られていた疑惑の念を解消されたことがうれしかった。

村山曹長は司令部への命令受領から帰ってきたところだという。原参謀は河南台陣地にお

られたかと聞くと、その地点で原参謀から命令を受けたとのこと。とすれば、農林屯のソ連軍幕舎から停戦交渉団一行は、ぶじ二地区に帰ったのであろう。

その村山曹長との話では、ハイラル河は泳いで渡るなどして、命令受領、状況報告に河南台陣地へ毎日のように往復していたとのことである。

橋口副官はかたわらの兵に、

「宮本中尉殿をお呼びしてくれ」

と命じた。本部にやってきた宮本中尉（昭和十八年に除隊、召集解除になって再召集をうけた宮本さんの方がたぶん古参であり、大隊内では先任将校であったのだろう）と、旅団命令についての処置を相談していたが、とりあえず部下各陣地に戦闘中止、武器携行のまま某地に集合するむねの大隊命令の伝令をだすとともに、宮本中尉、村山曹長を停戦交渉にソ連側と当たらせることになった。

もちろん私も同行した。交渉後、村山曹長は副官に報告のため、いったん本部に帰った。

安堡山――蒙古人は、「アンポー・オボ」という。標高六百九十メートルくらいのハイラル付近では一番高いオボである。といっても大興安嶺から西北のこの地ホロンバイル高原自体が標高約六百メートルあるのだから、平地から見たところさして高い山とは感じない。山というよりもポッコリ盛り上がった丘といったところだ。

頂上には蒙古人の祭祀、信仰、道標のシンボルともいうべき石の積み重ねたものがあり、これをオボという。

その丘の山腹内に築城工事をほどこし、さらにその周辺の河北山、中山、北砂山、南砂山などにも陣地を構築し、ハイラル要塞第一地区隊として七、八年の間、北方の三河街道方面をにらみつづけていたその安堡山の南斜面に竹中部隊の将兵が三々五々集まってくる。持参した武器を所定の場所につみ重ねながら……。

全員が集合するには多少時間もかかるだろうと、集合完了時まで、その斜面に隊列を組んだまま腰を下ろさせ待機させていた。十日間の戦闘で真っ黒になった顔のまま安堡丘陵にすわり、外の空気をうまそうにすっている兵員たち各人の胸中には、どんな感慨が去来していたのだろうか。

やがて、各陣地に分散配置についていた兵員も集まり、負傷者も戦友の肩にすがって、どうやら全員集合を完了し、最後は大隊本部の人員をのこすのみとなり、それが最後の竹中部隊の生存者として隊列にくわわれば終わりである。

「もう全員集まったのか」

とのソ連軍将校の幾度もの督促を一時のばしにしながら待たしていた。

そのとき本部陣地から村山曹長が走ってきた。

「志賀さん！」

私をみとめると、顔面が蒼白に変わっている。

「副官殿が自決されました」

という。

「部隊長殿の遺体のそばで……拳銃で……」

あとは言葉にならない。私も胸をうたれて、

「そうですか」

というのみである。あの覇気にみちた、不敗帝国陸軍を信じ込んでいたであろう鹿児島出身（これは後で聞いたこと）の橋口副官は、大隊長に殉じ、若い生命をみずからの手で断ったのである。戦争は終わったというのに……。いや彼の生命を断ったのは、敗戦という信ずべからざる大きなショックではなかっただろうか。

曹長と私のけはいを察したソ連軍指揮官が、

「どうしたのか、この者は何と言っているのか？」

とたずねるので、

「副官が陣地内で、戦死した大隊長の遺骸のそばで自決したのだ」

と伝えると、

「なぜ自殺なんかしたのか？　戦争は終わったのに！」

と、どうしても納得ができぬらしく、理由をしつこく聞く。

「バカなことした、バカなやつだ、自殺した理由はなんだ？」

と……。

どうにも説明のしようがないので、私もしばらくだまっていたが、最後に私は、自分の感ずるままにいった。

「彼は、サムライだった……」

その後、その指揮官は、その件については一言もふれなかった。

さて、いよいよ竹中部隊全員の集結が終わり、人員点呼となった。日本軍側でいつものように各隊ごとに二列横隊に整列し、「番号」の号令一下、各隊の人員が総指揮官に報告される。各隊の数を合計すれば、即、全兵員数が出てくる。ものの一分とかからない。

それをソ連側に通告する。あまりの速さに彼らは目をパチクリしている。だが、彼ら自体としても員数をつかんでおく必要がある。今度は彼ら自身による人員点検がはじまった。

警備兵が、日本軍兵員は五列縦隊にならべという。指揮官も入れてそのとおりならぶ。ソ連兵が五名ずつの列を一、二、三と数えていく。だが、結果が二度やっても三度やっても合わない。ソ連軍将校が警備兵をどなりつける。

「前回〇〇〇名といったじゃないか、今度は〇〇〇名、なぜちがうのか、もう一度数えなおせ」

まさにお笑いである。そのうち、どうやら日本側の数と合ったらしく、「よし、出発」ということになった。

わりあい長かった夏の終わりの太陽も、このころには西へだいぶかたむいていた。八月十八日ともなればこよみの上では立秋がすぎ、俳句の季でいえば秋に入っている。

もうしばらくすると日が落ちるなと感じながら、安堡山を下りだしたのは午後三時半か四時ごろではなかったろうか。上ハイラル橋を渡り農林屯へ向かう。停戦交渉の場になったソ連軍幕舎の前を通り、さらに南へ、東山ロータリー方面に進む。

道路の右手、つまり西側に、鉄条網でかこまれた木造の小屋が見える。以前の第六軍直轄の材料置き場かなにかであろう。一時その中に入れ、という。本収容所の準備がととのっていないので、それができるまで、ここで休憩するとのことだった。

本収容所とはどこにあるのかな……と考えながら、私も一応ホッとした思いで、朝から吸うのをわすれていた煙草（前門、チェンメン）をとり出し火をつけた。火災予防のためというとこじつけになる。無性に外気に当たりたかったのだろう。小屋の外に出て小屋の周囲をブラブラ歩きながら喫煙していた。

日はもう河南台地のかなたに落ちて、あたりは夜に入る序曲のようなうす暗さがただよいはじめている。ふと、小屋の向こう側からソ連軍上級中尉が現われた。こちらへ近づいてくる。ニコニコしながら面前一メートルのところまできたとき、

「カトウルイ・チャス（何時か）？」

と聞く。反射的に私は左手を上げて時計を見て、

「ベス・デシャチー・ピャッチー（五時十分前だ）」

と親切に教えてやった。すると将校は、周囲をチラリと見まわして、突然、帯革に下げていた拳銃をとり出し、私の胸に突きつけ、

「ダワイ・チャスイ（時計をよこせ）」

とおし殺した低い声でいう。

戦争に敗けたらこういうことになるのかなァと苦笑が先走ったが、殺されてもつまらないので時計をはずし彼に渡した。彼はジッと品物を見ていたが、うれしそうにニタッとすると、

「イジー・スカレーエ（早く行っちまえ）」

と自分の方から逃げるように外へ出て行った。

彼がよろこぶはずだ。その品物は一年ほど前、ハルビンに出張したさい、有名時計店で当時としては高額の金百円也を投じて購入したスイス・オメガ製の十八金側腕時計であった。ハイラルの戦闘が終結した後の時計、万年筆などの強奪問題があるが、私などは比較的はやい時期の被害者であったろう。

やがてその場所を出て、竹中部隊主力は、独混主力が収容されていた兵器廠跡へ移動し、独混隷下部隊として司令部の掌握下に入ったが、その時点をもって、島本鉄二大佐ら歴代地区隊長のもとハイラル要塞の北の守り安堡山を中心とする陣地により、日夜、訓練にはげみ、最後はハイラル周辺戦闘の最激戦を死力をつくして戦いぬいた第一地区隊は、一応その戦時の任務を完結したのである。

それと同時に、矢野音三郎初代隊長より四代目石田保忠少将を最後の隊長とする第八国境ハイラル要塞守備隊（以後には独立混成第八十旅団と隊名が変わったが）の使命なり、生命なりも燃えつきたのである。

私自身も、原参謀にその日の状況を報告し、司令部の人たちにも会い、また井村先輩とも顔を合わせ、長かった十八日の出来事を話し合ったころには、ハイラルにはとっぷりと秋の

夜のとばりが降りていた。

12　軍医のぶきみな予言

ハイラルの軍兵器廠は、東山丘陵上に位置した元第六軍、第百十九師団司令部への登り口である東山ロータリーの東北にあった。

周囲をかんたんな鉄条網でかこい、四隅にやぐらを組んで常時、ソ連軍警備兵が自動小銃を手にして見張っている。かこいの北側に出入門がもうけられ衛兵所があって、その門を出た向かいの建物がソ連軍の捕虜収容所本部になっていた。

ソ連側の命令はこの本部から出され、そのつど原参謀が通訳のだれかをつれて、本部まで出かけて行くことになっていた。もっとも、後にはソ連側から警備兵が伝令として直接、命令伝達に日本軍司令部にくるようにもなったが……。

約三千名以上の日本軍捕虜である。毎日、数十名、ときには数百名単位で、何組かの捕虜たちが使役に使われた。

といっても、最初のうちは戦場整備、つまり敵味方（もっともソ連側は自軍の戦死者は自軍でほとんど処理していたので、主として日本軍戦死者）の埋葬であった。これは同胞のことであり、当然のことであったろう。

その他の使役は食糧、被服などの収容所への搬入、これも生きて行くためには必然である。あらまし日本軍捕虜の生きて行くための必需品の確保がすすむと、ちかくにある諸資材の運搬で、機械類、兵器、資材、建物の一部、はてはレンガの一個まですべて日本軍捕虜の人力によって撤去撤収させ、貨物列車に積み込ませたのである。

毎日、ソ連側から「ただちに使役○○名、将校の指揮者をつけろ」といった命令が幾つもきて、そのつど何組かの使役兵が出て行っては帰ってきた。兵隊も腹がへるのだろう。チャッカリした連中は、帰りにチャッカリと食べ物の員数をつけてかくして持ち帰り、仲間と食べたりしていた。

原参謀の長身端正な容貌、態度は、ソ連側からそうとう好感をもって見られていたようである。

独混八十旅の旅団長であった野村少将は、第二地区陣地を出てすぐ、最高責任者としてトラックでどこかにつれて行かれたそうで、収容所内に姿はなかった。

ちょうどそのころ、私は農林屯のソ連軍司令部の幕舎内に人質として残り、その後、第一地区（竹中部隊）へ停戦伝達のため安堡陣地へ行っていたので、停戦協定に参謀以下五名が二地区を出たときいらい、旅団司令部の状況は、あとで人に聞くのみであった。

「通訳が必要だから五、六名を通訳室につめさせてくれ」

という収容所側からの要求で、「ヨシ、僕が行こう」と、あとの日本側司令部のことは井村先輩にたのんで、私は通訳詰所へつめることになった。

収容所本部と日本側司令部の中間より、すこしソ連側に寄ったところに、内部が十二、三畳敷くらいの建物があって、それが詰所に当てられていた。私が行ったときは、もうすでに四、五人の日本人たちがおり、みな民間服を着用していた。そうとう長くこの地方にいる人たちらしく、ロシア語は達者であった。年齢もみな私よりは上で、どこに勤務していた人かは、ついに聞くことはなかった。名前もすべてわすれてしまった。

ある日、そのとき二人だけが詰所に残っているときだったが、一番年長者らしい五十歳くらいと思われる人が、

「あのことがバレると、ここにいる人たちの中でとても満足にはすまない人が多いのだがなあ」

と、ふともらした言葉を聞いた。

「どうしたのですか」

とたずねると、

「イヤー、開戦と同時に、かねて目をつけていた白系露人の中で、対ソ通諜のおそれのある連中を警務庁に拘引したのですよ」

「それくらいのことは、どこの国でもやっていることでしょう」

というと、

「いや、それが、それだけならなんということはなかったのだが、ソ連軍の進撃が急迫しているというので、その連中の首を全部ハネたんですよ」

「へーッ、どこで?」

「警務庁内部の庭でしたが、その死体が見つかるとかバレた場合には、断罪の命令を出した人や、直接、手を下した者はもちろん、検束のために案内立会した通訳も、やはり戦犯ということになるでしょうね」

とさびしく語ってくれた。

ふつうのたんなる通訳業務のために通訳を必要とする場合は、ソ連警備兵が詰所にきて、「通訳○名、本部へ出頭」と告げ、どの通訳でもよかったのである。だが、そのうち氏名を告げて、「何某、本部へ出頭」と連行して行かれた人たちは、最後まで帰ってこなかった。

それがきのう、今日とつづいているうちに、私に話してくれた年輩の人も、そのうち呼び出しがかかり、

「ソリャきたか、これでお別れですね」

と案外サッパリしたようすで出て行ったが、この人もついに帰ってこなかった。

とうとう、私一人がその詰所に残ってしまった。

「ソ連軍は、われわれ関東軍をいったいどうするのだろうか?」

——このことが収容所内の将校室でごろごろしている人たちの中で話題になった。

ここに起居している将校連中は、主として兵力としての部下を持たなかった人たちで、直接、多数の部下を指揮して行動する必要のない立場におかれていたので、したがって一日中を文字通りごろごろしていたわけである。すなわち軍医、歯科医、大隊付佐尉官など十二、

三名で、私も将校待遇者として通訳をかねてこの室に起居していた。

「そりゃ、日本内地へ送り還すだろう」

「そうだ、ただ現在のところ浜州線のハイラル鉄橋が破壊されているので、汽車で東方へ送還するとしても、修理がすむのを待っているのじゃないか」

「いやしかし、伊敏河にかかっている鉄橋が使用できぬなら、家族連中を送り出した東ハイラル駅からならば、あれより東は運行可能なはずだ」

「では、汽車の配給待ちというところか」

「またべつに、ハイラルから西行してソ連領内を通りネルチンスク、チタ付近でシベリヤ鉄道に乗り、東へまわってウラジオストク経由で内地に送るのかもしれんぞ」

「たしかにこんどの戦さは、関東軍がしかけたわけでもなく、ソ連側からの急襲だったのだからな……」

「それに日ソ中立条約の期限も、もう一年残っているしな」

「しかし、ソ連側は中立条約の破棄を通告してきたぞ」

「まあ、一番ひどい目にあうのは支那派遣軍だろうな、その他、対米英軍などに対抗していた軍はどうなるかわからないがね。いずれにしても関東軍はソ連にたいして出て行ってはいないのだから……」

　などなど、将校室にいた人たちのほとんどが、そういった意見であった。私自身も、関東軍は各地で交戦したその他の日本軍のうち、比較的に寛容な処置をうけ、ハイラルから直接内地へ輸送されるものと考えていた。

だが、たったひとり軍医少佐某（氏名失念）だけが、

「それは考えがあますぎる。こんどの独ソ戦で、ソ連側は数百万人の軍人を失っており、さらに民間人を入れれば膨大な損失になるだろう。とくにソ連の西南部の領土は荒されている関係上、その農業、工・鉱業政策上も労働人力を必要とするはずだ。おそらくわれわれはソ連本土に送られて、何年間になるかはわからないが、使役に投入されるのがオチではないか」

といいきった。

当時はそんな馬鹿な、という気持をみんなが持っていたが、はからずも将来、その言のとおりになろうとは、当時だれも考える者はいなかった。

13　悲しき四人の兵士

収容一ヵ月ほどすぎたころ、ソ連側から急使がきて、

「まだ、射撃してくる少数の日本兵がいる。だれか行って投降するよう伝えてほしい」

といってきた。原参謀が、

「志賀、行ってくれるか」

という。どのあたりなのかと私がソ連兵に聞いてみると、

「河のアッチだ」

といい、よく聞くとハイラル河の北側らしい。嵌哈山《カンパザン》かな、と思いながら行こうとすると、

「おれも行こう」

と、そばにいた中川主計少佐が同行することになった。

トラックで北に向かい、上ハイラル橋を渡り、すこし行ったところから右へ曲がった。つまりハイラル河岸ぞいに上流の草原地帯を東へとむかった。嵌哈山なら哈克《ハケ》の対岸になるわけだから、すこし時間がかかるぞと思っていると、あんがい短時間で現地に到着した。

小高い丸い砂山に掩体をつくり、銃眼が各所に開いていた。掩体の上にソ連兵が五、六名立っていて、下のトーチカの方にゆだんなく銃をかまえている。

「日本兵がいるのか」

到着するとさっそく、私はそれらのソ連兵に聞いてみた。

「いるいる、このトーチカの中だ。五、六名のようだが、ときおり撃ってくる。先刻も四、五発、トーチカの中で銃声がした」

という。中川少佐と相談したが、

「とにかく、日本軍が司令部からきたことを知らせて中に入ってみよう」

ということになり、二人で大声で、

「日本軍がきたぞ、司令部からの命令を伝えにきた」

と何回も、官姓名を名乗り、すこし下り坂になって扉もない入口から内部へ入ってみた。その陣地はさして広くなかったが、それでもベトンづくりで四室ほどあったと記憶する。

「撃つなよ、日本軍だ」

と大声でさけびながら最初の室に入ってみた。

四畳半ぐらいの広さの洞窟陣地の一室に、まさに日本兵が一名いたが、彼は右の軍靴のみを脱ぎ、三八式歩兵銃を逆さに突いて銃口を口にくわえ、右足の親指で引き金をひいて自決していた。

ほかに三室ほど小さな部屋があったが、どの室にも一名ずつの日本兵がおなじ状態で自決している。遺体はまだあたたかく死後硬直もきていない。だが四名の兵隊は完全に死んでいた。上等兵が一名、一等兵が三名、計四名のみだった。

部隊標識も名札もムシリ取ったらしく、所属や名前を表わすものはなにもなかった。少佐と顔を見合わせていたが、ついポロポロ涙が出てきた。しばらくして、

「まあ、とにかく死体を外に出して、ソ連軍に確認させ、埋葬しよう」

と二人で外へ持ち出した。外の陽光の下に出たとたん、私は無性に腹が立ってきた。

「お前たちがこの兵隊たちを撃ったのか？」

とどなりつけると、トーチカの上に立っていたソ連兵はあわてて、

「ちがう、オレたちは、一発も撃ちはしなかった、ほんのすぐ前までは彼らはたしかに生きていた」

と真剣な顔で弁明する。

ちかくの砂地に穴を掘って四名を埋葬したが、内物入れをさぐると、それぞれが写真を大切そうに所持していた。見ると妻、子、あるいは家族と思われる人の写っているもので、万感胸にせまるものがあった。

その写真と認識標は中川少佐が持ち帰り、原参謀に報告したものと思う。あとで考えると、そのトーチカは皦哈山ではなく、もっと西の小警備陣地であった坊主山だったと思う。一地区か、五地区からの前進陣地警備兵であったのか、それとも、遠く三河地方あるいは四卡、五卡あたりの警備兵が、ハイラル河北地帯をソ連軍に追われ、さまよい歩き、無人の地下陣地を見つけてそれによったのか。

対岸のハイラル旅団主力部隊は、一ヵ月ほども前に投降収容されているのになにも知らず、巡察にでもきたソ連兵に見つかり、しばし交戦のすえ周囲が完全に包囲されているようなので、これまでと、戦陣訓どおりいさぎよく自決したものだろう。故郷の妻子、家族、親しい人の写真を胸中に抱きながら……。

収容されて一月半ほどたったころだった。もう十月もちかく、ふつうならハイラルの温度は零下をしめしているころであるが、なぜかこの年はおそくまで暖かかった。

暮色がせまってきたころ、ソ連側から参謀に「ただちに出頭せよ」との伝令がきた。私が通訳としてついて行ったが、ソ連側本部のすこし手前に小さな建物があって、その前に五、六名の女性がむらがっている。女性捕虜用の建物なのだろう。ちかくまで参謀と歩いて行く

と、

「志賀通訳生殿、ガンバッテ！」

と、こちらに手を振っている。見れば司令部勤務のタイピスト連中だった。片手をふって答えながらソ連軍本部へ入ったが、その後、彼女らがどうなったか、私は知らない。

「日本人は人間の肉を食べるのか？」

収容所長は私たちの顔を見るなりたずねた。

「そんな馬鹿な！　絶対にそんなことはない」

と二人は強調した。

「じつは、きょう巡察しているわが兵がみつけたのだが、ハイラル河ぞいの凹地に日本兵が二人いた。ソ連兵が行って捕虜にしたのだが、一名はすでに死んでいた、他の一名（この兵隊だ！　と一隅に立っている日本兵を指す）を捕らえるときに、この兵隊は死んでいる戦友のどこかの肉をナイフで切り取って食べていた、という報告だ。人肉を食うという風習が日本人にはあるのか」

ニヤニヤしながら所長が聞く。もちろん半分は信じていないようすだったが……。

「そういう風習は日本人には絶対にない」

と参謀は断言する。

「それならば腹がすいているのだろう、このことは不問にするから、早く日本軍のところにつれて行って充分に食べさせてやれ」

所長は寛容の姿勢をみせた。

くわしいことは司令部で聞くだろうと、参謀を先頭にその兵隊、私の順で収容所を出て、日本側司令部へ向かって連行した。日が落ちてあたりは暗くなってしまった。

ヒョロヒョロと参謀のあとにしたがっていたその日本兵が、司令部への中間地点あたりで左側の側溝へ、サッとうす黒く見える白布につつんだ物体をすてるのを、その後方を歩いていた私はたしかに見た。はたしてそれが何であるか、ひろってみる気も起こらず、後刻その確認をしに行く気にもならず、そのまま通りすぎて行った。もちろん、その兵隊の所属も名前も知らないし、顔もおぼえていない。

ある日のこと、ソ連軍の警備兵が司令部へ走ってきて、

「全員ただちに収容所本部前に集合！　全員だ、炊事勤務者も全員だ！　ダワイ、スカレーエ」

の連発だ。病室看護兵らも本部前に全員が向かいあって四列か、五列横隊にならんだ。外部からジープで乗りつけたソ連軍将校二、三名が日本兵一名を連行して、一同の前を左から右端へと歩いて行く。

なにごとか、その日本兵にいっていたが、血の気を失った顔色のその兵隊（階級はわからなかった。ただ服装は下士官兵の服で、将校の服装ではなかった）は、うなだれて、蒼白のどこかにあきらめ切った面もちで、向かい合わせに整列している日本軍捕虜の前を、いったん左から右へ抜け、その間ときどき目をチラチラあげて整列者の顔をうかがうようであったが、

右端まで行くとこんどはぎゃくもどりして、右から左へと通りすぎて行った。

そのあと、歩哨門のところでソ連軍将校となにか話していたが、そのままふたたびジープに乗せられて立ち去った。

おそらく戦犯容疑者が、自分の知っている人物がいるかどうか、面通しにつれてこられたものだろう。たぶん憲兵隊か特務機関の人ではなかったろうか。

結局、その兵隊はだれ一人にたいしても立ちどまったり、表情を変えたりしなかったが、このことも、私としては例の老いた通訳の人が話していた、通ソ容疑者として検挙した白系露人処刑に関連したことだったのだな、とあとになって考えついたことであった。

14　さらばハイラル！

二ヵ月くらい兵器廠にいたろうか。「日本軍捕虜収容所を移動する」とのことで、十月末ごろ、西山（二地区陣地のちかく）の某社宅地帯へうつった。

その社宅は日本風建物で、畳敷きだったがせまかった。六畳の間に二十五、六名がつめこまれていたので、寝るのにも大変ですぐにシラミが繁殖した。

そのうち、大工、左官仕事のできる者を何十名か使役に出せ、といってきた。なにをするのかと聞くと、日本兵を送り返すため、貨物列車にベッドその他、炊事場および便所などを取りつけるのだという。なにしろ日本へ送り返す港まで、そうとう日数がかかるから、頑丈なつくりにしておかねばならないので、熟練した大工、また左官らを多数要する、との説明である。さあ日本人たちはよろこびにわいた。

私は現場へは行かなかったが、作業から帰ってきた人たちの話を聞くと、たしかにハイラル駅西側に引き込まれた貨物列車の何十両かに、そうした設備工事を実施しているのは確実である。

なるほど、ハイラル鉄橋の復旧修理が終わっていないらしいし、また、ソ連側の言によれば、満州中央部付近は蔣介石の国民軍と毛沢東の共産軍の間で目下、戦闘が行なわれているので、西へ向かって満州里を通過し、シベリヤ鉄道によってウラジオストク方面へ送るのだという。

みなの士気は上がったが、なぜか私には、日本送還のことがどうしても半信半疑であった。十一月に入ってからは、さすがに気温も下がり、ときには雪も降り、ヒシヒシと寒さが身にしみてきた。

そんなある日、

「オーイ、満州里の部隊が帰ってきたぞ」

という声で表へ飛び出して待っていると、チラチラと雪の降る中を六、七十名の人間が収容所へソ連兵の先導で歩いて、というより動いているのが見える。近づくほどに目をうたがった。

全員が男性だったが、正式の軍服を着ている者は一人もいない。靴をはいている者もいない。靴らしき物を足になにかの布でくくりつけ、なかには両足とも麻袋の切れっぱしでくるんで足首をヒモでしばっている。

着ている服は麻袋をつぶし、細工して身体に巻きつけナワの帯をしており、その帯に、飯盒の中ぶただけとか、罐詰の上部に穴をあけてヒモを通した罐と、スプーンをブラ下げている。

雪が降るのに帽子どころか、夏用戦闘帽のカケラを頭上にのせている者、麻袋の切れっ端でぐるぐる頭を巻いている者――この悲惨な行列を見たとき、私は涙が出てとまらなかった。

ソ連軍の最初の直接地上攻撃をうけたのは満州里警備隊で、相当数の戦死者が出たのは事実で、生き残った軍人、軍属も民間人も、ハイラルへ引き揚げるまで、同地で重労働の使役に酷使されていたとのことだった。

「ソ連側は日本軍をこのまま、すんなり日本へ帰すようなことはしないと思う。われわれをどこへつれて行くのか？　おそらくはシベリヤ方面だろうが、知らぬ土地へ行くのもおもしろいじゃないか」

井村先輩が私にこういう。

「第一次先発隊がきまったが、君はどうするか。オレは第一次といっしょに先発するつもりだ」

「第一次は何名かな？」

「千五百名で、指揮者は板垣少佐だ」

「千五百名ね、よし、先輩がその腹なら僕もいっしょに行こう」

ということになり、板垣恭二少佐にそのむねをいうと、

「志賀君がいっしょに行ってくれれば、どこへつれて行かれても心強い、たのむよ、もう先発隊の部隊名簿もできているから」

とのこと。本来ならば、私は独混八十旅団司令部付なので、最後まで原参謀と行動をともにすべきであるのだが、すでに兵器廠収容所当時に、所属はわからなかったが、兵隊服を着用している原さんという通訳を買って出た人がいた。

東京外語出身と本人はいっていたが、私のカンとしては、あれだけロシア語会話のうまい人は、ハルビン学院出身ではないか、と今でも思っている。その人の会話は本当にすばらしかった。

その原さんが、後発隊となるであろう原参謀のもとにいてくれるのなら、旅団司令部関係の通訳業務は彼にまかせようや、ということになった。

いよいよその日がきた。先発隊板垣少佐の指揮する千五百名が、参謀たちと別れを告げて列車に乗り、ゆるゆると西へ向けてハイラル捕虜第一陣が同地を出発したのは、十一月十八日であった。

ちょうど停戦三ヵ月目であり、おそらくその三ヵ月の間が、ハイラル地区における戦犯容疑者の摘発、告発の一応許容されていた期間ではなかったろうか。

汽車はゆるゆると、むかし東支鉄道と称した鉄路を西へ進む。満州国を樹立して日本の勢力版図としてからは、満鉄の浜州線と称していた西北端の街、満州里駅を、やがて列車は通過した。

（昭和六十三年「丸」五月号収載。筆者は陸軍通訳生）

シベリヤ「ラーゲリ群島」放浪記

日本軍捕虜たちが生きぬいた過酷なる収容所生活——志賀清茂

1　あれがバイカル湖だ

独立混成第八十旅団の兵力を主幹としてハイラル要塞に入り、ともに勇戦奮闘した他部隊将兵、満州国日本人官吏その他民間人の捕虜を日本へ送還するという名目で、千五百名を単位として一個大隊を編成し、その第一次部隊として先発したのは、旅団通信隊長の板垣恭二少佐を長とする部隊であった。

原博一旅団参謀の掌握下にあった後続部隊が何日に出発し、どこに連れて行かれたのかは、先発部隊と行をともにした私は、帰国後も昭和五十六、七年ごろまでまったく知らなかった。

昭和十五年三月に陸軍通訳生に任官、四月に赴任していらい五年八ヵ月ものあいだ暮らしてきたハイラルの街をあとにして、日本軍捕虜をのせた貨物列車は満州里を越えてダウリヤ、ボルジアなど国境第一線の駅々を通過した。

なにしろ貨物列車にのせられて扉は外部から施錠されている関係で、外部はぜんぜん見えない。ただ車両の左右前後、上方の二十センチ平方ほどの明かり窓をかねた息抜き窓が、私

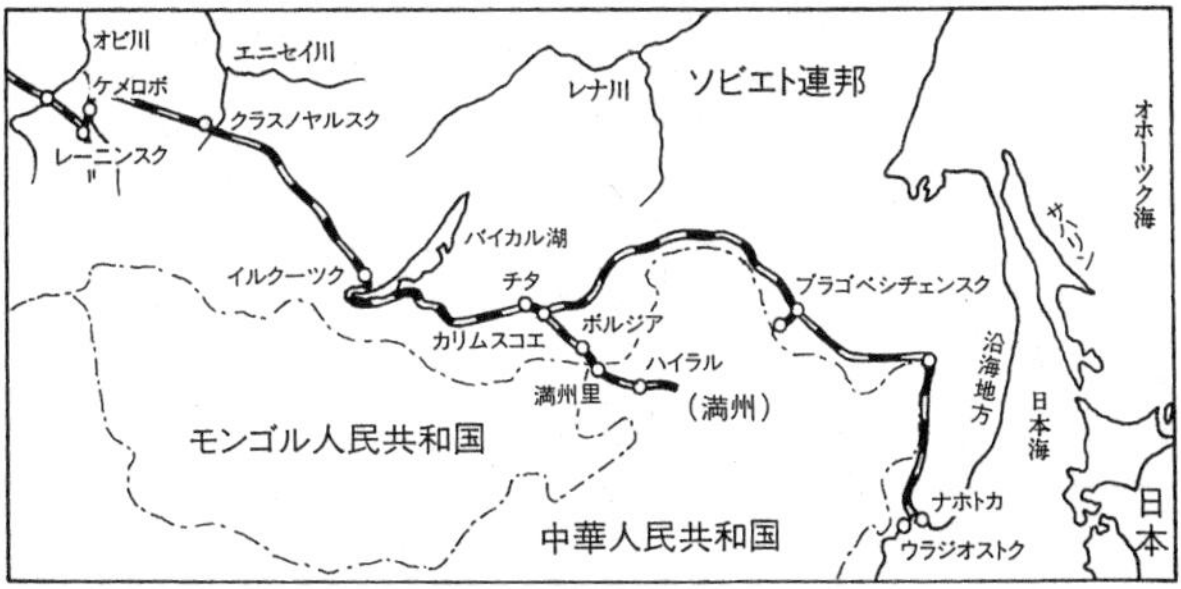

たちの見えうる外部への接点だった。

私は、通訳としての役目もあり、将校待遇として将校連中とおなじ車両に乗っていたが、当然、井村先輩も軍隊内での階級は私とおなじということにしておこうと相談し、いっしょに乗ってもらった。もっとも本人は最初、満州国官吏にしておいてくれた方がよいのじゃないかと要望があったけれど、捕虜になればみなおなじようにあつかわれるのはきまっていることだから、せめて将校待遇ということにしておこうや、と私とおなじ准尉待遇ということにしていた。

列車がカリムスコエ付近までくると、私自身も板戸の隙間やら明かり窓から駅名を確認するようにつとめたが、私たちが期待していたカリムスコエ付近から右へ曲がってウラジオストクへ行く希望は、あわれにも裏切られた。

列車は一度も東へ向かうことなく、西へ西へと進んでいった。これにはみなガックリだった。もう好きなようにしろ、といった気持が全員の考えだったろう。

ゴットン、ゴットンと汽車は西へ動く。動くがノロノロ運転であってときどき停車する、その停車時間が長い。それでも炊事車がつくってあった関係上、三度三度の食事は炊事当番から運ばれてきた。このあたりは、まだ日本陸軍のしきたりが生きていたからだろう。食料品はもちろん日本軍が蓄積していたのを積み込んでいたものである。

チタをすぎて西行すること二、三日目に列車がとまり、ソ連兵が各車両の扉を開けて、ここで大休止する、給水・食事などを充分とるよう、とのことではじめて貨物列車の外に出た。空気がうまい。目前に見えたのは、海か、と思うほどの大湖水、すなわちバイカル湖であった。運動不足になやんでいた日本人全員が飛び下り、湖のほとりに行った。じつにきれいな湖だった。これまで話なり、地図上では知っていたが、すみきったその湖の様相は、ほんとうに神秘的なほどの感動をあたえた。いちはやく湖辺に走りよって水を手ですくって飲む人、飯盒に二杯、三杯とくんで行く人、まさに蘇生の思いであった。とうぜんここで汽車の給水も炊事車への給水も行なわれ、約半日ほど湖のほとりですごした。

ふたたびソ連兵の数の合わない点呼と、日本側の正確な点呼が終わって、バイカル湖畔を出発した。さらに列車はノロノロ運転で西へ向かう。もうそのころは、貨物列車の扉は自由に開放されていて、ときおり通過するシベリヤ鉄道沿線の駅に見かけるロシア人の子供たちは、この寒い時期に裸足であった。それでも「ヤーイ、ヤポンスキー」とか、「ヘーイ、サムライ」とかの罵声が聞こえた。

さらに西へ進むこと数日、やっと列車がとまり、ソ連警備兵が各車両の日本兵に、「ここで下車せよ」という。昭和二十年十一月二十六日のことであった。整列点呼のうえ、ソ連兵の引率により黙々と歩くこと一時間、四方を鉄線でかこみ、四隅に七、八メートルの高さの監視哨用のヤグラがつくってあるところへきた。〈ああ、これが捕虜収容所なのだな〉と気づく。

最初に、収容所の真向かいに建っているソ連側収容所本部の前で、ソ連軍収容所長以下幹部の出迎えをうけ、人員点呼のうえ、

「この収容所は、クラスノヤルスク地区、第四戦時捕虜収容所であり、私は所長の某（氏名失念）大尉だ。君たち新しい日本兵を迎えることになったが、先に入所している日本軍部隊もおり、それとも仲よくやってほしいし、ソ連邦の社会主義建設運動にも大いに協力してほしい」

と所長がのべて、板垣少佐以下、私たち千五百名が入所することとなった。

2　非情なシベリヤ

収容所へ入った板垣大隊の宿舎は正門から向かって右側の半地下式のバラック兵舎（すでに明けてあった）で、兵員用は木製二段ベッド、将校用のみは単独木製ベッドだった。

ソ連側の指示で大隊長、副官と大隊本部要員（炊事係、理髪係その他）がさだめられ、命令・指示は大隊本部を通じて行なわれることとなり、さらに刃物、物を書く物品（万年筆、

鉛筆類、紙類）の全部を提出するようもとめられた（もっとも、鉛筆類、紙類はその後、作業割当を作成するため必要となったので返却されたが）。

それと一週間の休暇をあたえるから、その間に便所を掘り、先着部隊の軍医とともに各人の健康診断をソ連軍医より受けること、そして健全な者はソ連の社会主義建設のため協力してほしい、との収容所長（ソ連軍歩兵大尉）からの要請、命令があった。

さて、私たちよりさきにこの収容所に入っていた部隊約千五百名は、寺田少佐という人がひきいる南満（奉天あたり？）からの部隊で、あまり私たちとは親しくもなかったが、ただこの収容所全体として、軍医部は一つだけしかなく両部隊がお世話になったので、すぐに親しくなった。

あとで聞いた話では、この軍医部関係の人たちは南方方面の陸軍病院付だったのが、内地への転属命令をうけ、中国大陸をへて山海関を越え、奉天付近まできたときに終戦となり、ソ連軍の捕虜になったとのこと。この軍医部勤務の人たちは陽気な性格の人々で、小野軍医大尉以下、衛生兵約七、八名であり、バタビア（現在のインドネシア・ジャカルタ）に長くいたらしく、よく、

〽都バタビア　運河は暮れて
燃ゆる夜空の十字星
母よ　妹よ　便りはせぬが
胸に書いてる　この想い

といった歌を大声で唄っていたのを思い出す。またこの小野大尉という人がきさくな面白い人で、私とよく話が合って、旧軍隊時代のさまざまな興味ある話を二人でしたものであった。

しかし、その年の日本軍捕虜にたいする給与、食料品の支給はひどかった。もちろん数年間つづいた独ソ戦で、穀倉地帯であるウクライナ地方がドイツ軍の占領下にあったことや、前年の同地方を襲った飢饉のため、食糧は極端に欠乏し、捕虜にまでまわす余裕はなかったのであろう。

板垣部隊は一週間の休暇をあたえられた後、ソ連側労務係からさっそく、労働に出るよう命ぜられた。もちろん兵の階級にある者に課せられた労働であるが、将校が指揮者としてついて行ってほしいとのこと。彼らは日本側部隊本部の勤務割当にしたがって、百名とか五十名とかを指揮して現場に行ったようである。

勤務割当は前日中にソ連側から指示されてきた。私も何度か某部隊とともに現場におもむいたことがあるが、ある一例をいえば、そのときの労働現場での仕事は道路の穴掘りであった。シベリヤの十二月といえば零下四十度ともなり、その中で地面を掘れといっても、いくらソ連側からバールやツルハシ、スコップなどの工具をあたえられても掘れるものではない。

現場監督のソ連民間人に、一日一人のノルマはこれこれだといわれても、バールでまずカチカチにかたまっている雪というより氷を除去しなければ、土が現われてこない。ようやく土にたっしたと思うと、これが凍土（ツンドラ）になっているので、どう力を入れようが、どのように努力しようが、穴そのものさえ掘れるものではない。

それでもソ連人の監督はどなりちらしつつ、一人でこの工具をつかって掘るノルマはこれこれだという。そんなバカなと私は抗議した。監督のもっているノルマの表がシベリヤでのノルマなのか、もっと温かい地方の黒海付近でのやわらかい土地でのものなのか、とくってかかった。ところが監督は、国家がきめたことだから、一人で八時間に何立方メートルを掘らねば百パーセントの点がやれないという。

私としては、〈なにをバカな、社会主義、社会主義というからには労働条件にしても学識者の体験、実験により合理的につくってあるはずで、真冬のシベリヤ地帯でのノルマと、もっと暖かい地方でのノルマはちがうはずだ〉と思い、そのあたりをいくらいっても、鬼のような監督には通じなかった。

それから収容所へ帰ってからの給食がひどかった。黒パンの一片と中盒一杯のスープである。いくらスプーンでさぐっても、底にグリンピースが五、六つぶほど入っているだけである。スープと名のつく味つきのお湯を飲んでいるようなもので、これでは人間の身体が持つはずがない。

給食の改良について、井村先輩が板垣少佐について収容所長にたびたび交渉に行ったことも知っている。捕虜にたいする給与表はロシア語で印刷して壁にはってあるのだが、たとえばパンの量にしても実際に支給される量はすくなく、牛肉類も一日何グラム、穀類、砂糖、タバコ類にしても、将校と兵との間に若干の支給の差はあっても、そのとおりに支給されたことはない。

ある日のこと、ソ連側給与係が、あした牛肉が運ばれてくるというので、みなが期待して見ていると、十台ほどの馬車に積んだ物体が到着した。見るとすべて牛のツノのついた頭の部分だけだった。

家屋建設にも行ったことがある。市内の便所掃除もやった。道路建設にも従事した。しかし、なんといっても寒い。まず寒さから身をまもる方がさきだって、ロクに仕事ができなかったことはたしかだ。社会主義国家建設に協力してほしい、というソ連側の気持はわからぬではないが、なにしろ給与がわるい。兵室での各人にたいするパンの配給のしかた、副食物の割り当てなどにたいする兵員の不満はしだいにつのっていった。

しかも朝食（といえるようなものではなかったが）がすめば作業整列で、現場へ出発である。ようやく八時間の労働を終わって帰ってくる兵員は、もうヨロヨロだった。したがって病人が出る。ほとんどが栄養失調であり、その他は肺をやんでいる者など雑多である。

ソ連側軍医が、病気を申し立ててくる兵員の労働にたえうるかどうかを判決を下すのだが、熱は三十八度以上なければ絶対に作業を休ませることはなかった。

入ソ後、三、四ヵ月間にバタバタと死んでいった戦友の数は非常に多かった。そのほとんどが栄養失調であった。

街の建設作業には私も板垣少佐について行ったが、すべて四階建てで、おそらくソ連労働者の住宅にするのだろう。列の先頭を歩きながら引率のソ連軍カンボーイに聞くと、やはり住宅建設だとのこと。そのため日本軍の中からも左官、大工など、その方面の経験者を多くつれて行った。

歩きながら私はあれこれ指さしながら、「この建物は、こんど日本側が占領したときには将校会館にしよう」とか、「これは下士官、兵用の宿舎にしよう」など、当時まだ反ソ感情でいっぱいだったので、後続の兵員に大声でいって笑わせたものだった。

そのうちに私の主任務は、ソ連側からいわれた捕虜名簿の作成ということになった。収容所副官の中尉からそのことを告げられ、鉛筆、紙などを受領して、各小隊単位で国籍、民族、本籍地、姓名、生年月日、階級、所属部隊などを書いて提出させ、それを持ってソ連側収容所内の副官室に私が出向き、二人さし向かいで日本語で書いてある名簿をロシア語で副官に訳してつたえ、彼はそれを一人一枚ずつのカードに記入して行く。

最初、この兵員名簿の作成を命ぜられたことを板垣少佐に報告すると、

「それは小隊ごとにつくらせればよいが、こまったことに、じつは日本軍憲兵隊の者が何名か私の指揮下に入っている。だから、それらの人たちの所属は僕の部隊、つまり独混八十旅通信隊ということにしておいてくださらんか」

との指示があった。

ようやく日本人による兵員名簿が各中、小隊から提出され、その書類を持ってソ連側副官のところへおもむいた。そして私がロシア語に訳し、彼が捕虜カードに一枚ずつ書き込んでいくのだが、これがあんがい時間のかかる仕事だった。

国籍、民族などはすべて日本国籍の日本民族だからかんたんなのだが、姓名で読み方にカナがふっていなかったため、読みちがってはいけないと苦労した。

まず大隊本部からはじめ、各中隊の小隊ごとにすすめたが、大部分の兵員所属部隊は独混八十旅の通信隊関係が多く、歩兵、砲兵、工兵などが主で、二、三日もすればなれてしまって、いくぶん退屈ぎみになって、機械的に一人一人の名簿の通訳をしていった感じがする。ただ姓名だけはロシア人にはない名前が多いので、はっきりとその点は注意し、副官の書きまちがった名前はすべて正確になおした。

事務的、機械的に千五百名分のカード作成をやっているうちに、つい大変なあやまちを犯してしまった。それは某小隊のならべて書いてある一人の兵員の所属部隊の欄に、「憲兵隊」と書いてあったのをそのまま「ジャンダルメーリヤ」といってしまって、「アッ」と気がついたがおそかった。自分の不注意である。「しまった！」と思ったが、いいなおすわけにもいかない。案の定、副官はチラと目を上げて、

「それは、どんなことをする部隊か？」

と一応おだやかにたずねた。私は、

「日本軍隊内の軍紀、風紀などを取り締まる部隊と聞いている」

とくるしい説明をした。副官は立ち上がって、

「ちょっと待っていてくれ」

と室外へ出て行ったが、五分ほどで帰ってきた。おそらく収容所付の緑色の軍帽をかぶっ

ていて、日本側は憲兵と呼んでいたMBD将校（当時の名称でエム・ウェー・デー＝内務省。最初のころはゲー・ペー・ウー、それからエヌ・カー・ウェー・デーで、現在のKGB＝国家保安委員部）係官に報告に行ったのだろう。その後はなにもなかったので、つぎつぎとカード記入をつづけた。もちろん、その後も憲兵隊と所属部隊名を記入しているのがあったが、それからさきはぜんぶ通信隊所属とごまかしてしまった。

わざわざ板垣少佐からいわれておきながら、なんという失敗をしてしまったのか、と自分自身が情けなかった。

3　捕虜のまた捕虜

昭和二十一年も四月半ばともなれば、さすがのシベリヤにも雪解けがおとずれる。この第四収容所にも……。

五月に入ると、「自活農園」を耕作する兵五十名と通訳の井村、志賀を随行させよ、という命令が出た。カルトーシカ（じゃがいも）とカプースタ（キャベツ）をつくるそうで、収容所から約三十キロほど離れたところのエニセイ川畔であるとカンボーイ（監視兵）はいっていた。

トラックに所要の種イモ、必要器具、食料品などをつんで出発した。そこはエニセイ川上流で、広大な砂地の台地がひろがっている。半地下兵舎もある。以前はドイツ軍捕虜にでもつくらせていたのだろう。

翌日からカンボーイの指示にしたがって、その砂地に五十センチおきくらいにショベルで浅い穴を掘っていく。ほかの兵員は指示どおりに、種イモをその穴に入れて上から砂をかける。イモとカプースタ両方で約千平方メートルほど植付けしたろうか。

「水をかける必要はない。このままにしておけば一ヵ月半か二ヵ月でできあがる」

とのことで、砂地なのにこれですむとはよほど土地が肥沃なのだろう。

芽が出て実が大きくなるまでの間は、べつにこれといった作業はない。カンボーイが、

「志賀、しばらくひまだからあのあたりを散歩でもしてこいよ」

と、やさしいことをいってくれる。許可が出たので、私はエニセイ川岸に群生している背の高さほどになっている麦畑へ行ってみた。

しばらくぶらぶらその周りを散歩していると、一人のロシア人の老人がやってきて、

「日本の兵隊さんだね、ご苦労なことだ。罪もないあなたたちを捕虜にして労働させる。社会主義とかいって。私は見たとおり老人だが、帝政時代の将校だった。むかしはこのあたりもほんとに平和ないいところだったよ、私もこのへんの大地主だったがね。ところがレーニン、スターリンの時代になってからは、社会主義とかで個人財産や所有地はとり上げられるし、住民は暮らしにもこまっている。みんなスターリンがわるいのだ。フィ（罵言）スターリン、ヨップヌイ（罵言）・社会主義と思わんかね」

とあたりに気をくばりながらいう。私も、

「日本軍隊はこんどの戦争でソ連に手を出していない。ソ連軍が不意打ちに侵攻、攻撃し、日本軍を捕虜としてこんなところまで連行し、強制労働をさせるのはなんとしてもシャクだ」

といった意味の話をした。

収容所長が状況視察のため農園にやってくる、とカンボーイの知らせがあった。ところがなかなか到着しない。そして二時間ほどおくれてやっと、トラックに食料品その他、農園に必要な物資を積んで到着した。

それまで除草作業をやらせていた兵員を集め、整列のうえ出迎えたが、運転してきた日本人運転手に聞くと、途中でトラックが転覆して、荷の積みなおしに時間がかかったとのこと。軽傷者も二、三名いるとのことだった。

私は、所長に農園作業状況を報告したが、ご本人はなかなかのご機嫌だった。だが一方で、私は運転手に日本語で、

「トラックが転覆したとき、ついでに所長を殺してしまえばよかったのに……」

と大声でいっていた。それほど当時、私の反ソ感情はまだまだ根強いものがあったのだ。それに日本語で日本人運転手にいったのだから、ロシア人にはわかるはずがない、という気持もあった。だが後で考えると、周囲には約五十人の日本兵作業員がいたのである。

所長はなにごともしらず、農場を一わたり巡視すると帰って行った。

それから四、五日たったころ、

「急用ができましたので、志賀通訳だけ収容所へ帰るようお迎えにきました」

と運転兵がトラックでやってきた。収容所へ帰ると、所長が待っていて、

「ヤー・チェビャー・パサジュー（お前を拘束する）」

と真っ赤に怒った顔でにらみつけた。さっそくカンボーイの案内で日本軍側収容所との境にある衛兵所内につれ込まれ、その奥にあるせまい営倉に入れられてしまった。横二メートル、縦五メートルほどの暗い日の当たらない部屋が営倉で、もちろん板張りの床のまま、窓もないガランドウの暗い場所であったが、先客が一人いた。

その人は寺田部隊の通訳をしていたAという若い兵隊で、することもないのだろう、板間に寝ころんでいた。

翌日、私だけが呼び出され、ソ連側事務所へ連行された。〈所長にあうのかな〉と思っていたが、つれて行かれた部屋はぜんぜんちがって、緑色の軍帽をかぶったMBD将校の部屋だった。

二人きりになると、グルジア、コーカサスあたりのナマリのひどいロシア語で、

「いまからお前の調書をつくるから正直に答えるよう」

と前おきし、氏名、生年月日、出身学校、所属部隊、階級、職務内容などを尋問した。私は正直に経歴を答え、職務として情報、防諜、防衛係などをやっていたことを申しのべた。

「ところで、板垣少佐の部隊に日本憲兵隊の者がいるが、少佐自身も憲兵ではないのか」

との質問もあったが、少佐は憲兵隊にはぜんぜん関係なく、旅団通信隊長であったこと、ハイラル要塞の戦いには近在の日本軍諸部隊および民間人も同要塞に立てこもり、ソ連軍と戦闘したので、千五百名の人員輸送に通信隊員だけでは不足のため、たりない兵員を補充した中に、憲兵隊の者も編入されたのだろう、と答えておいた。それで一応は納得したようだったが、

「それでは特務機関員はいないのか」

としつこく聞く。私自身がぜんぜん知らないのでそのむねを返答した。

すると今度は質問をかえて、私がそれまで生やしていたヒゲにたいし、

「なぜヒゲを剃らないのか、ソ連邦では五十歳以上にならねばヒゲを生やしてはいけない法律になっている」

という。そこで、

「日ソ中立条約の期限が切れていないのに、ソ連側から一方的にしかけた今回のスターリンの侵略戦争の記念のために残しておくのだ」

とタンカを切ったところ、見る見る顔色を変えて、

「本官はお前を明日にでもクラスノヤルスクMBD本部へ送致する。そこでゆっくりよく考えることだな」

非常に怒ったようすで、私はふたたび営倉へもどされた。

一、二日して私はまた呼び出され、MBD将校から、

「いまからお前をMBD本部へ送るが、なにごとも正直に答えよ」

といいわたされ、その場から着のみ着のままで何らの私物も持たず、護衛兵一名につれられ、汽車で同市に向かった。

収容所を離れるにあたって、日本人側のだれにも合わなかったし、板垣少佐その他の人にお別れの言葉をいうチャンスもなかった。

クラスノヤルスク市で下車し、カンボーイに連行されて市内の繁華街と思われるところに建っている大きな四階建ての官庁らしいところに入った。三階の部屋につれて行かれたが、広い部屋にMBDの少佐が一人おり、座るなり、

「お前は、どのような方法で対ソ情報を入手していたのか？　何名のスパイをソ連領内へ送り込んだか？」

と、いきなり質問する。

「そのような事実はまったくない。対ソ情報は上級機関である関東軍司令部第二課や、特務機関などから印刷物として送付してこられ、それをわれわれの隷下部隊に流しておっただけだ」

とシラを切った。

「では何の目的で、日本の専門学校でロシア語を修得したのか？」

「それは、私はロシア文学が好きで、とくにトルストイ、チェーホフ、プーシキン、レールモントフなどにひかれたからだ」

少佐は、ニヤリと笑っていたが、

「いまこの本部は大変いそがしいので、今後、呼び出すまで第二収容所にパサジュー・チィビャー（軟禁する）」

というと、カンボーイにその旨を命じた。

つれて行かれた第二収容所はわりと近いところにあり、同所の日本軍側副官に（たしか当時その収容所の指揮はその人柄のよい中尉がとっていたようだった）申告したが、

「パサジーチをくらいましたね」

と笑顔でいうと、

「とりあえず、また本部から呼び出しがありますから、それまでは何もクヨクヨ考えずに、らくな気持でこの本部内で暮らしてください」

と親切にめんどうをみてくれた。

同室に鈴木という上等兵がいたが、この人とも心やすくなり、話をするうちに、彼は毎朝九時にＭＢＤ本部に行き、五時に仕事が終わり帰所しているとのこと。

「なにをしに行っているのですか？」

と聞くと、

「私は召集されるまで名古屋の三菱重工におりまして、おもに戦闘機の設計技師をやっていたのですが、一銭五厘の赤紙で召集され、満州にきてウロチョロしている間に終戦、捕虜となったのですよ。

ＭＢＤ本部で調べられましてね、はじめは飛行機設計技師であることをかくしていたのですが、バレてしまって、また私自身も日本はもう敗けてしまって連合軍に占領されているのだから、各種の軍事機密、航空機、戦車や軍艦関係のこともすでに周知のこととなっているはずだと思ったのです。

そこで飛行機の設計をやっていたのなら、お前が設計した飛行機の設計図を思い出して図面を描いてみろということで、私もよかろう、自身の専門のことでもあり、つまらぬ肉体労働で身体をこわすより、この方が自分に合っていると応諾し、こうして毎日、本部へ設計図描きに通っているのですよ。

ソ連側は大変よろこんで大事にしてくれています。志賀さんも、もう日本は敗けたことだし、あらゆる秘密は連合国側にわかっているでしょうから、もう正直に打ち明けて、はやく日本に帰国できるようにされた方がおとくですよ」

と心からの親切心でいってくれた。みたところ彼は三十五、六歳だった。

一週間ほどすると、カンボーイが私を呼びにきた。

「いよいよ本部行きですね」

と副官と鈴木さんは半分なぐさめ顔で別れを告げてくれたが、その後この人たちと会ったことはない。

ＭＢＤ本部でこの日は二階の一室に連行されたが、そこにはＭＢＤの大尉を長として三、四名の将校が座っていた。

4　強制されたスパイ役

「志賀、貴官はいかなる方法でソ連邦にたいするスパイ行動を行なったか？」

これが大尉の第一声だった。かたわらの中尉も、

「どんな方法で、どこから何名のスパイをソ連邦に送り込んだのか？」

と問う。私は、

「そんなおぼえはない、ぜんぜん関知せぬことだ」

と反発した。それからさきは先日のＭＢＤ少佐の尋問したように型通り、本籍地、生年月日、学歴、所属部隊、職務などをたずねられたが、これにたいしては正直に本当のことを答えた。

「いや、貴官はソ連にたいしスパイ行動を行なった。それをよく思い出して申しのべよ」

「スパイ行動を行なったことはない」

「お前は黒を白だといいはるのか」

大尉は怒った顔でいうが、私は在職中にそんな行為をやったことはないので、

「上級部隊からの情報を隷下部隊に流していただけで、国境監視哨から報告してくるソ連軍の兵力、車両、汽車などの移動にかんしては、そのつど明確な記録としてのこすのが仕事で、

これは満州領内からの観測記録だからスパイ行為にはあたらないはずだ」

　と力説した。最後に大尉は、

「思い出していわないかぎり、貴官をパサジュー・チェビャー・フ・カメルウ（監房に監禁する）、なにか思い出したら申し出るよう。それよりまず、身体検査をしてヒゲを剃れ」

　と係員に命じ、私は地下の一室に連行された。その兵隊はそこにいる係員に、何事かを命じて退散した。

　その部屋の係員は私にまず素裸になれという。やむなく私は、長いあいだ着用していた文官服、長靴、下着、パンツまで脱いで丸裸になった。ついで椅子にすわらされてバリカンで丸坊主にかり上げられ、あまり上手でない手つきで顔面一杯のヒゲを全部きれいに剃り落とし、さらに陰毛まで剃ってしまった。

　シャワーを浴びて身体をきれいにせよとのことで、ひさしぶりで身体の洗濯をした。ついで私の両耳の中を調べ、床に手をつかさせて尻の穴まで検査した。そして、これから写真を撮るのでこちらへこいということで、丸裸のまま壁の前に立たされ、正面からと側面からの写真をとり、最後に両手指の指紋を台帳に押捺させた。

「ヨシ、これで終わりだ。新しい軍服をやるから着替えろ」

　と日本軍の新品の繻袢、袴下、兵隊用の軍衣袴および兵用編上靴を支給された。そしてまた二階の取調室につれもどされた。大尉も中尉も私を見て、

「ヒゲを剃って若くなったじゃないか。しかし、頭髪まで丸刈りにする必要はなかったのに

……」

といっていたが、

「まあカメラ（独居房）の中でよく思い出すよう」

といってカンボーイを呼び、何事かを命じた。

連行された私は、また地下室におりたが、右側は先刻の散髪などをしたところだが、今度は左側へ連行され、彼は厳重な扉がしまっている前に立つと、窓から内部の兵と小さな声でなにごとかをささやいていたが、扉が開かれて内部へ案内された。いかにも留置場らしく左右に七、八室ずつの監房がならび、左右とも扉の前に幅一メートル半ほどのジュータンが端から端までしいてある。

左側一番手前の監房を看守兵がカギで開けると、

「ここに入れ、はやく白状しないと、だんだん程度のわるい独居房にうつされることになるぞ。私に用事があるときは扉をたたくよう」

といい残すと扉をしめ、ガチャンとカギをかけた。

「スパイ活動をしたとソ連側はいう。私はそこまでのおぼえはない。だが、ソ連側がスパイ行動を行なった者と決定してしまえば、おそらく死刑だろう」などの考えが脳中にうずまく。

「ここはあくまでも知らぬ存ぜぬで押し切るしかない」と心にきめた。

「監禁中は働いていないのだから、食糧は半分だからそのつもりで……」

と看守兵がいうが、たしかにそのとおりで、パンの量は収容所の半分の量しかない。ときには、それにスープ類とか塩漬ニシンのくさくなりかけたものが、生のままで副食としてつくくらいだった。

調査室での呼び出し、取り調べはふつう午後三時か四時ごろだった。

「なにか思い出したかね」

と大尉や、周囲の取調官は聞くが、

「スパイ行為は絶対にやっていない」

の一点張りでおし通した。と、今度は質問をかえて、

「第四収容所内の指揮官その他、知っている人で軍国主義者、反民主主義者と思われる者はいないか」

と方向をかえてきた。これにたいしてもそのような人はぜんぜん心当たりがないと答えると、

「わが国には刑法第五十八条というのがあって、外国人にしろ、ロシア人にせよ、反革命分子としてそれにひっかかると、死刑か無期強制労働だ。それも捕虜収容所ではなく、チュリマー（監獄）に入らねばならない。そして看視兵から銃を突きつけられての強制労働だ。はやく思い出してらくになれよ」

という。呼び出しは毎日つづき、ときには夕刻の七時ごろのこともあった。独房に帰されて毛布を頭までかぶって寝ても、故郷のこと、両親のこと、親しかった人たちや、いろんな過去の出来事が思い出されてなかなか寝つかれるものではない。

一週間目の呼び出しにもがんとして「知らぬ、存ぜぬ」でおし通したが、その日からとなりの独居房にうつされた。おなじような房のつくりであるが、電灯がやや暗い。私は寝るのには暗い方がよかったので、べつにそのことは意に介さなかった。

さらに一週間ほどたった。取調室で大尉もうんざりしたのか、たいした尋問はしなかった。そばにいた若い少尉が、

「だいぶ今年は寒さが早いようですから、ペチカもたき出さねばなりませんし、もう一人の将校もあまり長く拘留しているのもどうかと思われますが……」

と意見具申をしている。

「よし、それではパカジー・ルークー（こちらの手の内を明かしてやれ）」

と少尉に命じた。少尉は調書つづりを取り出してめくっていたが、ひとり言のように抑揚のないたんたんとした調子で読み出した。

「こんど日本軍が当地を占領したときには、この建物は将校用官舎にする。ロシア人は頭がわるいから数の勘定のしかたもできない。おれのヒゲはスターリンの満州侵略戦の記念にのこしておく。帝政時代は農村は平和だったろうが、スターリンの時代になって社会主義とかのために地主は土地を取り上げられて、各地の村もこまっているだろう。フイ・スターリン、フイ・社会主義。トラックが転覆したときに、なぜ収容所長を殺してしまわなかったのか……」

と、たんたんと読み上げていった。終わってじーっと私の顔を見ていたが、

「よく考えて、なにか気がついたことがあったら、看守兵にたのんでまたこの部屋にきてくれ」

と打ち切って房へ帰してくれた。

その後、私は考えに考えぬいた。少尉の読み聞かせてくれた記録は、私が実際に口にしたことだし、ロシア人の老人との話の内容は、こちらからフィ・スターリンだのフィ・社会主義とかいったおぼえはない。

おそらくかの老人がMBDの手先として私の言動を探りにやってきて（それでないと農園のカンボーイが私だけに、そのあたりを散歩してこいなどというはずがない）、自分の言った言葉をすべて私の言としてか、または反発はしなかったと報告していたのだろうし、日本兵の中にも、私をマークするよう命ぜられていた者が密告したのだろう。

ここにいたって私もいよいよ心をきめた。もし私をスパイとして死刑にするのなら、それでもいいではないか。これまでの寿命とあきらめて日本国民として死んでいこう、と。あるいはまた、いかなる地に送られどのような苦役に従事させられようが、運命にまかせてどうとでもしてくれという、なにか霊感のようなものがわき起こった。

翌日の午後三時ごろ、呼び出しがかかり、今度はもう心にきめていたことだから、気にかかるものは何もなく取調室に入った。

「どうだ、昨夜はよく寝られたか」

と、大尉が聞く。

「よく寝られました。そこで、きのう少尉が読み聞かせて下さった、たとえば、この建物は日本軍の兵舎にするとか、ロシア人は数の勘定がヘタくそだとか、私のヒゲはスターリンの侵略記念にのこしておくとか、トラックが転覆したさい、ついでになぜ所長を殺してしまわなかったのか、などのことはたしかに私はいいました。

入ソ後のこれらの言動が、貴国ではスパイ行為とみなされるのならば、私はスパイ行為を行なったことをみとめます」

大尉の目を見つめながら一気に申しのべた。大尉その他は途中から、おどろいたように呆然とした顔で私を見つめていたが、明鏡止水というか、どうでも君らの思ったようにしてくれといった心境にあった私は、わるびれず堂々と彼らと目を合わせた。大尉は少尉の方にちょっと目くばせしたが、

「よくわかった、今後このようなことがないよう充分注意するよう。それで気の毒だが、もう二、三日、独房にいてくれ、そのうちまた呼び出すから……」

という指示で、こんどは三番目の房に帰してくれた。この独房は二番目の房よりももっと暗かった。

私が監禁されて二十日目の夜九時ごろ、例のごとく呼び出しがかかった。行くと大尉が一人でいるだけで、まあ、座れという。眠たそうな顔であくびをしていたが、

「志賀、明朝、貴官を釈放する。今日は君のロシア語がどれくらいできるか、つまりロシア語の文字がどのていどなのかをテストする。いうならば書き取りだ。机の上にある紙にその

ペンで私がいうとおりの文字を書いてみよ」

　という。私はペンをとって大尉のいうとおり書き出した。ゆっくりしゃべってくれたが、もちろん私の知らない語句もあったけれど、できるだけ彼の発音に合わせて書いていった。が、途中で私はハッと気づいた。というのは内容がわかってきたからだ。

『前文略……私は日本人捕虜収容所内にいる軍国主義的、反ソ的、非民主的捕虜のみならず、社会主義建設に反してこれを妨害し、サボタージュを煽動実行している日本人、および社会主義建設下に不正を働くロシア人を見出せば、その地のＭＢＤ将校と密接な連絡をとり、同将校に〇〇〇という匿名をもって報告します。　以上　署名』

　となっている。これはＭＢＤの指示にもとづきソ連側のスパイをやる、という誓約書だと気づいた私は、

「このことは捕虜として貴国内にいる間だけのことで、日本へ帰国してからこうした行為を行なうことはイヤだ」

　とことわったが、

「それでいいのだ、収容所内だけのことでよい」

　という。

「ロシア人の不正をつかんだら、それも報告してもよいのですね」

　と念をおすと、

「もちろん、われわれＭＢＤはそれの方が大切なんだよ」

とあくびまじりにいうと、

「よし、これで終わった。明朝食後、第一収容所本部付通訳とするから、カンボーイとともに行け。そのうち同収容所のＭＢＤ将校からも連絡があるが、よくその指示を聞くように……。なお同収容所にはパサジーチになっている日本軍佐官が何人かいるから、日本兵にどのように働きかけているか、彼らの言動をどんなことでもよいから報告するよう」

とむすんだ。

ようやく最後の一夜を独居房で明かし、翌朝、私はカンボーイにつれられてＭＢＤ本部の建物を出て、第一収容所に向かった。

釈放されたのは、監禁後二十一日目のことであった。

5　泣く子も黙るＭＢＤ

この年のシベリヤの冬将軍の到来ははやかった。たしか九月末ごろだったと記憶するが、寒気が肌をさした。もっとも三週間も建物（独居房）内にいたのだから、それもペチカを九月中旬ごろからたいていたので寒さは感じなかったが、いったん建物の外に出て外気にふれると、ふるえ上がるほどだった。

第一収容所に到着し、今後は日本側本部の通訳をやるようにと命ぜられ、本部の大隊長室に案内された。隊長は第百十九師団工兵大隊長の村上亮二少佐であった。

「陸軍通訳生志賀清茂は、本日付をもって第四収容所より第一収容所本部付通訳を命ぜられました」

と型どおり申告を行なったが、

「申告はいいよ」

と少佐はいって、

「しっかりたのむよ」

とニコニコしていた。

「この大隊は元第八国境守備隊第一、二、三、四、五地区隊の工兵を集めて編成された第百十九師団の工兵隊だ。だから工兵的作業にかけては自信がある。収容所長も喜んでくれて、よくやってくれているとほめてくれてるんだ」

少佐は東北地方のナマリのある言葉でなおもつづけた。

「この隊長室のベッドや机、椅子などみな兵隊がつくってくれて、それぞれ彫り物がしてあって立派だろう。所長もうらやましがっていたので、適当な家具類をつくらせて贈呈したら、大変よろこんでいたよ」

ついで副官を紹介し、寝所などをきめてくれた。

この収容所はエニセイ川上流左岸にあり、上流から伐採、放流してくる材木を陸上に引き上げ、製材工場その他において作業をしているらしい。また、この収容所から分遣された分収所が約六、七キロ上流のエニセイ川右岸にあり、そちらへも兵力を分遣してあるとのこと。

「ただこまったことに、本隊には朝鮮兵が二百名ほどおり、この収容所に到着と同時に収容所はいっしょだが、彼らだけは別兵舎に居住しており、ソ連側からの作業命令も日本側と朝鮮兵側とにたいしてはべつべつに出る。だからその作業割当を担当している、日本流にいえば副官が当本部事務室に常時勤務しているからそのつもりで……。日本名では山本というがね。なお、朝鮮部隊指揮者は呉松という兵隊だ。明日にでも会わせるよ」

と親切に概略を説明してくれる。

少佐と二人だけで隊長室で話しているせいもあって、低い声でソ連の諜報のやり方その他、ロシア人と表面上だけでも友好的にやっていき、しかも日本兵員についても少佐自身のためにもなると思われる点について、意見具申しておいた。

それから先は、本部事務所のとなりに設けてある二段式寝所の上段をあてがわれ、日をすごすことになるのだが、私が第一収容所へきたことを聞いてか、夜になって、

「志賀さん、志賀さん」

と、そばに寄ってくる軍属服装の者がいる。だれかと見れば佐藤行雄君であった（北海道出身で第六軍司令部付だったロシア語の通訳生。私より五、六期下の同学後輩）。

その佐藤君とハイラル当時の話をなつかしく語り合ったが、最後に、

「志賀さんがきて下さったので助かりました。いままで私が通訳をやっていたのですが、ロシア語の単語はわすれているし、会話となると言葉がよくわからなくてこまっていました。

今後、よろしくお願いします」

　とたのまれた。

　私はわざと同君には、収容所内のＭＢＤ将校からの質問の有無、市街地にあるＭＢＤ本部には行かなかったか、といった質問は一切しなかった。

　翌朝から作業隊の見送りに大隊長、副官とともに衛門付近まで行ったが、日本兵の場合はよくわかっているが、朝鮮兵の作業隊のようすを見ておどろいた。隊長の呉松君（これは日本国から強制されてつけた名前だろうし、本名は知らない）というのは、日本軍将校服を着てクリーム色の長靴をはいた意気なかっこうである。階級章こそ、もうそのころは日本側もはずしていたし、階級はわからなかったが、あとで聞くと一等兵か上等兵だったとのこと。

　多少ロシア語がわかるときいたが、常時、ソ連側に出入りして諜報員になっていたのだろう。そのことが他の兵隊に服従心を起こさせたのか、ソ連側の気に入ったのだろう。私は心につぶやいた――〈こんな人物こそヤバイぞ〉と。

　本部事務室での私の仕事は種々雑多で、日本側の要望や作業報告、ソ連側からの指示に隊長、または副官と同道して通訳するのが主任務だった。同事務室に朝鮮兵側の副官として山本という兵隊がつめていたが、この人はロシア語は不得手で彼のぶんまで通訳するようになり、そのうちこの大柄ないかにも腕力のありそうな、すこしなまけ者的傾向のある人物ともわりに心やすくなった。

「いつになったら帰してくれるのかなぁ」

山本君（本名は崔という）は毎日ため息をつくようにいうが、めったなことは口にすまいと決心していた私は、適当にあしらっていた。

「貴方の故郷はどこ？」

と聞いてみたら、

「ピョンヤン（平壌）です」

とのことだった。

一週間ほどすると私に呼び出しがかかった。つれて行かれた室は、収容所付MBD将校の部屋であった。

「どうだ、身体の調子はよくなったか？」

「なにしろ三週間の独房生活でしたからね、まだはっきりしないが、もう四、五日もすれば元気になると思う」

と答えると、

「そうか、じつはこの収容所には日本軍の中佐、少佐連中の軍国主義的、反ソ的、反民主主義的将校のみを一棟に軟禁してある。ときどきお前はそこを訪れて、だれがどんなことを考え、いっているのかを文書で○○の匿名で報告せよ。一週間に一度でよい。そのほかロシア人で不正を働いている者についても同じだ」

と命じる。〈ヨシヨシお前さんたちのやり方はわかっているよ〉と心に思いながら帰舎した。

後でわかったことだが、私の見込みどおり、呉松君、山本君らも同将校室へ出入りするのを見たし、彼ら二人もソ連側の諜報活動をやっていたようである。

村上少佐がいったように、事実、ここの兵員はよく働いたらしい。

「おれも作業隊をひきいてあちこちへ行ったことがあるが、兵隊が難渋している作業だなと思うと、わざと大声でハッパをかけ、俺自身が手伝ってやるんだ、そうすると大した手伝いもしていないのに、コムバット・ムラカミはよく兵隊を指導して作業をやらしている、というようにロスケは評価するんだね、ちょっとした要領なんだ」

と、この兵隊上がりの少佐殿はいう。たしかにその点はわかる。指揮官がなんらの指示もせず、無気力にダラダラ作業をしていたのでは、仕事を収容所に請け負わせて仕上げた仕事のノルマを計算し、それによって賃銀を払わねばならぬソ連側にすれば、たまったものではないだろう。ひいては自分自身の問題になりかねない。

わかりやすく説明すれば、ソ連側の各企業体はその労働力を、日本兵捕虜を管轄しているソ連側収容所に委任するわけで、出動人員が八時間労働によって遂行したノルマに応じた労賃を、ソ連収容所に支払っているわけである。

それから約一年後に、私はクラスノヤルスク地区から離れた場所へまた転出させられるのだが、その行った先の収容所長と労務係の言では、当時、日本人一人に収容所側が要する経費は一ヵ月四百ルーブルで、一人の捕虜が最低四百ルーブルをかせがぬことには、食料品その他、必需品も購入できない、とのことだった。

その点、この村上少佐はかしこい人で、兵の指揮能力、兵の心理のつかみ方、どうすれば兵に不満を持たさずに労働させ、同時にソ連人から評価されるような要領のよい指導交渉を行ない、一日も早く、一人でも多く日本へ帰国させてやりたい、という気持を有していた人だともいえよう。

6　苦心の演芸大会

兵隊の中で兵長級だった人がある日、隊長室にやってきて、

「この寒い冬の間じゅう労働のみで、楽しみは食うことと寝ることだけではみなボケてしまい、作業意欲も低下するおそれがあるので、兵隊たちで演芸団をつくって月に一度でもよろしいから、実施させていただくわけにはいくまいか、もう、出演する人員も乗り気になっているし、ただ兵隊たちの慰問娯楽のためですから……」

と申し出があった。

「演芸会なァ、わるくはないが、そのためには、舞台や衣裳や化粧道具などが入用になるのではないか?」

少佐はその面を心配している。

「いや、隊長殿、自分たちの仲間には地方人のときにいろんな職業をやっていた者がたくさ

んおります。そんな物をつくるのは大したことではありません」

「そうか、それでも一応、ソ連の了解をえておく必要があるから、明日でも所長のところへ志賀君といっしょに行って交渉してみよう」

ということになった。翌日、所長に会ってそのむねを伝えると、

「所内における自分たちでやる演芸ならばべつに禁止することもない。ただし、芝居、歌、舞踏が主ということであるが、芝居のセリフと歌の内容の台本をロシア語で書いて事前に提出し、私の許可が出ればやってよろしい」

なかなかさばけた所長である。帰ってさっそく代表者（むかし新劇か時代劇かの演出者をやっていたそうだ）に伝えると、その喜んだことよろこんだこと。

「さっそく台本なり歌のセリフなりを書いて提出いたしますから、通訳さんよろしくお願いします」

といって飛ぶように兵舎へ帰って行った。

そして三、四日すると、台本を持ってやってきた。

「みなの意見をまとめて現代劇と歌の台本を作成しました。通訳さん、ご苦労ですがうまく通るように訳してください。時代劇がやりたかったのですが、やはり刀なんかを引っこ抜くとぐあいがわるいし、カツラなどがそう早くできませんし、まあ最初は軽いものにしました」

「ウン、それがよいでしょう」

「そこで貫一お宮の劇をやって、お宮がうら切って資本家のところへ嫁に行くというような筋にしました。歌は唄うだけでは面白くありませんので、舞踊の振付をやっていた者もおりますので、それに合わせて踊りをまじえたものにしました」

なかなかよく考えている、と感心した。だが、それから私の苦労が大変だった。副官にことわり、作業関係の通訳は佐藤君にまかせて、一意そのロシア語訳にかかった。

『貫一お宮（本題は尾崎紅葉作の金色夜叉）』の劇はかんたんで、貫一を昼間、工場で労働しながら夜間大学に通っている労働者とし、以前からいいかわしていたお宮が、資本家の金銭的誘惑に負けて貫一と別れるといったような筋にした。踊りは男の舞踊家もいたし、女形としては大隊長の当番兵をしていた、二十歳前後のかわいい顔をした小柄で色白の兵隊が、すこし日本舞踊の心得があるというので、それを起用することになっていた。

ところが、踊りにともなう歌の文句である。戦時中に流行したブルースやタンゴの恋愛調のものは、日本軍部から発禁をくらったものもあるが、現時点で恋愛の歌を唄っても文句はない。しかし、持ってきた歌にはどうも演歌調のが多い。

もちろん彼らも心得たもので、軍歌とか銃後の士気昂揚のための歌とか軍国主義的なものは一切なかったが、ハタとこまったのは股旅物で、たとえば、「……掛けて三七賽の目崩れ……」とか、「……芸者勤めは三味線の……」などというしろ物だった。賭博を禁じているソ連にサイコロがあるとは思われないし、右の語句をロシア語に訳して、ロシア人に完全に理解させる名訳があれば私が教えてもらいたい。そこで窮余の一策として、ほとんどすべてを意訳した恋の歌にかえてしまった。当然、こんなことはだれにも口外しなかった。

訳文を収容所長に渡すと、

「検討してから返答する」

ということで、

「お願いします。ついでに歌を唄う関係上、ガルモーシカ（手風琴）かバラライカ（ロシア式弦琴）があればかしてください」

とたのむと、

「よろしい」

とオーケーをとった。

許可はなかなか下りなかったが、その方がこちらにとってはかえって準備をする時間がとれてつごうがよかった。

というのは、まず舞台づくり、これは木材をとりあつかっている関係上、これこれくらいの物が入用といえば、その日のうちに工面をしてきて要領のよさを見せるし、衣裳はどこから手に入れたのか知らぬが、洋服なり着物の生地が到着する。すると縫工兵が器用に、これを着用者に合わせて縫い上げる。

化粧道具はそれなりに工夫して顔にぬる白粉、ドーラン、まゆずみ、口紅などに使用できるものが演芸団本部にとどいたのには、私も思わず大笑いだ。

そのうち台本の許可と実施の認可が下りた。兵たちは大さわぎ。「何日にやるのだ」とその話でもちきりとなった。

作業勤務上（昼勤・夜勤と二とおりあった）、一回の上演ではとうてい全員はみられない。そこで昼夜二回興業（?）として約一週間の練習期間をおき、ソ連側から借用したガルモーシカ、バラライカ（ギターの弾ける人ならすこし練習すればできる）も演奏者がきまり、猛練習がはじまった。舞台監督をやっていた代表者格の人は、演技指導やその他の心配りでけんめいだった。

そしてソ連側からゆるされた演芸会実施の日がやってきた。

私は大隊長に意見具申し、午前十時からと午後七時からの各約二時間ほどの演芸を収容所側職員の人にも、見たい人には見てもらってはどうかと――。そこで、そのむねを所長に申し出たところ大変よろこんで、

「よろしい、日本の演芸というものは見たことがないから、手のあいている職員に見せよう」

と会場へ六、七名がつめかけた。彼らは手に手に台本の写しを持っている。ねんのため、私は心やすくしている労務係から見せてもらったが、一字一句もまちがえることなく、私のロシア訳どおりにガリ版で刷ってあった。ウッシシと笑うわけにもいかず、笑いをかみ殺すのに苦労した。

きれいな引き幕が開くと、舞台も立派、芝居や歌を唄う人物の服装も、男子は労働者らしくつくった服がぴったりと似合い、出てきたお宮に扮した例の当番兵を見て、日本人もロシ

ア人もアッとおどろいた。白粉の白とうすくぼかした頬紅、それに高島田のカツラ（だれがいつのまにつくったのか）に和服も帯もじつに女性そっくり。兵隊の中からウォッーというどよめきと口笛がさかんにもれた。

歌手もうまいし、楽器も上手にひいていた。最後に先の女形が、こんどは洋装のドレス姿で頭髪も現代風のカツラで出てきて踊ったときには、ソ連側職員も大拍手を送った。

このように、第一収容所での演芸団の初公演は大成功だった。そして月に一回の慰問演芸会の開催をみとめてくれた。張り切ったのは演芸団の一同で、それぞれ出し物を研究検討して、練習をかさねて兵員たちをよろこばせてくれた。けれど一番苦労したのは私ではなかったろうか。

芝居のセリフ中の軍国主義的、または反動的と思われるところはすべてソ連側の検閲に通るように「労働者万歳」とか「社会主義を成功させよう」とか、それに似合ったように台本を訳しなおして行く苦心が必要だった。舞台監督をやっている人にもその趣旨を伝え、あまりソ連側に悪感情を持たれないような台本を書くよう注意しておいた。彼も、

「わかっていますよ、まかしておいてください」

と心得顔だった。

「もちろん私にとどけられる日本語の台本は一通で、私はロシア語に訳した後は自分で全部焼却したし、台本作成者にもよくいいふくめて、演芸会が終わると兵員側の持っている台本もすべて、彼に集めさせて焼却した。

7　諜報網にかかった人々

ある日のこと、私はMBD将校から呼び出された。

「報告書を出すよう、本部で少佐と大尉からいわれたろう。この収容所内に別棟があって、そこに日本軍の中佐、少佐連中が軟禁されている。この者たちの言動を調査報告するよう。明日でも夜七時ごろにここへこい。衛兵所にはそのむねを伝えて君を通すようにしておくから」

という。私はいやな顔もできず、

「ハイ、ハイ」

とうけたまわって村上少佐にその人たちのいる場所を聞くと、

「ウン、この兵舎の一番後方に小さな舎屋がある。そこに彼らはいるよ、チュリマー（監獄）に入っているようだ」

「パサジーチ（または重営倉入り）」というべきところを少佐は監獄といった。だれかから、すこしちがった意味のロシア語を教えられたのだろう。ちょうどそのころマホルカ（クキをきざんで乾燥したタバコ）の配給があったので、私は少佐にたのんですこし多い目にもらい、それを持ってその兵舎を訪れた。

ドアを開けると、おどろいたことに板垣少佐がいるではないか。O少佐、H少佐、Y少佐や、かつて見たこともない中佐連中も入れて七、八名が、なすこともなく室内運動をしたり、個人用ベッドに寝転がったり、なにかの本を読んだりしていた。

入ってすぐ、私は官、姓名、元所属部隊名を名乗り、持ってきたマホルカを、みなさんで分けてください、といって手渡した。板垣少佐には第四収容所のその後の状況などを聞いてみた。

「ウン、僕も最近だがここへつれてこられて軟禁されている。佐官ばかりだ、村上少佐はうまくやっているかね?」

「あんがい収容所長の受けもよいようで、作業もはかどっているようですよ」

「あいつの部隊は工兵隊だからな、それに村上は要領がいいからね」

といった意味のことをいった。O少佐が、

「べつに重労働したって僕はかまわないが……、その方が身体のためにもいいのではないかな、このままだと身体がなまってしまうよ」

とあくびをする。

「民主化、民主化という教育をするから兵隊は上官のいうことを聞かなくなる。したがって作業にも悪い影響をおよぼす。元の日本軍隊の規律もくずれて、これではソ連の社会主義建設運動協力にもかえって損しているのじゃないかな」

「いや、そんな馬鹿なことを……。だいたい国際条約で捕虜将校に労働を強いてはならないことになっているんだ」

と見知らぬ中佐がいう。

「またなにかよい物でも手に入りましたら、持ってきますから……」

私はそういって、その部屋を立ち去るときに板垣少佐だけを誘って戸外に出た。第四収容所からここへ移されたのは、軍国主義者とみられたらしい。

「ご自分の周囲の者は、日本人であろうとぜんぶソ連側の諜報員だと思って、あまり反ソ的言動はなさらないように」

とささやいておいたが、少佐もわかったようにうなずいていたけれど、やはりさびしげだった。

これらの会話の中で、これは絶対にその人の不利になると思われることははずして、その日の状況をロシア語で紙に書き、MBD将校を訪れて手渡した。読んでいた彼は、

「ウーン、いまのところ、べつに大して不穏なところはなさそうだな。帰ったら彼らのうちだれも兵隊に近づけてはいけないと村上少佐に伝えるよう」

と指示した。

昭和二十二年の正月がすぎた。外は身を切るような寒さで、ロシア人のいうマロス（酷寒）である。そんなある日、所長に呼ばれて村上少佐といっしょに行った。

「マイオール・ムラカミ（村上少佐）、貴隊でやっている演芸会は日本兵のみの間でなく、ソ連側職員にも好評である。この第一収容所にはもうすこし南に分収所があるのは知ってい

るだろう。彼ら貴官の部下はここから分遣され、山中で伐採作業をやっていて、娯楽もなく、ノルマもあまり上がらない。どうだ、士気をたかめる意味で慰問演芸団をつれて行って同所の兵隊をよろこばせ、さらにノルマの向上をはかるよう説き聞かしてくれないか。人員輸送用のトラックは当方で出すから」

「けっこうなことです。実施の日時をきめてくだされば、それまでに準備させますから……。五、六日先がよいでしょう」

そう少佐は答えて帰所し、さっそくそのむねを演芸団一同に伝え、準備しておくよう命じた。

やがて分収所を慰問する日がきた。ソ連製トラックに乗り、六、七キロほどエニセイ川を上り、橋を右岸へ渡ってすこし行くと、分収所があった。とうぜん村上少佐の部下、あるいはそれに編入された兵員たちだろう。分収所長としばらく話していたが、少佐は一応、寒いので全員を舎内に入れ、約一時間後に慰問演芸を行なうむねをきめたとのこと。舞台装置やメーキャップ、衣装着替えなどにそれぐらいの時間は必要だったからである。

私が一人で外をブラブラしていると、

「志賀さん」

といって突然、兵舎から走り出してきた人がいる。村尾利夫通訳（判任官待遇、中国語の通訳で京都府東舞鶴出身、ただし帰国後亡くなられたそうである）であった。八国司令部当時、副官部に勤務していた人で、私より十歳くらい年上の人だった。

彼は八国改編時に、私とおなじ第百十九師団司令部にいたはずだが、どうしてここにいるのかわからなかった。ハイラルでの官舎も八国時代はすぐ近くで、奥さんも知っていたし、本人がまた愉快な人で、宴会のときによく七尾節を面白おかしく踊りながら唄ったものだった。

「村尾さん、あなたどうしてこんな部隊にいるの？」

「いやぁ、あっちこっち転々とさせられて、いまでは森林伐採ですわ」

と、なつかしそうな目で私を見ている。いろいろ開戦当時からの話が聞きたかったのだが、そのとき、

「志賀さん、すぐはじめますよ」

と演芸団長の呼ぶ声で、

「じゃ、また機会があったら——身体を大切に」

と彼と別れたのが最後となった。

ぶじ同所の慰問も終わり、ソ連兵の「ダワイ・スカレーエ（早いとこやれ）」にせき立てられてトラックに乗り、ふたたび第一収容所に帰り着いた。

そのころだったろう。ソ連の衛兵司令が呼ぶので行ってみると、

「今夜、日本軍将校のみ三十名ほどが収容所にくる。二段ベッドでよいから寝所をあけておくよう、なお、これら将校はすべて軍国主義者の反動分子で、懲罰のためここへ送られてくる者たちであるから、明日から彼ら将校だけの作業隊を編成して重労働に出すように、マイ

「オール村上に伝えてくれ」

という。


いわれたとおりに居住場所をあけておいたら、午後九時ごろ、それらの一団約三十名がやってきた。ぜんぶ将校ばかりだ。その中に杉崎治男中尉の顔が見えた。もと八国第一地区隊の中隊長で、最後は第百十九師団皆川大隊の第三中隊長、私とは同学同期で彼は北京語を首席優等の卒業であり、親友というより尊敬する友人だった。


「オイ、杉崎じゃないか」

「オー、志賀か」

——奇遇というか、あまり愉快でない場所で会ったものだ。

「まあ、いろんな話は後でしよう。つかれているのだろう？　寝ろ、寝ろ……」

長途行軍してきたらしい彼らは、つかれ切っているようだったので、まずは寝かせた。


ところが、ソ連側は翌早朝から、その将校隊のみでの労働を命じ、彼らは作業に出て行った。収容所へ帰ってくると、もうぐったりで、夕食がすむとすぐにも寝入る人が多かった。


この人たちも諜報網にかかった人たちばかりなのだろう。しかし、彼らはなにも知らないらしく、なぜこんなことになったのか、考えもつかなかった人が大部分だったろう。一人、その将校連中のなかで、私が大阪育ちということをいったせいだろうが、そっと寄ってきて、

「あなた大阪育ちですか？」

と聞く中尉がいた。

「そうです、小学生のときから大阪で育ちました」

「それではたのみがあるのですが」

「どんなことでしょう?」

「私は小谷吉穂と申しますが、もしこのシベリヤで死んだり、またはあなたが先に帰国されましたら、私の家に寄って私の状況を家族に知らせていただきたいのです」

「私が先に帰国したらのことになりますが、あなたも大阪ですか?」

「ええ、大阪の難波近くのエビス橋通りでオヤジが店を出しています。実家は北区の芝田町の北寄りのところにありますが。店は爆撃で焼けていなかったら、エビス橋通りで〈大寅〉というカマボコ屋をやっています。私は長男ですが弟もおりますし、商売のことは心配していませんが、この状況だけ伝えてくださいませんか」

「学校はどちら?」

「大阪商大卒です、ぜひ寄ってください。お願いします」

とたのまれた。戦後、先に帰国した私はさっそく〈大寅〉を訪れ、彼のことを知らせた。

彼が帰国したのは、私より一年後ではなかったか。

昭和二十二年の雪どけと春の訪れはわりあい早かった。三月末ごろになると、兵隊間で、「日本へ帰れるらしい」という噂がさかんにささやかれ出した。

そのうち、所長の呼び出しがあった。

「マイオール村上、貴官はじつによくやってくれた。わが国の建設事業に協力していただいてありがとう。じつは当収容所の兵隊全員を故郷へ帰すことになった」

「兵隊だけですか？　私や将校たちは？」

「ほかの将校は今度はいっしょには帰さないが、マイオール一人だけは兵隊といっしょに帰す。引き込み線に貨物列車が入っているので、明日からは輸送のため、設備装置や炊事車の作製、食料品などの積み込みに必要の人員を出して準備をしてくれ」

　さあ、少佐はよろこんだ。

「兵隊全員を帰すそうだな、そういったな、そしてオレ一人だけが輸送指揮官として帰すといったな？」

「たしかにそういいました」

「では、ただちに輸送列車編成の準備をしなければなるまい」

　ウキウキしていた。やがてすべての準備が終わり、ソ連側へ報告した。

　そして、ある朝、所長命令として、「当収容所内の日本軍捕虜全員は、ただちに私物、装具をもち、そっこく収容所本部前に集合」が伝えられた。

　衛門を出た真向かいがソ連側本部の建物で、その前に右から将校団、朝鮮兵部隊、一番左に日本兵団が五列ずつにならばされ、型どおりの点呼がすみ、日本兵団から左方の貨物列車方向に動き出し、カンボーイの先導で列車に向かった。「村上少佐のみ同行すべし」とのことで、少佐が先頭に兵をしたがえて行った。

　ついで朝鮮兵部隊がべつのカンボーイにひきいられ、これも左の方向へ出発した。だが、彼らの部隊が同列車に乗ったかどうかは知らない。なぜならば、右端に整列していた将校団（軟禁されていた佐官級の人たちも、また私もふくめて）は、カンボーイ群にかこまれるように、反対の右方向へ行進して行ったからだ。そして三キロほど歩いて着いたところは第三収容所で、もちろん私も杉崎も、板垣少佐も小谷中尉もそのなかにいた。

8　果てはウラルへ

村上少佐や兵員たちとべつの行動をとらされ、カンボーイに引率されて行進する人々は、以前から第一収容所にいた将校、「パサジーチ」されていた佐官連中、懲罰隊組の将校たちもみないっしょであって、もちろん杉崎中尉も、大阪出身の小谷中尉もいた。

第三収容所長から、

「この将校団をもって作業隊を編成し、全員作業に出てもらう。人員のわり当ては後刻指示する。一作業隊の長には佐官が当たるよう」

との言に、

「捕虜将校には強制労働をさせないとジュネーブの国際法で定められているではないか」

と、ある佐官が不服を申し立てた。すると、

「作業に行きたくない者は行かなくてよい。だが、その者は日本へは帰さないぞ」

と高飛車にどなりつけられた。

寝所のわり当てがあったので、私は杉崎君と、

「オイ、いっしょにおろうや」

と話し合って、二人寝式二段ベッドの上段に二人で上がりこんだ。その中で学校時代、ハイラル時代のいろんな楽しかった思い出話を語りあった。

そして、懲罰隊として第一収容所へ送られてきた理由を聞くと、

「オレにはさっぱりわからん」

というので、声をひそめて他人には聞こえないように、この国の諜報網の在り方などを伝え、

「だからおれ以外の人間にたいしては、たとえ日本人どうしであろうとも、反ソ、軍国主義的なことはいっさい口外するな、どうせ時機がくれば日本へ帰れるのだから、どちらが先に帰ってもおたがいの家族に状況を知らせることにしよう」

と約束し合った。

その後しばらくして、兵員といっしょに乗車した村上少佐は途中の駅でおろされ、いずこかへつれて行かれたといううわさを聞いた。

われわれ将校隊約三、四十名の班が行った作業場は、レンガ製造工場だった。近くの小山から土を掘りくずして、それを大きなタライのような物に入れ、水となにか知らぬが他の物質を混合して攪拌し、泥状にする。それを数個の煉瓦型に仕切った型に入れ、固め、窯《かま》に入

れる。焼く時間はロシア民間人のマースチェル（職長）が定めて、ちょうどよく焼き上がった時間に火を落とす。

そんな窯が多数あって、われわれは前日に焼き上がっていた窯の中から、さめて赤色になっているレンガをとり出し、トロッコにのせてレールの上を押して行き、集積場に整頓して積み重ねていく、というのが毎日の仕事だった。

黙々として日本軍将校団は作業をする。指揮者の某佐官と私とが、監督と仕事上の交渉のため実働しなかったくらいで、というよりいろんな質問、指示、通訳のために私自身あまり彼らの作業の手伝いをすることはすくなかった、といえよう。

さて、第三収容所にきてから、ＭＢＤからの呼び出しは一回あったきりで、例のとおりさしさわりのない内容の報告を出しておいた。

約二ヵ月ほどこの収容所ですごしたころ、また所長から、私一人にたいする転属命令が出た。こんどは第七収容所の本部通訳として同所へ行けという。

カンボーイがふつうの乗客列車に乗せてくれて、クラスノヤルスク市の駅で降り、徒歩で、わりあい近いところにある第七収容所に到着した。

ここではもっぱらソ連側からくる指示や文書、および日本側副官と同道しての収容所長や労務係との間の通訳であった。なぜかここには佐官の姿は見えなかった。

この収容所は駅のすぐうらにあり、日本兵員の作業場は汽車関係の修理工場で、一、二度、作業隊とともに現場へ行ったことがあるが、見るとそれらの工作機械メーカーの社名が表示してあった。すべて満州から運び込んできたものと一目でわかった。

また、この第七収容所に入所している日本側捕虜は、南満州にあった兵器廠の人たちで、こうした工作機械を使用しての作業は、彼らが在満当時からやっていた仕事の延長で、旋盤工、ドリル工、研磨工、シカル盤工など専門職工が多く、仕事そのものは「お茶の子サイサイまかしとき」といったところで、日本人は器用なうえに熟練工ぞろいだから、ノルマはものすごく上がっているという。

九月中旬になると寒くなってきて、冷たい雨が毎日のように降った。季節でいえば秋霖というやつだ。そのころ、どこかへトラックで出かけた炊事係兵員がキノコをたくさんとってきて、軍医やそのみちにくわしい人たちに聞いて、毒性の物はすて、キノコ飯をつくってくれ、ひさしぶりの秋の味覚を味わわせてくれた。

「下記の者は明朝十時、私物、装具などを携帯、衛門前に集合すべし」――突然のソ連側の命令である。見ると、「隊長熊谷義雄大尉、通訳志賀清茂、以下……」とある。その数約百名である。

「志賀さんともお別れですね」

と、甲幹上がりの中尉である副官は感慨深そうにいってくれる。またどこか知らぬが連れて行かれるのだな、こんどはどこだろうと考える。

翌朝、指名された約百名が集合した。隊長に指名された熊谷大尉は八国時代、どこかの地区隊にいて私を知っていたらしく、

「志賀君、あんたがいっしょに行ってくださるのなら安心です。よろしくたのみますよ」

と愛嬌のあるギョロリとした目でよろこんでくれた。

ところで私は、今度はちょっと方向をかえた生き方をしようと決心していた。収容所本部の通訳をしているから、ほかの人たちにくらべ身体はらくなのであるが、これからは実際の作業場に出て仕事をする方が、目をつけられることも少ないだろうとさとった。

駅から乗車し、カンボーイに、

「どこへつれて行くのだ？」

と聞くと、

「西のウラルの方で山のたくさんあるところだ、あのあたりは零下五十度になるぞ」

とおどかす。

現実に列車は、約二年たらず捕虜生活をしたクラスノヤルスク駅を発車し、ときおり停車しては、後尾にべつの空き貨車を連結している。これを見て、さては各収容所から抽出編成した部隊をも西方へ送るのだな、ということは察せられた。

9　悲しき炭坑ブシ

クラスノヤルスクからシベリヤ鉄道を西行しつづけていた列車は、ある分岐点から南方へ方向を変えた。どこまでつれて行く気かなと思っていたが、窓から左右にピラミッドによく似た三角形の山々が見えてきた。

「アッ、あれはボタ山だ」

と、ある兵隊がいう。

その説明によれば、採炭した残りの役に立たぬ石をボタ石といい、それを積んでおくと、長年の間にあんなピラミッド形のようになり、その山のことをボタ山というそうだ。

すると炭坑地帯につれて行くのだな、と理解できた。ウラル山脈を西へ越えていないのだから、この一帯はクズバス炭田地区だと判断できる。

数時間後に停車し、熊谷大隊は下車し、ほかの車両の人員はさらに南方へ輸送された。約一キロほど歩いて収容所に到着したが、途中、あたりを見渡すと、遠く近くにボタ山がいくつも見えるし、ロシア人炭坑従業員が住んでいるのだろう、貧しげな民家もあちらこちらに見られた。

そのころ収容所長から、

「クズバス炭田のケメロボ収容所である。この部隊は数はすくないが熊谷大隊とし、熊谷大尉（福岡県出身）を大隊長とする。ほかに副官一名、通訳三名を定めるよう。また、作業にかかる前に一週間の休養をあたえる。社会主義建設のため努力してほしい」

との指示をうけ、わり当てられた兵舎に落ち着いた。

熊谷大尉について以前から副官役をしていた勝野少尉があたり、私以外の通訳として二名もなんとか見つかった。

到着した当日、大隊長、副官、通訳一名は本部へ出頭せよ、とのことで行ってみると、収容所長ではなく労務係の軍属がよんだとのことで、さっそく作業についての打ち合わせをした。

「君たちは、この地の炭坑作業をやってもらう。炭坑は三交替の二十四時間勤務であるが、貴隊は第一勤務（ピエールワヤ・スメーナ）と第二勤務（フタラーヤ・スメーナ）を受け持ってもらう。第一は午前八時より午後四時まで、第二は午後四時から午前零時までである。一週間に一日はかならず各人が休めるよう編制・勤務割をしてほしい」

ベテランらしい労務係がいう。

「ここでおよその役割を聞いておきたいが……。大隊長は熊谷大尉であるが、大隊本部内において勤務割をするのは？」

と聞くので、

「この勝野少尉」

と熊谷大尉が答える。ついで、

「レイチェナント・シガは？」

ときた。以前から決心していたので、

「炭坑内外で通訳業務、つまりラボータに従事するつもり」

と答える。労務係はニッコリして、

「けっこうだ、では一週間休養したまえ」

といったあと、

「シガだけ、ちょっと打ち合わせがあるから残れ」

と指示し、ほかの二人を帰舎させた。そして、

「君に用のある人がいるから、いまからそこへ行け」

といって、ある一室に案内して立ち去った。

入ると案の定、MBDの将校がいたが、人はよさそうだった。そして私の略歴、クラスノヤルスクでのことなどを聴取した。

「よろしい、以前からいわれている任務を遂行するよう。特務機関や憲兵隊に在籍した日本兵が見つかったら、ただちに連絡するよう。ところで君は、営内勤務をするのだろう?」

「いや、炭坑勤務に兵隊といっしょに行きます」

と答えると、彼は意外な顔をして、

「炭坑作業に出るのか、なかなかキツイぞ」

といって気のどくそうな顔をしたが、

「まあいい、君の思ったようにしろ」

といって立ち上がって扉をあけてくれたが、右足をひきずっている。彼も気がついたのか、

「これは大祖国戦争（対ドイツ戦）でドイツ軍のファシストから一発クラッたのだ」

と笑っていた。

兵舎に帰って熊谷大尉に、

「熊谷さん、一週間の休暇をくれましたね、勤務割とか内務的なことはぜんぶ勝野少尉と、かんたんなことはほかの通訳さんにまかせて、私に一週間、もう一度ロシア語の勉強をやりなおさせてください。それが隊のためにも役に立つでしょうし、幸いこれが手に入ったものですから……」

といって、第七収容所から持ってきた文法書と辞書を見せた。

「ウン、いいですよ、さらに勉強されて私の右腕として、あなたにしっかりやってもらわねばなりませんからね」

とみとめてくれた。こうして私は、文法書の再勉強に全力を打ちこむことになった。

休養期間がすぎてから、労務係から「十一月七日」という名称の炭坑へ作業に出よ、との業務命令があって、私は第一スメーナ（第一勤）の先頭に熊谷大尉とともに立って、カンボーイの先導で現場へ向かったが、この行き帰りの距離がえらく遠く、片道四キロはあったろう。

炭坑事務所で新品の作業衣、帽子、靴、頭上灯と作業用スコップ、ツルハシなどを受けとり、坑内電車トロッコで現場付近までまた三十分ほどかかる。この炭坑は相当以前から採炭されているらしく、坑内の天井も高く広さもあった。日本人はもっぱら横穴坑道の奥で、ロシア人労働者が掘り出した石炭を、スコップでトロッコいっぱいになるまで積みこむ作業を当てがわれた。

日本内地で炭坑労働を経験した兵隊も、中にはすこしはいたかも知れないが、地下にもぐっての炭坑作業なんてことは、生まれてはじめてだというのが大多数だった。したがって要領はよくわからないし、作業現場への往復に時間がかかるのが一番こたえた。それに新入りの日本人捕虜にあたえられた作業用のショベル、ツルハシなどが新品ばかりだったせいだろうか、しきりに盗まれた。それを正直に炭坑側に申し出ると、

「ヨップヌイ・ヤポンスキー（日本人の馬鹿野郎の意）、なんとかとり返せ」

となる。そのむねを大隊長につたえると、

「そうか、こちらが盗まれたのなら、こちらもやれという意味だな」

となった。ちなみにこの隊付になっていっしょにここまできた兵員のほとんどが二、三年兵であって、若いし、要領も心得ている。隊長から許可が出たのだからと、さっそく員数合わせをはじめた。さすがにみごとなお手並みだった。所用の盗まれた用具はただちにととのえられ、平然として「異状ありません」と報告しているのにはおそれいった。

一ヵ月半ほどこの「十一月七日」炭坑に通ったが、あまりノルマの成績は上がらなかった。労務係からは怒られるし、炭坑側からもしぶい顔をしてののしられてばかりいた。

そのころになって収容所長から呼び出され、成績の上がらない理由を聞かれた。熊谷さんは、

「まず作業現場への距離が遠くて時間がかかり、作業服に着替えてから現場までも時間がかかる。兵隊は通勤時間だけで往復三時間以上もかかるので疲労するし、この点が一番の問題

点である」

と申しのべると、

「わかった、もう半月ほどすれば、収容所のすぐちかくに新しく採炭をはじめたシャフタ・ノーワヤ（新炭坑）から、日本人作業員をもとめてきているので、貴隊はその炭坑勤務としよう」

と作業場変更をみとめてくれた。

もう十一月に入っており、寒さもきついが、通勤距離が長いため、やはり栄養のバランスを欠いてきつつある者が出てきた。

この日で「十一月七日」炭坑での作業は終わりという日の第二勤（フタラーヤ・スメーナ）に同行した私は、十二時で作業が終わっての帰途、収容所手前に建てられた民家の畑で、採り残されたキャベツ数個を発見した。

「オイ、キャベツがあるぞ」

「いただいていこうや」

とばかり三、四名がコッソリ畑へ入り込み、数個をさらってきた。きたないもヘチマもない、どろだけパッパッと落として表皮からはいで、一枚ずつ各人にあたえて食べた。ビタミンが欠乏していたせいもあろうが、じつにうまい。新鮮な野菜ほどうまい物はない。

衛兵所を通過するさいは外套の中にかくして隊舎に帰り、隊長以下全員にくばると、うまいうまいとみな大よろこびであった。

10　地の底の規律

ノーワヤ炭坑の事務所は、収容所横二、三十メートルほどのところに建っていて、となりの建物といった近さにあった。

炭坑所長が面会したいから大隊長に通訳つきでこいとの連絡をうけ、さっそく熊谷大尉と私がおもむくと、六十歳前後に見える所長と、となりの席に四十歳前後の技師長が座っていた。そして入念な説明が長ながとはじまった。

「この炭坑は発掘しはじめて間のない炭坑で、掘り出して一年くらいだから、まだ諸設備が充分ととのっているとはいえない。しかし、従業員用の服装や頭上灯、採炭用器具などはそろえてある。現場へ行ってみればわかるが、だんだんと最新式に変えていく。

この炭坑は第一、第二、第三坑区にわかれていて、第一、第三坑区はロシア人労働者でやっており、君たち日本兵は第二坑区長の指揮下に入り、その坑区で作業してほしい。第二坑区では現在二ヵ所のラーワ（切羽）で採炭している。どちらのラーワにも職長と三、四名のロシア人採炭夫がいる、君らの知らない採炭技術は彼らが教えてくれる。

どのラーワにも十六名ずつ程度の人員がほしい、その中で二名ずつ一週間に一日休むことになる。つまりつねに十四名が一つのラーワで働いていることになり、二つのラーワだから計三十二名であって、それが二交替制で第一勤（午前八時から午後四時まで）、第二勤（午後四時から午前零時まで）の勤務時間となっている。第一、第二勤ともに長一名、通訳一名が必要である。

そのほか坑内のトロッコ運搬者三名が、坑内での実働員数である。なお、採掘石炭移動板は、午前零時から翌朝八時までの間にべつの日本兵班が作業して、第一勤の作業開始までに間に合うよう準備する。この班はもう二年も各地の炭坑でこの作業専門にやってきてなれているから、まかしておけばよい。

このほかに地上勤務班として製材所要員が八名、これは日勤で午前八時から午後四時まで、一週間に一名休ませるために八名とした。そのほかは浴場係が一名か二名必要である。

第二坑区長にはあした第一勤の作業出勤のさいに会わせる。だから大隊長、通訳、各種の長は部下をつれて明朝、この事務所に出頭するよう。明朝八時には私はここにいる。午後四時からの第二勤の指示はここにいる技師長が、私と交替して炭坑全般の指示をする」

兵舎に帰る途中、私は熊谷義雄大尉に、いくたの実例と私自身の体験を話して、くれぐれも兵たちの前では口をつつしんで、反動分子、反ソ軍国主義者と密告されないようにと忠告した。

「志賀君ありがとう、よく打ち明けてくれました。いまの忠告は肝に銘じておくよ」

と感謝してくれる。

兵舎に帰り、さっそく勝野副官と編成にかかった。有経験者はもちろん、坑内作業には若い頑強な者をえらび、地上勤務の製材工場班の長には三浦安二郎少尉が任命された。

昭和二十二年十二月ごろのことであった。

さて翌朝、大隊長以下、私と宮崎君（満州のどこかの軍の露語教習隊で学んだ人だろう）という通訳および地上、坑内作業員が炭坑事務所前に集合した。炭坑長、技師長、第二坑区長と二名の職長がすでに坑内服に着がえ、頭上灯までつけて出てきた。

「地上勤務者は、技師長がいまから君たちを案内して仕事のやり方を教えてくれる。ほかの坑内作業者はまず入浴場へ行って、炭坑服のつけ方などを坑区長から教えてもらい、頭上灯をつけ、作業器具をうけとって待機すること。準備がすみしだい私が坑内に案内する」

と炭坑長はテキパキという。ついで坑区長が、

「坑内では絶対禁煙である、炭塵に引火して爆発を起こす危険があるからだ。坑内で喫煙した者は見つかったら処罰をうける。よく心得ておくよう」

と注意があって、約五十メートルほど離れた水浴場の建物につれていかれた。

水浴場は、入ったところは広い暖炉《だんろ》がたかれていて温かい。暖炉の上には長いサオが何列もつってあって、ヒモで上下できるようになっており、炭坑服がずらりと並んでつって乾燥されている。前の勤務者の服である。

まず一本のカラのサオが下ろされて、みなは全裸にされた。下着をつけていると炭塵で真っ黒によごれるからだ。脱いだ着衣類は全部そのサオに各人ごとにかける。左手の部屋に係員がいて、日本人の身長を目測しながら、だいたい合うだろうと思われる作業服、上衣とズ

ボン、ゴム製半長靴を支給した。

「トロッコ係はだれだ。よし、その三名は最後尾から入るよう。なお、タバコをすいたいものは今この場で喫煙しておくこと、あとは八時間は吸えないぞ」

と坑区長がいう。五、六分たって喫煙が終わったのを見さだめると、

「よし、上がってきたら炭坑服をぬいで、あのサオに自分の場所を定めておいてかける。浴場係が火をたいているから明朝まではすっかりかわいている。浴場係はだれか？　君は火をたやさずに燃やしておくこと、石炭はいやというほどあるのだから」

と指示し、

「では作業用上衣はズボンの上から着して、ヘルメット、バッテリーと頭上灯を受け取れ」

と矢つぎばやの指導である。

ついで係員に命じ、各人のツルハシ、スコップを渡した。

「盗まれぬよう自分の器具は大切にしろよ、そして上がってきたら、ここへ返納する」

――そう注意をあたえたあと、戸外へ出て炭坑の入口に向かった。

もうすぐ十二月という時節で、炭坑服一枚での戸外は寒かった。高さ五、六メートル、幅四、五メートルほどの穴が炭坑の入口で、向かって右側に約四十五度くらいの角度で、板張りの人道が約一・五メートルの幅で下へのびていた。

人道用の板張り坂道には、約三十センチおきにすべりどめの横木が打ってある。二列縦隊で炭坑長、第二坑区長を先頭に歩いて降りて行く。人道の左側にはレールが二本ひいてあり、

その中央には鋼鉄製のロープがのびている。採炭トロッコを引き上げたり降ろしたりするのだろう、さらにその左側に、直径五センチほどのパイプが地上から地下までのびている。

「あのパイプは何をするのか？」

私は前を行く坑区長に聞いた、彼はふり返って、

「いい質問だ、これから下へ行けばわかるが、坑内には地下水がもれ出る場所が多い。その水をこの場所に集めて発動機で地上に送り上げねば、坑内は浸・洩水で大洪水になる、そのためだ」

と説明してくれた。

約五、六十メートルも降りると坑底にたっした。なんだ浅い炭坑だなと感じた。

「ここを右へ行けば第一坑区と第三坑区へ行く。われわれの第二坑区は左へ行くのだ」

と左側のレールぞいに進む。二十メートルほどで暗い横穴（ラーワ）が見える。

「ここはもう採炭しつくしたラーワだ」

と坑区長が説明する。

さらに五十メートルほど行ったころ、レールの真ん中を馬がポコポコと歩いてくる。ロシア人の馭者がトロッコ一台をひかせてやってくるのに出会った。私は熊谷大尉と顔を見合わせた。「馬で引っ張ってるぜ」という意味の目くばせだった。

さらに十メートルほど行くと、ガッチャンガッチャンという音が聞こえる。ラーワ（横穴式採炭場）の前にきたのだ。

「これが第一ザボイ（またはラーワ、日本では採炭場または切羽ともいう）だ。おい、ペトロフ君、半分の人員を君がつれていって、作業方法など教えてやれ」

とその職長に命じた。彼に引率されて第一班が横穴へ入って行った。

第二班は約百メートルほど歩いたところにあるラーワに到着し、そこの職長に連れられて作業場に入って行った。

地上は零下数十度という寒さなのに、この地底ではせいぜい氷点下十度くらいだったろうか。

さきのガッチャンガッチャンのやかましい音は、鉄板でつくった石炭移動板の発する音で、一枚の長さ約二メートルの半円形になっている鉄板を数枚つなぎ、掘り出して鉄板上にのせた石炭を外部のトロッコの方へゆすって押し出すといった、旧式な石炭移送機であった。

横道を開けて掘りはじめのころは、鉄板の数もすくなくてすむが、奥へ掘り進むにしたがい順次、鉄板をつぎたしていかねばならぬわけである。とにかく音がやかましくて、大声でないと話ができないという代物だ。

「落盤にはくれぐれも注意するよう。兵隊がなにか坑内で異変に気づいたら、ただちに職長に報告することを大隊長から伝えておいてほしい。なお落盤をふせぐため、天井が落ちぬよう突っかい棒や、横木で上部を補強していく作業の習得も肝要だ。そのための材木は地上の木材工場でつくっているから、坑内からどんな材木が必要だと連絡があったら、木材工場から運んでくる。トラックはつねに炭坑側で準備しているから……。

この第二坑区用としては、第三縦坑と第四縦坑があるから、そこからその下へ投げ落とすことになっている。その間、材木受領に行った者は縦坑下の横穴で待機しておくこと」とは、坑区長のいささかくどい説明だ。

そして、第二勤の初出勤のさいも坑区長、大隊長、私と宮崎通訳が立ち会って、順序を教え、現場にもつれて行き、よく説明しておいた。

地上勤務の製材工場は、三浦少尉以下八（そのうち一名は休み）名が常時一勤で、二勤用分の所要量まで木をひいていた。運ばれてくる直径五、六十センチほどの大きな原木をまず、必要な幅に設定したタテノコでひく。長さが三、四メートルあるからこれには熟練を要する。支柱にするためには直径十センチていどの丸太を、所要の寸法にヨコびきノコにかけ、必要な寸法に切断する。

もう一つの作業はその支柱と天井の間にはさみ込み、しっかりと坑内の天井をささえるための厚さ二センチ、横十センチ、縦五十センチの板を作製する作業であった。

また地上作業員には、綿入れ布製の防寒着が支給されていて、帽子だけが日本軍の防寒帽であった。三浦少尉に聞いたところ、

「注意しなければ危険だが、まあ軽作業の一種ですね」

といっていた。

地上に出るとトラックで、坑区長は第三、第四縦坑の所在地を教えてくれた。

「ここから下に声をかけて、坑内作業員はすこし離れた横穴で待機すればよいわけだ。かな

らず下へ声をかけて合図して落とすこと、それが終わったらそのむね通知すること」

などなど綿密な注意だ。こうして熊谷大隊の新炭坑での労働作業がはじまった。

11 ノルマの〝日ソ交渉〟

第二坑区に所属して地下で働いている日本兵のノルマは、毎日、個人別のノルマ遂行表が各ラーワの職長から、坑区長のサインをえて、炭坑側に報告されることになっていたが、十一月末しめ切り分の成績表を持って、収容所長が大隊長と私を呼びつけた。

「見ろ、このノルマ表を。各人別に記入してあるが、坑内のザボイで働いている日本兵のノルマ遂行率は、この約半月で五十五パーセントだ。坑内作業員、とくにラーワで働く採炭夫のノルマにたいする炭坑側の支払い金額は重労働だからなるほど高いが、それでも五十五パーセントとはなんたることだ」

と、どなりつける。それにたいして、

「それは私の指揮する日本兵が、まだ炭坑内作業のコツをよく知らないからでしょう。もう少し待ってくれれば彼らもなれて、作業もはかどるでしょう」

と、熊谷大尉は弁護する。

「まあ、その点はみとめるが、捕虜一名にたいし収容所としては、一ヵ月四百ルーブルが必要なのだ。それだけの金額を上げねば給与を落とさなければならぬことになる。この点を兵隊によくいい聞かせて、よく指導するよう」

　これにはどうやら、こちらの言葉を受け入れてくれた。

　十二月末になって、坑区長からのノルマ遂行表が炭坑事務所をへて収容所にとどけられ、さっそく呼びつけられた。

「なんだ今月のノルマ遂行高は？　平均して七十パーセントしかないではないか、それにくらべてロシア人炭坑夫は二百パーセントから二百五十パーセント上げている者もいる。大隊長！　もっと働かせろ」

　ときた。そこで私は坑内で働いている兵隊に聞いてまわった。

「君たちにはご苦労なことだが、もうぼつぼつ坑内作業にもなれてきたんじゃないか？　ところが職長が書いて出すノルマ遂行率の報告では、おなじラーワで働いているロシア人が二百から三百パーセントとなっており、日本人側のは平均して七十パーセントだというが、そんなところですか？」

「なにをいってるんですか、通訳さん。やつら（ロシア人採炭夫）はもう年寄りで力もなくなっているし、経験はあるかも知らぬが、よくサボっているし、実際の作業量はわれわれの方が上まわっていますよ」

　と口ぐちに答える。一ヵ月半ほどもおなじ仕事をしておれば、若くて頑健な、器用でよく働く日本兵の方が、仕事のやり方になれて、彼らより上まわることは私も期待していた。しかも、最高難度と評価されている採炭夫などの賃金単価は最高額であることはもとより聞いていた。

そこで熊谷大隊長と相談して、各日本兵のその日、その日の仕事量をこちらで計量記録しておいて、各ラーワのロシア人職長から出る毎日のノルマ達成量に挑戦し、こちらはこちらの記録を個人別に毎日計測し、大隊長に提出させてはどうだろう、ということに落ち着いた。

坑内作業員の採炭夫連中にこのことを相談すると、みながやろうという。

「隊長、それはおなじラーワで働いているロシア人が、日本人の働いた量までゴマ化して自分たちがやったように報告しているのですよ。あんな年寄りの連中にわれわれが負けると思いますか。彼らも彼らだが、その報告をそのまま報告書に書くやつもいいかげんなものですよ」

と口ぐちにいった。

「わかった、では明日から毎日、メートル数の目盛りをつけたヒモを各人持って行き、自分のやった作業量を正直に私の手元に提出してくれ」

さらに熊谷さんはいう。

「このことは一ヵ月間計測して、結果がロシア人側の報告と、どのくらいくいちがいがあるのか実証するためだから、一ヵ月間はつづけてほしい。それでロシア人側の不正が実証されたら、私は収容所の憲兵に申し出て文句をいい、うまくいくよう計らうから……」

約一ヵ月半（「十一月七日」炭坑をくわえれば約三ヵ月）ラーワで採炭夫として経験をかさ

ねた日本兵は、それで一度に意気が上がった。

その後は毎日一勤、二勤ともに採炭夫個人ごとの仕事量が私たちの所に報告された。その記録は勝野副官や営内勤務者が当たり、もちろん、けっして誇張してはいけないむねは、前もって申し渡しておいた。

それからは技師長にも了解をとりつけ、毎日時間を見はからって、私は炭坑事務所に出かけた。

「きのうの第二坑区の一勤、二勤の報告書を見せてくれ、技師長の許可はとってある」

と計算係の女性にいい、営内勤務の元銀行員だった人が、たまたま日本式算盤を持っているのを知り、その人をともなって事務所内でロシア人側提出の報告書の計算を行なった。また、その人の算盤がうまかった。表を前においてパチパチ珠をはじいていく。

第一、第二ラーワのロシア人をふくめた各人の作業量、それに賃金単価をかける、と、そのロシア側報告書と、日本人側報告書を比較すれば結果がすぐ出てくる。その人の算盤さばきの速さには、事務所の女性係員も目を丸くして見ている。ついには在室していた技師長まで引っ張ってきて見せるというしまつである。

「ついでにロシア人の給料も各人の袋に入れてわたさねばならないから、紙幣の勘定もやってくれないか」

とたのまれたので、そのむねを元銀行員氏に伝えると、

「おやすいご用です、紙幣ならまかせてください」

と、各人にわたす一ヵ月分の給料（これはロシア側報告書によるもの）を、各種紙幣があったが、それぞれ別個に札を数える指の速さ！　さらに扇形にひろげてもう一度、四枚か五枚ずつ確認するあざやかさには、じつのところ私もびっくりした。

彼が札を勘定している間に、私はせっせとロシア人側のラーパルト（報告書）を写し取った。

この元銀行員の計算と、札の計数の妙技は炭坑側もみとめ、のちに作業隊専属のいわば経理係ともいうべきものになった。

両方の報告書を見れば、大きなくいちがいが一目でわかった。このことを大隊長、副官および各兵員に告げると、

「そうだろう、あいつら自分たちの収入のよいようにゴマ化していたんだ」

とみなが怒る。

「ヨシわかった、私と大隊長はこのむねを当収容所つきのソ連側憲兵に申し出るから、もうしばらくしんぼうして、いままでどおり自分の作業量の計測報告をつづけてくれ。おそらく自分の予感では、もう一ヵ月はかかると思うが、諸君があくまでも正確かつ正直に、自分のやった作業量を提出してくれれば、問題は解決すると思う。そのように厳重に憲兵に申し込むハラで、いまから隊長と実情を訴えに行ってくる」

私はこういって、隊長とともにＭＢＤ将校を訪れた。

「よう志賀か、ひさしぶりだな。今日はカピタン・クマガイもいっしょだな、坑内作業はど

うかね、それとも何か変わったことがあるのか？」

足をひきずる右腰に拳銃をブラ下げた彼は、そういいつつ敬礼した熊谷大尉に答礼したが、私は熊谷さんに、

「あとは私にまかせてください」

といって、私はここぞと一人で彼に意見なり感想を述べた。

「日本軍側についてはべつに変わりはありません。私たちは貴官の意見を聞きにきたのです。日本兵を捕虜としてこの地につれてきて、各種労働をやらせているが、これはソ連の偉大なる社会主義建設のための一助になるものとわれわれは理解し、協力しているわけです」

「ウン、ありがとうといっておく」

「それで、共産主義の原則についてのことですが、各人の労働の質と量において報酬を受ける、というのがたしかその理論でしたね」

「そうだ、そのとおりだ」

そこで私は事務所で写し取ってきたロシア人側提出の報告書と、過去一ヵ月かかって日本側で作成した日本兵各人のノルマ遂行率表を机の上におき、

「第二坑区には二つのラーワがあり、一つのラーワに毎日各十四名の日本人が採炭夫として働いているが、ほかに各ラーワともにロシア人採炭夫が三、四名いる、それも年寄りのね。その各ラーワの長としてロシア人職長がいる。すでに約二ヵ月にわたって経験をつみ、日本兵は若いし頑健で、しかも器用である。

ところが、この報告書のように、ロシア人職長が炭坑側に提出した報告書は、ロシア人の方がだんぜん高いノルマ遂行率になっている。おかしいという兵隊たちの意見もあって、一ヵ月間、日本兵に命じ、各人が八時間でやりとげた作業量を記録させたものが、こちらの表である。

ご覧のとおり、ロシア人作業員はどれも毎日二百パーセント以上なんて遂行率に書いてある。日本側が調査した各人の遂行率は、各人は百パーセントはおろか二百パーセント台の者もいる。このような差がなぜつけられているのか、共産主義の理論からいってもおかしいのではないか。日本兵は、自分のやった仕事の量を正当に評価してくれないのなら、もう協力するのはいやだとまでいう兵隊もいる。この点どうお考えですか？

兵たちにイヤ気を起こさせないため、大隊長といっしょにおうかがいしたわけです。くわしいことは、この二つの表を比較することと、炭坑側の考えをたしかめていただきたいのです」

と、一気にまくし立てた。

だまって聞いていた彼は、

「ウンわかった。もしそういう事実が行なわれているのなら問題は重大だ、おれが調査する。ただし、この日本側資料は一ヵ月分だけだね、わるいがもう一ヵ月これと同様に、各人に作業量を計測させて提出してくれ。一ヵ月待ってくれ、これはおれの仕事の領分だし、このとおりならおれが決してわるくはしないから……」

と約束してくれた。

帰隊して熊谷隊坑内作業員のみを集め、他にもらさぬよう口止めのうえ、右のしだいを報告した。みなは納得してくれて、

「もう一ヵ月がんばります、やつらに負けてたまるか」

と士気も大いに昂揚した。

12　成功した〝独立運動〟

昭和二十三年二月に入り、私たちの作業もしだいに練達してきて、日本側のノルマ遂行量の表示も一、二勤ともに順調に報告されてきた。勝野副官にそのデータを話し、わかりやすく一人ひとりの毎日の仕事量を記録してもらうようにした。

二月十一日（いまの建国記念日、私たちは紀元節といっていた）、第一勤とともに坑内に入って動きまわっていた私に、トロッコ馬車の馭者から、

「オーイ通訳さん、上から電話交換手が呼んでいますよ」

と伝えられ、いそいで坑内電話に上がって取りついた。

「はやく地上に上がって製材工場へ行ってください！」

との地上女子電話交換手の声だ。

「どうしたんだ?　わけをいってくれ!」

「製材工場で日本兵の一人が、身体が二つになった」

なんの意味かわからぬが、なにか事故が起こったらしい。

「ヨシ、私はすぐに地上にのぼる」

と答えておいて、斜坑歩道を急いでのぼり、製材工場に走った。

見ると、三浦少尉が青い顔をして立っている。

「どうしたんだ?」

「いや、タテびき作業をやっていた木村(東京都出身と聞く)が何かのミスでノコにまき込まれて即死したらしい。モーターはすぐに切って、炭坑事務所へとどけに行った。まだ現場には手をつけていない」

「私は彼と反対向きのヨコびきノコの作業をしていたが、ぱっと眼前に赤い色が映ったのでふり返ると、タテびき作業の木村の姿が見えない。付近に血の飛んだ跡がある。そこですぐにスイッチを切って行って見るとあのとおりですよ」

もう絶命しているのは一目でわかった。とにかく、彼の身体を地上に上げようということで、作業員二、三名が死体をとり出しにかかったがだいぶ苦労している。

木村君は無惨なことに股のところからまっすぐ腹部、胸部を縦に切断され、わずか右肩の下あたりで切れ目がとまっている。ちょうど股の真ん中から切れていて、二枚におろした魚のようにするどくすっぽり断ち切られており、陰茎部も腹部の臓器も一直線に切り上げられたかっこうで、いわば身体が真っ二つに分かれているので、地上にあげるのにてこずったようである。

地上に横たえられた死体の切り口からは、臓器のはみ出しはすこしもなく、寒気のため、すぐ凍ってしまったのだろう、すっぱり切れている。まだ水蒸気のような湯気がほのぼのと立ち昇っていて、常用していた黒いセルロイド縁の眼鏡が、はずれもせずかかっていたのは印象的だった。

「ウン、これは、タテノコに近づいて何か幅数を修正しようとでもしたとき、はいているファイカ（綿入れの）ズボンがノコに巻き込まれて、そのまま身体まで巻き込まれたのだ」

技師長は経験上からその意見を、間もなく駆けつけたMBD将校にも話していた。

「彼はタテノコ専門で、いままでうまく作業していた隊員だが、ほんとうに残念でした」

三浦少尉は涙をためた顔でいう。そのあと、墓地に埋葬するため馬ソリで兵三名をつけて運んで行ったが、この黒ぶちの眼鏡をかけた木村君の事故死は、いまだにわすれることはできない。

それから十日ほど後にも、第一坑区のラーワの中で働いていた兵一名が、落盤による事故死をとげた。

やがて、二月いっぱいの作業が終了し、大眼目である作業量報告書が提出された。日本側の計算では、各ラーワの採炭夫一人当たりのノルマ遂行率は平均して二百パーセントをこえ、中には個人的には二百五十～二百八十パーセントをやりとげている者もいた。その記録は日本側で個人別の成績表としておいた。

炭坑事務所から、例の元銀行員の計算の名人と同道で、計算作業のためきてくれということで、待ってましたとばかり所要の写し取り用紙を持って出頭し、まずロシア側職長の作成したラーパルトを各個人別に写しとった。

宿舎に帰り、熊谷大尉とその報告書を検討する。ねんのため日本兵作業員にきいてみる。

「君たちの報告書も仕事量は正直に報告しているのだろうな？ 今回もロシア人の方が大きく上まわっている。これから憲兵のところへ両方の報告書をもってネジ込みに行こうと思っているが、君たちは正直に仕事量を報告しているだろうね？ 疑っているわけではないが、みなの真実の声を聞いておきたいのだ」

と念を押すと、

「絶対にわれわれはゴマ化していない。それどころか、すくな目に報告している場合もある。通訳さん、大丈夫ですから交渉してください」

異口同音に返答が返ってきた。

「よろしい、それでは大隊長といっしょに憲兵に事実を話してくる。だが、この件はほかの部隊の者には絶対もらさぬよう」

と口どめをしておいて出かけた。MBD将校は気やすく二人を部屋へ通した。

「おお、コムバット（大隊長）もいっしょか？」

熊谷大尉は、相手はソ連軍中尉で階級的には下だが、そうした点は要領よく、キチッと敬

礼して、

「熊谷大尉、作業上の報告にまいりました」

と上官にたいする態度をとる。それも彼の気に入ったことだったのであろう。

「まあ座りなさい」

と椅子をすすめてくれた。

私は二月いっぱいにおける作業成績表の日ソ双方で作成した二通を机上でしめし、

「このとおり、各人に毎日の作業量を計測させた結果のもので、ソ連側作成のものと大差があるでしょう。この点が兵隊の作業意欲を低下させることになると大変なことになり、兵隊ははばからしくて働かなくなりますよ」

と説明した。

「ヨシわかった、この表は私にあずけてくれ、先月分のと合わせて収容所長、労務係とも相談のうえ、炭坑側と折衝する。悪いようにはしないから、君たちの協力を期待している」

と答えた。

それから四、五日後にラーワの中で働いているロシア人採炭夫から、

「君らは収容所で寝食衣ともに充分あてがわれているのだろう？　われわれには家族を養っていかねばならぬという大仕事があるんだぜ」

という意味の怒りとも、懇願とも依頼ともつかぬイヤ味をいわれた。さてはＭＢＤ筋の調査がはじまったな――と直感する。

さらに三、四日すると炭坑長から、

「大隊長、通訳および移動班長岩見中尉は事務所へ出頭するよう。内容は会議のためだ」

との連絡があった。さっそく出かけると、事務所の会議室の正面に炭坑長、技師長がすわっており、左側の列に第一、第二、第三坑区長がいる。右側には各坑区ラーワの職長が十二、三名ならんでいた。まず炭坑長がおもむろに口を開いた。

「第二坑区の二つのラーワ（採炭場）の採炭作業と支繰《しぐり》作業は、すべて日本人にまかす。ただし油差しのロシア人女性一名は各ラーワにのこす。熊谷大尉は全般の責任者として指揮をとり、第一勤、第二勤の地上、坑内ともにその長は通訳の志賀と宮崎とする。

つまり第二坑区の採炭と、地上の製材作業は日本人だけでやってみてほしい。ただし、坑区長は従前どおりであるから、彼の指示にしたがうこと。なお作業中、緊急のさいは、私か技師長が当事務所にいるから、電話でもよいから連絡すること」

第三坑区長はそのときウォットカをひっかけてきていたらしく、いろいろ文句をつけたり、私自身とMBD将校との関係をあるていど感じていたらしく、それにこじつけたイヤ味をいったが、

「〇〇君（第三坑区長）、君は酒を飲みすぎている、もっと言葉に気をつけろ」

と技師長から一本きめつけられてだまってしまった。

「作業切り替えは、三月十五日の第一勤からとする。なにか質問はないかね」

炭坑長の言葉に、

「わかりました。三月十五日の第一勤からそのように作業します」

熊谷大尉が答えて、兵舎に帰り、一同にそのむねを伝えると、兵の士気は一斉に上がった。

ここで、私は以前から大隊長に意見を申しのべていたことをこのさい発言して、兵隊の承認をもとめておいてくれるよう腕でつついた。すると大尉は私自身でいってくれという。そこで一応、私の知っているかぎりのノルマおよび賃金にたいして説明しておく必要があると思い、一席ぶつことになった。

「賃金支給額は、地上作業員は一人一日八時間百パーセント遂行して、最低月額四百五十ルーブルだが、材木未到着とか、その他の理由で遂行不可能な場合もあるだろう、だから低く見積って平均四百ルーブルとみよう。この四百ルーブルはわれわれ捕虜一人を一ヵ月やしなうための収容所としての絶対必要額である。

坑内作業のトロッコひきは一日八時間で月に四百ルーブル、これはロシア人の坑内での油差し業務や、排水ポンプのモーター係と同額である、つまりこの軽作業をやっているロシア人は一ヵ月四百ルーブルしかもらっていなくて、それで一ヵ月の生計を立てている。

さて、われわれの第二坑区のことであるが、ロシア女性の油差しを一名をのこし、全部日本人のみにまかされた。ただし、従前のロシア人がのこって坑区の長を継続する。

採炭夫のノルマ賃金は、一日八時間労働で百パーセント達成した場合、一ヵ月で約千ルーブルで、もちろん二百パーセントやれば二千ルーブルになるわけだ」

「オー」

といった兵隊の喚声が聞こえた。

「坑内夫として最高の賃金である。なお、熊谷隊長は月給制で一千ルーブル、一勤、二勤の長を炭坑側から命ぜられた私と宮崎通訳さんは、ともに月給八百ルーブルである。これは炭坑側の規則だから了承されたい」

と説明し終わったところで、私は大隊長をつついた。大隊長は、

「そこで相談があるのだが……、ザボイに入って作業している人たちの労苦は充分にわかっている。また体力や技術のいるむずかしい作業をやっていて、すでに年寄りのロシア人よりも作業量が数段上まわってきていることも充分知っている。

賃金は一ヵ月分まとめて収容所へ支払われるが、収容所長とも約束したけれど、一人一ヵ月四百ルーブル当たりの金額を収容所におさめさえすれば、あまったぶんはまとめて当大隊に支払う、という確約である。

ただ問題となるのは、大隊本部要員として作業割り当て、その他雑用に当たっている者にたいしては一ルーブルの支給もないし、風呂場当番や地上作業員の賃銀も低い。だれが計算しても坑内作業者の給料が大きく、以上の人たちより上まわり、金銭的には一ルーブルももらえない人たちもいる。

そこで、相談というのは、大隊総員一ヵ月一人四百ルーブルを収容所におさめた余分の賃金を、隊員全員の数で割って、みなで均等に分割してはどうだろうか。もちろん私や通訳両氏の月給も、四百ルーブルをさし引けば残るわけだが、全部それに拠出する……。

しばらくこの方法でやってみて、不満なども出てくることもあろう、その時はまたみなで討議して、よりみなが納得する方法を考えてはどうだろうか。なんとしても一つの隊としておなじ屋根の下に住み、おなじカマの飯を食っている日本人仲間だから……」

と、説得した。多少不同意をもらす分子もいたが、結局、当分の間、そういう方法をとってみよう、ということに多数意見できまった。

13　夏のオビ川にて

それからの日本兵の作業量は、みるみる上がっていった。もちろん、各ラーワの先任者である元将校か下士官かは知らないが、その人たちの適当な指示があったこともあろう。三月すえの支給額は、半月ほどだったから大したことはなかったが、それでも、収容所への所要必要額をさし引いてもプラスと出た。

熊谷隊では約束どおりに、収容所から受け取った残額を頭割りにして、各人にいくばくかの現金を支給した。兵員はよろこんだが、ロシア紙幣を受け取ってもどこにも使うところはない。

衣食住は収容所の負担であり、作業用の服装、器具、機械は炭坑側から提供されているのだから、もらった金の使い道はないのである。中には、ロシア人に現金をわたし、必要品を購入していた兵隊たちもいたかもしれないが……。

四月の雪どけ期になると、収容所長の通達として、収容所の内外にロシア人のバザール（市場）を設けるから、好きな物を買ってよろしい、ただし現金で、アルコール分はだめ、と布告が出された。

使い道のないルーブルを持てあましていた兵隊たちは、一勤者は帰りに、二勤者は出勤時に、バター、砂糖、肉類、タバコなどを札ビラを切って買っていた。食べ物は収容所に帰ると暖炉の上において焼いたりし、友人にも分けていた。そのころの兵隊にとっては、精力のつく食べ物にありつくことが第一だったのだ。

問題は、日本側にまかされた第二坑区の成績を上げることにあった。また私には第一勤（ときには第二勤と交替したが）の長としての責任があったのである。それでも私の場合は、将校待遇であることを兵員は知っていてくれたので、わりとすなおにいうことを聞いてくれたが、第二勤の長を命ぜられた宮崎さんは兵隊の階級だったため、そうとう苦労をしたらしい。

第一勤出勤時、地上班は三浦少尉にまかせ、私は主として坑内作業に重点をおいた。もちろん、各ラーワの班長は先任者を当てていたが、彼らもよくがんばってくれた。自分自身のノルマをはやめに終わった場合は、他のおくれている兵員の作業を援助し、よい意味でのその班の平均パーセントがうまくおさまるよう努力してくれた。このあたりが戦友意識とでもいうのだろうか。

四月分の作業量は思ったとおり、平均百六十パーセントの遂行率をしめし、それを坑区長も確認、サインをした。採坑夫のかせぎ高は、一人で一千五百ルーブルをこえている者が多数いた。その時点で、炭坑長や坑区長の杞憂《きゆう》も一度に吹き飛ばされたらしく、熊谷大尉や日本兵労働者にたいする信頼の度はふかまった。

ちょうどそのころから、炭坑事務所のすぐ横になにやら建築作業がはじまった。ある日の出勤時に技師長にたずねると、

「ああ、あれか、あれはこの炭坑作業員のための食堂を建設しているのだ。完成にはまだ相当の日時はかかるが、日本人捕虜も大隊長と通訳は自由に出入りできることにするから、楽しみにしていてくれ」

との返事だった。私が、

「それよりも、石炭移動板をコンベアー式にかえるとか、馬ひきトロッコを電動車にかえて運搬した方が、より能率が上がると思いますが」

と意見をのべると、ニッコリした技師長は、

「志賀、いいことをいってくれた。君の意見どおりだ。その点は炭坑長も前から考えていたことで、すでに上層部に要求書を提出してある。そのように電動化されるのも間もないことだ、心配するな」

と、わが意をえたりといった返答だった。そのあと私は、

「それから水浴場の改善も必要ですね」

と追い討ちをかけた。

「それも考えている。坑内からよごれた身体で上がってくる坑夫のためにも、また日本人の好きな風呂も改造する案が出ているが、これは食堂や電化作業よりすこしあとになるだろう、それまでしんぼうしてくれ」

五月に入るとこの地方もあたたかくなってきて、外出しても寒さに苦痛を感じることはなくなった。そんなある日、「映画会」をやるので手のすいた者は観賞するようにとの布告があった。上映された映画は『シベリヤ物語』であった。一勤が終わり、ちょうど身体が空いていたので、私も集会場のいすに座って観賞した。なかなかによい映画であった。監督の手腕もあるのだろうが、最初の導入部などは、日本映画より上手だった。独ソ戦をえがいたものだったが、戦争部分より人間的な交流場面がおもしろかった。

六月になれば、この地方はもう夏である。そのころから大隊長と通訳二名は、衛門を自由に出入りしてよいという許可が収容所長から出ていた。日曜日の私の休息日に当たっていたある日、私は熊谷大尉にことわって散歩に出た。南の方角を向いて歩いて行ったが、野菜畑がなだらかな斜面一帯にひろがり、南の陽を受けてしげっている。カルトーシカとかトマトなどの畑は、背の高さくらいまでの成長ぶりを見せていた。

幅五メートルほどの黄色い水の川が流れていて、数人の子供たちが水遊びをしている。

「これは何という川かね？」

十歳くらいの男の子をつかまえて聞くと、

「レカー・オビ（オビ川）だ」

と答える。それにしては幅がせまい。たぶんオビ川に流れこむ支流のさらに上流なのだろう。温度はそうとう昇っているが、湿気が少ないため汗は出ない。ふと、ハイラルの夏に似ているなと思った。

私もパンツ一枚になってクロールで泳いでみせた。そこで水浴びしている子供たちはみな、犬カキ式の泳ぎ方である。しばらく泳いで岸に上がり、草の上に寝ころんで大空を見つめた。いろんなことが思い出された。故郷の肉親や、ハイラル時代のことなどが頭の中を去来した。

相変わらず、坑内外の作業はつづいた。ある日、第一ラーワで木材不足の報告があった。

「製材工場へ行ってトラックで運んでくるが、約三、四十分くらいかかるだろう。その間、大丈夫か？」

と班長に聞くと、

「まだ一時間や二時間は大丈夫、とにかく用心のためにレース（木材）を持っていないと、いざというときこまりますからね」

という。

「よし、それでは私が製材工場へ行って第三縦坑から落とすから、横穴で何名か待機していてくれ」

といって人道用道路を駆け上がって事務所へ行き、炭坑長にそのむねを報告し、

「私が製材工場から第三縦坑へ運びますから、トラックを出してください」

と承諾をえて、三浦少尉のところへ車を持って行った。

所要の木材を積載し、私は二、三名の兵隊とともにトラックの上に乗り、縦坑に向かった。

収容所の前でMBD将校に出会ったが、炭坑服に頭上灯をつけ、トラックに材木を満載して縦坑に向かっている私に気づき、彼は手をふって挨拶をしてくれた。

さらに二百メートルほど行ったところに民家が一軒建っていて、家のすぐ前に若い娘が一人立っており、私をみとめるや、

「ハーイ、コースチャ」

と手をふった。私たちのラーワで働いている油差しのロシア娘である。前に彼女に、

「私の名はコンスタンチン・シゴフだ」

と話したことがあるので、愛称語の「コースチャ」と呼んでくれたのだろう。

この日は休日らしく、こざっぱりした服を着て、二十歳前のまだ太らないほっそりした白い笑顔で片手を振ってくれた。はじめて見るふつうの洋服姿の彼女は、しごく美しく見えた。

14　ダモイの日近し

六月、七月、八月、九月と私たち第二坑区の作業成績は上昇していった。収容所長、炭坑長、技師長、坑区長も大いに満足していたらしく、私たちにたいする態度も変わってきて、

それこそ下にもおかぬといったようすだ。そして、各地でもやっていたのだろうが、高作業量を上げている兵隊から順次、「休養の部屋」（日本人のいうハラショー・ラボータの室）へ数名ずつ、約一週間ほど入れて休養させるという処遇をとった。

この部屋に入った者は、何もしなくてもよい。三食とも上げ膳下げ膳で美味な食事が提供され、殿様ぐらしというものである。

ただ、こまったのは、共産党員を自称する藤沢が主催している民主主義の集会とか、ロシア歌曲の練習会であった。しかも、藤沢の強制命令によって、非番の者全員が集まるようにとの達しである。壇上に立った彼は得意そうにソ連のよさと、民主主義達成のために協力しよう、といった意味の演説をブツと、歌の指導員がいまソ連国内で唄われているいろんな歌を教えた。

これらは私のもっとも苦手とするところである。三浦少尉と目くばせして製材工場に用があるようなかっこうで、山と積んである大きな原木のかげでタバコを吸いながら、故郷の話や学校の話、民主運動積極分子（アクチブ）などについての、さまざまな悪口をたがいにいい合っては、ウサを晴らしていた。

そんなある日、

「あす一日は第一、二勤ともに休日とする」

と技師長がきりだした。

「なにごとですか？」

「志賀よろこべ、どうやら上申が通って、あす一日で電気牽引車を坑内に入れて試運転する。日本兵の中で一、二名、経験者があれば出してほしい。レシュタキー（石炭移動板）はやめてベルトコンベアもあす坑内に入れる」

といってニンマリしている。

それからさきは、各ラーワで耳をろうするガッチャンガッチャンの音は消え、無限軌道式のベルトコンベアが音もなく石炭を坑口に運び、トロッコに落としていく。二、三台たまったトロッコは電気機関車が斜坑の直下まで運び、連結鎖をはずして回転盤の上でそのレールに乗せ、グルッと九十度回転させて地上に向ける。それがうまくレール上に合っているとみると、ワイヤーロープを箱の先にかけ、モーター係がスイッチを入れると地上へ上がって行く。

地上ではロシア婦人たちがボタ石をとりのぞいていく、というシステムに変わった。坑内のベルトコンベアにも要所要所に油をさす必要があったので、ナターシャ（油差しのロシア娘）もひきつづいてラーワで働くことになって、いっそう親しさをました。

彼女は十八歳だと自分ではいっていたが、多少サバをよんでいたかもしれない。それでも二十歳前後はまちがいないようだ。一ヵ月でいくらの賃銀になるのかと聞くと、四百ルーブルとのこと。父親が第三坑区の採炭夫として働いているので、暮らしにはいくぶんかの余裕があるようだった。

九月下旬に、炭坑の食堂が竣工した。帰りにのぞいてみると内部もシャレたつくりで、いかにもレストランという感じで、おまけに食堂の表通りにも売店を設け、パン、バター、砂糖、ソーセージや、おどろいたことにびん詰のウォットカまで売っていた。

翌日、収容所長からの達しがあり、

「いよいよ食堂が設けられた。捕虜諸君には食料品は収容所から支給しているから、あまり必要がないかもしれぬが、もしほしい物があれば、勤務の行き帰りに外部売店で現金で買ってもよい。ただし、食堂内への立ち入りは各大隊長、通訳以外は禁止する」

とのことであった。

このころから、熊谷大隊内での給料の平等支払いにたいし、地上および営内勤務者からの申し出があり、「われわれの給料は安いのが原則だし、まして営内勤務者はもともと無給である、今後はなるべく坑内作業者を優遇して支給してくださるよう」との申し出があった。

さっそく全員にはかったところ、やはり均一支給には抵抗もあることだろうし、といっておなじ大隊にいる戦友だから無給というわけにもいかないだろう、そこで残った分として収容所から支給される金銭は、坑内者七十パーセント、地上および営内勤務者三十パーセントぐらいの比率で分けたら、ということになった。

作業遂行率のよい人は、一ヵ月で手中にする額は一千三百ルーブル以上になり、大隊長の月給より多い人もかなりいた。私はときおり兵員から軍用水筒を借りて行き、帰りにウォットカを買ってその中に入れ、営内に持ち帰り、就寝時にまわし飲みして寝酒にしていた。もちろん、収容所側に気づかれぬように……。

十月末ごろになると、収容所内に出しているロシア人のバザール店頭に、にわかに豪華な品物がならびだした。長靴、旅行カバンや記念品のようなシガレットケースなどが目立ちだした。

「おかしいぞ」――私の第六感にくるものがあった。

はたして十一月初旬、カンボーイが書類を持って営内へやってきて、

「つぎの者は私物装具を携行、明朝八時、衛兵所前に集合」

といってつぎつぎと名前を呼び上げていった。約五十名である。

「何だろう？　また転属か？」

私はカンボーイにそっと聞いてみた。

「この連中はどこへ行くのか？」

「日本だよ、本当に日本にダモイするのだ」

彼は明言した。

各人もうっすら気がついたらしく、仲のよい者どうしで、帰ったらおれのところへ状況を知らせてくれ、とかいって手を取り合っていた。

翌日、その人たちは出て行ったが、列車で運んできた原木を製材工場へ運ぶために行った兵隊の話では、

「たしかに帰還列車で、約二十両ほどの貨車からは日本兵がさかんに別れのあいさつを告げ、がんばれよといっていました」

とのことだった。

このケメロボよりさらに南にレーニンスクという炭坑地帯があり、そこで働いていた兵員を主力として帰したのだろう。それへ当収容所から約五十名を追加して帰還させたものと判断された。

その翌日の夕方、私はMBD将校を訪れた。

「よう志賀、君のところはよく働いているそうだな」

案外やさしい言い方である。

「これまで一所懸命がんばりましたからね」

「ウン、よくわかっている」

「ところできのう、本収容所から五十名ほどが日本へ帰還しましたが、知っていますか?」

「よく知っている」

「私はなぜ帰してくれなかったのですか? 私には故郷に七十歳をすぎた両親がおり、早く帰ってやしなってていかねばならないのです、なんとか考えてください」

思い切っての体当たりだ。彼はじっと私を見つめていたが、

「ラードナ(よろしい)、志賀、きのう帰還させた者も、じつは当収容所への割り当て人員がすくなかったのだ。この後、そう二週間くらいあとに、この収容所を主体とした大部隊の帰還がある。君のはやく帰りたい事情はよくわかる。よし、私から上層部へ意見具申してみるから、もうしばらく待ってくれ」

と、まじめな顔でいう。それからしばらくの間は、

「もう一冬、ここで働かねばならないのか」

「はやく故郷に帰りたいな」

「ボタ餅が食べたいよ」

「君の故郷はどこだ」

「××県だ」

「ウン、それなら爆撃をうけていないかもしれないね」

「東京、名古屋、大阪、神戸は全滅にちかい状態らしい」

「それに一番ひどいのは、日本新聞で読んだのだが、広島、長崎は原子爆弾とかが落とされて壊滅状態らしいぜ」

「それでもかまわぬ、帰っておれが家のために一所懸命働くだけだ」

「しかし、今年中に帰還させるのなら、港が凍らぬ間でなければ船が動かぬぞ」

などなど、それぞれに話がはずんだ。

二週間ほどがすぎたころ、カンボーイが呼びにきた。「きたな」と思いながら、吉と出るか凶と出るか知らぬが、MBD将校からのきまった個人名をあげての呼び出しである。

「志賀、きょう上層部より本収容所から約八百名の日本人捕虜を帰国させる命令がきた。これがその帰還する人名である」

といって、タイプで打ってある書類を見せる。

「それでだ、おれはこの書類にしめしてある人名を検討した結果、見ていろよ……」

というや彼は赤ペンをとって、紙上の三十番目くらいに書いてある人名を赤線で消し、さらに消した人名にかえて私の姓名を書き入れた。

「これで君は明日発の列車で日本に帰れることになる」

得々とした顔でいう。信じるよりほかはない。

思えば各収容所付のMBD将校というのは、収容所長の補佐的職権を有し、日本人だけにとどまらず、ロシア人にたいしても政治思想や反革命的言動をろうする者にたいする目付役を職務とする。そうした点では所長とはまたちがった意味での、彼以上の特殊な職権を有していたもののようである。

15　ナホトカよさらば

兵舎に帰った私は、さっそく熊谷大尉、勝野副官、三浦少尉を極秘で集めて、どうやら相当数の人員が当収容所から帰還するらしく、私もそのなかに入っているようだ、と打ち明けた。熊谷大尉は、

「どうせわれわれ軍人将校はおそくなるのは覚悟している。志賀君、帰ったら元気に暮らしてください」

といってくれる。

「いや、みなさんも長くてもう一年のしんぼうですよ、佐官ならわかりませんが、尉官はおそらく来年帰すでしょう」

「そうだろうか」

と三人は半信半疑だったが、私もMBD将校との話の内容をくわしく打ち明けるわけにはいかなかった。

翌朝はやくカンボーイが営舎に入ってきて、

「つぎに読み上げる者は、私物、装具をととのえて衛門前に集合のこと」

と前おきして、つぎつぎと名前を読み上げていく。ロシア人には日本人の姓名が読みにくいらしい。三十番目くらいに「シガ・キヨシゲ」と読み上げたときには、兵員たちの中から「オー」という異様などよめきが起こった。「彼は通訳だから早くは帰してもらえないだろう」「ひょっとするとソ連国民になるようすすめられていたのではないか」といった考えを持った日本人たちが多かったのではなかろうか。

「なお、本部隊の指揮者は藤沢とする」

の一言に、また「ウォー」という声。あんなやつを早く帰すのか、という今度はすこし怒りをふくんだ声だった。ついで、

「十一時に集合、それまでに土産を買いたい者は所内売店で買ってよろしい」

ときた。

帰還列車は二十両ほどをつらねた貨物列車で、炊事車も準備してあった。将校班は最後尾の車両に入れられたが、先客が三十名ほどいる。たぶん南のレーニンスクあたりからの帰還将校であろう。それより前方の車両にはケメロボからの兵員たちが乗り込んでいた。

いまではなつかしい左右のボタ山を見ながら、例のナターシャにひとこと別れの言葉をかけて、なにか贈り物でもしてやりたかったが、そのひまもなく、列車は北上して行った。

食事は三度とも炊事車の当番兵からとどけられた。分岐点で列車は東へ方向をかえ、相当のスピードで走っている。ソ連へ入国したときとちがって、今度はダイヤの調整もうまくいっているようだ。

将校列車に乗っている人たちとも、いつか話をするようになり、満州当時の話や、戦争時の状況なども話題にのぼった。その中で階級章をつけたままの一人の中尉がいたが、顔中びっしりヒゲをのばしたままであった。いかにも頑固そうな顔つきの人である。

バイカル湖付近で大休止をする。給水および付近の散歩がゆるされた。そのときである、輸送指揮者として前部車両にいた藤沢がピカピカの茶色の長靴をはき、書記らしい日本兵を一、二名つれて各車両を順番にまわってきた。最後に将校車にくると地上から、

「われわれはソ連邦当局のあたたかいもてなしにあずかり、社会主義国の現実を目にした。こうして日本に帰してもらえるのもソ連邦の思いやりであって、深く感謝するところである。そこで、当輸送列車がハバロフスクに着いたら、全員、ソ連共産党に入党させていただくよう願い状を出すつもりである。書面はもうできていて、あとは全員の署名をしてもらえばよ

いのだ。明日、明後日と書面をまわすから、この将校車両の人も署名してほしい」

と命令的にいい残すと、もとの車両に帰って行った。

その夜はチタ付近、翌晩はブラゴベシチェンスク付近と列車はすすむ。その間に、署名文は前方からまわされていたらしく、停車している間に藤沢が将校車にやってきて用紙をさし出した。

各将校は黙々と署名する。残ったのはあのヒゲ顔の中尉と私だけとなったが、その中尉は、

「自分は署名しない」

と断固たる調子でいいきった。

「なぜですか?」

と藤沢が問う。

「理由はべつにない、署名したくないからしないだけだ」

最後は私の番だ。

「署名してください」

と藤沢はいったが、私は、

「ソ連共産党には入党しない、そのかわり日本へ帰国したら日本共産党に入党するつもりだ。だからこの嘆願書には署名しない」

ちょっと苦しい理由をつけてことわった。

「そうですか、お二人の名前を教えてください」

「自分は○○中尉」

「私は志賀通訳生」

「わかりました、このむねはハバロフスクに着いたらソ連共産党当局に報告しますから、それから先どうなるか知りませんよ」

彼はおどかしながら自分の車両に帰って行った。私はその中尉と顔を見合わせ、なにもいわなかったが、たがいにニヤリと笑った、日本男子ここにありか。ほかの署名した将校たちは何かバツのわるそうな顔つきをしている。

やがて列車はハバロフスクに着いた。ここで約一時間ほど停車していたが、私たちの将校車にはだれもくる気配もないうちに発車した。

それから二日ほどあとに、列車は終点の港町に到着した。私はてっきりウラジオストク港から船に乗るものと思っていたが、それよりすこし東方のナホトカという港らしい。

とにかく、そのナホトカの幕舎に一応収容されたのだが、夜になると、この地の日本人アクチブのすご腕の連中が四、五名でやってくる。そして一人ひとり個人名で呼び出し、

「ここは貴様らを帰国させるか、帰国させないか最後の関門だ。貴様は旧将校として兵隊にむりな勤務を強要し、軍国主義をたたき込んだそうだな、貴様のために泣いた兵隊がたくさんいるそうだ。兵隊さんにたいして、自己批判をしてあやまらんか、日本へ帰さんぞ」

とケンカ腰で口ぎたなくののしった。呼び出された将校は真っ青な顔になって、

「まことにすみませんでした、職務上やむをえずやったことで、心からおわびします」

と、ていねいに四方にいる兵員に頭を下げた。

「ヨシ、つぎは藤沢、出てこい。所持品ぜんぶ携帯だ」

ときた。藤沢が呼び出されたのには、私はすこし意外な気がした。

「そのカバンを開けろ！」

と、ナホトカ基地のアクチブ連中は強要する。カバンからは将校用の服装用品、図囊、そのほか買い込んだものか、それとも追い出した各将校のものをぶんどったのか知らぬが、立派なゼイタクな品物がいっぱいつまっていた。それをアクチブ連中はすべて地上に放り出して、

「収容所では前隊長を追い出し、自分がアクチブらしくふるまって兵員に強圧をかけ、収容所の指揮官をしていたそうだな。それに、貴様は日本にいるときは共産党に入党していた党員だったと吹聴し、兵員をおどし、意のままに収容所内の日本人労働者を働かせ、自分は一度も作業場に行かなかったそうだな。

われわれは日本との間をラジオで交信しているので、貴様が共産党の党籍があるかどうか問い合わせたが、そんな人間は党員としてはいないとの回答だった。どうだ、何か申し開きがあるか！」

と、なかなかに手きびしい。

「それは私のウソでした」

「ウソをいって日本兵をだまし、自分だけよい目をしていたということか？　みなにあやま

れ、自己批判をやれ、そこへ土下座をしろ、正直な自己批判だぞ！」

藤沢は地上に正座した。

「なんだ貴様、将校用長靴をはいて、それもだれか罪を着せて追い出した将校のを分捕ったのだろう。ぬげ、ぬげ、ぬいで土下座して、心からの自己批判をしてみなにあやまれ！」

このように、ナホトカ滞在中、三、四ヵ所の幕舎をまわり住まわされたが、そのつど、ナホトカ基地の猛烈なアクチブからの自己批判を強いられた。

今日か、明日かと私も自分の番のくるのを覚悟していたが、最後までぶじだったのは幸いであった。

十一月の半ばすぎである。海岸のあちこちには流氷の小さいのが浮いて見える。二十日すぎにようやく私たちの乗船の番がまわってきたらしく、一人ひとり名前がよみ上げられ、

「装具類を持ったままでよいから、ただちに整列、船に向かう」

とカンボーイが告げてきた。その中に私の名前もあった。

うすい浮氷のあちこちに停泊している船には、胴中に日の丸がえがいてあり、マストには日章旗までひるがえっているではないか。乗船するタラップの前でさらに氏名をつげ、ロシア人将校数名の立ち会いチェックのもとに乗船することができた。

「ヨーシ、この船は日本の船だ、乗船した以上はもう日本国土にいるのとおなじだ」

乗船した全日本将兵の心は、もううきうきしていた。

「今年の日本向け帰還船はこれが最後だ、これから先は海が凍ってしまうから航行不可能な

んだ」

とは、チェックしていたソ連将校の言であった。全員が乗船を終わり、「ボー」という汽笛をのこして、その年の日本帰還兵を乗せた最終船は、浮氷をかきわけかきわけ、ナホトカの港を離れて行った。

（昭和六十三年「丸」六月号収載。筆者は陸軍通訳生）

大関東軍潰滅記

地獄街道を転進した一青年将校が綴る満州最後の日——松島正治

1　敵は機甲師団なり

昭和二十年八月一日――関東軍首脳部は、すでに帝国の敗戦必至を言外にみとめる対ソ作戦をほぼ終了していた。それは一口にいえば、ソ連軍と対決するにあたり、あまりにも変則にして軍の末期的症状をあらわにした用兵配備を終了したということである。

まず関東軍首脳部は、みずからの延命策を至上のものとし、同時に関東軍総司令部の存する新京（現・長春）以南を重視することを緊急焦眉のことと決定した。つぎに、新京以南を擁護《ようご》すべき兵を適所に配し、最前線の各地の国境守備隊の一部、もしくはその主力を後退させることにより、最前線の国境守備隊残留組は捨て石とされ、寡兵《かへい》をもってその任にあたることとなったのである。

こうして一応、用兵配備にかんする初期の目的は達成したものの、大本営陸軍部の命によって、本土決戦に呼応して新たに計画された関東軍総司令部のいう新態勢へうつる業務はまだのこっていた。

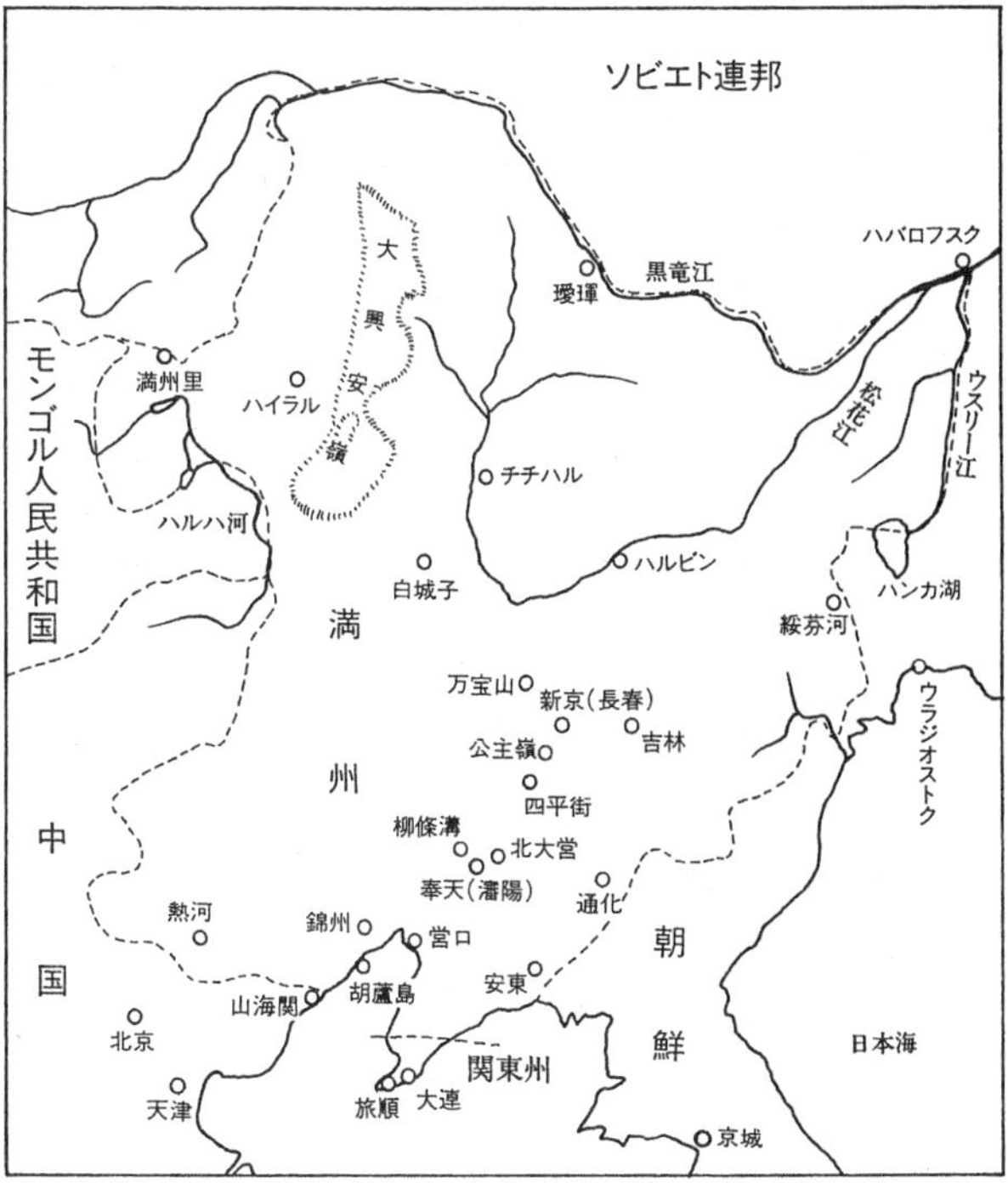

新態勢とは、関東軍はもはや北満の国境にこだわることなく、およそ新京以南の要域を確保し、持久戦の態勢をととのえるというものであった。

それを完了するめどとしては、ほぼ九月下旬とさだめられ、あとにのこる業務はそれまでに満州南部および北部朝鮮に、新しく陣地の構築を要し、すでに第一線から移送ずみの軍需物資をさらに後方に積みなおすなど、それは手数のかかる作業ばかりであった。なお、国境守備を残留組にゆだねて後退させた部隊もさらに後退させる要あり、とするありさまだった。

私の所属する海拉爾《ハイラル》独立速射砲大隊は、昭和二十年四月、ハイラルを決戦場と想定して創設された対戦車砲兵団であった。

この大隊は第四軍に所属し、その司令部はチチハルにおかれていた。

第四軍は満州の西正面および北正面、つまり大興安嶺とその西方一帯、全満州の三分の一に相当する広大な地域の防衛を担当していた。その兵力は師団三個、混成旅団四個、独立速射砲大隊一個であった。

ちなみに、昭和二十年八月一日現在の関東軍の兵力をのべれば、師団二十四個、混成旅団九個、戦車旅団二個（戦車は百六十両）であり、飛行機は戦闘機約百機、偵察機約三十機、軽爆撃機約二十機、練習機約五百機であり、兵総員は約七十万ということであった。

ただし、昭和十八年一月から同二十年一月までの間に関東軍から南方戦線に転用された兵力は十三個師団にものぼり、また、昭和二十年三月、内地と朝鮮南部に転用された兵力は七個師団であった。さきの総員の七十万のなかには、南方などへ転用された兵力を補充するために昭和二十年七月十日、在満在郷軍人のうちから動員した二十五万名がふくまれていた。

一方、関東軍および参謀本部が偵知した極東ソ連軍の兵力はつぎのとおりであった。

飛行機約六千五百機、戦車約四千五百両、総兵力約百六十万名――。

なお、ソ連の公刊資料による対日参戦時の兵力は、戦車および自走砲合計五千五百両以上、軍用機三千八百機以上、総兵力百五十万名というものであった。

私の所属したハイラル独立速射砲大隊は当初、ハイラル決戦にそなえて新設された部隊だったのだが、昭和二十年七月二十五日ごろにいたって、いよいよ敗戦必至とみた軍首脳部は、突如としてこの大隊の移動を命じてきた。そこで第四軍司令部の命令によって急遽、満州中央部の白城子まで後退することとなり、その移動は七月三十一日には完了していた。

白城子は、関東軍総司令部の存する新京を掩護するためには、その立地条件などからみてもかっこうの地点であった。

そして翌八月一日には、大隊はいちはやく、司令部のいう乾坤一擲《けんこんいってき》の決戦をめどとして、その戦闘準備に要する作業を開始していた。

もともと私の原隊は、おなじ第四軍所属のハイラル国境守備隊であったが、昭和十九年十月に部隊は第二線の大興安嶺まで後退することになった。これらの部隊の後退によって、当時すでにハイラルの国境守備隊は大きく、その勢力を削減されることとなった。

ところが、その後、司令部ではハイラル残留の守備隊に速射砲の掩護を要すとの判断に変わり、昭和二十年四月にいたってハイラル独立速射砲大隊が新設されたのであった。

この独立速射砲大隊の発足のおり、私も新編成の大隊に着任したのだったが、いよいよ敗色がこくなった同年夏、いそぎ白城子まで後退させ、直接、軍首脳部の所在する新京を擁護するために転用することになったのである。

なお、この国境守備隊にたいする抽出準備工作は、すでに昭和十九年八月ごろから実施されていたが、南方戦線への転用を目的とする抽出はこれよりはやく、昭和十八年から同十九年初期にかけてもっとも多かった。

南満州への抽出準備工作は昭和十九年八月、まず国境守備の陣地に蓄蔵されていた無尽蔵と思える各種弾薬を、南満州に移送する作業から開始された。

弾薬運搬はハイラル国境守備隊の一地区から五地区までの兵によって行なわれたが、作業に従事する兵は毎日合計約七千名にものぼり、約一ヵ月を要して備蓄されていた各種弾薬の約九割を搬出したのであった。これらの作業が終わるころに私の原隊など、ハイラル国境守備隊の主力を大興安嶺まで後退させたのである。

ここでかんたんに、私の原隊であったハイラル国境守備隊が移駐した大興安嶺陣地の模様などについて記してみよう。まず前記の移送されたという弾薬の多くは大興安嶺陣地に送られたわけではなく、関東軍総司令部のある新京周辺に搬送されたのち、総司令部のいう新態勢への移行のために、通化へ搬出されたというのが真相らしい。

とにかく私の原隊は列車で、まず大興安嶺の免渡河《めんとが》駅に移送され、駅から十キロほどの地点に所在する既設の兵舎に入ったという。そして陣地は大興安嶺の山頂周辺にあり、彼らはここで終戦までソ連軍を迎撃すべく、その準備に没頭していたという。

陣地周辺は標高二千メートルにもおよび、越冬中の気温は零下五十度以下になる場合もすくなからず、その最低気温は零下五十七度を記録したときく。したがって、越冬中はソ連軍への対策といっても、ひたすら兵による戦闘訓練のみであり、陣地構築などの土木工事に着手できるようになったのは、ようやく昭和二十年六月ごろになってからとのことだった。

そのころ私はハイラルの独立速射砲大隊で、ソ連軍を迎撃すべくもろもろの準備作業に追われていたのであった。といっても、私の大隊が保有していた兵器弾薬はきわめてすくなく、とうていソ連軍に対抗できる戦力などはなく、七月すえに白城子に移動するさいに補給をうけた弾薬もごくわずかなものだった。

2　わが小隊、前へ！

さて、白城子に転進を終了し、翌八月一日には戦闘準備のための作業にかかったのであるが、私たちがまずこまったのは、白城子の兵舎には廏《うまや》がなかったことである。そのために到着早々、まず廏らしきものをつくらねばならなかった。

私は第二中隊の第二小隊長で、中隊の馬係をかねていた。ちなみに、この大隊の編制を記述すればつぎのとおりである。

大隊は三個中隊、一個中隊は三個小隊からなり、兵総員は約四百名で、ほかに馬匹《ばひつ》約九十頭、速射砲十八門であった。わが小隊の兵は平均年齢ほぼ三十歳という約二十名の補充兵と、二十数名の現役兵の計四十数名であった。

戦闘準備の作業はなかなか多忙で、どうにか廏らしきものもつくり、砲を整備し、輜重車《しちょうしゃ》の修理、馬の手入れやら被服の手入れなど雑多の作業に追いまくられた。

そうこうするうち八月八日、突如として宣戦布告をしてきたソ連は、広大なソ満国境の荒野に陸戦史上未曾有の戦車軍団を主力とする大軍を集結、まさに鶴翼の陣をかまえ翌九日未明を期して、捨て石とされていた関東軍の国境守備隊にたいし、怒涛の進撃を展開してきた。

一方、ソ連軍と対峙していたわが方の守備隊はあまりにも劣勢であった。緒戦に奇襲攻撃をうけた満州《マンチュリー》里国境守備隊の場合には、瞬時にして支離滅裂の敗戦におちいり、凄絶無比の惨敗をきっしてしまった。

ハイラル国境守備隊の場合は、ソ連第三十六軍（狙撃師団七個、戦車旅団一個）が、満州里を攻略したあとの第二撃目であり、守備隊は一応、交戦準備を終了していたものの、疾風のごときソ連軍の攻撃をうけてたちまち窮地におちいったが、孤軍奮闘のすえ陣地要部を確保し、終戦後もなお交戦をつづけていたという。

また、ソ連軍は大興安嶺頂上ふきんの日本軍（私の原隊）にたいしても攻撃をくわえ、その主力は免渡河駅の占領に向かい、同地は八月十二日に占領された。

こうした凄惨な情報が偵知されつつあった八月九日、私の大隊はまだ敗北を知らぬ無傷の軍隊として健在ではあったが、その日の午前九時ごろ、私の大隊も二番手、もしくは三番手の捨て石として出陣することとなった。

大隊は、『ソ連軍戦車にたいしこれを迎撃、殲滅せよ』との命令をうけ、全員が兵舎前に整列したのであった。私はもとより大隊長以外の将兵、すべての者が初陣であった。しかし、この大隊は実戦の経験がないとはいえ、ふつう三時間は要すると思われる準備作業を、その半分の一時間半でみごとに完了してしまうほど、けっして精鋭とはいえないものの、いまとなっては比較的にまともな兵団といえた。

私は、中隊の馬匹三十頭とその馭者《ぎよ》（ほかの小隊の兵もふくむ）を掌握し、中隊の速射砲六門とその弾薬、糧秣、被服などを携行することを主なる任務としていた。

ここで大隊長のプロフィールにふれてみよう。

大隊長は身のたけ一メートル七十五センチ、体重七十キロの当時としては大柄で、つねに大声で行動する元気者、剣道がめっぽう強い少佐であった。中学五年のときおなさけで二段になった私など、とても太刀打ちできなかった。しかし、学生時代から馬の心得があった私は、馬術にかんするかぎり隊長には負けないという自信を持っていた。

ともあれ、大隊長は図体も大きく、剣にもつよいが酒にもこれまたつよかった。しかし、ときとして兵のひんしゅくを買う存在であったこともたしかだった。ただし、偉大にして尊大な大隊長も私にたいしては、慈父《じふ》のようにふるまうのをつねとしていた。

かつて部隊が北満の国境ハイラルに駐屯していたころ、大隊長は馬の調教をする私の乗馬姿をあきもせず、いつまでもながめていることがあった。

昭和二十年四月。対戦車砲軍団として急遽、編制されたこの新大隊には、どちらかといえば程度のわるい馬がすくなくなかった。そのために当時、私はひそかにまず馬の調教からと思っていたぐらいであった。

そうこうするうち、私が大隊に着任してまもなくのある日、廏で大隊長の褒詞に浴するという一事があった。いらい大隊長により、「今後は君が馬係をやれ」となったしだいである。

さて、その大隊長はいま、私がえらんだ大隊一の馬に騎乗し、出陣をおごそかに下知していた。それは簡明にして要をえたるものであった。しかもその語調は、さながら他人事のようにさりげなく伝達された。

秀才ではないが上品な大隊長は、適度な老獪《ろうかい》さもかねそなえた人物で、第二中隊長にたいしては、君を一番たよりにしているという殺し文句で、さらに一中隊長と三中隊長にたいしては、作戦などについては君たちの智恵をかりなければならない、よく研究してくれなどといって人間関係の管理は満点であった。その老獪さは副官にたいする場合も例外ではなく、わしはつねに軍の先頭に立つ、死ねば君が隊長だ、君は重要人物だから自重してくれなどと、いいふくめてあった。

私は日曜日の外出のたびごとに隊長官舎にまねかれ、隊長に随行して二人だけでのみ歩くこともしばしばあったので、これら隊内の人事管理などもよくわきまえていたのだ。いわば私と隊長とは〝ポン友〟の間柄ともいえた。

いよいよ大隊は行動を開始した。兵は黙々と行進した。私は中隊の馬匹とその馭者を見てまわったのち、私の定位置である中隊の最後尾へもどり、馬上でのんびりとタバコをすっていた。すると背後から、

「松島……」

ときさなれた声がした。

「あっ、大隊長」

といっていそぎ敬礼する私に、大隊長はにこやかに答礼しながら、私の右側にならんだ。

隊長は親愛の情をこめて、

「ご苦労だった」

とつぶやいた。二人はしばらく無言で行進した。

と、大隊長はぽつりといった。

「松島は二十三歳だったね」

私は、

「はい、そうであります」

と答える。隊長はさらに、

「しっかりやってくれ、たのむぞ」

といい、あとは多くを語らなかった。二人はだまって行進をつづけた。

第二中隊の最後尾にいる二人の視界はあまり広いものではなく、先頭を行く中隊長の乗馬姿がどうにか見えるていどであった。また後方には約五十メートルの距離をあけて、第三中隊長を先頭とする集団が見えていた。しかし、そのしんがりのようすは鮮明ではなかった。

私は声をかけられるまで大隊長の馬の近接に気づかなかったが、それは私が今後の行く末に気をとられていたからでもあった。

私は大隊長の顔をしげしげとながめつつ、わが部隊がソ連軍と遭遇する確率はきわめてすくないものであります、小官はそのように思います、などといいたかったのだ。私の状況判断では、この地域にたいするソ連軍の攻撃はまださきのことと思っていたのである。真実そのときの私は、もはや敗戦は時間の問題であると思い込んでいたし、また、死に直面しているという実感も希薄《きはく》であった。

私は『人のいやがる軍隊に志願で出てくる馬鹿もある』などという文句を想起しつつ、いまや勝利なき戦場にあって、軍隊のアホらしさというものをひしひしと感じていたのである。

ややあって私は大隊長にたいし、

「そろそろ昼餉《ひるげ》の時刻です」

とつたえた。

「うん、そうするか」

と一言いって大隊長は立ち去り、彼は第一中隊へ向かって走りながら、

「大休止！」

と号令した。

3　まぼろしの大軍団

ソ連軍に意表をつかれた関東軍総司令部は、周章狼狽《しゅうしょうろうばい》、支離滅裂の命令を下達する場合もないではなかった。これからのべる私たちの大隊にたいする命令などは、その典型的なものと思われる。

私の大隊は、ソ連軍戦車にたいし、これを迎撃すべく出陣したはずである。しかもこの時点の判断では、敵戦車と遭遇する時期は明朝十日の五時ごろとしらされていた。この状況判断がわが大隊の将兵を大いにまよわすこととなったのである。

関東軍首脳部の状況判断では、ソ連軍の攻撃目標はあくまで日本軍の前線守備隊とみていたようだ。しかし、白城子方面の広漠たる無辺の原野は、いかにも戦車軍の進攻コースに適し、新京に来攻するソ連軍はかならずこの周辺に現われるとする判断もあったようである。

事実、北端を攻撃したソ連軍は、ハイラルでも大興安嶺の場合でもその主力は、きょくりょく日本軍陣地をさけ、満州中央部への進出を急いでいた。したがって、ソ連軍の進攻はきわめて速いものとみていた首脳部の判断は一面では正しかったといえる。

しかしながら、八月十日午前五時ごろ、ソ連軍戦車の出現必至とする首脳部の状況判断には、そのうらづけとして、ソ連軍は満州南部の西方にも、すでに大軍を配備しているもののように推察していたらしい。

しかし、私の大隊はこの七月すえまで北満のハイラルに駐留していた部隊であり、南満の白城子の西方にもすでにソ連の大軍が配備を完了していた、などということは寝耳に水であった。また、出陣のおりの命令では、ソ連軍のようすは皆目わかっていなかったのだ。

私の既成の概念では、ソ連軍の攻撃は北方の満州里からはじまり、つぎにハイラルであり、しかるのちに大興安嶺であり、ハルビン、新京などが攻撃をうけるのはまだまだ先のことで、白城子に明十日の早朝に敵戦車が現出するなど、夢想だにしないことであった。

ところが、軍首脳部ではソ連軍の大攻撃は十日早朝であると断定していた。その判断が正しいものとすれば、白城子の西方に位置する蒙古《もうこ》の大平原には、すでに敵の大軍が集結しているはずであった。

さらに、八月六日の広島への原爆投下も知らなかった私たちには、作戦中の九日に二発目の原爆の洗礼があったなど知るよしもなく、ソ連軍が満州占領を急いでいる目的、敵の意図など皆目わからなかったというのが真相である。

私が後日しりえたところでは、白城子は私の大隊がこの地域を去って、新京に向かって後退しつつあるとき、ソ連軍の猛攻をうけたもようであるが、蒙古の大草原に集結した模様と思われたソ連戦車軍団は、やはり実在しないまぼろしの大軍であったのだ。

ともあれ、私はとぼしい敵情から状況判断に苦慮しながらも、いろいろと考えあわせた結果、遭遇戦はないとする観測が正しいものと思った。あるいは希望的観測であったかもしれないが、私はそのように思い込むこととした。

私がみたところ、兵もまたその多くの者は、希望的観測をしているもののようであった。また、つらつら思うに大隊長もその例外ではなかったようである。

さきに私が、そろそろ昼飯の時間でありますといったおり、隊長はいささかも躊躇することなく即座に、大休止を号令した。その大隊長の態度、表情をみて大隊長の判断も、およそ私のそれと五十歩百歩であることに気づいたのである。

いまや大隊の将兵はだれ一人として、帝国の勝利を確信している者はいなかった。また、たとえ帝国が崩壊することになっても討死することになれば、その栄光が尽未来に保証されるなどと思っているものなど、さらさらいなかったろう。

大隊は大休止ののち、ふたたび平穏そのもののごとく、行軍を開始した。そこには、かつて石原莞爾《かんじ》たちの決断で関東軍を進軍させたときと、いま、わが大隊が行軍する立場には雲《うん》泥《でい》の差があった。

兵は一人としてソ連軍と遭遇することを望んでいなかった。勝ちいくさの場合は敵をもとめ、負けいくさの場合には敵をさける、兵士の心というものは古今東西をとわずそういうものであったろう。

大隊の行軍は約二十キロでうちきられた。そして、午後三時ごろから野営の準備を開始した。各人はめいめいにタコツボを掘り、明朝五時に到来する見込みの敵戦車にそなえたのであった。

しかし、私は敵襲はないものと信じたかった。よもや決戦はあるまい、ソ連軍はわが方の守備隊の配置を充分に承知しているはずであり、戦車を中核とした大軍が、わざわざ日本軍の要部をさけて、このような無人の広野に進攻するはずはないものと思った。

明朝五時にソ連軍が来攻するなどという状況説明は、あるいは軍首脳部のかけひきで、兵にたいしては、ソ連軍が目の前にいるといったほうがよいものと判断した結果、ソ連軍は明朝出現するなどと説明したものかもしれない、などと思った。

だが、日が暮れると私は弱気になり、あるいは蒙古方面に配備されたソ連軍は、すでに作戦行動を開始したのではないか、などという不安を感じるようになった。

もしも軍首脳部の捨て石として決戦することになるものとすれば、なんという理不尽なことであろう。

私は東京・小金井の自宅をあとにして渡満したのち、つね日ごろあまり親をしのぶようなことはなかったが、この八月九日だけは例外であった。

昭和二十年八月九日——私にとって、この日は生涯でもっとも腹だたしい一日であった。

夜になって私は、二人で一組とする一時間交代の不寝番をきめ、兵を九時に就寝させると、中隊本部に事務連絡をとったあと、軍首脳部やら戦争指導者をうらめしく思いながら就寝した。

4　遠き新京への道

明くれば八月十日——午前十時ごろ、大隊の周辺にはまだ心配された敵影らしきものをみとめず、安堵しつつあった私たちは、突如として新しい命令を受領した。それは、『すみやかに新京まで後退すべし。爾今、貴隊は新京保衛の責に任ず』というものであった。

こうして八月十日、私の大隊は新しい任務である新京保衛のために後退することとなった。もしも、私の大隊が白城子に後退することなく、ハイラルに残留していたものとすれば、大隊は惨憺たる戦闘によって、あるいは全滅したかもしれない。ところが幸運にも私の大隊はいま、ひたすら新京に後退中なのである。

私の父は大正時代、憲兵将校として朝鮮に在任していたことがあった。その父はかつて私にたいし、

「軍隊は運《うん》隊である。要領よく行動する要あり」

などといったことがあるのを思い出していた。はからずも私はいま、幸運のくじをひきつつあることをさとっていた。

部隊は、はてしない原野にできた自然道らしきところをすすんでいった。友軍と出会うことなどさらさらなく、すでに糧秣は不足ぎみであり、一日だけの行軍で兵はもちろん、馬もまったく疲労していた。

翌八月十一日のこと、私は出発直後に四十歳前後のみすぼらしい一人の農夫に出会った。彼は付近に住む中国人で、手には支那馬をひいていた。その姿を見た私はふと馬の交換を思いつき、そのむねを彼に申し出た。

鞍傷のために当分のあいだ使役できなくなった軍馬一頭を、その農夫の馬と交換しようとしたのだ。もちろん私は、軍馬と支那馬との交換差益金を徴収することもわすれなかった。

農夫の意見によると、われの軍馬は若く、しかも良い馬だから八百円であり、彼の支那馬は五百円である。したがって、その差は三百円だということであった。

中国人である農夫が断定的に、差額は三百円がしかるべき価であると主張する場合には、それで充分に利益があることを意味するものと知っていた私ではあるが、それ以上の差益金の折衝をする気持はもち合わさなかった。

とにかく急がねばならなかった私は、即座に手をうつことにした。もっとも私は当初、交換差益金は百円ももらえれば上できと思っていた。ところが、おどろいたことに三百円といわれたのだ。

どうやら私は、軍隊にいるあいだ世情にうとくなり、お金の価値にも疎遠になっていることを思いしらされたようだ。

私が外交辞令のつもりで、

「你開財《ニィパァサイ》（もうかりますか？）」

とたずねると、農夫は、

「もうかりません。しかし、しかたがない」

とエビス顔で答えたものだ。

私はその三百円で小隊の糧秣《りょうまつ》などを買うことにした。とにかく大隊が携行する糧秣はきわめてすくなく、兵に給与される糧食はおそまつで、量もすくなすぎた。

目標は平原に点在する農家であるが、馬の差益金だけでは不足なので、軍用毛布一枚を食糧調達用物資に転用した。毛布の対価も三百円であった。

食糧購入のためにたちよった最初の農家は、約一町歩もある宅地内に数頭の支那馬や多数のロバをはなっていた。

北満とはちがって、南満のこの周辺の農家は城郭のような大きな邸宅をかまえているものがあって大いにおどろかされたが、なかには五十頭ものロバを放し飼いしている農家もあった。

このころには、私の小隊をふくめて第二中隊の補充兵たちはみなあごをだしていた。そこで私は、農家に多くの馬が飼われていることに目をつけ、急遽、支那馬を調達して補充兵の装具を運ばせようと考えた。

新京集結は至上命令であり、遅延することはゆるされず、また危険であった。目下の急務は馬の調達にありと判断した私は、各種の軍用被服、とくにテントなどを代償に支那馬を買いもとめていったのである。

また、この日、私は大隊副官の馬をとりあげて、副官の乗馬には足のわるい馬をわりあてた。副官は私にたいし、さかんに悪態をついていきりたっていたが、私はそしらぬ顔をして無視した。

十一日の昼すぎ、二時ごろであったろうか、私は第二中隊長と第三中隊長がかわす会話についい耳をそばだてていた。

二人の中隊長は騎馬でならんでいた。その後方に三中隊の見習士官がおなじく騎馬でピタリと追尾している。私は第二中隊のしんがりとして行軍していたのであるが、いつのまにか私の背後に三人が接近していたのだ。

「新京以北をソ連にやるかわりに、ここらで停戦をしよう——ようするに上の考えはそういうものらしい」

と、第二中隊長がいっている。第三中隊長は、お説のとおりといわんばかりの表情であった。

この話をきいて私は、関東軍総司令部はいま新京にあり、北部の将兵を新京に集結したところで終戦処理にあたるのではなかろうか、もちろん日本の敗北による終戦であろう、と判断した。

翌十二日も雨であった。二日つづきの雨で道路は泥沼のごとく、速射砲、輜重車をひく馬は、しばしば立ちどまった。兵たちは車輪に肩をあて、一所懸命にがんばった。

5　不吉なる大黒煙

八月十三日はみごとな晴天であった。広大無辺の原野を歩きつづけること四日目である。その日午後二時ごろ、はるか前方に農場らしきものが見えてきた。さらに一時間ほど行軍したのち、隊列はようやくそこに到達した。大地は見わたすかぎりみな畑で、さすがは満州である。

いよいよ新京に近づいたもようで、きのうまでしばしば見かけたような大きな農家はすくなく、また、馬やロバ、ブタなどを飼う農家もほとんどなかった。農業の経営規模もやや小さいようであった。

新京に近接した地域では耕作農業を主とし、遠隔地では畜産経営を重点にしていたようである。と同時に周辺の農場ぞいの道路が急にせまくなってきた。それでも道幅は二十五メートルはあろうか。

しばらく行くと、はるか東方を南下する友軍の一隊が見えてきた。その軍団は、ハルビン方面から後退しつつある部隊と思われた。彼らは越冬の準備よろしく、すでに冬服を着用していた。

友軍との間隔はどんどんつまり、夕方ころには二百メートルほどに近接した。見れば帝国陸軍の黄金時代をしのばせる、りっぱな被服を着用した歩兵の完全軍装部隊であった。軍団の規模は一個師団ていどと思われた。

その大軍団の兵士たちも、私たちの速射砲大隊のようすを見ていたにちがいないが、彼らから見たわれわれは、さぞかしコッケイな存在であったろう。

泥だらけの夏服を着たわずか四百名の将兵が、十八門の速射砲と多くの輜重車をひき、軍馬約九十頭に支那馬約二十頭、そのほかにロバ十頭ばかりをゾロゾロと随行させているありさまを見て、笑わぬはずはないと思った。

八月十四日——ようやく新京の郊外に到着していた。大隊は街はずれの高地の原野を行軍していたが、見ると右方約五百メートルの地点にある大きな建造物から、メリケン粉の袋をかついだ満州人たちがアリのように一列になって、つぎからつぎへと搬出していた。

それは五階建てぐらいの円型の建物のように見うけられた。大きな建造物のわりに出入口はごく小さなものであった。そして、食糧を搬出する列の左側を無数の満州人たちがぞくぞくとその建物に入って行く。そしていずれも「日本完了《リーベンワンラ》」とばかりに、ハチの巣をつついたようにさわぎまわっていた。

また、はるかかなたには黒煙がもうもうと立ちのぼっていた。それはどうやら、軍の機密書類でも焼却する煙であろうかと思ったが、大隊が前進するほどに立ちのぼる煙の数は多くなり、それも燃えているのはガソリンに類するものと思われた。

かつて昭和十七年一月、わが軍がマニラを占領するおり、米軍は焦土作戦を決行したというが、このときの光景をニュース映画で見ていた私は、目前の光景を見て不吉な予感をおぼえた。これこそソ連軍にたいする焦土作戦ではあるまいか、おそらくは軍の物資を焼却している煙であろうと思った。

それに満州人がほしいままに物資を掠奪《りゃくだつ》しているということは、在新京のわが軍はすでに無力化しているものと思われた。

私たちの大隊は午後七時ごろになって、ようやく目的地の一角に到着していた。そこは専用列車の引き込み線などがあり、りっぱな施設を具備する関東軍の補給基地であった。大隊はその施設の一部で宿泊することになった。

6　不落の要塞成らず

関東軍総司令部はすでに八月九日じゅうに通化に後退していたが、総司令官山田乙三大将、総参謀長秦彦三郎中将が幕僚をともなって通化に乗り込んだのは八月十日であったという。彼らは通化市内の南大営（元満州国軍兵舎）に総司令部が設置されたのち、特別列車で通化に着任したのである。

通化市は朝鮮との国境にちかい街で、満州建国後、この周辺は豊富な地下資源をひめた〝宝の山〟であることが判明した。

こうした事情を背景に昭和二十年五月三十日付の大本営陸軍部の命令にもとづき、この周辺を最後の拠点と決定したのであった。

そして、この地域に工業施設をもうつして、兵器生産手段の確保をはかり、自給自足の新態勢へ移行する大作業が進行中であった。また同時に、通化駅ちかくの山麓《さんろく》地帯に地下施設の構築をいそいでいたが、その工事にまさに着手しようとするときソ連が参戦してきたのであった。

ともあれ、山田総司令官の到着後、麾下の各部隊は大挙して通化に集結を開始した。そして、関東軍の軍用資材はすでに通化に搬送され、通化駅は構内、構外をとわず線路わきまでも軍需物資が山積されていたという。

関東軍総司令部としては最後の一策として、もはや第四軍指揮下のハイラル、大興安嶺の守備隊はおき去りにしても、第四軍司令部をチチハルからハルビンまで後退せしめ、私たちの所属する第四軍隷下の独立速射砲大隊を新京まで後退させたのだった。

また、東満州の守備についていた牡丹江《ぼたんこう》周辺の第一方面軍にたいしては、すでにソ連軍の猛攻に瀕死の状況にあるとはいえ、同方面軍が大軍であるゆえ、これを通化まで後退させることとした（第一方面軍は司令部を牡丹江におき、隷下部隊は第三軍と第五軍、そのほかに三個師団）。

また、第三方面軍は司令部を奉天《ほうてん》（現・瀋陽）におき、第三十軍、第四十四軍、そのほかに二個師団と戦車旅団一個などが所属する大軍であった（第一方面軍の兵力とほぼおなじで約九個師団）。

一方、私たちの大隊が白城子を後退したあと、この方面はソ連軍の空爆をうけ、その爆撃の後にソ連軍戦車の猛攻をうけることとなり、白城子残留の日本軍（第三方面軍の一部兵力と思われる）はたちまちにして潰滅したもようであった。なお、白城子在住の一般邦人のうち、男子はその運命を軍とともにしたのであった。

ひとたびソ連軍の攻撃をうければ、勝敗の帰趨は明白であった。一般邦人はそれを百も承知しながらも、あえて口にはださず、邦人男子はみずから武器をとって軍とともに戦い、関東軍の総力をあげてソ連軍の攻撃にたえぬき、邦人婦女子の保護に任ずることを期待していたのだった。

しかし、軍にはもはや民間人の信頼にこたえる戦力のもちあわせはなかった。最後の拠点である通化に集結をいそぐ首脳部、また首脳部の命令で後退する部隊、あるいは当然ながら、ソ連軍と交戦する部隊は民間人をかえりみるいとまなどなかった。

これら民間人による戦闘参加は、当時、満州のいたるところで見うけられた現実であったが、新京に後退中の私たちは、ついにそれらを目撃することはなかった。

私の大隊は命令に服従して行動しているうちに、はからずも戦闘をさけて逃げまわった結果になってしまったのだ。

当時の私は、私の原隊である大興安嶺守備隊の戦況も、白城子の死闘さえも知らなかったのである。

一方、通化ふきんで延命に専念することとなった主力部隊は、その周辺の天然の要塞にたてこもり、最後の一兵まで戦いぬくというものであった。

軍首脳部としては、本心はともかく、そのような決意を表明しなければ大義名分が立たなかったのかもしれない。

しかしながら、新態勢移行へ着手した時期があまりにもおそく、一般邦人にたいする引き揚げにかんする指導など、ソ連の攻撃に対応するもろもろの措置のすべてが、もはや手おくれであったのである。

7　いまや脱走あるのみ

私たちの大隊が関東軍補給基地に入ったのは八月十四日であったが、翌八月十五日になっても、新京にはまだソ連軍の進撃してくる気配はなかった。それにこの基地に駐留する部隊は、どうやら私たちの大隊だけのようであった。十三日に見た〝盛装〟の大部隊などはどうしたことか、いつのまにやら消えてしまっていた。

この補給基地の敷地はじつに広大なもので、被服倉庫、糧秣倉庫などが随所に点在していたが、早朝から基地内をくまなく見てまわったものの、兵器倉庫のなかにはなにも残っていなかった。

十三日から十四日にかけて、しばらくいっしょに行軍していた例の大部隊なども、さらに奉天方面へ後退して行ったものと思われ、また、不思議なことに、途方もなく広大なこの補給基地には、残留組や留守部隊さえもいなかったのだ。

強行軍をつづけて目的地に到着してみれば、補給基地の軍隊はすでにもぬけのカラで、私たちの大隊だけがひとり基地におき去りとされ、強力な友軍はさらに南に後退していたのである。さすがの私も心細さに暗澹たる心境になった。

さいわいに大隊本部になった建物にはラジオがあって、その日正午にあった終戦の詔勅をきくことができたが、ここにいたっておどろきはなく、ただただなるほどと得心したしだいであった。

　敗戦が決定的となった直後、大隊長の命令により、武装解除することになったが、その件については追って通知するということで、二、三の注意事項の下達のほかは、命令はなにも伝達されなかった。

　そのあと私は、私自身の小隊の兵を集めると、糧秣の補給と被服の確保を命令し、みずから先頭に立って、まず糧秣倉庫に兵を誘導した。私に随行しない兵はひとりもいなかった。

　糧秣倉庫には膨大にして無数の食糧が保管されてあった。私はコンビーフやカニ罐など、高級なものだけを一ヵ所に集めさせた。

　こうして中隊の兵員の約百日分の糧食を確保させたものの、なかでも米がもっともかさばるので、移動の場合にはどうしたものかと思案するほどだった。集めた糧秣には乾燥野菜、乾燥バナナ、粉末ミソなどもふくまれていた。

　ソ連軍がこの補給基地を見落とすはずはありえない。彼らはかならず近日中にやってきてここを占領するであろう。そう判断した私は、移動のさいには、できるだけ多くの食糧を携行するように準備させた。

　糧秣を確保した私は、またも兵をしたがえて被服倉庫に乗り込んだ。被服倉庫にもまだまだ大量の在庫があったが、その八割から九割がたはすでに搬出されたようであった。それでもまだ三千名やそこらの兵士に貸与できるであろうと思える数量の各種被服が残存していた。

かくて十六日の昼ごろ、ついに武装解除の命令がくだった。大隊長は武装解除にかんする命令のあと、木で鼻くくる語調で、

「かりそめにもソ連軍を相手として〝蝸牛角上〟の争いをするなかれ」

とのべたあと、

「われわれ敗残兵はまさに四面楚歌《そか》、敗残兵であればこそさらに団結を要す」

といった。こうして大隊の将兵は大命により、みずからの武装解除をしたのだった。十八日にいたってソ連軍軍使が現われ、兵器引き渡しなどすべてのセレモニーを完了した（十六日には馬だけをソ連軍の指定するところに集結し、十八日にはソ連軍が速射砲などの員数だけを点検し、それで引き渡しは完了することとなった）。

八月十九日――かねて私が予想していたとおり、大隊はソ連軍の命令により移動することになった。野営すること三ヵ所（三日）で、最後にたどりついたところは新京の建国大学構内であった。以後、ここが私たちの逼塞する場所と指定されたのであった。

戦後、なおも交戦をつづけていた満州の関東軍と極東ソ連軍が戦闘を停止したのは、八月二十日の正午であり、千島方面で停戦が成立したのは八月二十三日であった。そして九月二日、日本は最終的に降伏文書に調印した。

しかし、その後もソ連軍はますます占領地を拡大し、各占領地では部隊ぐるみの掠奪をくりかえした。当時の言語に絶するソ連軍の掠奪は、ソ連将兵の個人的な掠奪の場合も例外ではなく、彼らはほしいままに強奪しつくした。また、ソ連軍の軍紀は紊乱し、随時、随所で

強姦事件が発生し、殺人もまれではなかった。

八月三十一日の午後九時、

『大隊を解散し、新たに二個のグループに編制がえをする。その編制がえは明九月一日正午までに完了すべし。なお、今後の給与はソ連軍から受ける』

という命令が下達されてきた。

大隊長をのぞくほかの上官にたいしては面従腹背《めんじゅうふくはい》をつねとし、いままでは大隊長ともろくに口をきかなくなっていた私は、この命令を受領するや、そくざに逃亡を決意した。

ついで私は同行者として、第三小隊長の河北《かわきた》軍曹をえらんだ。つね日ごろから親しくしていた河北との対話は、ものの十秒もかからなかった。彼は四年兵で、専門学校卒の文学青年でもあり、頭がよく、身長は一メートル七十二センチをこえ、足もどでかい男であった。あるとき私が、

「貴公の足は大きいな、十一文か」

と問うと、

「いいえ失礼な、十一文三分ですよ」

と答える男であった。

二人がいよいよ中隊を離脱しようとした時刻は、夜もまだあさい九時十五分すぎごろであった。二人の行動はきわめて迅速だった。河北は気をきかせて、他の幹部のようすをさりげなく調べていた。じゃま者たちが中隊事務室に集合した直後、二人はすばやく行動を起こし、

中隊をぬけて走り出していた。

ソ連軍の捕虜となることは、すなわち奴隷志願を意味するものであると考えた二人は、蛮族のごときソ連軍の支配下にのこる気持は毛頭もちあわせなかったのだ。といって、脱出後の計画もなかった。しかし、いまとなってはまず服装をかえる必要がある。そこでとりあえず私たちは、日本人の民家を探しもとめることにした。

ようやく邦人家屋らしき建造物をみつけた私たちは、玄関先に立って静かに戸をたたき、

「ごめんください」

と声をかけた。ドアのガラスごしに主婦が応答した。

「どなたですか？」

「脱走した軍人です。まことに申しわけありませんが、今夜だけ宿のご提供をお願いしたいのであります」

と私がいうとドアはすぐに開かれた。

「じつは友人が一人いるのですが、いっしょにお願いします」

主婦のゆるしをえた私は、河北をうながして屋内に入った。主婦はすぐにカギをかけ、人の目にふれると危険だから奥の部屋に入りなさいといって、みずから先に立った。

私は二人の新品同様の軍服と靴を主婦に提供し、かわりに民間人の被服をもらうことにした。それは作業ズボンと地下足袋であった。

ついで主婦は民間人なりにえた、目下の状況などについて説明してくれた。その要旨はつ

ぎのようであった。

ソ連軍の布告では、日本軍の脱走兵は死刑であり、また、脱走兵をかくまう者は、その兵を隠匿《いんとく》するにいたった事情のいかんをとわず処罰する、というものであった。

脱走兵にとって、安全地帯というものはないが、安東にはまだソ連軍は進駐していないというが、うまく安東までたどりついたあかつきには、こんどは鴨緑江《おうりょく》を渡って朝鮮まで足をのばしたくなるであろう。しかし、北部朝鮮は危険で、南へ下って京城（ソウル）ふきんならば比較的に安全である、とのことであった。

8　満鉄にゆだねて

翌九月一日の朝食後、親切な主婦は二人ぶんの弁当まで用意してくれた。私たちは丁重に礼をのべて出発した。

二人は作業ズボンに白シャツを着用し、雑嚢のなかには若干の靴下および手袋と襦袢《じゅばん》、袴《こ》下《した》各一組を入れ、そのほかは弁当をつめた飯盒《はんごう》が入っているだけである。もちろん水筒は必需品である。

きのうまでの二人の服装には、れっきとした帝国陸軍兵士をしのばせるものがあったが、いまは苦力《クーリー》のような姿であった。また、二人の所持金はすくなく、合計三百円前後という心細いものであった。

新京駅で、私はまよわず安東までの乗車券を買いもとめた。列車は満員で、乗客の約九割は中国人であり、残余の者が朝鮮人と思われ、日本人は私と河北だけのようであった。

二人は上品な初老の中国人の座席のとなりに立っていた。その中国人は美しい娘をともなっていた。しばらくするとその老紳士は、私たちを脱走兵と見ぬいてか話しかけてきた。彼は、

「安東こそ君たちの行くべきところであり、そこで働きなさい」

といった。また、北朝鮮は危険であることも教えてくれた。彼の物腰には人徳が感じられ、私を見る彼のまなざしには優しいものがあった。また、利発そうな彼の娘もタ－ピ－ズ（ソ連兵）のおそろしさを親切に教えてくれた。彼女の助言は、日本兵であることが彼らに知れれば、かならずソ連領内に連行されるであろうというものであった。

やがて列車は奉天駅にすべりこんでいた。乗客のほとんどがここで下車して行き、親切な中国人父娘も下車することになった。その中国人の大人《たいじん》はわかれぎわに、

「たっしゃでな」

といいながら、白い饅頭《まんとう》を二つ私にくれた。

好事魔多し、である。なんと列車は翌朝まで発車しないことになってしまったのである。奉天には五時ごろついたのであったが、鉄道職員のつごうで明朝まで運行を休止するというのである。私と河北はやむなく列車内で夜を明かすことにした。

ところが夜の十時ごろであったろうか、ソ連兵士三人が車内検査と称して掠奪にやってきた。ソ連兵の一人は私の顔を見てややげせぬ顔つきで、やにわに私の胸部をなで、被服のうえから局部までさわるありさまだった。女ではないと知ったその兵士は私の時計とメガネ（軽い乱視）、それになぜか水晶の印鑑まで取りあげた。

車内には数人の朝鮮人もいたが、彼らもソ連兵の点検をうけていた。ソ連兵は、私を日本兵であるとみぬく目の持ちあわせがなかったように、朝鮮人にたいしても、ただおなじアジア人とみていたにすぎなかったようだ。

翌朝八時ごろ、こんどは八路軍（中共軍）兵士二名が現われ、二人の所持品検査を強行した。中国人は日本人の習慣をわきまえているため、私がかくし持っていた現金をたやすく発見した。けれども、その兵士は十円札の枚数はしらべたが、どうしたことか全額を返してくれた。金額がすくないために取り上げなかったものなのかどうかは私の知るところではない。

奉天駅を発車後、三時間ほどが経過したころ、冬の衣袴を着用した日本兵が乗車してきた。その姿を見た瞬間、私はいやな予感がした。その兵はまよわず、すたすたと私のそばにやってきた。

当時、通化周辺に駐屯していた部隊や、奉天以南の部隊では、部隊長の判断によって独断解散した部隊がまれにはあったようである。彼もそのような部隊の一兵士のようであった。

きけば彼は、三十五歳の板橋という一等兵であった。ソ連兵をまだ見たことがないという彼は、一人で愉快そうに語っていた。彼は私や河北のように脱出する必要などなく、また、軍衣袴を着用したまま平然と列車に乗り込むこができた幸運な兵隊であった。私は行きがかり上しかたなしに、彼を仲間としてむかえることにした。

それからしばらくして、三人は安東で下車した。

私は二人をしたがえると、その足で日本人会館に行ってみた。しかし、日本人会の業務は完全に休止していた。やむなく三人は日本人会館の裏庭にある、相撲場（土俵と屋根があった）を野営地とさだめ、私はひとり鴨緑江を偵察することとし、河北と板橋は近隣四囲の状況を偵知することにした。

翌九月三日——早朝から身を起こした私は、まずは二人をゆり起こそうとした。河北はもう起きるのかなどといいながらも目をさました。一方の板橋は、うるせえな朝っぱらから、と不平をたらたらいいながら腕時計を見て、起きようとはしなかった。私も河北も時計はすでにソ連兵に奪われていたので、板橋の時計で時刻を知るありさまだった。

なるほど、板橋の腕時計ではまだ五時であった。なんとしてもその日のうちに、世話になる家庭をみつけなければならないと決心した私は、同時に三人いっしょとはめんどうなことになったものよと、いらいらしていた。

〈お前のような人相のわるい中年男を食客として歓迎する家庭などまずあるまいよ〉などと板橋の無責任そうな寝顔を見つつ、心中ひそかに悪態をついていた。

やむをえず私は朝食ぬきで一人で街を視察し、八時ごろになって例の相撲場に帰った。時計のない私はカンでまだ七時ごろと思っていたが、板橋の腕時計はすでに八時をさしていた。

ここで私は二人に指示した。

「あなたたち二人は僕に随行したまえ、僕には考えがある」

と。河北はもちろん私をたよりにしていた。一方、板橋はなにを思ったか、げすな笑顔で、

「すみません」

といってチョコンと私に頭をさげた。

その直後、私は日本人会館ちかくの通りに面した、ある一軒にまよわず直行した。その家には『小笠原建築事務所』と記した小さな看板がかかっていた。

「ごめんください」

といったときには、私はすでに玄関に入っていた。若い主婦が出むかえた。

「私はソ連軍の捕虜となる直前に脱走した軍人ですが、お宅でめんどうをみてくださいませんか」

というと、主婦はそくざにこたえる。

「はい、いいことよ、いままでどこで……」

「新京の建国大学に収容されていましたが、そこを脱出し、昨夜は日本人会館の相撲場で寝ました」

「それはおかわいそうに、寒かったでしょうに……」

「いえ、なんともありません。それよりも、お宅で世話をしていただければ……私は働きたいのです。よろしくお願いします」

というと、主婦はさあはやくお上がりなさいと立ちあがった。なかなかに礼儀ただしい人で、座して応対していたものであるが、私のために風呂をわかすといって台所に引き込もうとした。私はあわてて、

「奥さん待ってください。じつは私一人だけではないのです」

といった。三人いっしょで行動していることを知ると、主婦はややためらったあと、気のどくそうにいった。

「主人は外出中で夕方には帰るはずです。主人と相談いたしますから、また夕方きてみなさい」

私は二人にたいし、夕方まで待てとのことだと伝え、よけいなことはいわなかった。板橋はほかの家にもあたってみてはどうかと主張したが、私はそれをおさえた。

案ずるよりはのたとえで、小笠原家の主人も親切な人だった。よろこんで三人をむかえてくれた。その主人は日本大学工学部出身で、私の大学の先輩にあたり、齢三十三、夫人は二十五歳とかですらりとした美人であった。夫妻には三歳と生まれてまもない二人の女児がいた。

9　無法の街・安東

翌朝、私はだれよりもはやく起きた。そして、さっそく洗濯をはじめた。そのなかにはおしめなどもふくまれていた。そのあとはマキ割りだ。マキ割りは一時間以上もつづいた。ややつかれを感じたが、つぎに庭と台所の掃除をした。

そのころになって夫人が姿を見せた。夫人は、

「つかれたでしょう」

といって私をねぎらってくれた。私はにこやかに答えた。

「はい、いささかつかれました。マキ割りは暑いです。明朝からは洗濯よりも、まずマキ割りということにします」

小笠原家には越冬用のマキをつくるには適量と思われる手ごろな古材があった。

その日（九月四日）十一時ごろ、夫人の妹という美しい娘さんがおとずれた。彼女は五番通りの彼女の義兄宅で居候をしていたものであるが、その後もしばしば訪問した。名は恵美子といい、姉とおなじく育ちの良さを身につけた好人物であった。

私は小笠原家のだれからも厄介者《やっかい》あつかいにされていないことを感謝した。

九月も中旬になるころ、私は旧日本軍の医薬品を売買することもおぼえた。そのころから安東周辺には、多量の旧日本軍の医薬品がちまたに流出しはじめていた。

また、そのころ安東にはすでにソ連軍が進駐し、八路軍（中共軍）兵士の姿もちらほらみうけられるようになっていた。そして、街には連日、ぶきみな銃声が聞こえるようになった。

そんな状況下のある日、私は美代子夫人の依頼で小笠原氏の所持する現金を地下にうめる

作業をした。うめた現金は百円札二百枚ほどの約二万円であった。河北と板橋はすでに行商に出ていて留守であった。

つぼにいれた札束は夫人の注文で、地下約五十センチの位置にうめ、その上に古材をおいた。作業は首尾よく終わった。

それから二、三日後、くしくも小笠原家は、ソ連軍将校の強盗に押し入られた。夜十時ごろであったろうか、玄関の戸が荒あらしくたたかれた。中国語で、

「ドアを開けろ、さもなければたたきこわすぞ！」

とどなっている。小笠原夫妻も私たちもほとほとこまりはてた。

ソ連将校という虎の威をかる中国人便衣《べんい》隊のやからは、なにをたくらんでいるかわからない。しかし、そのときはまだソ連将校を頭目とする強盗団であるとは気づかなかった。

小笠原氏は怒髪天をつく思いがありながらも、

「君はだれだ……」

と誰何《すいか》した。すると、

「うるさい、開けろ！」

という便衣の一言が返ってきた。同時に拳銃が発射された。

ここにいたってはやむをえない。小笠原氏は、

「いま開けるからしばらくまて、戸をたたくな」

とたしなめつつ、静かに彼らの要求にしたがった。

乱入してきたのはソ連軍将校二名と便衣一名の計三名であった。便衣の中国人は、

「金を出せ！」

と強要し、ソ連将校は拳銃を向けて、

「ダース！（殺すぞ！）」

といってすごんだ。

現金千円を強奪した賊が退散するころ、ふと板橋がいないことに気づいた。しかし、しばらくすると、台所の木戸を開け、ふろしき包みをさげた板橋がこっそり入ってきた。小笠原氏をはじめみな寝間着姿であったが、板橋はいつのまにか着がえていた。けれども、彼をとがめる者はいなかった。

翌朝、朝食のとき小笠原氏は夫人に、

「金はまとめて一ヵ所におかないよう、気をつけなさい」

といった。私は小笠原氏と夫人の顔を交互に見くらべた。氏の言葉は、地下にうめた札束以外の現金の保管にかんして注意をあたえたものであった。私は思わずにこっと微笑した。氏と夫人も照れくさそうに笑った。河北や板橋にはなんのことやらわからなかったはずである。

昭和二十年十月ごろから安東の八路軍の勢力は増大し、翌十一月には、安東は完全に八路軍に支配されることとなった。

そして十二月に入ったころ、こんどは元関東軍飛行将校による、四番通りの八路軍将校宿

舎にたいする斬り込み事件が発生した。その犯人はまんまと逃走したとのことだったが、その周辺の住民はこの事件によって、大変めいわくをうけることとなった。

小笠原氏宅は前記のように、四番通りに位置していた。そのために斬り込み事件発生直後の夜九時ごろ、三人の八路兵に乱入されることになった。

まず、玄関の戸が荒あらしくたたかれ、

「八路軍だ、開けろ！」

というどなり声とともに戸がけやぶられ、剣付鉄砲が氏や私に突きつけられた。有無をいわず、即刻退去せよ、という要求であった。見ると彼らの銃は、元日本軍の三八式歩兵銃であった。

小笠原氏は八路兵にたいし、一時間の猶予がほしいと主張し、また、立退きの理由をたずねた。しかし、八路兵は、

「はやくしろ！」

というだけで、退去命令の理由などいっさい語らなかった。

かくして小笠原夫妻も私たちも、五分か、六分後には追い出されていた。夫妻は五番通りに転居し、私たち三人の独身者は安東郊外の競馬場に追放されたのだった。

当時、私は医薬品、その他の品物をあつかう商人としていささか実績をあげ、すでに千円ほどの現金を持っていた。また、五番通りの恵美子さん宅からゆずりうけた被服を二着持っていた。それは外套《がいとう》兼用の大きな四つボタンの背広と国民服であり、各五百円計千円で買い

もとめたものであった。

南満の安東とはいえ、十二月ともなるとやはり寒さはきびしかった。私はまず国民服を着て、その上に背広を着用し、飯盒、水筒、襦袢、袴下各一組に手ぶくろやら靴下をつめ込んだ雑嚢と、若干の商品をふろしきにつつんで肩にかけ、中国人から三百円で買い入れた旧帝国陸軍の編上靴をはき、八路兵の指示にしたがって競馬場に向かった。

後日、四番通りに居住していた約千名の日本人も全員が追放され、その家屋は八路軍が占拠した。家財は競売され、その売り上げ金は八路軍の軍資金となったという。

私が地下にうめた二万円の札束はどうなったか、それは知らない。この事件後、あるいは小笠原氏はひそかに掘り出しに行ったものか、私は知るよしもない。ただ、事件後しばらくして氏の姿が見られなくなったのはたしかだ。私は夫人にそのへんの事情をたずねたことがあったが、夫人のいうには、氏は思想的に要注意人物と目され、八路軍に逮捕されたとのことであった。いらい私は二度と小笠原氏を見ることはなかった。

10　女二人の逃避行

競馬場に追放された男子独身者約三百名は、その二週間後に日本人会の斡旋で、それぞれ宿舎をわりあてられた。その結果、私と河北は三番通りの洋服屋で世話になることにきまり、板橋は市場ふきんの某家にわりあてられた。

板橋の転居先ちかくの市場へは、私も毎日のようにかよったものであった。ある日のこと、私はこの市場で約二百円をかすめ取られる一件に出会った。その手口は、大勢の中国人が私の背後にぴたりとつきまとい、私の手が私自身のズボンのポケットにとどかなくなったときに、その集団の一人がうばい取るというものであった。

そのとき私はただちにスリをつかまえ、

「財布を返せ」

とその犯人につめよった。つきまとっていた集団はさっさと先をいそぎ、一人残されたスリはすでに私の財布など持っていなかった。若いスリは、

「盗んだとはなにごとか」

とひらきなおった。しかし、私は、

「君がぬき取ったことは明白だ、しかし、しかたがない、ゆるそう」

といって彼のでかたをみた。

このようすを見ていたある中国人は、私のことを、

「日本人のくせに生意気だ」

となじった。またある者は、

「いや、ヤツ（中国人のスリ）は盗みをする男だ、やりかねない」

と私をかばった。私はしばらく大勢の中国人を相手に、くだらぬ応答をしなければならな

かったが、どうにかけりをつけたのだった。

このような災厄があったとはいえ、この小売市場では私にとって楽しいこともあった。当時、この市場にタバコ売りをしていた十九歳の美しい娘がいた。その娘は昭和二十一年二月ごろ、特別のルートで帰国することになり、彼女は私を伴侶《はんりょ》として同行することをもとめたのだ。彼女の母は金持ちで、母娘二人で密航船をやとう話がまとまったとのことであった。

しかし、結婚する意志など毛頭なかった私は辞退した。その彼女は出発前に、売れ残りのタバコを私にくれた。それは私一人ではすいきれない量であった。

また当時、私はやや危険であることを承知しながらも、八路軍にたいして薬品を売り込んで、巨利をえたことがあった。

また、あるときは医者に納品して帰路がおそくなり、ピストル強盗に売り上げ金などを巻きあげられたこともあった。

このときの強盗のやりとりがふるっていた。

「こら待て、おまえ日本人か？」

「はいそうです！」

「日本人は、五時以降の外出は禁止してある。おまえはそれを知らんのか」

「知っています。しかし、急病人があり、医者の依頼でリンゲルをとどけた帰りだが、すこし時間をすぎただけのことです。今後は注意します」

私はてっきり、彼ら二人を八路軍と思っていた。ところが、よく見ると彼らは私服であった。そして、一人が拳銃を私の胸元に突きつけ、

「手をあげろ」

といい、ほかの一人が私の所持品検査をした。このころ私は護身用として、ケース入りの大型メスも持っていた。

治安維持を目的とする所持品検査である、と称していたその男はメスをみつけて、

「こら、日本人のくせにこれはなんだ」

と追求してきた。

「はい、私は医療器具と医薬品の商人です。その手術用のメスも医者の注文によるものです。しかし、そのメスは不良品のため医者から良い品にかえるようにいわれました」

「凶器を持っている者は監獄だ。ぶち込んでやろうか」

「私は八路軍のご用商人でもあります。どうぞ八路軍のところへ連行してください。私は医療器具を持ちあるくことをわるいこととは思っていない」

私は約二千円を所持していたが、賊はそのうちから百円を返し、残余の金とメスを没収した。

彼らは私服ではあったが、しかし、私にはどうしても八路兵と思えてならなかった。

その日、私は約二千円を強奪されたとはいえ、当時の私は要領よく金はいくらでももうけられるようになっていた。そのためもあって、この事件直後、私はジャンク一隻をやとって

南朝鮮に逃避することも考えてはみた。

しかし、この種の舟の船頭はいずれも朝鮮人であったが、もしも舟のなかで寝こんでしまえば、運わるくその船頭が悪人であった場合、なぐり殺されて海に捨てられる危険性もあったのだ。そのような情報を耳にしていた私は、やはりためらった。

こんな逃避計画をめぐらせていたとき、ふと思い出すのがあのタバコ売りの娘のことであった。そうだ、あの娘も密航船をやとって逃避したのだったが、はたしてぶじに帰国できたのだろうかと心配になった。すでに一ヵ月はすぎ去っていた。

南鮮に脱出する秘密ルートがあることは、一ヵ月前にはじめて彼女からきいたが、その後も私はその密航船にかんする情報には気をくばっていた。

金はいくら必要とするか、だれがそのブローカーであるかなど、私が昼食時に利用する朝鮮人のそば屋などで、さりげなくきいたものである。ところが、そば屋の説によると、やはり前記のような危険があるとのことだった。

私は脱走兵ではあったが、昭和二十一年四月まで一応、安東在住の一般邦人と行をともにし、ちかき将来かならず帰国できるはずであるという希望をもち、その時期の到来するまで、できるだけ効率よく働き、時期をみて朝鮮に逃避する策などを思案しながら、健康に留意して生活していたのである。

そのような状況下の昭和二十一年五月、突如として私は八路軍に徴用されることとなった。なかには、八路軍を知らない人もすくなくないと思うので、つぎにかんたんにのべてみよう。

11　八路軍の第一線にて

昭和十二年、日本が中国にたいして全面攻撃を展開したころ、中国共産党は、国民政府軍と共産党との内戦停止の世論をたかめることに成功した。そして中国共産党は蔣介石にたいし、反共攻撃をただちに停止するよう要請した。

こうして中国共産党は赤軍名をとり消し、国民革命軍に改編し、蔣介石の統率する国民政府軍委員会の指揮にしたがい、抗日前線の責任を分担するむねを蔣介石に申し入れたのだった。

ようするに中国共産党は、まず表むきは蔣介石の軍門にくだり、しかるのち国民党と共産党が提携して日本打倒のために立ち上がることを要請したのだ。

蔣介石は、共産党と手をくむ意志など毛頭なかったが、大衆の世論を配慮してやむなくその要請に応じ、赤軍と称していた中国共産党は、あらためて国民革命軍第八路軍として編成された。

八路軍発足当時の兵力は五万にみたない小規模のもので、その装備も近代的な軍隊などといえるものではなかったが、八路軍という名称だけは、日本が降伏した後も一般に通用していた。

第二次大戦後に八路軍は、中国人民解放軍と改称したけれども、中国人民の多くの者は人民解放軍とはいわず、八路軍とよんでいた。

そして、八路軍という名称は中国人民にしたしまれる、民主的な人民解放軍の別称となっていたが、日中戦争の八年間をとおし、八路軍が蔣介石の出動命令にしたがったことはまずなかった。

八路軍の至上の目的は中国共産党政権の確立であり、勝ち目のない場合には日本軍との戦闘をさけるのを得意とし、抗日戦のさまたげになる利敵行為もまったくなかったわけではない。

日本の降伏をむかえた昭和二十年八月。中国下層階級の味方である中国人民解放軍、通称八路軍は、これを絶好のチャンスとして、いちはやく全満州の失地回復をいそいだのであった。

八路軍はまず満州人民を指導し、これを解放するにあたり、満州の中央要部である奉天、新京への進出をいそぎ、つぎに奉天以南の安東などを占領した。北満の場合にもおよそ南満とおなじように、ソ連軍が撤兵すると同時に八路軍が進駐する、という方法で占領していった。

一方、蔣介石が君臨する国民政府軍は、八路軍を紅匪とよび、にくい〝裏切り者〟をうつためにに、まず満州中央部の拠点である奉天を攻撃し、これを占領した。

蔣介石軍は日本の降伏後も、八路軍に対抗するために約四百万の兵力を常備していたが、これにたいし八路軍は兵力百二十万で、蔣介石軍と対比すれば弱少であることは明白であった。

しかし、国民革命軍第八路軍として発足した、かつての五万弱の軍隊とは雲泥の差があり、装備も政府軍と対比して劣悪とはいえ、昔日のそれではなく、日本軍との戦闘をさけながら、思想的には精鋭な軍隊になっていたのであった。しかも八路軍は、もっとも得意とする情報宣伝活動、無知な下層の人民にたいする啓蒙《けいもう》作戦により、革命を希求する無限の大衆を味方としていたのだ。

第二次大戦後の中国内戦は、このようないきさつで起こるべくして発生した内戦であるといえた。

なお、昭和二十一年五月現在までに、満州に進駐を完了した八路軍は約十万名にたっしていたが、一方、これに対抗して、あとから満州に乗り込んだ国民政府軍は約三十万という大軍であった。

ともあれ昭和二十一年五月、この内戦のために、私は日本人会の指名により、八路軍の労務者として徴用され、八路軍の第一線で陣地構築の作業に従事することとなった。

日本人会および隣組長は、安東に在住する日本人の生命財産の保証を八路軍にゆだね、その代償として、八路軍の労務者を選考し、その者を徴用することに決定したのである。

当時すでにソ連軍は安東を撤兵し、八路軍の軍政もほぼ軌道にのり、安東の治安もしだいによくなりつつあるとき、皮肉にも私は危険な戦場に追い立てられることになったのである。

12　ひとり戦火を後に

私は八路軍徴用の労務者のひとりとして、指定された場所に出頭した。そのとき徴用された労務者は約五十人であった。私たち労務者は安東駅で列車に乗せられ、奉天方面へと北上した。目的地は四平街に司令部をおく八路軍の前線であった。八路軍の司令官は林彪《りんぴょう》将軍だったようで、その兵力は一個師団、兵員一万以上のもようであった。

前線に到着した私たちは、しばし宿舎で休息をしていた。ところが、蔣介石軍の攻勢はものすごいばかりで、たえまなく砲声が聞こえていた。皮肉なことに私は、帝国軍人としては戦場のもようなどなにひとつ知らなかったが、八路軍の労務者としてはじめて、その戦火の恐ろしさを知らされたのであった。

それでも夕方になると、どうやら砲撃は終わった。と、私たちの宿舎に八路軍の幹部らしい男があらわれた。彼の軍服は兵の被服よりも立派だったが、階級章はついていない。彼はいろいろと注意事項をのべたてた。

おっとりした日本語であった。給与にかんしては朝夕二食との説明であったが、労働賃金にかんすることはなにもいわなかった。私は手をあげて質問した。

「われわれの賃金はいくらですか……」

すると、幹部は、

「あなたたちが最初の日本人従軍労務者です。軍としては、これからあなたたちの処遇を考えます」

と答えた。

幹部は八路軍の中尉か大尉だったようだが、八路軍では、兵だけではなく、下士官も将校もすべての者が階級章をつけていなかった。

幹部の話が終わると、八路兵が夕食をもってきた。それはコウリャンめしにイモづるの塩汁だけで、とても食べられるものではなかった。

翌朝もいやいやながらコウリャンめしを食べ終わると、さっそく作業にとりかかった。戦場は四平街周辺の山岳地帯で、山頂の陣地まで鉄道の枕木を運搬せよ、というものであった。宿舎から陣地まで約千五百メートルほどの道のりがあり、各人一本の枕木を肩にかついで登るのであるが、容易な仕事ではなかった。私は一本だけ運搬したところで作業を中止してしまった。ほかの者は一日がかりでおのおの三本を運び上げていた。

翌日からはとうとう作業にでずじまいときめこんだ。からだの具合がわるいということで、二日目に休んだ者は私をふくめて三人ほどだった。三日目はさらにふえ、四日目になると作業を拒否する者は十数名にもおよんだ。私は体調はよかったが、連日、作業を拒否した。

作業中にも、まれには砲撃をうけた。そのなかで仲間の大多数の者たちは、まったくよく働いた。しかし、八路軍の幹部にはそうは見えなかったらしい。

ある朝のこと、八路軍の幹部は日本人労務者にたいして、革命の大義にかんする講話をした。その集会はえんえん三時間におよぶものであった。

八路軍としては、国民政府軍が奉天を攻撃したとき、戦わずして奉天を明け渡した過去があり、この四平街周辺の戦闘は、昭和二十一年になって最初の交戦でもあって、その戦闘の規模も大きく、また、なんとしても奉天を奪還しなければならないというあせりがあったのだ。

それだけに日本人労務者にたいしても、八路軍のためにもっと真剣に働いてほしい——幹部の講演を要約すると、だいたいそんなものであった。

ここでも私は幹部に、反論をこころみた。

「革命には大義があり、正しいことかもしれません。しかし、私たちは日本人です。私たちが希求していることはただ一つ、祖国に帰りたいということです。

作業の期間は不明、賃金の額も明確ではなく、風呂もなく、食事もそまつで、しかも一日二食ではとても働けません。

そのうえ、国民政府軍の砲撃をうけ、機関銃掃射をうけたことも一度や二度ではありません。また夜間には、宿舎近くには迫撃砲弾が飛来するありさまです。ようするに、あなたの要望はむりというものです」

私はおだやかな態度で、静かに以上のようなことを縷々と語った。幹部はにこにこしながらきいていたが、意外にも、

「なるほど、そうかもしれない」

とつぶやき、いささかも怒ることはなかった。そしてさらに約五分間、日本の天皇制にかんする彼の所見を披瀝した。

私はここでもまた手をあげ、なんのためらいもみせず所信をのべた。

「かつての軍国主義日本は、あなたたちには、そのすべてのものが罪悪と思えることでしょう。私も往年の日本帝国がかならずしも正しかったとは思っていません。

また、あなたから教えられなくとも、諸悪の根源は天皇制にあったものと判断しています。しかし、日本はやはり祖国です。日本はよくない国だから帰国する要なし、などとは考えません。

また、あなたは八路軍を民主的な立派な革命軍であるといっていますが、私たちにたいする処遇のどこに民主的なものがありますか」

私の抗弁をきき終わった幹部は、

「あなたとは、またあらためて話をしましょう」

といって、静かに部屋を出て行った。

数日後、精神訓話をした例の将校が私をおとずれて、私にたいし静かに話しかけた。

「あなたは作業をする気がないようですね」

私は慇懃な態度で応答することをわすれることなく、

「はい、そうです」

と答え、さらに、

「私は歩兵砲や機関銃の教官としてなら働きます。しかし、苦力はいやです」

といった。すると彼は、目下、八路軍では、日本人による衛生部隊などを編制することを考慮中だが、君も志願してみてはどうかといった。私はそくざに返答した。

「兵隊ではいやです。私は日本軍の将校です。したがって、軍事訓育の教官ならば引き受けてもよろしいが、兵隊ではおことわりします」

また、私は医者ではないから軍医など願い下げです、といった。

私は速射砲の射撃技術のむずかしさを知っていた。そのために、この砲や機関銃の教官を要すものと思われるとのべ、自信満々の態度でいた。するとその将校は、あなたに八路軍の指導者として入隊していただければ幸甚ですが、といった。

私は内心しめたと思いながらも、さもものうげに返事した。

「軍事教官ならば引き受けます。しかし、身辺整理のためにいちど安東に帰してもらいたい」

彼はにこにこしながら、

「いいでしょう、そうしてください」

と即答した。

翌朝、私は労務者の身分を返上して、安東に帰ることとなったが、安東に帰りつくやいなや、私はまず医薬品と不要品を処分した。こうして八路軍票約三千円と、国民政府紙幣二千円をかくしもって、私はふたたび旅立つことにしたのだった。

13　危機一髪の道中記

私はもはや、四平街の八路軍陣営にかえる意志などまったくなかった。まず国民政府軍占領下の奉天へ脱出し、ついで日本に引き揚げるのが目的であった。

しかし、八路軍の従軍労務者として旅行する場合には、鉄道を利用することができたが、引き揚げのためのルートはややちがっていて、鉄道は利用できなかった。

それでも列車に乗ろうと思えば、乗ることはできた。しかし、列車に乗ればそれまでで、四平街周辺の戦場に連行されることは必至であった（八路軍は日本人の独身男子を徴用することで目の色を変えていた）。

私は野を越え山を越え、川の濁水をすすりつつ罐詰を食べ、野宿をしながらとぼとぼと一人で歩きつづけた。私がたった一人で歩いた、とある山岳地帯では目をみはる絶景をみたし、故郷を思わせる小川のせせらぎがさわやかであった。

歩きはじめて三日目ごろ、私は三組六人の日本人旅行者に追いついた。どうやら彼らは、脱出の方便の、にわか結婚組のように思われた。

そして七日目ごろ、私は八路軍の検問所ふきんに到着していた。検問所ちかくにさしかかると、中国人や朝鮮人の両替商人が数人、暗躍していた。両替商人たちは、国民政府軍の通貨を二割引で八路軍票と両替していた。私はこれをことわり、八路軍の検問をうけることにした。

八路軍の兵は私に、

「国民政府の金を持っているか。お前はひとり者だな」

などとたずねた。私は、

「いいえ、妻も子もいます。事情があって私一人だけ安東にいたものです」

と答え、かくしもっていた八路軍票のほぼ全額をワイロとしてその兵に贈った。すると兵は、なにくわぬ顔で、

「よろしい、行きなさい」

といって、私を見逃がしてくれた。

なおも行くと、こんどは国民政府軍の検問所にちかづいた。またしても、両替商人が現われ、八路軍の軍票を持っていると国民政府軍に取り上げられてしまうから、国民政府軍の金に両替してくれるというものであった。

私はすでに八路軍票をワイロとしてあたえてしまったため、わずかばかりしか残っておらず、したがって両替した金額はすくなかった。ここでもやはり二割引きであった。

まもなく国民政府軍の検問所についた。こんどは、国民政府軍の衛兵が私にたいし、

「八路軍票を持っているか、持っていたら出せ」

といった。もちろん私は、ないと答えた。

八路軍は国民政府軍の通貨を持つことをゆるさず、これを取り上げ、国民政府側は八路軍の軍票をみとめず、これを持っている者は没収されるのだ。なんということはない、日本人引き揚げ者が両検問所を通るときに、もしも、ありていに答えて所持金を提出すれば、たちまち文なしになってしまうのだ。したがって即述のとおりの両替商人の策動があったのである。

また八路軍の検問所で、私は八路軍票をワイロとして提出したのだが、もしもこのとき、八路兵に問われるままに国民政府軍紙幣も提出してしまえば、それは没収すべき敵方の通貨であるということになり、ワイロにはならないのである。

ともあれ、八路兵がワイロをうけとって私を見逃してくれたために、私は難なく国民政府軍の領域に潜入することができたのだ。まずは感謝せずばなるまい。

なお、国民政府軍の衛兵は私のリュックサックの中味を調べ、恵美子さんから五百円でゆずりうけた例の四つボタンの背広上下を取り上げ、その対価として私に二十円を支払った。また、衛兵は従卒を随行させていた。その私服の従卒は、私の紺サージのズボンをひきたてていた革製のベルトに目をつけた。かくして私のベルトは従卒の腰ヒモと交換されてしまった。

私が引き揚げ者収容所に入ったのは、六月の末ごろであった。ここに収容された引き揚げ者はまもなく胡盧《ころ》島に行き、そこから船で日本に帰ることになっていた。ところが、引き揚げ者のなかからコレラ患者が発生したため、ついに二ヵ月以上も収容所を出ることができなかった。

　この間、私たち引き揚げ者は、板の間で寝起きをしたが、毛布などが貸与されるわけでなく、栄養失調やコレラで死亡する人もすくなくなかった。

引き揚げ者のなかの多くの者は、くる日もくる日も無気力で、つかみどころのない呆然たる表情で板の間にすわり込んでいた。ただし、元現役兵であったと目される少数の若者は例外だった。

　とにかく一般邦人の引き揚げ者にとって、この収容所はまさに飢餓地獄であった。家屋、家財をすて、リュックサック一つを背負って、帰国後、なにをすればよいかもわからず、ただ途方にくれている人にとって、この収容所は生き地獄そのものであった。

　しかし、元日本兵の若者にとっては、食事こそそまつではあったが、それがただちに死にいたるものではなく、もはやソ連領に抑留される心配もなく、八路軍に徴用されるおそれもない、まったくの安全圏にみえた。

　コレラ患者が死亡したあと、三日ほどが経過したころ、引き揚げ者の幹部は全員を集合させ、国民政府軍幹部に提出するワイロにかんする相談をした。

　彼の説明によると、国民政府軍幹部がいうには、軍の給与する食物以外のものを食べるからコレラなどの病人が発生する。したがって、今後はいっさい買い食いなどをしてはいけない。また、コレラ保菌者は引き揚げの順位をあとまわしにする。

ただし今後、このような病人が発生しないように注意しているという誠意がみとめられれば、予定を変更することなく、ただちに日本に送還する。日本人はまだ金を持っているから買い食いなどをするものと思うが、買い食いをやめる証《あかし》として金十万円を據《きょ》出しなさい、というものであった。

こうして據出した金は、合計で三万円ほどにものぼった。私は百円を寄付した。

14 哀れ骨肉の争い

私が収容所に入って一ヵ月ほどの日時がすぎたころのある日、引き揚げ者集団のなかに元八路軍の密偵らしき青年のいることが判明した。八路軍の密偵とは、元憲兵など日本人の戦犯容疑者を八路軍に通報した者のことをいう。

八路軍に密告され、投獄された人のなかには、身におぼえのない罪過による場合もまれにあった。そのためか、当時の在満邦人は、そういう密偵を心からにくんでいた。

そういう容疑者はたちまち、大勢の同胞のまえに引きずり出された。それはあたかも、八路軍の人民裁判を模倣するような形で尋問が開始された。容疑者は、のらりくらりとあたりさわりのない答弁をした。すると突如、居丈高に、

「貴様は密偵であろう、自白しろ。調べはすんでわかっている」

などと容疑者を追求し、なかにはやにわになぐりかかった男もいた。

これを見たとき私は、

「まて、よしなさい！」

とさけんで容疑者の前まで走りすすんだ。

「やめなさい、罪状などの確証があるのですか、むやみに処罰してはいけない……」

などといいながら居ならぶ人々の顔を見まわした。そして私は静かにいった。

「われわれは、まもなく帰国できるのです。彼もそうです。もしも彼が密偵であったものとしても、いまさらかわいそうではありませんか。また、あなたたちには彼を処罰する権限はないのですよ」

このことがあってかどうか、密偵と目された、りこうそうな顔だちをした青年はどうやら助かった。ところが、私の言葉じりをとりあげて、かわいそうとはなにごとかと、こんどは私が非難されるはめになった。

この日の夕食時、おなじ飯盒のコウリャンめしを私とわけあっていた中年婦人は、私のために小さいながらも貴重な一個の牛罐を費消することをおしまなかった。嫣然《えんぜん》とする婦人を見る私の表情にも莞爾《かんじ》たるものがあった。

その後しばらくして、密偵事件のおりに私にたいして傲慢《ごうまん》であった某氏は、にわかに意気消沈していった。

彼はたかが引き揚げ者集団の指導者にすぎない職務にありながら、幹部になるやいなや、めっぽうはりきり、あげくのはて、ややおごり高ぶっていたものであるが、どうしたことかこのときをさかいに青菜に塩の様相をみせてきたのだった。

それに彼の妻は妊娠していたのだ。私はその妻君にたいし、ズボンを重ね着するようにと、私のはいていた紺サージのズボンをあたえ、私はより上等の国民服のズボンをはくこととした。

九月にいたり、私たち約千名の引き揚げ者は、無蓋《むがい》貨車にすしづめにされて、ようやく胡盧島に向かうこととなった。

列車は快適に走り出した。しかし、約百キロほど走ったところで列車は、はたと停車したまま動かなくなった。

中国人乗務員の説明によると、燃料補給のために約一万円を必要とする、したがって、その金を引き揚げ者が支弁すべきものである、とのことであった。背にハラはかえられず、さっそく金は集められた。私も十円を支払った。

金銭授受を終了してしばらくすると、がぜん機関車は活気づき、汽笛一声を発するや、すいすいと快適に驀進をはじめた。

やれひと安心と思ったのもつかのま、夕方になると列車はまたも停車し、翌朝まで運行しなかった。そして翌朝、またしても乗務員にたいするワイロを支払うために金が集められた。私もまた十円を支払った。

こうして奉天から胡盧島まで、わずか五百キロあまりの軌条を走るのに、ついに二日もかかったのであった。ワイロの據出金を集めるために長い時間を空費する、じつに慢々的《マンマンデー》な旅行であった。

ちなみに引き揚げ者が日本にもち帰ることのできる現金は、一人当たり千円未満とのことであった。これについては厳に注意されていた。それに胡盧島に到着した時点で、あらためて乗船前に所持品などの検査をうけることになっていた。そして、もしも限度額をこえる現金を所持している場合には、その超過額をただちに国民政府軍によって没収されるとのことであった。

私をふくめて、引き揚げ者はこの注意事項をみなまもっていた。私はある婦人から乗船するまでの間、彼女の所持金の一部である三百円をあずかるよう委託されていた。このとき、私の所持金はすでに百円未満であったため、私には九百円までは委託を受け入れられる状態であったが、しかし婦人にはもはや、三百円以外に依頼すべき現金のもちあわせはなかったのであった。

しかし、胡盧島における国民政府軍の所持品などの検査は、意外におおまかなものであった。懐中物はいっさい点検しなかったばかりでなく、リュックの中味さえ調べなかった。

検査の終了後、私は婦人に金を返した。すると婦人は、博多でお金をかえるようなおりにはまたお願いします。といった。私はむろん快諾した。

博多に上陸できれば、私には復員軍人として五百円が支給されるはずであり、もはや私は東京に帰るまでなんの心配もなかったのだ。

胡盧島は、海に向かって左側に、その海岸線ちかくまで小高い山がせまっていた。その日は晴天にして、空は青く、紺碧の海はあくまでも美しかった。船は貨物船であったが、私にはかえがたい豪華船に見えた。私は国民服上下を着用し、ペシャンコのリュックサックをかつぎ、ふるびた水筒をいとも大切な財産のように、肩にかけていた。

（昭和五十九年「丸」六月号収載。筆者はハイラル独立速射砲大隊見習士官）

満州の雪原〝恐怖の化学戦〟

〝毒ガス戦〟の脅威／陸軍少年気象兵の出陣記録——一色　明

1　官費の学校に入らにゃ

「一色、昼休みに校長室へこい」

漢文の授業が終わり、「起立、礼ッ」の号令のあと、大声で中島鉄船先生から、こういわれた。

中島先生は愛知中学校の副校長で風紀係でもあり、学校中で一番こわい先生だった。

「ハイッ」

と返事はしたものの、

〈どうしてだろう。べつに悪いことをしたおぼえはないし……〉

みんなの視線を背に受けながら、ぼくはじっと立ったままだった。

つぎの英作文の時間は「ジラフ」と仇名された背のひょろ長い山内先生だったが、そのことばかりが気にかかり、授業はうわの空で終わってしまった。

昼弁当も食べず、おそるおそる校長室のドアをノックした。

「入れッ」

と鉄船先生の蛮声がした。ぼくを待っていたのだな。一瞬ドキッとする。

校長は大塚道光という曹洞寺の寺の住職で、布袋《ほてい》さんのように頭が長く、はげ上がっていた。毎週月曜日に一時間の精神訓話の時間があって、そのつど五、六分静座をさせられたものだが、この時間を布袋さんが担当していたのだ。

ぼくの入った中学は、曹洞宗から金が出る特待生制度があった。成績がよく品行方正だと特待生になって、月謝が免除された。

もともとぼくは、小学校三年生のときオヤジが病いに倒れてから、オフクロの仕立物の収入で細ぼそと暮らしていたのだから、いわばドン底生活だった。

住まいも五軒長屋の真ん中で、入口をはいると土間がうらまでつづき、その右に六畳、三畳、四畳半の部屋が縦にならんでいた。それでも便所の前に、わずかばかりの壺庭《つぼにわ》があって、笹竹が植わっていた。

例のごとく家賃が滞納になって、大家が二、三軒となりの長屋に入る姿を見つけると、

「オッカサン、大家さんがきたよ」

とつげる連絡係は、いつもぼくの役目だった。オフクロはすばやく仕立物をかたづけると、押入れにもぐりこむ。居留守の言い訳もぼくの係だった。

こんな生活をしていたのだから、もちろん中学（いまでいう高校）などへは行けるガラではなかった。

ぼくが中学に入れたのは、特待生試験に受かって、五年間の授業料が免除されたからだった。

校長と鉄船副校長は、この一時間、話をつづけていたようだ。

「そこへすわれ！」

犯罪人が裁判官の前にすわるような気持で腰をかけると、まず鉄船先生が口を開いた。

「一色、おまえは陸士（陸軍士官学校）希望だったが、近眼のためダメになったんだな」

なんだ、お説教ではなく、ぼくの将来についての話だな——と、いささか安堵する。

「おまえもポスターを見たろうが、いま陸軍気象部というところで、技術要員というのを募集しとる。どうだ受けてみんか。どんなものかよくわからんが、おまえもオフクロ一人の収入で勉強しとるんだから、官費の学校へ入らにゃ」

そういえば、数日前から学校の廊下にポスターがはり出されていたっけ。そのいちばん最後のところに、

「将校に昇進の途あり」

と書いてあったのが、ちょっと気になっていたのだ。

陸士をあきらめた以上、中学だけで社会に出るつもりでいたぼくに、鉄船先生は、こうすすめてくれた。

「校長はな、おまえに愛知高工を受けさせたいといっておられるんだ。もちろん、月謝その他は曹洞宗から出させる。だが、これは借金だから、おまえが学校を出てから返さんといか

ん。そこでおれは、おまえに陸軍気象部を受けさせたいというので、いままで校長と半分ケンカしとったんだ」

鉄船先生も曹洞宗の住職で坊主だが、れっきとした予備役の陸軍少尉どので、軍志望をすすめるのもムリからぬことだった。

ぼくはその場で、陸軍気象部を受けてみることを心の中できめた。

ありがたいことではあるが、いつまでも曹洞宗のお世話になっていては……というのが、第一の理由であった。

校長室を出てから、もういちど廊下のポスターの前に立った。

「中学四年修了の実力ある者。外地勤務可能の者。募集人員は六十名。訓練期間は四ヵ月。受験地は札幌からはじまり全国で五、六ヵ所……」

とあった。とくに最後の「将校に昇進の途あり」の部分を、ぼくはもう一度よく見なおしたのだった。

2　あこがれの上京

ぼくの中学からは、ぼくと鈴木要《かなめ》の二人が受験した。鈴木は機織屋《はたおり》の息子で、どちらかというと目立たない生徒だった。あまりぼくとは交友がなかったが、二人で仲よく受験場の愛知県庁に向かった。

受験科目は、代数、幾何、物理、化学、作文の五科目だったと思う。

身体検査にはM検もあった。生まれてはじめて、他人にアソコをヒネくられた。

一等礼装の大尉殿が、拍車をガチャガチャさせながら、口頭試問の会場にあらわれたのが印象的だった。あとでわかったのだが、これが荻洲立兵中将の息子博之氏であり、後日、ぼくがその部下となっていろいろお世話になった人である。

どうも思ったよりも学科試験のデキはわるかったようで、全国で六十名というのでは、とても受かりそうにないと思っていたところ、半月ほどたったころ、速達で合格通知がとどいた。

さっそく学校へ行ってみると、相棒の鈴木もやってきて、彼のところにもきたという。あぁよかった。これで官費の学校に入れる！

両親はもちろん賛成である。ただ一人、姉だけは反対だった。姉は一家の生計をささえるために岡崎高女を中退して、愛知医科大学の付属病院で看護婦として働いていたが、憧れのドクターがいたようで、ぼくを将来、医者にしたかったらしい。

「もしその覚悟があったら、私は一生独身でお前の学資をかせぐ」

といってくれていた。そんな熱意がはたらいていたものだから、反対するのは当然だが、ぼくは、自分自身で自分の将来をきめたかった。

四年終了というかたちで、ぼくはむかし流でいうと〝笈を負って〟上京することになった。

ボール紙が芯に入った小さなトランクをさげて、オフクロの遠い親類に当たる市岡のおバアちゃんと、名古屋駅を発ったのは昭和十三年四月二十九日の朝だった。

両親は見送ってくれたが、姉はついに姿を見せなかった。

陸軍気象部の入部式は、五月一日午前九時からだ。それに間に合わせるには、一日前に東京に着かなければならない。

なんでも市岡のおバアちゃんの弟（西村宗一氏）の長女が、鍋島俊作海軍大佐の奥さんとかで、西荻窪の高級住宅地に住んでいて、そこに一泊させていただく手はずになっていたのだ。

当時は、名古屋から沼津までは汽車だった。沼津から東京までは電化されていたから、沼津で電気機関車と切り換えるため三十分くらい客車のなかで待たされた。

二時間で名古屋と東京間を走る新幹線の時代から考えるとウソみたいな話だが、当時は名古屋から東京に着くまでには、普通列車で九時間、急行でも六時間はかかった。

名古屋を朝に発って、西荻窪の西村邸に着いたのは夕方だった。

ぼくなどは東京駅で乗った省線電車（いまのＪＲ）のドアがしぜんにしまるのを見て、ビックリした。

西荻窪で電車を降り、商店街に入ると、オバアちゃんは西村宗一氏の自慢話をはじめた。

「弟はえらいやつだった。独学で東京高等師範を卒業したんだで。いまは学習院と陸軍幼年学校で教えとる。わしは弟に会うのが、いちばん楽しみだで……」

十分ほども歩いたろうか、おバアちゃんは年のわりには、チャンと道順をおぼえていた。住宅街に入るとすぐだった。

二、三段の石段をのぼると、御影《みかげ》石の門柱に「西村宗一」と「鍋島俊作」の表札が左右に行儀よくならんでいた。

西村先生の書斎には、和漢の書がぎっしりつまっていた。いったい、どうやって読むのだろう。一生かかっても読み切れないほどだ。それに、こんな立派な書斎を見るのも生まれてはじめてだ。

西村先生は白髪の老人で、乃木希典ばりのヒゲをたくわえていたが柔和なまなざしをしておられた。初対面のぼくにも、やさしく話しかけてくれる。

渡り廊下の下には池があって、鯉が泳いでいた。夕食は離れの部屋で家族そろってご馳走になった。西村老夫妻と俊作夫人、お嬢さんが二人に坊ちゃんが二人。俊作大佐は巡洋艦「摩耶《まや》」の艦長で、年に何回かしか帰ってこないとのことだった。

寝室は池に面した、一番りっぱな部屋だった。これは朝起きてから、それと知った。貧乏学生にこんなもてなしをと、ひどく感激したものである。

朝食が終わると、西村先生が、

「大久保まで、いっしょに行こう。今日は学習院に出かけるから……」

と声をかけてくれる。

が、家の中ではあれほどしゃべった先生も、外に出るとほとんど無口だった。電車が阿佐

ヶ谷をすぎて大久保駅にちかづくころ、

「つぎが大久保だ。ホームの階段を降りて改札を出たら、まっすぐ右へ大通りを行きなさい。砲工学校まで歩いて二十分ほどだ」

とだけいった。ていねいに礼をのべ電車を降りようとしたら、とうに電車は止まっていて、降りる客はおりきっていた。あわててトランクをかかえ飛び出したら、とたんにドアがしまった。窓の向こうに〝お上りさんだな〟といわんばかりの顔が笑っていた。

駅を出ると、そこは商店街だった。新大久保のガードをくぐり、いわれたとおりまっすぐ北に向かって歩いた。交叉点をすぎて湾曲した坂道にさしかかり、左を向くと「陸軍幼年学校」だった。こちらをにらみつけるように、かわいい衛兵が立っていた。

3　お前らは少年気象兵だ

陸軍気象部は、陸軍砲工学校内にあった。陸軍砲工学校は、全国の砲兵科・工兵科の連隊からえらばれた将校・下士官の再教育の場で、いわば軍の〝理科系大学〟であった。

道をはさんですぐ前が陸軍第一病院――戦後は国立第一病院となり、奇蹟の帰還をした横井庄一さんや小野田少尉が療養したところだ。その南に陸軍戸山学校と陸軍幼年学校の広い敷地がひろがり、若松町から坂を駆けおりると近衛騎兵連隊と、このあたりは広い東京のなかでも、とくに軍都の観があった。

正面の門柱には、いま書き上げたばかりとも思われる黒ぐろとした「陸軍気象部」の文字が目に飛び込むが、片方の「陸軍砲工学校」の文字は、古い歴史をひめてか、すすけて見える。

胸おどらせて二本の門柱の間を、玉ジャリをふみしめながら入る。中学の教練で習ったとおり、上体を斜め左に向けながら挙手の礼を衛兵さんにする。

敬礼が終わって、まっすぐ前方にすすむと、すぐ反対側の植え込みのまえに、週番士官の肩章をつけた将校が立っていた。

あわてて、こんどは上体を右にむけて敬礼し、行きすぎようとしたら、

「トマレ!」

といきなりどなられたので、ハッとしてふり返ると、その将校は正門を入ってくる学生服の男の方に向いていた。

その学生は眼鏡をかけ、風呂敷づつみをかかえて、正門を入ろうとしているところだった。やはり、ぼくとおなじく技術要員に受かったやつだろう。

「ゲタばきで軍隊へくるヤツがあるか!」

視線を下へやると、なるほどゲタばきだ。彼は突っ立ったまま、顔を真っ赤にしている。

「靴がないもんで……、岐阜からずっとゲタです」

やっとのことで、彼はそれだけいった。後日しったことだが、彼は岐阜出身の松永だった。

その日、彼は特別のはからいで靴を買う金が支給されたとか――。

その将校は独眼竜の蕃建大尉。独眼竜はもう一人いた。金指大尉だ。二人とも戦闘機乗りだったが、航空事故で片目をうしなって操縦不能となり、気象部に転属になった教育係の将校であった。

九時ちょうどに講堂に集まった第一回陸軍気象部技術要員五十数名は、入部式のあと、学生係の真壁曹長、若松曹長からおおよそつぎのような指示をうけた。
一、本日より、おまえたちは軍籍に身をおいたのだから、おたがいの呼び方は〝貴様、俺〟だ。〝君とか僕〟はつかってはいかん。
二、正式には「陸軍気象部技術要員」と長ったらしい呼び名だが、少年戦車兵、少年飛行兵とおなじように、少年気象兵と思え。
三、三ヵ月間は東京で学科の教育、あと一ヵ月間は、福島県の演習場で実習をする。
四、卒業後は、内地の軍気象機関か、外地の野戦気象隊に配属する。
五、当面、宿舎は民間の下宿屋を利用する。
六、服装はいまのままでよし――つまり、学生服で登校せよ。
七、月十一円五十銭を支給する。
そして県別に、下宿屋の所在をしめす地図と、氏名をガリ版刷りした紙が手わたされた。

愛知県出身者は〝富城館〟へ行けと書いてある。これらをみても、いかに大いそぎで陸軍気象部がつくり上げられたかがわかる。

この年の四月一日、国家総動員法が公布され、中国での軍事行動は拡大の一途をたどりつつあった。

4　上官サマのせっかん

陸軍気象部長は堂々たる体軀で、騎兵科出身の新妻雄《たけし》少将。会津若松の生まれで、父君はかの有名な飯盛山で散華した白虎隊とともに、官軍にはげしい抵抗をつづけた〝青龍隊〟の一員だったという。

その下に浅野仁行少佐（砲兵）、三谷太郎大尉（砲兵）、荻洲博之大尉（砲兵）ら八名の将校。下士官はまえにのべた二人の曹長のほか、大橋軍曹、吉沢軍曹、吉羽軍曹らがわれわれ五十数名の少年気象兵の教育に当たることとなった。

一方、学科を担当するのはほとんどが文官で、山岡保陸軍技師（中佐相当官）、日下部文雄技師（少佐相当官）、大内浩技師（大尉相当官）、今里能技師（大尉相当官）など東京帝国大学や東北帝国大学の理学部出身の俊才、十数名がこれにあたった。

教育第一日――まず教材一式が支給された。なかでもひときわ厚手で、しっかりした製本の赤茶けた表紙の本には〝陸軍気象常用表〟と金文字があり、その下に〝陸軍気象常用表編〟とある。

この本は、陸軍気象部隊の宝典ともいわれ、終戦まで各地の気象部隊で愛用された。「物理」「数学」「化学」全般にわたる諸表のほか、「弾道風の計算」とか「毒瓦斯《ガス》の種類」など実戦的な面ももられていた。

教室は階段教室。黒板は上げ下げできる四面の黒板、教官は軍服と文官服。そして、その日から、「キミとボク」が「キサマとオレ」に、一日をさかいにして見るもの聞くものが一変した。

ぼくのわり当てられた富城館は、陸軍第一病院の正門横を北へダラダラ坂を下り、ほそい露地を入ったところにあり、陸軍気象部へは歩いて七、八分のところだった。

愛知県出身者はつごう六名で、二人一部屋、それぞれ二階の六畳間があたえられた。ぼくは中学同級の鈴木要と同室になった。

中庭をはさんでコの字形の向かい側の二階には、営外居住のほかの部隊の下士官が数名、下宿していた。その彼らが夕食時など、食事を運んでくる女中さんをからかったりするのが、開けはなした窓から手にとるように見える。若手のぼくたちにはいささか刺激が強い場面もときには展開された。

ある日のこと、隣室の山下が、見るにみかねて窓ごしに、

「上官サマ、今、何ヤッテリャアタ」

と名古屋弁丸出しで声をかけた。さあ大変、その上官サマが廊下をふみならしてコの字形をわたってきた。

「どいつダ！」

隣室の障子がガラリと開けられると、大声が聞こえた。ぼくと鈴木はすばやく耳を壁に当てる。すると、

「カンニンしてチョウダイモ」

と蚊の泣くような、これも名古屋弁。間一髪を入れず、パシーッと頬ビンタの音――それいらい、ぼくたちは窓から外を見ないことにした。

斜め下の一階には、夜おそくまで読書三昧《ざんまい》の人がいた。てっきり老人かと思っていたところ、女中さんの話ではまだまだ若い男だそうだ。

しかし、無精ヒゲと肩までのびきった髪で、どこから見ても老人に見えた。なんでも国史学にコッタ変人とかで、机のまわりは本だらけ、外出もほとんどしないようだった。

そのほかは早稲田大学の学生がほとんどだった。

軍の学校に入ったとはいえ、学科や実習が終わって下宿へ帰ればシャバとおなじで、まだまだ自由があった。

この〝自由〟がクセもので、夜な夜な新宿の赤や青のネオンにさそわれて、夜間外出する者が出はじめた。

当時、新宿と飯田橋のあいだには市電が通っていて、若松町で乗ると、二十分もあれば新宿の繁華街へ行けた。

だが、悪事千里をはしるのたとえで、それはすぐに上官の耳に入り、下士官の夜間巡回が

はじまった。みながそれぞれに分宿している下宿屋は、若松町界隈《かいわい》七、八軒にわたっていたが、その一軒一軒をぬき打ち的に下士官がおとずれ、不在者があると、その行く先を戦友にたずねたり、机の上や壁の張り紙などを見てまわった。

あるとき突然、吉沢軍曹と吉羽軍曹の二人が富城館の巡回にあらわれた。入校してから二ヵ月もたったころであろうか。二人とも浴衣の着流しだった。

そのころ、ぼくは部屋の柱に日課表をはっていた。

一、起床六時。二、散歩三十分。三、登校八時四十分。四、下校五時二十分。五、夕食、散歩。六、七時より九時まで自習……というぐあいに予定を組んで、できるだけ日課表に合わせていた。

それを見た吉沢軍曹は、

「貴様はこのとおり毎日実行しているか」

「ハイ、毎日やっております！」

「これじゃ、金も使えんな」

「ハイ、毎月、親元へ五円送っています！」

当時、富城館の下宿代は二食つきで一ヵ月たしか四円五十銭だった。多少、軍の方から下宿にたいして補助があったのかも知れない。

昼食は学校の食堂でとっていたから、ムダ使いさえしなければ、五円の親元送金は不可能ではなかった。たい焼き、アンパンが一個五銭、牛乳一本八銭、豆腐一丁六銭の時代である。

5　教室内の〝突然変異〟

ぼくは中学二年のとき、ドモリの友だちをからかい半分にマネたのがたたって、自分が本物のドモリになってしまった。

中学三年になると、いよいよそれがひどくなり、漢文の中島鉄船先生から、文天祥の「正気の歌」を暗唱してこいと宿題に出されたときなど、家で自習をしているときは、

「天地正大の気　粋然として神州に鍾《あつま》る　秀でては不二の嶽《たけ》と為《な》り　巍々《ぎぎ》として千秋に聳《そび》ゆ……」

とスラスラ大声でいえたものが、いざ本番となるとガラリと変わる。

「一色、いってみろ！」

「ハイッ」

と立ち上がったのはよいが、とたんに口ごもってしまう。一秒たち二秒たつと、いよいよ頭が混乱してくる。――なぜ、いえないのだろう。

クスクス笑いだす友人がいると、顔がほてってくる。いよいよだめだ。ついに冷や汗がにじみ出る。

「ドモっていえません」

とだけ大声でいう。

「なんだおまえ、〝ドモっていえません〟はいえるのか」

中島鉄船先生は呵々《かか》大笑した。こんな次第であったから、陸軍気象部に入学することになったとき、それが、いちばん気にかかっていた。軍の学校に入ってドモってなどいたら、すぐビンタがくるであろう。

ところが、入部してはじめて下士官から、

「貴様は何県の出身か」

といわれたとき、すぐさま、

「ハイッ、愛知県であります」

とみごとに答えられたのだ。これで自信がついたのか、突然変異してすっかりドモリがなおってしまった。

富城館の畳の上でミカンをほおばりながら同室の鈴木要が、

「貴様よかったな。あれほどひどかったドモリが、ピタっとなおったではないか」

といってくれた情景は、いまだに忘れられない。

その鈴木要にも変化が起こった。

彼は大の地震ぎらいである。中学同級のころはそれほどでもなかったようだが、入部してしばらくたったある日の階段教室での授業中、グラグラッと地震がきた。一人おいて横にいた鈴木が、いきなり立ち上がった。まわりの戦友はもちろんだが、教官がおどろいた。

「鈴木、どうした!」

彼は立ったまま顔面蒼白である。そのあまりのとり乱しように、みながドッとわいた。彼は事態の深刻さに、ますます身のおきどころのない風情である。彼にとっては生涯の不覚であったろう。

これが動機で、彼はその後キモに銘じたようで、地震につよくなったばかりか、戦後、任地になった各地の気象台では、地震の担当官として精をだしている。

軍隊とは、不思議なところである。

6　奇怪な火の玉の正体

若松町の陸軍気象部での教育は、学科と教練のほか、観測実習があった。

三階に観測室があり、その屋上では〝ロビンソンの風杯〟が回り、風信器（風向計）が風の動きにしたがって、ぶるぶるゆれていた。

沢三松陸軍技手が、その日はじめてサーベルをさげてやってきた。〈おれたちも四、五ヵ月後には、あのような姿になれるのか〉と思うと胸が高鳴った。

「よく見ろ、この天井にあるのが風向盤といって、風の向きをしめすものだ。風向北東というのは、北東から南西に吹いている風のことだ。これは屋上の風向計に直結している。風速は、この箱のなかで回っている目盛りを読みとって平均すると出てくる」

浅黒くて、がっちりした体格の沢技手は、物理学校（現在の理科大学）を出ると、すぐ陸軍気象部に入部した先輩である。

当時、軍では技術畑の仕事は文官に依存していた。陸軍技師は将校にあたり親任官《しんにんかん》で、陸軍技手は下士官に相当し判任官。その下に雇員《こいん》、傭人《ようにん》がおり、これらは兵にあたる。

われわれは陸軍気象部の教育が終わると、まず雇員となり、その後、本人の努力によって、陸軍技手、陸軍技師と昇進してゆくことになっていた。

屋上に上がると、五月の風がさわやかに頬《ほほ》をなでる。きびしい教育のなかにも、そんないこいのひとときはあった。

六月にはいると、上層風の夜間観測の実習がはじまった。全生徒一斉というわけにはゆかないので、五、六人ずつの班が組まれ、実習にあたった日は、夜まで帰宿がゆるされず、夜間観測の準備と学習がつづけられ、夜をまつのであった。

上層風の観測というのは、直径五十センチほどの赤い気球（バルーン）を大空に放球し、それを経緯儀《けいいぎ》（トランシット）という器械で追い、上空の風の向きと、速さをはかるのである。

よく路上などで見かける風景であるが、測量士がのぞいている三脚の上にある望遠鏡のようなものが、経緯儀という器械である。

気球は、風のまにまに流れて上空に上がってゆくから、水素ガスの量を加減して上昇速度をきめておくと、各高度の風向、風速がわかるのだ。

昼間は、その赤い気球を一人がトランシットの望遠鏡で追い、ほかの一人が目盛りを読みとるのだ。

「観測用意ッ、放球ッ」の号令で気球を放すと同時に、ストップ・ウォッチを押す。カチカチと勢いよく秒針が動く。一分ごとに、水平と垂直の目盛りを読みとる。

望遠鏡をのぞいている者は、気球がつねに鏡中にあるように、二本のネジをまわす。一分ごとの読み取りの時刻には、鏡中の十字の線の真ん中に、点のようになった赤い気球があるようにせねばならない。

風のよわいときはまっすぐ上に昇ってゆくから、比較的に観測は容易だが、風がつよいときや、風向の不安定なときは、気球が急速に流れたり、フラフラするから、むずかしい作業である。

夜間観測となると、その気球の下に明かりをぶら下げて、その光を追うのである。それはちょっと小田原チョウチンに似た三角形の白い紙でつくられたものだった。光源はロウソクであったが、よく消えないものだと感心する。三角形にしたのがその秘密なのかも知れない。

宵闇がせまるころ、われわれはぞろぞろと屋上に上がる。はるかに西方の空をながめると、新宿の街のネオンがまたたいている。

トランシットでちかくの民家の窓をのぞくと、机の上のインクスタンドが、すぐ一メートル前ぐらいに見えるから、人の動きも完全にキャッチできる。

「オイ、なにしよる。経緯儀は水平方向より下に向けてはいかん」

石部金吉と自他ともに評判の大橋軍曹の声が飛ぶ。

一人がマッチをすってロウソクに火をつける。読みとりは懐中電灯の光でする。

こんな毎日がつづき、チョウチンの火は気球にのって、六月の空に毎晩のように舞い上がった。

しばらくして、高田馬場方面にヘンなうわさがひろまった。高田馬場は、陸軍気象部のある若松町からいうと、陸軍第一病院をなかにはさんで反対側の北西方面に当たる。

〝このごろ毎晩、陸軍病院から火の玉が上がる。北支や中支から送られて来た戦病者が、毎晩亡くなるのだろう。お気の毒に……〟

といううわさである。なんのことはない。正体は、われわれの上げていたチョウチンつきの気球だったのだ。

7　ある夜のお化け話

五月から七月までの三ヵ月間にわたる東京での教育が終わると、われわれは福島県は磐梯《ばんだい》山のふもとにある翁島《おきなじま》陸軍廠舎へ、一ヵ月間の予定で演習に行くことになった。

七月もおわりになろうとするころ、気象部では観測器械や通信器械の梱包《こんぽう》がはじまった。

一ヵ月間の演習となると、荷物も相当な量になる。

それも、いまのように自動車が発達していなかったから、すこしずつわけて、トラックで飯田町の貨物駅へ運んだ。

下士官学生たちは、体格もいいし力もあるから、われわれ少年兵が三人がかりで運ぶ荷物を、一人でヒョイヒョイと運んでしまう。

トラックが荷物を積みとりにくる間のひとやすみのさい、

「翁島ってどんなところですか」

と下士官学生に聞いてみる。

「景色はいいが、廠舎はヒデェところだよ、日本一のボロ廠舎だ」

と教えてくれる。

ぼくは中学四年のとき、静岡県・御殿場の陸軍廠舎へ軍事教練に行ったことがある。富士山頂が目のまえにそびえ、すそ野がひろがる大草原のなかでの演習は、半分遊びのようなものだったから、それは楽しい三日間だった。

そんな一日、みなで富士登山をこころみたところ、太郎坊をすぎるころからガスとなり、やがて霧雨となった。そこで配属将校が下山を命令した。

せっかくここまできたのだからと、われわれが山頂を見たいとネダったところ、

「お前たちは濡れてもかまわないが、三八式歩兵銃にサビがつく……」

といわれたことをおぼえている。

だが、こんどは遊びがてらの教練などではない。卒業を目の前にひかえての演習なのだ。とはいえ、この一ヵ月の演習は、なにかしらわれわれに期待と希望をあたえたようである。

『いよいよ明日から一ヵ月間、福島県の翁島というところにある陸軍の演習場へ行きます。着いたらまたあちらからお便りします』

ぼくは両親あてに、元気いっぱいのハガキを書いたものである。

しかし、階級章のついてない、ダブつく軍服を着せられたわれわれが上野駅で整列していると、ものめずらしそうにながめていた地方（民間）人が、

「支那の少年兵の捕虜じゃないかしら？」

といっているのが聞こえてきた。クソッと思ったが、だまっていた。

八月一日の朝、上野を発ったわれわれは、午後には翁島に着いた。松林のすぐ向こうには磐梯山のみどりが青空にくっきり、その稜線をはめ込んで静かに立っていた。暑い日だったが、廠舎のなかの土間はひんやりとしていた。やはり、東京とはちがう。

着いた翌日にさっそく、摺上原の東端に露場《ろじょう》を設置した。ちかい将来には、われわれも野戦に出て、すばやく露場を設置して、ただちに観測をはじめなければならない立場にあるのだ。

露場というのは、百葉箱や雨量計、携帯用風向・風速計などの観測器械をならべ、定時に気象観測をする場所である。

民間の気象台や測候所、また小学校の校庭の片すみなどに白いサクがめぐらされ、下方に

は芝生がはられ、白いお宮のような箱（百葉箱）がおかれてあるのを目にするが、一言でいえばあれである。

だが、野戦では芝生などあろうはずがない。

「まわりの雑草をぬいてきて、露場内に植えろ！」

教官の命令で、われわれは手あたりしだいに草をぬいてきて、地はだをかくす、これで地熱の反射をふせぐのだ。

観測器械にはすべて迷彩がほどこしてあった。青や茶や黄色などのペンキでまわりの地形や色彩にとけこむようにカモフラージュしてある。

話はだいぶさきのことになるが、昭和十七年二月のシンガポール攻略戦には、野戦気象第一大隊（隼九九七二武藤部隊）栂谷《とまや》内《うち》小隊が最前線に進出し、あれよあれよといううちに歩兵部隊の最前線よりも前方にでてしまい、弾丸飛雨のなかで露場を設置し、適確な観測を実施して航空隊や野砲に協力、四月十五日には第三飛行集団長より感状を受け、その後、上聞にもたっしたという。栂谷内少尉はその功により金鵄勲章まで受けている。

軍事訓練も、もちろん毎日のようにあった。下士官学生は戦争の専門家、こちらは上野駅でもバカにされた少年兵で、下士官について行くのがやっとだった。意地のわるい下士官からは、

「お前らなにしとる。それで戦《いく》さができるか！」

と、どやしつけられる。カンカン照りつける真夏の太陽の下、草いきれが鼻をつき、汗が

全身ににじみ出る。

一日の演習が終わると、ホッとする間もなく睡魔におそわれる毎日がつづいた。

演習半ばのある夜、吉羽軍曹がこんな話をしてくれる。

「お前たちのなかに、聞いた者がいるかもしれんが、この廠舎の厠《かわや》（便所）で二、三年前に一人の兵隊が首をつって自殺した。その兵隊は、摺上原で演習中、銃の〝サクジョウ〟という部品をなくしてしまったのだ。

班長にはブンなぐられるし、営倉には入れられるし、気のよわいその兵隊は、営倉から出された翌日の晩、あの厠のなかで首つり自殺をしてしまったのだ。

それいらい、毎晩、ギーッと便所の戸が開いて、なかから〝サクジョウ、サクジョウ〟とうらめしい男の声がするんだ……」

さあ大変である。まだ数え年十六、七の少年だったわれわれは、このお化け話にすっかりおじけづいてしまった。暗い松林のなかを通って、裸電球がボーッとかすんでいる厠へ行くことは、勇気のいることとなった。

千葉県出身の山下という男はある夜半、とてもがまんができなくなり起き上がったが、こわい便所まで行く勇気などとてもなく、途中の松の木の根っこに放尿したと思ったら、それが巡察中の週番下士官の足だった、というウソのような小事件が発生した。

しかも、その下士官がお化け話をした吉羽軍曹だったのだから、これは自業自得というべきか。

8 少年たちと白虎隊

東京の階段教室でもやったが、翁島の廠舎内でも無線の実習がつづけられた。実習というよりも総まとめといった方がいいかもしれない。

卒業して任地に配属されると、かならず観測が待っている。そのデータを軍気象中枢部へ、できるだけ早く送る手段は無線による。

・ー（イは伊藤）、・ー・ー（ロは路上歩行）、ー・・・（ハはハーモニカ）、ー・ー・（ニは入費増加）と、だれが考案したのか、イロハ順に電鍵《でんけん》をたたく・ー（トンツー）がはやくのみこめるように、このような語呂で教えられていた。

送信と受信がくり返される。

「電鍵は指さきだけで打つのではない。姿勢をただし、腕を水平にたもち、腕全体で打つのだ。これは習字に似通うものがある」

東京で最初の通信実習のはじめに、教官はこのように、通信の心を教えてくれた。

一ヵ月の演習も終わりにちかづいたある日の晩、一人ぼくは吉沢軍曹の部屋によばれた。

「一色、ないしょの話だが、きのうの夜おこなわれた成績検討会で、貴様が首席の候補に上がったぞ。まだ決定ではないが、卒業までがんばるんだな」

と親切に教えてくれた。ぼくはポッと頬の紅潮するのをおぼえた。学科だって、教練だって、ぼくより優れたヤツがたくさんいるはずだ。石川だってそうだし、村田、根岸、古川、あげていけばいくらもいる。

それなのに、どうしてぼくに白羽の矢が？　といぶかったが吉沢軍曹が親切に教えてくれたことには感謝せねばならないし、〈あとわずかの期間だ、よーし、がんばるんだ〉と自分にいい聞かせたのだった。

演習最後の日曜日には、トラック行軍で会津若松の飯盛山へ、白虎隊の戦跡めぐりに行くことになった。

陸軍気象部長・新妻雄《たけし》少将のお声がかりであったのだろう。

下士官学生のトラックが先行し、われわれ少年兵は三台のトラックに分乗して、その後を追った。

いまのように舗装されていない道路だから、四台のトラックは松林のなかを砂煙りを上げながら廠舎をあとに西に向かった。

途中、野口英世博士の生家を見学、博士のお姉さんがまだ健在で、いろいろ博士の思い出話をしてくれた。

お昼すこし前、湖畔の水泳場についた。「全員下車！」の号令で、われわれは一斉にトラックの側板から砂の上に飛びおりた。やわらかい砂の感触が軍靴の底からつたわってくる。

おだやかな猪苗代湖は、湖畔に白魚のようなさざなみを散らしている。ぼくは大きく深呼吸をした。湖面からあがる水気をおびた、さわやかな涼気が両肺にしみわたるようだ。

「いまから相撲をとる！」

三谷大尉の命令で、紅白にわかれての勝ち抜きがはじまった。軍靴をぬぎ、裸足になり、半裸にされたわれわれは、下士官学生のつくった円形の砂の土俵のまわりに腰をおろした。行司は吉羽軍曹である。

もともと痩身《そうしん》で、走ることにかけてはいささか自信があったが、腕力のないぼくは相撲は大のニガ手であった。

一方、茨城出身の根岸は柔道二段、がっちりした体格の持ち主で、もう四人も抜いている。こんどはぼくの番だが、勝負はとる前にきまっているようなものだった。だが、だれだってそうだが、強い者より弱い者に味方したいのが人情だ。

「一色、ガンバレヨ」

と、あちこちから声援が飛ぶが、どんな負けっぷりをするかを見るのが楽しみで、あざ笑っているようにも思える。カエルが牛にふんづけられるような負けっぷりだろうと、だれしも思ったにちがいない。

吉羽軍曹の軍配がかえった。負けて当たりまえだ、やれるだけやるんだと、必死に根岸に飛びかかった。

彼は油断していたのか、一瞬、上体が右へかたむいた。そこへぼくの右足が彼の右足のフクラハギにからみついた。砂浜の砂がズズとくずれるのが足のうらにも意識されたかと思う間もなく、彼の巨体がドッと砂の上に倒れた。「ワッ、やった」とばかり、まわりから拍手が起こった。

あとにもさきにも相撲で勝ったのは、これ一度きりである。もちろん、まぐれだ。砂浜の砂が味方してくれたのだ。

相撲が終わったので、すぐ出発かと思っていたら、黒眼鏡の三谷大尉が、

「いまから二時間、昼食と昼寝の時間とする。食事はそこの旅館に準備してあるから、食事をとったら、すぐ各班ごとに大休止しろ」

というありがたい指示がくだった。

演習中は一度だって、こんな昼寝の時間などはなかった。しかも、廠舎の板の上とはちがって旅館の畳の上ではないか。

現在では、そのあたりには多くのホテルが立ちならんで、すっかり観光地化されたが、当時はまだ二、三軒の木造二階建ての旅館があるていどで、ひなびた湖畔の休憩所といった感じのところであった。

開けはなたれた二階の窓には、すずしい湖上の風がここちよく吹きぬけている。一ヵ月にわたる演習の疲れがいちどにでたように、われわれは一時間ほどの午睡《ごすい》を満喫したのであった。

午後二時ごろ、十六橋に着く。ここは白虎隊が追いすがる官軍にたいし、最後の決戦をいどみ、多くの戦死者を出したところだ。われわれと同年輩の少年たちが、雨にうたれ、疲れ

はてた身体をひきずりながら、主君の最期を見とどけようと退却中、官軍が追い討ちをかけたところと聞く。

ぼくもかつて小学校六年の運動会に、白虎隊の演技をしたことを思い出す。

〽霰《あられ》の如く乱れくる

敵の弾丸身に受けて

命を塵《ちり》と戦いし

三十七の勇少年……

オルガンのメロディーに合わせ、ハカマをつけてハチマキをしめた少年たちは、ふところに紅白の紙吹雪をしのばせ、最後の場面で、この紙吹雪をパッとまき散らすという演出だった。

空には万国旗がはためき、校舎の二階の窓には父兄が鈴なりで拍手を送ってくれたっけ……。

だが、飯盛山の松籟《しょうらい》は、やはり悲しげだった。

立ちならぶ白虎隊の墓前には、くすぶるように線香が立ちのぼり、松林の枝にうすれてゆく。

案内人から、くわしく白虎隊についての説明があった。ぼくの目からは感激の涙が頬をつたう。もし、このような状況になったとき、はたしておれは腹が切れるであろうか？　とうていできまい——自問自答する。

戦友たちのなかには、やはりおなじ思いにかられたのか、泣いているヤツさえいる。われわれはさざえ堂、白虎隊自刃の場、隊員が渡ってきた用水路のトンネルなどを手ぬぐいで涙をふきふき見学した。

その夕方、みなはふたたび廠舎にもどった。とにかく悲喜こもごもの一日であった。

9　サバの悲喜劇

八月三十一日、一ヵ月にわたる演習が終了し、なつかしの東京へ帰ることになった。その前日、名古屋の両親へかんたんなハガキをだした。

『いよいよ演習も終わりました。明日、東京へ帰ります。相変わらずはりきっていますから、ご安心を。外地勤務を希望していますが、任地の発表は東京へ帰ってからです。いずれまた東京から……』

三十一日、いよいよ翁島を発ち、磐越東線から常磐線を南下し、一路東京へ向かうのかと思っていたら、車中、三谷大尉から、

「長い間の演習、ご苦労であった。水戸で途中下車し、旅館で一泊。明日、水戸の見学をすることにする」

と、またまたうれしい指示である。班長が嬉々として、

「ハイッ、わかりました！」

――われわれは、おたがいの身体を小指でつつきあった。

軍隊とは、苦しいことばかりではなかった。きびしい訓練だから、苦しくないといったらウソになるが、苦しいなかにも、こうした楽しみもあったのだ。このように、隊員の人心をうまく収攬《らん》するのが指揮官に必要な素質ではなかろうか。

三谷大尉はその後、昭和十六年七月七日に臨時動員が下令され、第二十五野戦気象隊（岡一一〇五三、三谷部隊）を編成、八月四日サイゴンに上陸、太平洋戦争を目前にした南方に展開した。

そして開戦後は、南方総軍の隷下《れい》に入り、タイ、ビルマ、仏印の気象作戦業務を担当していたが、昭和十八年一月二十六日、飛行機で前線視察中にジャングルへ墜落、殉職された。

あの温顔はいまだにわすれられない。

夕方はやく水戸に着いたわれわれは班ごとにわかれ、数軒の旅館に分宿した。いつかの猪苗代湖の旅館とは、くらべものにならないりっぱな旅館だ。玄関を入ると、すぐ二階に通ずるひろい階段があった。階段のわきには大きな羽根をひろげたタカの剝製《はく》が、まるで生きているようにするどい眼をかがやかせていた。

大勢の女中さんが二階までおぜんをはこんでくれた。ひさしぶりの浴衣は、すこし大き目だったが、のりの香りがプンと鼻をついて、シャバの日々が思い出された。〝カネの茶ワンにタケのハシ〟とはちがって、瀬戸物の茶わんに竹のはし、食いざかりの少年たちは、にぎやかに夕食を楽しんだ。

そこにサバのミソ煮があったが、このサバがぼくの成績に大きく関与するとは思いもよらなかった。

その夜、猛烈な腹痛と下痢《げり》、全身のカユミをおぼえ、翌朝はぼくひとり水戸の見学もおあずけとなり、鈴木要につきそわれて東京へ帰され、陸軍気象部の医務室で、軍医の診断を受けるハメになった。

軍医の診断によると、サバによるジンマシンらしいという。

「貴様、よくしんぼうできたな。全身、真っ赤だ。今日からとうぶん、練兵休だ」

と宣告されて一瞬、目の前は真っ暗になった。

〈くそっ、サバのやつ！〉

軍隊で病気になって休むということは、成績に大きくひびく、吉沢軍曹がないしょで教えてくれた首席の座は、これでおろされてしまうことになるだろう。

その夜からぼくは大橋軍曹の好意で、軍曹たちの借りていた一軒家の二階で布団を頭からかぶっての闘病生活に入った。

〈卒業式は九月八日、当日に任地発表、十五日までには任地に到着せねばならないのだ〉

と心はあせるがどうにもならない。

二日目の夜にはさらに病状が悪化し、二階の六畳間をのたうちまわったそうだ。というのも、ぼく自身は意識不明であったから、あとで吉沢軍曹からすべてを知らされたのだった。

吉沢軍曹はぼくが苦しんで、部屋のなかをのたうちまわっているのを見て心配になり、いそいで陸軍気象部にかけつけ、ぼくの名古屋の住所ちかくの電話所有者をしらべ、電話することにしたのだった。

当時は電話をもつ者はごくまれであったから、すぐにわかった。ぼくの住んでいた長屋のななめ向かいに服部洋服店というのがあり、そこに電話があった。

陸軍気象部からはすぐに長距離電話が申し込まれ、オフクロを呼び出すことにした。いまのように全国どこへでも自動で電話がかけられる時代ではなかったから、そうとうすったもんだがあってやっと通じた。服部さんが、

「東京の陸軍気象部というところから電話ですよ」

と知らせてくれたが、どうしたことか電話は切れてしまっていた。その日の昼ごろ、猪苗代湖から出された元気なハガキがとどいたばかりだったから、オヤジとオフクロは、これはただごとではないと直感したらしい。

〈いったいどうしたのだろう、なにかの事故でケガでも〉

と二人は不安の夜をすごした。

一方、吉沢軍曹は、電話が切れてしまったので、こんどは電報を打った。

『スグ　ジョウキョウサレタシ　リクグン　キショウブ』

電報は夜九時ごろ、両親の手もとにとどけられた。長距離電話につづいての電報である。オヤジとオフクロは転倒せんばかりにおどろいた。取るものもとりあえず、名古屋駅にか

けつけ、最終の夜行列車に飛びのった。

車中、二人はなにがなんだかわからぬが、不吉な予感におびやかされ、

〈事故かなにかでセガレは死んだのではないか〉

〈白木の箱をかかえて帰ることになるかも……〉

と車中の九時間を泣きつづけたそうだ。

そのころぼくは、夜半ごろから小康状態になり、朝方にはかなり元気をとりもどし、オヤジとオフクロがおそるおそる階段をのぼって顔をあらわしたときには、床の上に身を起こし、笑みさえうかべるほどになっていた。両親はホッとして、へなへなと畳の上にすわりこんだ——という一幕があって、ようやく悲喜劇にピリオドがうたれたのであった。

この事件がきっかけで、吉沢軍曹とぼくの姉は、そのご結婚することになる。〝縁は異なもの〟というが、ぼくの病気が「出雲の神」になろうとは……。

10　泣き虫兵隊の出征

ぼくの病気は急速に回復し、オヤジは一人きりで留守番をしている姉のこともあり、その日の夜行で帰っていったが、オフクロはせっかくはじめて東京へきたのだからと、西荻窪の西村宗一先生宅へお礼をのべに行ったり、下宿の洗濯バアさんの案内で宮城二重橋や靖国神

社などを見物参拝し、二、三日後に安心しきって名古屋へ帰っていった。

そうこうするうち九月八日、第一回気象技術要員の卒業式が行なわれ、村田佐海が首席で卒業した。ぼくは練兵休がたたって首席の座を村田にうばわれたが、五名の優等生のうちにはえらばれていた。

しかもこの五名のうち、外地勤務はぼく一人で、任地は満州・新京の八三九八部隊と発表された。

当時、外地勤務となると、文官でも護身用に刀と拳銃の携行がゆるされていた。軍刀はそのころの若者にとってはアコガレのまとだったから、だれしも外地勤務を希望したものである。

話はすこしそれるが、ぼくが中学四年のとき、同級の杉田総一は陸士と海兵を受験したが、両方ともに合格し、愛知新聞に写真入りで掲載されたものである。

その彼は陸士をすてて海兵にすすみ、夏休みには短剣をつって母校を訪問した。そして、

「この短剣も、この蛇腹のついた軍服も、みんな陛下からいただいたものだ」

と真剣な面もちで説明したものだった。

彼が学校から帰るときなど、ぼくたちは〝金魚のフン〟みたいにぞろぞろと彼のあとにつづいた。それほど刀にたいしてあこがれをもち、刀は武士の魂と信じていたのだ。

彼はその後、霞ヶ浦航空隊の教官になり、あとで思えば真珠湾攻撃のための演習中であったろう、大分県国東半島上空で空中接触のため愛機が墜落、はなばなしい真珠湾での実戦を

またずして、尊い青春を大空に散らしてしまった。昭和十六年の春のことだった。

ぼくはあこがれの外地勤務がきまったので、その日のうちにハガキで名古屋の両親にそのむねを知らせた。

そして文官服や長靴、それにかんじんの軍刀は、ちかくの軍装屋に注文したりして、あわただしい数日をすごした。軍刀は『備前正幸』の銘入りであった。

新京八三九八部隊というのは、正式名は『第二気象連隊』で、連隊長は諫武《いさたけ》鹿夫大佐であった。

満州へむかう一行はぼくが引率者で、二十名がえらばれた。愛知県岡崎出身の山本好夫は、ぼくよりも三つ年上の二十歳でひげ面の男だったし、仙台出身の佐藤百二もやはり十九歳といったぐあいで、ほとんどの者がぼくより年長者だった。

軍隊というところはおもしろいもので、年齢や学歴は無視され、軍隊での経歴と成績がよほどのミスのないかぎり一生ついてまわるところだ。

三ヵ月間、富城館で同室だった鈴木要は、北支の北京へ行くことになった。

九月十一日の夕、ぼくたち外地勤務者はそれぞれ軍装に身をかため、東京駅を出発することになった。

なにぶんにも、はじめての少年気象兵の出征ということで、部長の新妻少将をはじめ、大勢の教官や内地勤務となった戦友が東京駅のホームで見送ってくれた。

なかには寄せ書きの日の丸を肩にした者も数名いた。小島靖男は東京護国寺の出身で、ぼくとおなじ満州行きの一人だったが、父親の顔があらわれたとたんにシクシク泣き出した。それを見た親父がガミガミと怒っている。

そういえば山中進も、名古屋駅を夜中に通過したさい、両親の見送りをうけて両親ともども泣きじゃくっていた。

ぼくにも両親の見送りがあったが、引率者という責任を感じていたのか、むしろ楽しい旅に出るようなすがすがしさを感じ、両親も笑顔で見送ってくれた。

関釜《かんぷ》連絡船で対馬海峡をわたって釜山に着くと、さすがに大陸といった感じだ。

汽車は広軌で客車内はゆったりとしているし、また乗っている民族も複数だ。大部分は日本人であるが、なかには朝鮮服の人、満州服もまじっている。それだけに車中にはいろんな言葉がとびかい、そのにぎやかなこと。

これら日本人のなかには、いわゆる「満州ゴロ」とか「大陸ゴロ」といわれた日本人もいた。内地で食いつめたり、大陸で一旗上げようといった、いまでいう右翼まがいの日本人が、ぞくぞく大陸にわたった時代だったのだ。車中でもハオリ、カハマに木刀を手にした青年がちかづいてきて、われわれ少年兵に話しかけてきたりした。

北支行きの鈴木要とは奉天で別れた。

「おたがい身体に気をつけようや。しっかりやれよ」

と手をにぎり合った。鈴木と別れた奉天からは連京線（大連～新京間）である。二、三時間もたったろうか、憲兵の腕章をつけた上等兵につきそわれた車掌が、

「進行方向左側の窓格子をぜんぶおろしてください」

といって、各車両をふれ歩いた。

〈いったい、なにごとだろう。昼間だというのに……〉

といぶかっていると、

「なんでも、いま軍事施設を工事中ということです。たぶん要塞でしょう」

と日本人乗客の一人が教えてくれた。なんとなく戦地らしい雰囲気に身のしまる思いがする。

こうして東京から丸四日間の汽車の旅をつづけ、九月十五日の夜、任地の新京に着いた。新京駅には沢三松技手その他が出迎えていてくれた。沢技手は、われわれより一足先に新京にきていたのだ。

ホームに降りたつと、九月とはいえ大陸の冷気が身にしみる。と、大佐の肩章を外套につけた軍人が二人の女の子をつれて出迎えにきた。あとでわかったのだが、岩田育左右の義父だった。

宿舎はレンガ造りの二階建てで、一階は中国人の店が数軒ならび、二階には六畳間が二列にならんだ〝満日会館〟という、いまでいうアパートであった。

ぼくは、千葉県木更津出身の岩田育左右と同室になった。彼は剣道がとくいで、当時、二段の腕前だった。

おなじ部屋で起居をともにしているうちに、彼は数奇な自分の運命を打ち明け、同情したぼくはその日から心をゆるす親友となり、現在でも交友がつづいている。

満日会館で一夜を明かしたわれわれは、沢技手の案内で部隊へ申告に出かけた。

「申告いたします。一色以下二十名は、本日、八三九八部隊に到着いたしました。終わりッ」

部隊長の諌武大佐は小柄でチョボひげを生やしている。その後方には副官の園部四郎中尉がひかえていた。

部隊は新京の南東のはずれ、南嶺の丘の上にある白亜の中央観象台に間借りしていた。中央観象台は、日本の中央気象台（現在の気象庁）に当たる満州政府の官庁で、のちに作家となった新田次郎さんが、本名の藤原寛人として勤務していた。

そのすぐ北の広大な原野に、赤レンガの庁舎と兵営が突貫工事でつくられていて、それが、われわれの入る八三九八部隊の本部と兵営であることを園部副官から聞かされた。

南嶺といえば、昭和六年、中国軍兵舎を奇襲し、三十八名の戦死者を出し、『あゝ南嶺三十八勇士』という悲壮な映画にもなった場所である。

この映画は、ぼくが小学五、六年のころのもので、名古屋の今池館という小さな映画館で見たとき、感きわまって大声で泣き出し、まわりの人たちをおどろかせたことがあるだけによくおぼえていた。

盟邦満州建国の歴史は薫る戦跡に
旭日を受けて燦然と菊の御紋章輝くは

関東軍が誇りなる嗚呼光栄の我が部隊

これは「第二気象連隊隊歌」の最初の一節であるが、一行目「歴史は薫る戦跡に」はこの南嶺をさしているのである。

当時の関東軍司令官は植田謙吉大将であるが、ついにその齢まで独身で通してきた将軍で、〝童貞将軍〟として有名であった。

将軍はノモンハン事件の停戦協定後、その責任を問われ、予備役に編入されて帰京したが、宮中への参内を固辞し、さっさと郷里へ引き揚げたという悲劇の将軍でもあった。

11　赤い夕日のハイラルで

大陸の九月はもう初冬であったが、空に浮かんでいる積雲が、日本内地のそれとは、くらべものにならないほど大きいのが印象的であった。

ある晴れた昼さがり、観象台の芝生にあお向けになったわれわれに、近藤石象陸軍技師（のちに陸軍技術少佐・白城子風船爆弾部隊長）が、

「大陸はゆったりして、なんでもスケールが大きいんだ。あの雲を見ろ！」

といって指さした雲は、ゆうゆうせまらぬ威厳をもって、ゆったりと北西風に乗っていた。

建設中だった連隊本部がいよいよ完成し、われわれはその二階にある観測班、予報班、統

計班、通信班などに配属され、わずか四ヵ月間の速成教育ではあったが、その教育の成果を発揮することになった。ぼくは予報班に配属された。

着いてまだ二月《ふた》もたたない十一月、ぼくと岩田は、海拉爾《ハイラル》における一ヵ月にわたる演習に参加することを命ぜられた。

満州の原野は、想像を絶する広さである。朝、ハルビン駅で見送った列車の煙は、夕方になっても、はるか北西の原野に見える——これは列車がおそいことをいっているのではなく、それほど満州の原野は広いというたとえである。

「おい見ろよ、ウサギが飛んできたぞ」

岩田が白くくもった車窓のガラスをふきながら指さす。見ると、ウサギだけではない。二、三羽のキジが地面すれすれに、走る列車に向かって飛んでくる。汽車の窓から投げすてる弁当や、果物のクズをあさりにくるのだ。浜州線（ハルビン～満州里間）の鉄路は、ウサギやキジのかっこうの餌場になっていたわけだ。

汽車はハルビンから北西、満ソ国境の満州里に向かってひたはしりに走った。やがて、〝萬目百里、雪白く〟の大雪原にはいった。

少年気象兵はぼくと岩田のほか、通信の渡辺がいっしょだった。彼は中野無線学校出身のオペレーターで、おやじが陸軍騎兵大佐とかで、あるときの天長節に代々木練兵場で御前馬術を行なったという自慢ばなしをした。

なんでも二頭の馬が、横から見るとまったく一頭に見えるよう、人馬ともに一糸乱れず、おなじ動作をするよう猛訓練をしたという話だ。

騎兵将校はおたがいの耳をヒモで結んでの猛訓練だから、最後には、耳たぶが血で染まったという内容だった。

一行は井上数馬軍曹以下数名の下士官と、十数名の気象兵がいっしょだった。彼らは航空や砲兵科から転科した現役の下士官、兵であった。将校は、指揮官として副官の園部中尉ただ一人であった。

園部中尉は温厚な学者タイプの将校で、陸士を優秀な成績で卒業すると、弘前《ひろさき》の砲兵連隊で見習士官を一年つとめ、少尉任官後に陸軍気象部の将校学生をへて、第二気象連隊が新京に創設されると同時に、副官として着任したという。

「弘前にしろ、新京にしろ、北ばかりにトバされるんだ」

といって、「多恨の我は北に飛ぶ……」という陸軍士官学校の秘密軍歌をよく口ずさんでいた。

ところで、今回のこの演習がいかなる目的で、どんな内容をもつ演習であるのかは、われわれにはまったく知らされていなかった。ただ、目的地はハイラルということと、一ヵ月にわたる演習であることだけが知らされていた。

地図を見るとハイラルは満ソ国境の満州里のすぐ南東にある街で、その西方にはホロンバイルの高原がひろがっていた。

新京を出発する前日、防寒帽、防寒外套、防寒長靴、防寒頭巾《ずきん》、防寒手套など、すべてを身につけたら、ぼくの身体はいったいどうなるかとおどろくほどの防寒具が支給されたから、これはひどく極寒の地へつれて行かれるのだと直感し、楽しみとおそろしさが相半ばしていた。

チチハルをすぎるころから、大草原のかなたに山脈が見えはじめ、雪原の様相もけわしくなってきた。大興安嶺である。興安嶺といえば、かつて中村震太郎大尉が万斛《ばんこく》の涙をのんで土匪《どひ》に殺害された地である。

「義勇奉公、四つの文字、胸に抱きて……行く手は暗し興安嶺」中学時代によく軍歌演習で唄ったのを思い出す。事件の突発は昭和六年六月二十七日のことであった。そして、これが満州事変の引き金になったともいわれている。

札蘭屯《ジャラント》、博克図《ブハト》、牙克石《ヤケシ》街と大興安嶺の山間の駅々はさむざむとした小駅で、汽車が下りになるとふたたび白雪の地平線が行く手にひろがった。

「全員、防寒具をつけろ、外は零下二十度以下だ。へたに金属を素手でさわると、手の皮がはがれるぞ!」

いよいよハイラルがちかづいたのだ。号令にしたがって防寒具をつけ終わると、まもなく列車はハイラルに到着した。黒味をおびた赤い夕日が沈むころだった。

ホームに降り立つと、さすが厳冬の北満である。白くはく息が紅潮した頬をつたって、マユ毛にまたたく間に凍りつく。鼻孔のおくにズキンと痛みのようなものを感じる。口で呼吸をすれば歯ぐきに零下二十度の空気の微粒子が、ちょうど歯医者が抜歯するときのような痛みをあたえる。

「寒いんだなあ」

という一声も出せない。

駅を出て市街にはいると、灰色の街中を満州人の馬車が大きなドラム缶をひいてやってくる。水のすくないここでは、水を売り歩いているのだ。

ドラム缶の上部においた口からは、馬車がゆれるたびに水がはねるが、瞬時に凍りついて氷の華となる。馬の尻尾にも氷の粒がへばりついている。想像はしていたがこの寒さ、寒さというより痛さである。

その夜はこのハイラルの日本人旅館に一泊、長旅のよごれを温かい風呂で流した。

翌朝、大きな梱包がとかれ、見なれない物が一人ひとりに支給された。それは防毒面であった。

〈ハハア、これで読めたぞ、さては毒ガスに関係のある演習だな〉ぼくと岩田は無言で顔を見あわせた。

12　これは毒ガス演習だ！

トラックの上乗りは、ながめこそよいが、寒気が防寒帽の垂れのすきまからぬけ、ほおの前面にまでしのびこむ。風のないのがせめてものすくいだ。

シベリヤの高気圧がバイカル湖付近に蟠踞《ばんきょ》し、安定した晴天を持続させているのだろう。観測器械、通信器械を入れた木箱は、縄でしっかりと梱包され、トラックの側板の上方にたっするまで積み上げられ、そのすきまにぼくと岩田はトラックの進行と逆方向に、寒気の流れをさけながらうずくまった。

トラックは時速三十キロほどの徐行運転だが、前後輪のチェーンが連続音を発して、かなり速く走っているように感じられる。

街といっても、夏の放牧民の根拠地で産業のないこの街は、関東軍の兵力増強によってやや活気をたもっているていどだから、車はたちまち郊外に出てしまう。

やがて目前に、白皚々《がいがい》の大雪原が現われた。

三台のトラックは一列縦隊で、小丘陵の谷間をひたすらすすむ。どこを走っても道といえば道だが、先頭車両に現地部隊の兵が乗りこみ、助手台で道案内をつとめているから、あとの二台はそれにしたがって行けばよい。

遠くの小山の上に下層雲の列があった。雲のすきまから、異様な光束が雪原に反射すると、その光がふたたび空に舞い上がり、雲底にあやしげな色彩をあたえた。見たこともない光学現象だ。

突然、車がとまった。小休止だ。

「降りろ！」

先行の二台から降りた兵たちは、すぐに足ぶみをはじめている。

それにしても、上乗りを一時間以上もつづけることはむりだ。ぼくたち二人は助手席の二人と交替し、やっと寒さから解放された。

二度目の上乗りが終わるころだから、ハイラルを発ってから三時間はすぎたろう。前方に点々と黒い三角形が見えはじめた。オロチョン族の集落であろうか。小高い稜線の下の雪原である。

近づくにしたがって、それが八錘形の天幕の大群であり、われわれの一ヵ月にわたる演習のための幕舎であることがわかった。そのかず数十。一大駐屯地の出現である。

われわれ気象隊には二つの天幕が割り当てられていた。さっそく荷物おろしがはじまった。

「手套は絶対にとるな。いちおう、天幕のまわりにおろせ！」

防寒外套だけはとったが、重い防寒長靴は足をとらえて、機敏な動作をゆるさない。

八錘形の天幕の中央には、鉄製のダルマストーブがあり、それを中心に八角形に張られている。これこそ対ソ戦目的のために関東軍が開発した極寒地用のテントである。

すぐさまストーブに火が入れられた。燃料は、マキと石炭である。テントの頂上からは黒ぐろとした石灰の煙がはき出される。煙突とテントの布地の間には、石綿製の白い円形部分がある。

テントの外へ出て見ると、どの天幕にも火入れがはじまっていた。黒い煙に白い真綿のような煙がからみつくように、静かに立ち上るテント村である。テントのまわりは、出入口だけをのぞいて、かき集めた雪がテントの布と地面とのすきまをうめるよう、テントの高さの三分の一くらいまでうず高くもられている。
こうしていよいよ明日から、一ヵ月におよぶ極寒地のガス演習がはじまろうとしていた。
地点はホロンバイル高原の東端、ちかくにハルハ河の支流が流れ、その水がわれわれの水源となっている。
それは翌十四年五月から九月の五ヵ月もの間、日ソ両軍が死闘をくりひろげた、かのノモンハン事件が起こるとは想像もつかない、平和な大雪原であった。
第二気象連隊の隊歌に、
〽ホロンバイルの高原に
妖雪空を蔽《おお》う時
降魔の剣　振りかざし
樹《た》てし武勲の数々に……
とあるのは、ノモンハン事件のとき野戦気象隊が、航空隊や砲兵に協力し、王爺廟で不時着をしたソ連機を捕獲するなど、数かずの武勲を歌ったものである。
大雪原に真っ赤な夕日が沈むころ、
「炊事班へ食事をとりにこい！」
とスピーカーから、ドス黒い声が流れた。
ぼくと岩田はすばやく両手にバケツを二つずつ持って飛び出した。あらかじめ炊事天幕、厠天幕、衛生隊天幕など、特殊な天幕の位置をしめしたガリ版ずりのプリントが各天幕に配布されていたので、すぐにそれとわかった。

降雪量は三十センチほどだし、雪質がザラメのようにさらさらしてかたいから、走ってもすべる心配はない。

先着の兵隊の後方に列をつくると、びっくりしたように話しかけてくる。

「なんだお前たち、少年兵か？」

「ごくろうだな、こんな寒いところにまで引っぱり出されて……」

まるで弟にでも会ったような親しみをみせる。

炊事天幕の内部はかなり広く、炊事のぬくもりが天幕のすきまから白い蒸気となってあたりにただよい、列をつくった兵隊たちの一団の上にまでひろがって、そんな会話をかわすゆとりもできた。

炊事軍曹が大きな〝メシッペラ〟をふりまわしながら、一等兵にどなっている。

「斧でたたき割れ！」

見ると、月桂冠の四斗ダルだ。

「岩田！　酒まで凍っているぞ。アルコールの氷結点は零下三十二度だったかな？……寒いんだなあ」

つい職業意識がはたらく。

一等兵は、日ごろのウップンをこのときとばかり、力まかせにバンバンと斧を四斗樽にたたきつける。と、中から白と透明の入りまじった酒の氷があらわれる。

二人は酒の氷を一つのバケツに、一つには飯、一つには汁、最後の一つにはオカズを配給され、いそいで天幕に帰る。だが、帰る途中ですべては凍ってしまう。

天幕に帰りつくと、凍った夕食はもう一度、ストーブでとかさなければならない。

「なんじゃ、この氷は?」

「酒であります!」

「ほう、酒まで氷か? 北満の酒はかじって飲むものかのう」

酒ずきの山下伍長が、まっさきに飯盒《はんごう》をさし出す。ぼくと岩田は、ここでは配給係だ。一ヵ月の演習中、こうして毎日、氷の酒がくばられた。酒をのんで身体をあたためないことには、寒さのため寝つけないからだ。

テント内をアルコール温度計ではかって見ると、ストーブのちかくでプラス五度、テントのすみではマイナス十度であった。だから夜は、ストーブの方へ足をむけ、頭をテントのふちにし、放射状に横たわるのである。しかも、頭からすっぽり防寒外套をひっかぶる。温度差十五度では、〝頭寒足熱〟もいいところだ。

ストーブでとかした酒をのみ、ハルハ河の水でわかしたお湯のなかに凍った飯を入れ、汁をまぜ、ついでにオカズもつっこんで雑炊にして食べるのだ。

演習第一夜、テントのなかで園部中尉から、つぎのような演習内容が説明された。

「この演習は、毒ガス演習である。極寒地における毒ガスの効果を調査するのが主目的である。演習後、新京へ帰っても、絶対にその内容を口外してはならない。われわれ気象隊は、いかなる気象状態のときがもっとも効果を発揮するかを調査するのだ。寒さがきびしいから、各自、凍傷にかからぬように充分注意すること」

やっぱりそうだったのか、とぼくと岩田は頭を見合わせた。

北支の山西省では、催涙性のガスを使用して中国軍のトーチカを攻撃した、といううわさを聞いたことがある。日ソ開戦ともなればとうぜん、毒ガスの使用も考えられる。極寒地におけるガスの使用法は、関東軍にとって主要な課題となりつつあったのだろう。

13　お前のアゴは何じゃ？

東京の陸軍気象部での教育期間中に、

『毒ガスには液体のもの、気体のものの二種類がある。

液体のものとしてはイペリット、ルイサイトなどがあり、これは糜爛《びらん》性ガスといって、人体や動物の皮膚をくさらせてしまう効果があるから、敵の要塞やトーチカのまわりに、飛行機からまき散らす。これをガス雨下という。液体のものはひじょうに持続性が強い。

気体ガスにはホスゲン、ジホスゲンなどがあり、放射したり、ガス弾として擲《てき》弾筒や迫撃砲で敵の前線に撃ちこむ。催涙性や窒息性、クシャミ性などのガスである』

ていどのことは教わったが、明日からは見たこともない、これらのガスをつかった実戦さながらの演習が、遠くハイラルをはなれた奥地で行なわれることになったのだ。

まもなく不寝番の割り当てが発表された。不寝番といっても、人里はなれた奥地だから、スパイや賊の入る心配はまずない。

駐屯地のまわりには、つねに歩哨も巡回している。不寝番の役目は、もっぱらストーブの火を絶やさぬことにあった。二時間交替であった。

山下伍長から少年兵にだけ、防毒面の装着の指導が薄暗い裸電灯の下で行なわれた。すでに下士官、兵は熟知しているからだ。

ぼくはまえまえから〝花王石鹼〟というニックネームをちょうだいしているほど、アゴがつき出ている。左右対称ならまだしも、鏡に向かうと、向かって左の方にシャクレている。

「一色、おまえのアゴはナンジァイな。これでは、ガスがもれるぞ。なんとかせい！」

後頭部のベルトを力一ぱいしめつけながら、山下伍長は心配気だ。もっと心配なのは、ぼく自身だ。しめられると下アゴの歯列が上あごの歯の前列にくいこむ。

〝花王石鹼専用〟の防毒面を一つくらいつくっておいてくれてもよさそうなもの——と勝手なことを考えるが、

「軍靴は合わせるのではない。足を軍靴に合わせろ。軍服は身体に合わせるのではない。身体を軍服に合わせろ」

という軍隊では、そんなわがままはいっさい通用しない。

「貴様、しかたがない。もし、ガスがもれるようだったら、すぐに退避しろ！」

で、ケリがついた。消灯時刻の九時がきたが、消灯はしない。ストーブに石炭をくべなければならないからだ。

天幕の外に出ると、工兵隊が架設した何十本もの電柱に電灯がこうこうとかがやき、その光は雪面に反射して、不夜城が出現している。コツコツと歩哨が、その光の下に長い影をおとしながら巡回していた。

顔を上げて夜空に目をやると、目はすぐになれて、北極星が真上に輝き、北斗七星とカシオペアが北極星を中心に反対側に横たわっていた。

〈オトッツァンやオッカサンは元気かな〉

こんなときには、故郷を思い出すものだ。

14　決死の全力脱出

人間サマだけではない。伝書鳩や軍馬まで毒ガスの実験材料につかわれた。

演習初日は、テント村から数キロはなれた雪原で行なわれた。催涙性ガスの放射実験である。

毒ガス放射にもっとも効果的な気象条件は、

①地上五～十メートルの高さに気温の逆転層があること。
②つねに敵側に向かって風が吹くこと。つまり、風向不安定でないこと。
③風速三～五メートルくらいあること。
などである。

①の気温の逆転というのは、気温は高度とともに低くなるのがつねであるが、ある高度でぎゃくに温度が高くなることで、その高さのことを逆転層といっている。

冬の東京タワーに登ると、ある高度の下は排気ガスや煙でけむっているが、その上には晴れた青空が広がっているのを見ることがある。けむっている上限が逆転層である。ちょうどナベのフタで上空へ飛散しようとする排気ガスや煙を押しつけているような現象である。

雪原では、地上の雪で冷えきっているので、地面付近の気温が極端に降下し、五～十メートルのあたりに逆転層が出現する。

われわれ気象隊は、鉄のパイプをつなぎ合わせて七～八メートルの柱をつくり、その上に滑車をつけ、アスマンの通風寒暖計を滑車からおろした綱につけ、各高度の気温を測定する。これで、逆転層の存在と、その高度がわかる。

②のつねに敵側に風が吹くことは、いわずと知れたことだ。ガスを放射したところ、急に風向が変わり、味方の方にガスがぎゃくもどりしたのでは、味方のガスで味方がやられてしまう。

③の風速三～五メートルあること、というのは、できるだけはやく敵の前線にガスが到達

することが望ましい、ということだ。しかし六メートル以上の風速になると、ガスが飛散して効力がうすれてしまうからだ。

逆転層でふたをした地上五メートルくらいの高さの下を、なるべく濃厚なガスが、なるべくはやく敵地に到達することが、放射ガスの有効な使用法である。

気象隊は約二キロの数地点に展開、携帯風向・風速計で風の観測をし、有線電話で本部に報告する。

催涙性ガスは、高さ約二十センチ、直径約十センチの黒っぽい缶につめられていた。その缶が兵隊の手で約一キロの雪原にまっすぐ風向に直角にならべられた。

ならべ終わると、各缶の点火線に電線が張られ、中隊長の命令一下、電流が流れ一斉にガスがふき出るようになっている。

園部中尉はいま、ガス特殊部隊の中隊長と、後方の本部で打ち合わせ中だ。

われわれ少年兵は、重い防寒具に動作をさまたげられながらも、観測をつづける。

当日の気象状況は、
①地上六メートルに気温の逆点層あり。
②風向西、風速三メートル。
③気温マイナス十五度。
であった。前方、東の敵にたいし、ガス放射に適当と判断された。

ここで防毒面を装着した歩兵部隊が前方に移動した。軍馬も二頭、兵に手綱《たづな》をひかれて前方のクイにつながれた。カゴが二、三個運ばれてきた。伝書鳩のカゴだ。

観測を終了したわれわれにも、防毒面をつけて前に出ろという命令である。防寒帽をとったが、寒くない。マイナス十五度は寒地では暖かいほうなのだ。山下伍長に教わったとおり、一人で防毒面をつけたが、やはりアゴのあたりがおかしい。そこでぼくは、なるべく後からついていった。山下伍長の「ガスがもれたら、すぐ退避しろ」のことばを思い出しながらである。もちろん、いざとなったら逃げ出すつもりだ。

いよいよ準備完了となり、中隊長の号令一下、電鍵が押された。ぼくはガス缶の列に目をすえた。一瞬ののち、仕掛け花火のように一斉に点火線に炎がひらめくと、シュッシュッというぶきみな音が、防毒面を通し耳朶《じだ》をふるわせた。

炎が消えると同時に、真っ黒な煙が一キロにわたって一斉に立ち上がった。毒ガスだ。はじめて見る毒ガスだ。一秒たち二秒たつと、煙は怒涛のごとくせまってくる。その煙の先端がクモの巣のような細い白い糸に見えた。

瞬間、鼻をつく、するどい化学性のにおいがする。〈だめだ、もれたんだ〉——ぼくはガスの壁を破ろうと煙の流れに抗して必死に走った。涙が出る。鼻汁が出る。視界はゼロだ。ガス缶の列からはやく五十メートルをと目測しておいた地点へ突っぱしる。とにかく五十メートル走ればなんとか脱出できる。

と、急に視界がひらけた。やっとの思いで脱出したぼくは、大いそぎで防毒面をはずした。涙と鼻水で顔も防毒面もすっかりぬれていた。だが、はずしても涙はとまってくれない。涙のむこうに園部中尉が笑っている。

「やっぱりダメか、貴様のアゴは……」

涙をふきふきうしろをふり向くと、黒い煙の山が、ゴーゴーと音を立てるように東の空をおおっていた。

放射が終了し、ガスのかたまりが遠くの雪原に遠のいて安全が確認されるころ、二頭の軍馬と、鳩のカゴのちかくへ、中隊長以下の将校だけが移動した。

その夜、テントのなかで園部中尉は、

「人間さまが一番弱いな。馬やハトはなんの異状もなかった。だが、気象隊のなかには、逃げ出したヤツがいたな」

といって、ぼくの顔に軽蔑《けいべつ》のまなざしを向けたのにはクサった。

「オレがわるいんじゃないんだ。アゴがわるいんだ」

ともかく、この演習第一日の放射実験では、毒ガスのなかでも軍馬や伝書バトの使用が可能であること、日本軍の防毒面の優秀性が実証されたようだった。

15　何とふしぎな器械

この演習では、毒ガスの実験のほか、極寒地における日本兵の耐寒訓練が平行して行なわれた。

われわれ気象隊は、気象観測の定時には、テントを出て、露場で極寒の夜中観測もしなければならないが、観測が終わればテントにもどることができるし、観測時間もそれほど長時間ではない。

しかし、歩兵部隊では夜間行軍や塹壕内での各種訓練が行なわれたようだ。

気象隊のすぐとなりは衛生隊のテントだった。衛生隊のテントの中で〝リーン、リーン〟と電話のベルが鳴ると、われわれは動きや話をやめて、その電話の内容を盗み聞きするようになった。

「ハイラルへ後送しましたが、右足切断の凍傷であります」

「本日は五名の凍傷患者が出ました。天幕内で応急処置をしております」

このような内容の電話が、毎夜、聞きとれるようになったのだ。

実戦で凍傷にかかり、右足切断ならやむをえないであろうが、演習で、そのようなことになるとは、本人は泣くにも泣けないくやしさであろう。

ぼくは、この演習の翌年、関東軍からただひとり陸軍委託生として、当時の気象技術官養成所（現・気象大学校）に派遣され、三年の勉学後、昭和十七年五月、陸軍航技少尉に任官したが、その研究テーマの第一として、〝凍傷と気象の関係〟をえらんだものだ。あるいはこのときのショックが、研究意識を強く刺激したのかもしれない。

ある日のこと、迫撃砲によるガス弾射撃の演習が行なわれた。この日もよく晴れわたった日で、視程は十キロにもおよんだ。夜間にマイナス三十度に下がる日でも、高気圧の等圧線間隔がゆるむと、晴れた午後にはマイナス十五度となり、雪の反射で、太陽光は顔面にぬくもりを感じさせる。この日も、そんな日であった。

気象隊の露場は、小高い丘の上に設置されていた。ホロンバイルの高原は、見渡すかぎりの夏は草原、冬は雪原であるが、多少の高低はあり、気象隊はその一つの丘を露場ときめたのだった。

迫撃砲は、この丘から約二キロ南西地点に砲列をしいた二個中隊である。

迫撃砲によるガス弾は、くしゃみ性毒ガスの実験で、弾幕すなわちガスの拡散状態を調査するのが目的であり、弾片による被害も考慮され、演習に参加している者は全員、砲列の後方に押し下げられた。

迫撃砲といえば中国軍とくいの砲であり、弾丸の後尾にある羽根が音を発してぶきみに追いかけてくるのが目に見えると聞いていたので、はじめて見るぼくにとってはめずらしかった。

中隊長の射撃開始の命令と同時に、二個中隊約十門の迫撃砲が火をふきはじめた。

さすがに音響は大きいけれど、スポッスポッとラムネの玉をぬくようなコッケイな音だ。弾丸はシュルシュルと空気の密度の小さな隙間をえらんで飛んでいるようだ。

真横から見ると、弾道らしき曲線がそれとなく見えるが、弾丸そのものは見えない。いちばんちかくの砲の真うしろに立ってみると、見える見える、弾丸そのものがよく見える。

弾丸は二キロさきの雪原で炸裂し、雪と土ぼこりをまき散らし、黒い煙があたり一面に立ちのぼるのが、視程十キロの好天の下では、舞台の上で黒頭巾の男が舞っているかのような錯覚を起こさせる。おそろしいくしゃみ性毒ガスの正体だ。

スピードの出ない迫撃砲弾は、上層風に流されやすい。弾道がしだいに左へ移動しはじめたかと思うと、われわれの露場付近に落ちはじめた。

「これはいかん、砲撃が終わったら、すぐ見てこい！」

園部中尉は、露場が破壊されてしまっては、今日から観測ができなくなると心配気だ。

砲撃は五分ほどで終わったが、まだ煙は残っている。そのうち、

「もうよかバイ」

と井上軍曹が腰を上げた。われわれは大いそぎで一台のトラックに上乗りすると、露場に向かって一直線に車を飛ばした。

「オオカミってやつはな、一匹のメスを先頭にゾロゾロとオスが一列になってついて走るんだ。いちばんうしろのオスから撃ってゆけば、前のオスはメスに夢中だから気がつかない。そこで全部撃つことができる。先頭のメスを最初に撃ったら大変なことになる」

車上でおなじ少年兵の安倍が、知ったかぶりでオオカミの生態を説明する。

そうこうするうち、現場に着いてみておどろいた。風向・風速計の自記器のおおいは破片で打ち破られ、百葉箱の数ヵ所には弾片がつきささっており、かすかな硝煙のにおいまでただよっている。

硝煙の消えるのをまって露場内に入り、いちいち点検して見ると、風向・風速計はなるほどカバーは破れているが、内部の時計はコチコチ音を出しているし、自記器のペンも正常に動いているではないか。

百葉箱も木部は破損したが、なかの温度計には異状がない。最小限度の破損ですんだわけだ。

「百葉箱はしかたがない。このままで観測をつづけよう。しかし、風向・風速計のカバーだけは修理せんといかんな。ハイラルの街へもって行けば、鍛冶《かじ》屋ぐらいはあるだろう。それまでべつの風向・風速計を設置して、こいつは修理に出そう」

井上軍曹はそういって、みずからハイラル行きを宣言した。もう二十日間も雪中の離島生活で風呂にも入っていない。ハイラルへ出れば、風呂ぐらいはいる時間はとれそうだ。

翌日、井上軍曹はぼくと岩田をつれ、こわれた風向・風速計をトラックにつんでハイラルへ向かった。

街に着くと、すぐ鍛冶屋は見つかった。鍛冶屋ではなく、れっきとした日本人の修理工場だ。表には「関東軍御用達　田中鉄工所」と大きなカンバンが、ほかの満州人経営商店のカンバンを威圧していた。軍の車両、軍馬の蹄鉄《ていてつ》など、軍の仕事を一手に引き受けている工場のようだ。

なかに入ると、あるじの田中さんは意外にも三十歳くらいの青年で、お兄ちゃんといった感じだった。日本人の従業員も二、三人いるようだ。工作道具や蹄鉄が、壁面いっぱいに整頓しておかれている。

それにしても、こんなさいはての地に日本人が進出しているとは、じつにたのもしく思われた。井上軍曹がさっそく注文を出す。

「演習中に破損したので、このおおいだけ修理してくれ。当分はかわりがあるから、一週間後に取りにくる。よろしく……」

「ハイ、承知しました。これくらいの破損なら一週間もかかりませんよ。すぐなおしておきます」

若い田中さんはこころよく引き受け、工場内の床の上に、その風速計を横たえた。

北満の夜は比較的おそいが、キャンプまでは三時間の道のりである。軍曹は、

「すぐ引き返そう」

といった。二人は期待がはずれガッカリしたが、上官の命令にはしたがわねばならない。

たちまち一週間がたって、ハイラルへ修理品を引き取りに行くことになったが、こんどは山下伍長につれられて、安部と山田が出かけることになった。

夕方ちかく三人はなんと、こわれたままの風向・風速計を積んで帰ってきた。

「どげんしたとか」

九州弁で井上軍曹が聞くと、山下伍長はつぎのように説明した。

「二時ごろにハイラルに着いて、修理工場へ行くと、こわれたそのままの姿で工場の外にこれがおいてあるんです。なかへ入って、

『一週間たったから取りにきたんだが、いったいどうしたのか』

と聞くと、オヤジがいうには、

『この器械はふしぎな器械ですね。このまえ、みなさんが帰られてしばらくたったら、工場内の者全員がクシャミをはじめてとまらないんですよ。どうもおかしいですね。いままでこんなことはなかったんですが……。

原因はこの器械じゃないかと、外へ出したら、しばらくするとクシャミがとまる。翌日も修理しようと工場内へ入れると、たちまちクシャミがはじまるんです。二、三日それをくり返したんですが、いったい、これはなんの器械ですか？』

というわけで、修理ができないというんです。ガスが残っているんですね。まさか、毒ガス演習のことはいえませんので、しかたなく持って帰りました」

というわけだ。

この一件でも、いかに強力で、持続性に富んだガスかわかるであろう。

16 〝ガス雨下〟の大雪原

演習も後半にはいったある日、はじめて雪が降り出した。

日本内地とくに日本海側に降る雪は、降り出したらとめどもなく降るしめった雪であるが、北満のここホロンバイルの雪は、風のまにまにサーッと降ったかと思うと晴れ間が出て、いつ降ったのかと思わせるような驟雪《しゅうせつ》であった。

サラサラとして一つ一つが六角形の結晶そのままの雪である。防寒外套の腕を水平にのばし、そのうえに舞い下りた雪をよく見ると、肉眼でも六角形の雪がはっきりと見られるのである。

日本の雪は多くの雪の結晶が集まって、一つの雪片となって降るが、北満の雪は一つ一つ単体で降ることがわかった。

ハルハ河の支流での水くみも、われわれ少年兵の仕事の一つである。駐屯地は、この水源のすぐちかくの平原にあり、そう遠くはないが、雪の坂道を下らねばならない。坂を下りきった河岸に、直径約一メートルの円形に河の氷をブチぬいた、いわば共同井戸のような場所であった。

綱に結びつけたバケツを投げこんで、引っ張り上げて水をくむのである。氷の厚さは、約五十センチもあり、その下にハルハ河が大量の水を流していた。足をすべらせて、その穴に落ちたら最後、死体は永久に発見されないであろう。したがって、夜間の使用は一切禁じられていた。

また、これは夜中のことであるが、ぼくは不寝番の二時間、いつも石炭くべをしながら、残飯整理にはげんだものである。演習につかれグッスリ寝こんだところを、

「おい起きろ、交替の時間だぞ」

と小声で起こされるのはつらかったが、それでも残飯整理の楽しみがまっていた。ヤセのくせに食いざかりの歳のせいか、あんがい食欲だけは旺盛で、兵隊に負けずに食ったあげく、不寝番の時間を利用しての残飯整理である。

夜間の井戸水の利用は厳禁されていたので、雪をとかしての水つくりは時間がかかる。まず、テントの外に出て雪をひろい、雪を顔にこすりつけての洗面で眠む気をさまし、飯盒に雪をつめこめるだけつめてストーブの上にのせる。

ストーブの平板に落ちた雪がジュジューとここちよい音を立てる。

つめこめるだけつめこんだ雪も、水になると飯盒の四分の一くらいにしかならない。これのくり返しだから、冷え切った残飯の雑炊をつくるには一時間はかかる。

園部中尉は気象隊の指揮官であるから、責任上からか、ときおり寝たふりをして夜中に目をさましていたらしい。

幕舎を出たり入ったり、飯盒の音がしたりするのを、頭からかぶった防寒外套をはずして薄目で見ると、それがいつもぼくだったものだから、演習の終わりごろには、『ガツ、ガツ』という仇名をちょうだいしてしまった。意味はそのものズバリ、〝ガツガツ食べる〟というところで、色気もなにもあったものではない。

やはり演習の後半、飛行機によるガス雨下の実験が行なわれた。糜爛性のイペリットやルイサイトは液状だから、空から敵地にまき散らすのだ。

満ソ国境には、日ソ両軍が数多くのトーチカや要塞をきずいていた。大興安嶺では、中国人捕虜を強制労働させ、フランスのマジノ線にも匹敵する一大要塞を構築しているということも耳にしていた。

糜爛性の毒ガスは、このような要塞やトーチカの周囲に雨下させて、昔流でいえば、兵糧攻めにするわけだ。

このときの演習では、実物の液状毒ガスは使用されなかった。不測の事故で友軍に被害をあたえないためと、実物のガスは持続性が非常に強いからだ。

そのため実物の液状ガスのかわりに、真っ赤な染料をくわえた水が使用された。幅約五十センチ、長さ約二十メートルの赤い布を雪面に十字に交叉させ、それを目標のトーチカと想定し、その周囲に雨下することになった。

各高度からの散布状況と風向、風速などとの関係を調べるのが目的である。

ぼくと岩田は、その十字の布を目標地点に交叉させることを命ぜられ、トラックで運ばれた。トラックは二人をおろすと、まるで逃げるようにして演習地から立ち去った。

こうして大雪原に二人きり取り残された。トラックが雪原のかなたに去ると、ぼくは物音一つしない静寂の白銀の世界、遠い地平線をながめながら、一時はわれをわすれて立ちつくしていた。

と突然、遠くで爆音がした。われにかえって北の空を見ると、二機の複葉機がせまってくる。二人はあわてて布を開き、十字に交叉させた。交叉が終わったときには、すでに二機は頭上をかすめ飛んでいた。

〈しまった、おそかったか〉

二機は、しばらくすると反転し、こんどは目標を確認したらしい。機尾からサーッと赤いものが尾をひいて落下した。

二本の赤い線は、目標の十字をはさんで、純白な雪を真っ赤に染めていった。二人は思わず、

「バンザーイ！」

と両手を高くあげてさけんでいた。だれにも見せたくない、だれにも知らせたくない、美しい珠玉を見た思いがしたのだった。

17　ホロンバイルをあとに

ホロンバイルでの一ヵ月の演習も、いよいよ今日で終わりだ。

たった一ヵ月ではあったが、天幕の支柱にも、ストーブの煙突にも愛着がのこった。この一ヵ月の間、よく極寒からわれわれを守ってくれた。これらすべての物が、この日かぎりで取りこわされることになった。

ストーブは、一ヵ月間ずっと燃やしつづけたので、ボロボロになっていた。かわいそうだがすててゆくことにした。観測器材や通信器などは、木箱に入れて縄でかたく梱包する。

午前十時の最終観測では、快晴、静穏、気温零下二十度であったから、いまごろは零下十五度くらいには上がっていよう。防寒帽の垂れを上げても平気だ。

ぼくは軍手をはずしたくなった。軍手ではなかなか縄が結べないからだ。〝軍手は絶対とるな〟といわれていたが、ほんの二、三分、縄をとくために軍手をはずしたのがわるかったらしい。

やがてトラックは、積み込まれた荷物の間にわれわれを上乗りさせて、一ヵ月まえにきた雪道をハイラルに向けて出発した。

「お正月はどうやら新京でむかえられるぞ。長いと思った一ヵ月も、あっという間にすぎてしまったな」

「それにしても、あのガス雨下は美しかったな」

おれと岩田は、ボソボソ話をはじめた。

〈おかしいぞ〉

——トラックにゆられて一時間もたったころ、ぼくは左手の薬指のあたりにキリでさされるような痛みを感じた。

〈やられたのかな、さっき二、三分、軍手をはずしたのがわるかったのかな〉

痛みは、しだいにはげしくなったが、防寒手套をとることはできない。もし凍傷だったら、この寒風にさらせば、もっとひどくなるはずだ。

ハイラルまであと二時間だ。がまんしよう。トラックがゆれるたびに痛みははげしくなるようだ。野球のミットのような右手の防寒手套を左手にかさねた。

「岩田、どうも凍傷らしい。左手の薬指がすごく痛むんだ」

ぼくは泣きだしそうな顔でいった。

長い三時間のトラック行軍が終わり、ついにハイラルに着いた。

旅館につくと、ぼくはすぐ軍手をはずして左手を見た。薬指がロウソクのように真っ白だった。それがズキンズキンと痛む。明らかに凍傷だ。薬指は切断か？　ぼくはあの二、三分のゆだんを心から後悔した。

「すぐ軍医のところへ行け」

といわれて、一階の小部屋に軍医をおとずれた。

「凍傷だ。だが、まだ初期だから、すぐ雪で冷やせ。血の気の出るまで、雪でこするんだ」

と軍医は、たいしたことはないんだという顔をした。これで一安心。どうやら、切断はまぬがれたようだ。

その夜、おそくまで岩田の手をかりて、雪をひろってきてはけんめいに指をこすると、軍医のいったとおり、じょじょに血の気が出て、痛みもとれてきた。

ほんの二、三分、素手を空気にさらしただけで、このような始末。歩兵部隊の兵が何人か足を切断したのもうなずける。

しかし、その後、ぼくの左薬指は数年にわたって、冬になると痛みをおぼえた。

ハイラルで一泊。いよいよ、新京へと思っていたところ、『一面坡で十五日間の演習がある。気象隊はこの演習にも参加することになったので、直行する』との指示があったとか。

あーあ、これで新京での正月はついにおあずけだ。

一行がハルビンに近づいたころ、

「この南に平房というところがあるが、そこの石井部隊では、おれたちのやったガスどころではないぞ。細菌戦を準備しとる。中国軍の捕虜をつかって実験しとるそうだ」

と、ある下士官が話しているのを耳にした（森村誠一著『悪魔の飽食』の事実は、すでに五十年もまえに、われわれ少年兵にまでうわさとしては知らされていたのだ）。

ハルビンからは列車の前後に装甲車が連結され、軍用犬をつれた独立守備隊の兵士が、車中を行き来した。当時、東満の山岳地帯には、馬賊と称する反日分子が跳梁していたからだ。

一面坡での演習もガス演習であったが、あの美しいガス雨下はもう見られなかった。

昭和十四年一月半ば、演習を終えて新京に帰ったぼくを待っていたのは、『陸軍依託生として気象技術官養成所（現在の気象大学校）に出向を命ず』の辞令であった。

〽揚ぐる気球の紅に
　血潮の燃ゆる戦友の
　打つ電鍵の響きには
　我が魂の叫びあり……

多くの戦友の高唱する隊歌に送られ、新京駅を発ち東京に向かったのは、昭和十四年三月はじめであった。

18　文官服とサーベル

途中、名古屋の両親のもとで一夜を明かした私は、新婚ホヤホヤの姉夫妻の住む杉並区大和町のささやかな住まいに着いた。

そこで聞いたのは、陸軍気象部内で選衡《せんこう》試験が行なわれるということだった。われわれ一期生につづいて、九月から十二月の間に二期生、翌年一月から三月までに三期生と、ぞくぞくと気象技術要員が生まれ、そのなかから三十名がえらばれて、うち五名が陸軍依託生として、気象技術官養成所に派遣されるという事実だった。

内地勤務の戦友たちは、はやくから陸軍依託生試験制度実施のうわさを聞き、受験勉強をしていたとのこと。一方、ぼくは満州にあって各種の演習にかり出され、たとえそのうわさを耳にしたとしても、とうてい受験勉強などできうるはずはなかった。

しかも、上京した翌日が、その選衡試験日であったのだ。

「一晩でもよいから、英米語の復習をしろ」

と、真壁曹長からいわれたが、すでにサイは投げられたも同然であった。

結果は三十名中、五番というすれすれでなんとか合格し、不安と落胆のふちから解放されたが、これがもし不合格であったなら、どういうことになったのかと、背すじに冷たいものを感じたのだった。

選衡試験に合格した第一回陸軍依託生は古川恒郎（一回生）、磯村隆（二回生）、福田三輝（二回生）、滝上明（二回生、のちニューギニアで戦死）にぼくの五名であった。

昭和十四年四月一日、われわれ五名は文官服にサーベルをつって、入学式に出席した。教室の二階の窓からは先輩たちが、けげんな顔でながめていた。

さもあろう。これまでの同校は、平和主義に徹した教授陣でかためられた学校であったから、いくら軍の要請とはいえ、このような服装には心中大いに反発を感じたにちがいない。

陸軍依託生五名のほか海軍からは十三名、樺太《からふと》庁より二名、朝鮮総督府より二名がそれぞれの依託生として派遣されたから、それまで少数精鋭主義で採用者数も十名そこその同校の一年生は、一挙に四十九名となった。

これいらい戦争完遂のため、年々、依託生の数は急増していくのである。

同校の制服は、ほかの大学のようなツメエリではなく、紺の背広で、肩に金モールで縁どりしたブルーの肩章がつき、なかなかスマートなものであった。のちにこれは台長岡田武松博士のデザインと聞いた。

一般学生とともに、すっかり背広姿が板についた陸軍依託生は、それから三年間、ぬくぬくと東京での学生生活を送ることになった。

その年の五月、ノモンハンで日ソ両軍が戦端を開いた。

新京の戦友たちが、ハイラル、索倫、王爺廟の線に展開し、実戦にくわわっていることが軍事郵便で知らされると、ホロンバイルの雪原が思い出され、飛んでゆけるものなら飛んで行って、戦列にくわわりたい衝動にかられたものだった。

19　行きは兵隊、帰りは将校

こうして昭和十六年十二月八日をむかえた。その朝、下宿の二階からMさんが、転がり落ちるように駆けおり、食堂で食事中のわれわれに向かって、

「これは、おれの同級生だ。やってくれた！」

と、頬を紅潮させ、朝刊に大きく掲載された九軍神の写真の一人を指さして、上ずった声でどなった。

軍艦マーチにつづいての大本営海軍部の戦果発表は、国民を興奮のルツボにおとし入れた。まず海軍気象部が動き、陸軍気象部も一刻もはやく卒業させて前線に送りこまなければと、十二月三十日、われわれは三月の卒業をまたずに繰り上げ卒業となった。

海軍依託生十三名は、十二月三十一日、木更津海軍航空隊の輸送機で、南方前線へと飛び立って行った（うち九名が戦死）。

陸軍も東京の陸軍気象部を中枢として、三重県鈴鹿に第一気象連隊、満州新京に第二気象連隊、シンガポールに第三気象連隊、香港に第四気象連隊と、太平洋全域に展開を完了した。

ぼくは昭和十七年四月まで、当時、東京杉並区高円寺にうつっていた陸軍気象部で、山岡技術中佐指導のもと、陸軍独特の断熱線図の作成にはげんでいたが、完成と同時に四月十五日、原隊復帰を命ぜられ、ふたたび満州の地をふんだ。

昭和十七年十月十日、晴れて〝陸軍航空技術少尉任官〟の辞令が陸軍省よりとどき、中学生のとき学校の廊下で読み返した〝将校に昇進の途あり〟のポスターの文字が、ここにいたってようやく実現したのであった。

朝は衛兵所前を陸軍技手の文官服で、衛兵司令のみの敬礼をうけて通過したが、夕刻は、陸軍少尉殿という軍服姿。副官の土井中尉が、

「ぬかるなよ。一色技手は帰りは少尉殿だからな。敬礼を……」

と、あらかじめ電話で衛兵司令に指示してくれたそうだ。「敬礼ッ」と最前列の兵隊が大声で立ち上がると同時に、衛兵全員が一斉に直立するのは小気味よいものだ。

任官して間もなく手がけたのは、ホロンバイルの雪原でいたく心をうたれた〝凍傷と気象〟の研究であった。新京陸軍病院に足しげく通ってデータの収集につとめ、気象との関連を調査した。

明けて昭和十八年二月には、ウラジオストク、ハバロフスク地区の一〇〇式司偵による隠密偵察の特別演習に参加したが、この模様は、かつて月刊雑誌『丸』三百六十三号に『赤い聖域に挑んだ新司偵亜成層偵察行秘聞』として書いたことがある。

これを転機として飛行機雲（航跡雲とよんでいた）の研究、敵地ソ連地区、主としてウラ

ジオストク、ハバロフスク、イルクーツク地区の長期予報の発表などが、第二航空軍司令部飯山参謀より指令された。

この年の初夏には、東京高円寺の陸軍気象部で、全気象連隊の研究発表が行なわれ、第二気象連隊からは飯山参謀、竹内大佐、和達清夫博士（少将相当官）、萩洲少佐、大内大尉、それにぼくの六名が参加した。

「一色少尉、軍服姿を両親に見せたいじゃろう。こんど東京で長期予報の研究会がある。関東軍からは、お前が発表することになったから、一週間以内にまとめておけ。飛行機で飛ぶからな」

ある日のこと突然に、飯山参謀からこう告げられたぼくはびっくりした。飯山参謀は情報参謀であるが、とくに気象を重視していたから、ときおり南嶺の気象連隊に顔を見せていたのだ。

一時はおどろいたものの、「軍服姿を両親に見せたいじゃろう」といわれると、急に里心がつき、その後の一週間のデータ整理も、まるで苦にならなかった。

20　新前少尉殿の晴れ姿

六月のある日、六名の搭乗したＭＣ（三菱ＭＣ20輸送機）は新京を飛び立った。放射状に建設された新京の街は、長い厳冬から開放された緑の街であったが、街並みをはずれると、菜の花畑の黄色が目にしみた。

満鮮国境をすぎるころ、急に気流が悪化し、まず飯山参謀が酔いはじめた。

「だめじゃなあ、他人の操縦する飛行機だと、オレは酔うんだ。酔いざましに、操縦してくるか」

と、ひとり操縦室へ入って行った。

MCは落下傘部隊を運ぶ輸送機であったから、われわれ六名にとっては、かなり広かった。

京城で一泊したのは、飯山参謀が京城の近くの龍山騎兵隊の出身で、同僚や部下に会うのが目的らしかった。夜中おそく参謀はごきげんでホテルへ帰ってきた。ぼくは飯山参謀と同室だったから、上官より先に寝てはと、荷物の整理などをして起きて待っていた。

「よう、起きとったのか、先に寝とればよかったのに……」

といって酔顔もうろうとして入室するなり、軍服のままベッドに横たわり、いびきをかきはじめた。

翌朝、仁川飛行場を飛び立った機が、対馬海峡上空にさしかかったところ、いきなり二機の戦闘機が接近してきた。北九州地区の防衛戦闘機だ。こちらが翼をふり、友軍のあいさつをすると、戦闘機も翼をふって雲のかなたに消えた。

まもなく機は板付の飛行場に着陸した。その足で将校集会所に入ると、湯気を立てたカレーライスがまっていた。

「対馬海峡上空で、板付を呼び出して、昼食の準備をさせといたんだ」

ことともなげにいう飯山参謀——参謀というのはエライもんだなぁ、と、ぼくは飯山参謀の顔と湯気の立っているカレーライスを見くらべた。

昼食後しばらくして、機はすぐに飛び立った。翌日が発表会の第一日だから、夕刻までには立川飛行場に着かなければならないが、天気図を見ると伊吹山から東が曇りで、ところどころ雨が降っている。中国、四国地方もところどころ曇っている。そこで瀬戸内海の上空を飛ぼうということで、まず伊丹に向かった。

瀬戸内海の上空三千メートルからながめる内海は、一幅の絵そのものである。

「あれが音戸の瀬戸だ」

と和達博士がさけんだ。小島のかげから白い航跡をひいているのは連絡船であろうか、島の松の緑は満州では見られない、まるで箱庭だ。

伊丹には三時ごろに着陸し、すぐに気象室で天気図を見ると、伊吹山上空には巨大な雷雲が発生しており、それ以東はベタ雲で、まず飛行は不可能に思えた。しかも立川は明朝、霧発生のおそれありとの予報である。そこで「しかたがない、大阪から夜行列車で行こう」ということになった。

まってましたとばかり、ぼくは大阪駅から名古屋の両親に電報を打ち、名古屋駅通過の時刻を知らせる。

ひさしぶりに両親に会えると思うと、胸がわくわくする。〈どうせ最下位の少尉殿だ。荷物の監視はオレがせねばならぬ。今夜は徹夜だ〉ときめてかかっていたから、名古屋駅では一人でホームに立って両親に軍服姿を見せてやろうと思っていた。

「名古屋、名古屋……」

列車は時刻どおり夜半に名古屋駅にすべり込んだ。大急ぎでホームにおり立つとすでに両親はきていた。

「東京の会議に行くのです。おかげで将校になれました！」

ぼくは直立不動で挙手の礼をした。すると、荻洲少佐を先頭にぞろぞろと五名の上官が降りてきて、両親にあいさつをかわしてくれる。両親の感激や語るまでもない。

東京には早朝の到着、九時から会議がはじまった。ぼくは二番手であった。テーマは『関東軍における長期予報法』で、発表はまあまあのデキであったように思う。

昼食が終わったころ、またも飯山参謀の意表をつくお声である。

「一色、今夜の夜行で名古屋へ帰れ、あとは、オレたちが引き受ける。あさっての朝、小牧の飛行場までこい。飛行機を降ろして待っていてやるから……」

「ありがたいお言葉でありますが、いいんでありますか。自分としては、他の隊の研究発表も聞きたいと思いますが……」

とは答えたものの、本音はやはり、名古屋へ帰って両親とゆっくり話したいところであった。

「それはわかる、いいから帰れ、上官の命令だ！」

かくして、ぼくは幸運にも名古屋の長屋で一泊することができた。オフクロはお湯をわかしてタライの行水を準備してくれたし、そのあとオヤジとの晩酌も、またかくべつのものであった。

21　頭を下げたヒトラー

翌昭和十九年三月一日、ぼくは技術中尉に昇進し、大内大尉にかわって毎日の亜欧天気図作図を担当することになった。亜欧天気図とは、アジアの亜、欧州の欧をしめすもので、西はスカンジナビア半島から、東はアラスカあたりまでの広範囲にわたる天気図である。

このころ、日本の気象暗号解読力には、すばらしいものがあり、ほとんど全世界の気象暗号を解読していた。ヒトラー・ドイツがモスクワ進撃前に、潜水艦でケープタウンまわりで大連に来航、気象暗号解読法を買いにきたことがあったという。この折衝に当たったのが飯山参謀であった。

「ライカ（カメラ）をたくさん積んできよってな。これと引き換えに気象暗号解読法を教えろというんじゃ。

これじゃだめじゃ、V2号の設計図をよこせといってやった。けっきょく、物別れとなって帰って行ったがなあ」

と、直接、飯山参謀から聞かされたものである。

長期予報には、広範囲の気象データが必要である。われわれは、そのデータの入手が可能であった。

毎日、亜欧天気図を書き上げると第二航空軍司令官室に持参し、ソ連地区の天気概況と、今後の予想を説明するのである。

南新京、連京線わきにある航空軍司令部の三階中央にある軍司令官の部屋のドアをノックすると、

「どうぞ」

という女性的な声が返ってくる。軍司令官ともなると、「入れッ」とはいわないのだな、ということを、説明第一日目に感じた。

軍司令官室のすぐとなりが参謀室になっていて、ぼくが大きな亜欧天気図を丸めて入って行くと、よほどのことがないかぎり飯山参謀が立ち会った。

「貴官はこのまえ、これとまったくおなじような天気図のとき、ハバロフスク地区は雪といったが、今回はなぜ晴れというんだ？」

軍司令官の前だとさすがに、飯山参謀の言葉づかいも変わってくる。ふだんは「お前」だが、いまは「貴官」とくる。

そんなことに感心している場合ではない。飯山参謀も、気象のことをよく勉強しとるなあ、と感心するばかりである。

当時の軍司令官は鈴木率道《よりみち》中将であった。お地蔵さまのような童顔をし、女性的な声が特長だったが、反骨精神と正義感に燃える将軍で、のち東條英機首相と意見が合わず、割腹自殺をとげられたという。

その鈴木中将の後任が河辺虎四郎中将であった。小柄だがスタミナのかたまりみたいで、ポンポンものをいう。おもしろいといっては失礼だが、若年のぼくにとっては、好々爺といった感じだった。

こうして二代にわたる将軍に、毎日、亜欧天気図の説明をしたのだが、二将軍とも飯山参謀と同様、気象にたいする感心は、プロの気象官以上といってよかった。

この間にもぼくは、各地に展開している飛行場大隊へ飛行機で出張し、将校に気象知識の教育をするのも、任務の一つであった。

鉄嶺では、日露戦役の軍神橘大隊長の御子息にもお会いした。彼は、昭和二十年八月九日、ソ連軍が越境を開始した直後、蒙古《もうこ》方面に飛んで、不帰の客となったときく。

22　映画もどき〝暁の脱走〟

昭和二十年八月十四日の夜、第二航空軍司令部二階の気象部では、最後の出陣式がほの暗い灯火管制の下で行なわれていた。

当時の気象部長は山田潔中佐であった。

「いよいよ皇国最後のときがきた。いさぎよく大義に生きよ」

と訓示があり、ぼく自身もあと一日か二日の命と覚悟したが、幸か不幸か明くる十五日、終戦の大詔がくだって、わが隊は十五日に奉天への転進を命ぜられ、高粱《こうりゃん》のたわわにみのる連京線を南下した。

そして八月二十日に大連周水子飛行場に到着、翌二十一日にはソ連軍の武装解除をうけ、柳樹屯の収容所へ入れられた。

柳樹屯は大連湾をへだて、大連をのぞむ小寒村であったが、日露戦役のおり、乃木希典大将がはじめて大陸の土をふんだ記念すべきところである。

小さな小学校があり、ここがわれわれ気象隊の収容所となった。

校庭に一ヵ所ポンプ井戸があり、食器洗いや洗濯の場所となり、毎日列ができた。

このころハエを捕らえ、飯つぶで二枚の羽根に紙きれをはって床の上をはわせる遊びが、収容所での無聊《ぶりょう》をなぐさめる唯一のたのしみとなっていたが、収容後一週間ほどたったある日、連隊長から意外な命令をうけた。

「部下三名をつれて収容所を脱出し、朝鮮鎮南浦の軍の家族に連絡に行け」

とのことであった。ところが、脱出希望者は二十四時間のうちに二十七名にもふくれ上がり、そのあげく三十一名の者がそろってぼくの指揮のもとに行動をともにすることとなったが、翌朝の〝暁の脱走〟は、もののみごとに成功したのであった。

九月二十日、一行は朝鮮と満州の国境の町・安東にすべりこんだが、途中、蘇家屯でほかの二十七名とは分離したので、はたして何人がぶじ内地に帰還したかは不明である。

安東に潜入したわれわれ四名の連絡者は、その後、いくどか朝鮮入りをこころみたが、いずれも失敗し、八路軍の安東入城とともに治安が悪化して、日本人への圧迫もつよまり、六番街事件や日本人強制移民など、終戦後、満州各地で日本人が経験した屈辱の生活を強いられたが、ある日、渡辺金四郎なる人物に邂逅《かいこう》したのが縁で、地下運動にたずさわることとなった。

一方、安東の北東二百キロの通化では、藤田参謀を中心に通化事件が起き、多くの日本人が機関銃弾に倒れたが、安東でも、これに似た事件が起ころうとしていた。

しかし、運命のわかれ目といえようか、ぼくはこの地下運動の連絡者として、単身で奉天の東北保安司令長官部（蔣介石軍）に向かったのであるが、いまにして思えば、これが生きながらえたチャンスとなった。

安東の同志の大部分は、その後、鴨緑江河畔で人民裁判の露と消えたと聞く。

（昭和五十七年「丸」十二月号収載。筆者は陸軍気象部技術要員）

赤い夕日に関東軍の最後を見た

知られざる満州「延吉捕虜収容所」400日の全記録――早蕨庸夫

1　運命の召集令状

昭和十九年の四月、私たちの職場（満鉄調査部）はあげて大連から新京（長春）に移転することになった。

当時、私は大連駅から約三キロ南東、老虎灘街道にそった光風台電停から東へすこし入った桃林荘に住んでいた。いまふうにいえば、木造モルタル塗り三ＤＫの平屋で、二十坪あまりの庭に一本のアカシアの大樹が初夏のころには白い花をたわわにつけた。

この桃林荘にはこんな平屋が十数戸散在しており、背後は一帯の丘陵で、秋には銀色のすすきが群生し、それを越えると広重の絵の藍《あい》色をたたえた海が見えた。

家主は日露戦争直後から大連に住みついている八十翁で、妻と亡父の友人であった。そんな関係で義兄が借りていた家を、その新京転勤を機に私がひきついだもので、そうでもなければ、当時としてもこんな好条件の住居は手に入らなかった。

この住宅を手ばなしたくなかったのと、奥地のきびしい気候のところへ生後八ヵ月の長女をつれて行くことへのためらいなどから、私は単身赴任することにした。

新京での新しい事務所は、新京駅から市を南北につらぬく大同大街をはさんで関東軍司令部とちょうど対称の位置にあった。一階が資料室、二階が事務室、三階が単身者の寮、地下一階が食堂、浴場などになっていた。朝、夕には城郭を模した司令部に肥馬にまたがった高級軍人が〝登城〟するのが見かけられた。

私ども単身赴任者は職員乗車バスを利用して、月一回は大連の自宅に帰るのが例となった。米は切符制になっていたので、寮のボーイがつくってくれる大豆入りの握り飯をもらって土曜の夜行列車に乗り、日曜日の朝、大連に着き、月曜の夜行で新京にもどるという日程であった。

帰省のさいの服装は、国防色でステンカラーの社服、戦闘帽に巻きゲートル、リュックサックに馬鈴薯、白菜、卵、豚肉など、大連にとぼしい食料品をいっぱいつめこんでいた。満州国と関東州の境で乗り込む日系税関吏の検査は、われわれ日本人には寛大であった。

この年六月にサイパン島が敵手におち、それからは日本内地への空襲も日ましにはげしくなってきたようであるが、ここ大連でも七月末にはB29の初空襲があり、九月はじめには鞍山、奉天、本渓湖など重工業地帯に二回目の空襲があり、かなりの被害がつたえられた。

職場の新京移転の前後に、私たちの職場から、ベテランの同僚が三人も現業部門に転出した。理由は明らかにされなかったが、第一次満鉄事件（昭和十七年九月）、第二次満鉄事件（昭和十八年七月。関東軍憲兵隊の左翼系調査員弾圧事件）などの余波であることはまちがいなかった。この年の五月には数人の応召者があり、この穴を上海や北京の事務所からの転入者などがうめたが、これらの人々が仕事になれるのはそれほどかんたんではなかった。あれやこれやで職場には荒涼とした空気がただよっていた。

そのうちに単身寮の生活もなにかと問題が多く、大連の物資の不足もひどくなったので、新しい社宅が完成したのを機に家族を新京に呼びよせることにし、昭和十九年の十二月末、新京・順天区延寿路の社宅に入った。

このころから、下降する戦況に冷めた目で対応する動きが、私の周辺にもでてきた。「ハルビンに勤務する知人や友人が休暇をとって日本にもどった」といううわさが流れてきた。彼らはもう満州にはもどらないだろう。また、ある同僚は、家族を日本に送り返し、独身者の一人は寝具だけ残して、めぼしい家財、書籍を日本に送りとどけ、インフレにそなえて古切手のアルバムを買い入れたりした。

私たちは外字紙などに接する機会もあり、かならずしも大本営の発表を鵜呑《うの》みにしたわけではなかったが、当時の日満間の船便は米潜水艦が出没して危険だったので、その危険をおかしてまで家族を内地へ帰す決心はつかなかった。これをあえてした者は、よほど便宜のある者、満州の前途に見切りをつけた者、現状に不満を持つ者、そして日本に帰るべき拠点のある者であったろう。この危険な脱出も昭和二十年四月の上旬、沖縄戦の開始とともに万事休することになった。

五月のはじめにドイツが無条件降伏し、六月の末ごろにはドイツに滞在していた邦人たちがシベリヤ経由で帰ってきた。その人々の証言から、ベルリン陥落当時の惨状とソ連が大量の兵員、兵器、軍需物資を欧州戦線から極東に輸送しつつあることを知った。バイカル湖から満州里にいたる鉄道沿線はソ連兵でいっぱいだという。

このころ、スターリングラードでドイツ軍が降伏した当時（昭和十八年一月）の状況を撮った映画を見た。ドイツ軍司令官のフォン・パウルス将軍がつんと下あごをつき出して、ソ連軍側になにか書類を提示する無念やるかたないポーズと、防寒具がないので婦人の毛皮のコートを重ね着したり、あるいは上衣のすそをズボンの下に入れ、帯革をその上からしめて、雪原の中をうろうろしているドイツ兵捕虜の姿が印象的であった。

五月の半ばころから、在満の在郷軍人の新たな動員がはじまり、私たちの職場からも応召する者が出てきた。

そして六月中旬、沖縄が失陥してからは敗戦前夜の重苦しい空気が、われわれの生活にもしのび込んできた。

物資の配給は窮屈さをまし、なにか売り出しの情報を聞くと、仕事はそっちのけで駆けつけ、行列に並ぶというのが茶飯事となった。

このころ私がやった、たった一つの対応は冨山房の大百科辞典ひとそろいの処分であった。幸いに満州電業の資料室がいい値段で買い上げてくれた。

中学生が登下校のおりに一個分隊くらいの隊伍を組んで軍歌を唄って行進するのだが、その「万朶《ばんだ》の桜か襟《えり》の色……」の歌声をきくにつれ、熱い風呂のなかにしんぼうして入っているとき、その湯をかきまわされるような感じがした。

「ソ連は、はたして出てくるだろうか、出てくるとすれば、それはいつごろになるのだろうか」

と職場でひそかに話題にしていたが、関東軍当局では、その時期を九月に想定しているようにもうかがわれた。

そんなあわただしい日々がつづいた七月十六日、第二国民兵、三十四歳の私のもとに召集令状がとどいた。まさか、こないだろうと思っていた不意打ちの赤紙であった。一瞬、頭上にカミナリが落ちてきたようなショックを感じた。非力な、体力に自信のない、未教育な私のような兵士を召集してどうするのか、万一のさい留守家族はどうなるのか、などと考えてもどうなるものではなかった。ただ運命の糸にあやつられるしかなかった。

まずやらねばならないことは、職場での引き継ぎ、ついでちかく生まれてくる小さな生命のために、名前を考えることであった。私は紙片に「翠」と書きつけた。男なら「すい」、女なら「みどり」と読ませることにした。しかつめらしい出典もないわけではないが、一つには灰色一色の現実にたいする抵抗であり、平和への憧れであった。

社宅の横の一坪農園には、モチトウモロコシが花をつけたが、だれがこの収穫をするのだろうか。

七月二十日の午後、敷島警察署うらの広場に集合、午後七時に新京駅を出発した。行く先は間島（延吉＝イエンチー）であった。

2　ソ連軍の参戦

ハルビンをふりだしに大連、新京（長春）と都会にしか住んでいなかった私には、間島（延吉）は縁のない土地であった。

白頭山東部に源を発した図們江《ともんこう》は朝鮮北東部、満州とソ連の国境を流れて日本海にそそぐ。この図們江の流れにそって朝鮮領が満州領に大きく張り出した先端のすこし西方に間島（延吉）の町がある。朝鮮とソ連沿海州と境を接する間島省の省都で、延吉《イエンチー》盆地の中心に位置し、図們江の支流フルハト（布留哈図）河が市内を貫流している。新京から図們をへて朝鮮に通ずる京図線がここを通っている。私が中学生のころには局子街とよばれ、龍井村とならんで朝鮮民族の多く住む地域と教えられた。

間島省の人口は、昭和十七年ごろ八十三万人あまりで、そのうち朝鮮人が七十四パーセント、中国人が二十三パーセント、日本人が三パーセント弱で、圧倒的に朝鮮人が多い。日韓併合当時から一般的に反日傾向がつよく、満州国建国後は金日成などの共産ゲリラが周辺の山岳密林地帯を本拠にして出没した。

私の間島にかんする知識はこのていどであったが、このころには関東軍の第三軍司令部がここにおかれ、牡丹江《ぼたんこう》とならんで満州東部国境にたいする要《かなめ》の軍都であった。

私たち応召兵を乗せた列車は深夜、森林地帯を走り、翌朝十時に間島（延吉）駅に着いた。暑い日ざかりを隊伍を組んで朝鮮家屋のならんだ市内を約四キロ歩いて、市の北部にある第一五二六六部隊に到着した。ここは煉瓦《れんが》づくりのりっぱな兵舎で、後日知ったことであるが、六〇四部隊（当初、下士官候補者隊として発足、昭和十七年四月に予備士官学校となり、昭和二十年四月に牡丹江省石頭に移駐）、のちに六四六部隊（または英邁第一五二六六部隊、歩兵第二八一連隊）とよばれる兵舎であった。

七月二十三日に営庭で入隊式が挙行され、友枝恭一部隊長から、「楠公精神を発揮せよ」という主旨の訓示があった。翌日、被服、毛布などを支給され、私物を自宅に発送した。

私の部隊は通称番号一五二六七部隊とのみで、固有名称は教えられなかった。いまから思うと、他の部隊の兵舎に仮に入隊したわけで、私の部隊の固有の兵舎はなかった。

七月二十五日、教育隊に出発する日である。五時起床、雨上がりの道を二十四、五キロ東北にすすみ、八道溝という朝鮮人集落で大休止する。このちかくの山中にわれわれの原隊が洞窟作業のため駐屯しているときく。

かなり大きな川にそって、樹木の密生した山々の峡をさかのぼる。ユリやキキョウ、そのほか秋草の咲き乱れる小道を何時間か行進すると日没となり、雨もよいの闇夜を疲れた足をひきずって進む。やっと十一時すぎに三道崴の教育隊に到着、ヨモギで屋根をふいた仮小屋でごろ寝をする。

翌日から幹部の宿舎を設営する作業がはじまった。ふきんの山から直径六センチくらいの

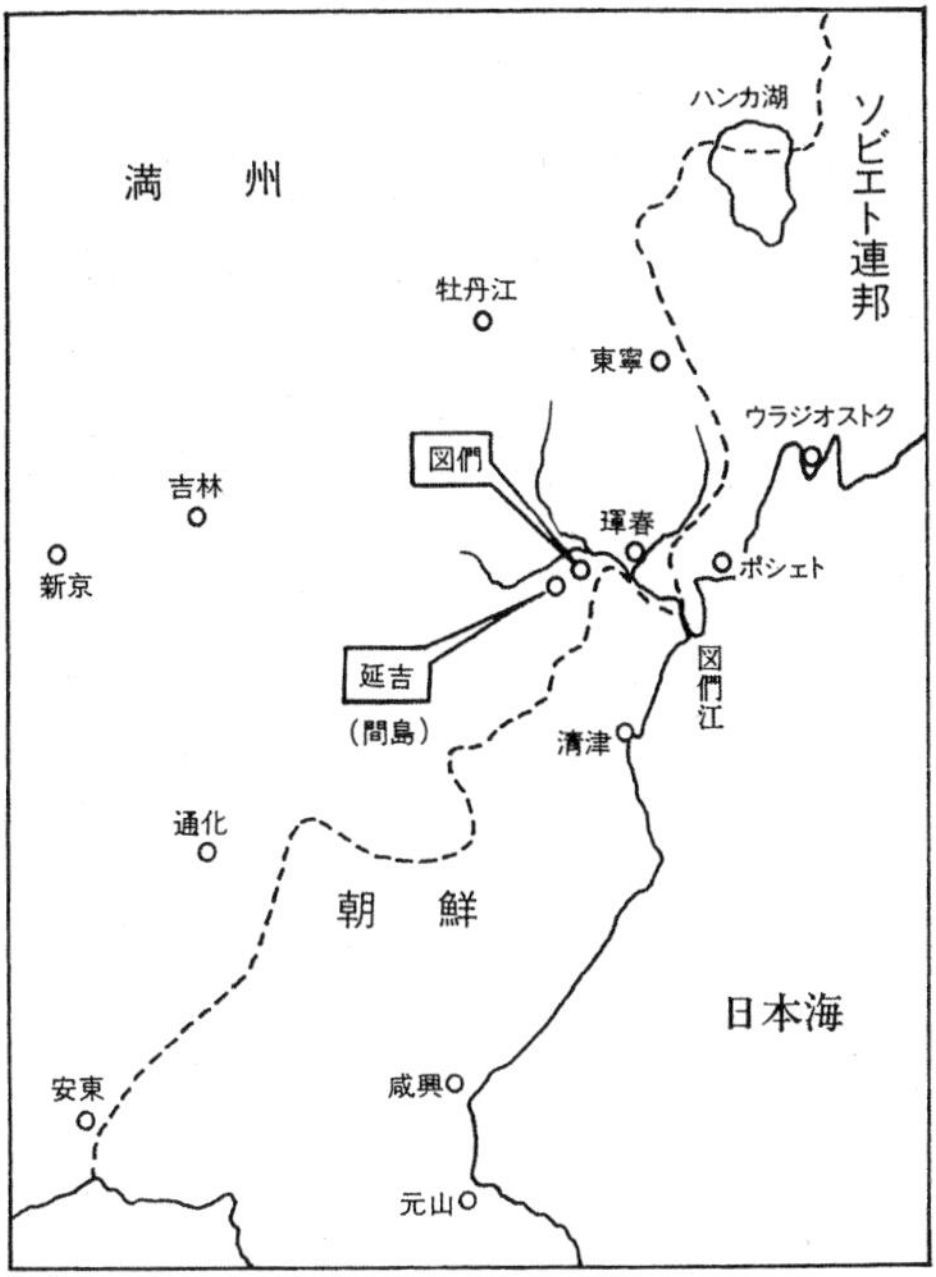

樹をきり出し、小屋の骨組みをつくり、羊草《やんそう》で屋根をふく。われわれ兵隊のためには八錐形天幕三個を設営した。強行軍のため痛めたヒザがしらを開拓団出身の四十二、三歳の戦友が指圧療法で一瞬の間になおしてくれた。山の樹の枝をはらって、曲がりくねった木銃も用意できた。

八月一日から教育が開始された。約百名の初年兵を軽機関銃班、擲弾筒《てきだんとう》班、小銃班の三班にわけ、それぞれべつの天幕に収容された。最後まで召集されず、根こそぎ動員で出てきた兵隊だけに、筋骨薄弱な連中が多く、私の属した軽機班には、右眼の見えない者や動作の敏捷でない者もいた。

われわれの助教は三十三歳になる伍長で、軽機班の教育を担当し、その下に二年兵の上等兵が助手としてわれわれの幕舎に起居していた。この助手は実技はさすがにうまいが、教養がなく、典範令の漢字にいっぱい振り仮名をつけ、体操の順序すらろくに知らないので、初年兵から尊敬されなかった。

とにかく、教育は不動の姿勢からはじまり、一週間くらいで軽機の分解、操作、ガスマスクの装着まで速成で教えこまれた。

八月五日に部隊長が査閲にきて、ただちに戦闘しうるだけの教育を完了するように命じていった。

八月九日の朝のこと、「昨夜、飛行機の爆音を聞いた、おそらくB29が新京、奉天方面へ行ったのだろう」と語る兵隊がいた。

昼食の飯上げ（食事の受領）のとき、炊事班の上等兵がソ連の攻撃開始のうわさを伝え、「きょうはパリッとした飯をつくるぞ」とはりきって川の水をくみ上げていた。

開戦となれば、関東軍はどのようにふせぐのだろうか。老母や幼児をかかえて重い身体の妻がはたして避難できるだろうか、と一瞬どうにもならない苦悶が脳裡をよぎった。そして、ねがわくばソ連軍の日満軍戦力打診のための国境紛争であってほしい、という願望に変わるのであった。

翌日の教育は正午で中止され、午後から甘味品、酒、ビールが支給され、見習士官の小隊長を中心に無礼講の娯楽会が開かれた。

八月十一日の夜十時、われわれは大隊本部とともに三道崴を出発して、間島の原隊へ強行軍をはじめた。夜明けごろ八道溝の手前で朝食をとり、それから暑い日ざかりの二十四、五キロの道を間島まで行軍する。

草いきれが舞い上がる中をあえぎあえぎ行進するうちに、弱い兵隊は日射病を起こして倒れ、輜重車《しちょう》につみ込まれた。われわれ初年兵は身に合わぬ軍衣、軍靴をまとい、私物をおさめたふろしき包みを背負い、木の枝の木銃（？）をかついでいる。なんのために木の枝を担がせるのか。水筒も飯盒も各自に一個ずつは支給されていない。路傍の朝鮮人があわれみの目で見ているのが痛いくらいわかる。

午後四時、やっと延吉（間島）の原隊に到着、おそい昼食の赤飯、みそ汁をとる。一時間もたたぬうちに追いかけて夕食が出たが、とても食べられるものではない。この間に刻々と国境の情勢が口づてに伝えられる。対戦車特攻隊を訓練していたというこの部隊は出動の準備にいそがしく、営庭では三々五々、出陣の酒に頬を赤くした下士官連中が気負ったあいさつをとり交わしていた。

薄暮のころ、グリースをこってりぬった新品の剣、銃を支給され、毛布一枚を肩からかついで前線に出動することになった。

午後九時、連隊本部まえに整列ののち、いよいよ出発である。おりから降り出した雨のため視界はまったくかぎられて、鼻をつままれてもわからぬ闇夜の中を、無意識に脚を前後に動かして黙々とすすむ。雨が肌着まで浸透し、破損した軍靴の底から水が入り、足がふやけていく。灯火管制で真っ暗な街路を、ときおりヘッドライトをカバーして擬装網をつけた軍用トラックが、ものものしく追いこして行く。

約四キロほどきてから、ちかくの警察学校に全員で雨宿りした。うす暗い教室に、前線から避難してきた民間人の青ざめた顔が浮かんでいた。

二時間たらず座睡しただろうか、雨もだいぶ小降りになったので、山間の石ころの多い高原をすすんだ。昨夜からの強行軍の疲労が出て、十五分の小休止にも泥濘の上においた飯盒に腰を下ろして寝こんでしまう。

十三日の早朝、当盛崴の橋のたもとに出て、八道河子に通じる街道の泥濘の中を無意識に脚をひきずって行く。七時すぎに朝鮮人の小学校で大休止して、一時間ほど仮眠した。ここへ着くまでに軍靴の底革がはがれてしまい、私物のズック靴にはきかえた。

そこを出てから、途中でちょっとした事件があった。路ばたに参謀肩章をつけた一将校がつっ立っており、われわれの小隊長が後方から馬を走らせてくるのをおろすや、自分の軍刀を木銃のごとく持ちかえ、銃剣術のかまえからやにわに小隊長の肩をこじりで突いた。

このパントマイムは一分間で終わった。疲労困憊した兵と労苦をともにせよ、といましめたのであろうか。この参謀の軍服はリフォームしたもので、両袖の色が胴の部分とちがっていた。私は、この未教育な初年兵や未熟な下級指揮官をもって戦わねばならない参謀のいらだちを感じた。

八道河子を眼下にのぞむ丘陵に着いたころ、空はからりと晴れ、きのうのような暑い日射しがさしてきた。通りがかりの若い朝鮮人がスモモを数個くれて、愛想よく話していく。この山を降りきったところに八道河橋があり、この橋の下のかわらで叉銃して大休止した。生のキュウリや朝鮮アメ、ゆでタマゴを朝鮮人の村人が売りにくる。

午後三時すぎに八道河駅前の広場に着き、塩をぶっかけた飯を食う。ここは龍井から上三峰（図們と会寧の中間の朝鮮領）に通ずる鉄道の沿線で、間島から二十数キロ南の小駅である。それから八キロ東の石門屯の貨物駅から、さらに二キロ入った山の上側が中隊の陣地である。谷一つ越えた向かいの山に大隊本部、来る途中に見た二つの谷川の合流点が炊事場である。

夕方から幕舎設営をはじめる。炊事場が完備していないので、山を二つ越えた五キロあまり向こうの連隊本部まで飯上げに行った。その夜、私は不寝番に立った。相棒は徐蘭県の開拓団の書記で、私とおなじく「つわもの」にほど遠い兵隊であった。

明くる八月十四日からは、ほとんど全員が陣地構築に向けられた。私の分隊である第三小隊第五分隊の分隊長は、高田という九州男子の老兵長ときまった。夜半になって分隊長に引率され、われわれは陣地構築に出かけた。

図們江方面に面した山の突端に散兵壕を掘り、軽機関銃座をつくるのであるが、岩盤がかたくてつるはしをはじいてしまう。図們江の方角の雲間に浮動する星を、はじめは敵機かと思ったりした。生死のはざまにいるはずだが、いっこうに実感として迫ってこない。

八月十五日の朝、中隊本部に入った情報は、琿春方面の激戦、汪清地区における肉攻班の勇戦を伝えていた。

この日の午後、驟雨《しゅう》がきて、洞窟に雨宿りしたとき、ソ連軍はすでに会寧ふきんまで侵攻してきたという情報が伝えられた。われわれの位置から直距離にして約五十キロはなれているにすぎない。あと二日くらいで敵と交戦することになるのだろうが、この未訓練の作業部隊ではとても戦闘できるものではない。それにしても不思議なことに、この時点にいたるまで、「ソ連軍が戦端を開いたので、わが部隊はそれを迎えうつのだ」という説明も命令も、上官から一言もわれわれに達せられていない。口づてに伝えられてくる風聞により事態を察するだけである。

こんな雑軍の中で、無名の兵として自分の生涯が終わるのか、とようやく戦死という言葉が現実のものになってくる。せめて行動にべんりな軍靴があったら、と思う。

湯茶がないので、雨上がりの真っ黄色ににごった谷川の水をすくってのむ。

この日にやっと汽車で到着した弱兵の一人である満鉄社員が、図們駅で列車を待っているときに停戦のラジオ放送を聞いた、とひそかに教えてくれたが、半信半疑だった。

八月十六日は、遠い連隊本部まで飯上げや弾薬受領におもむいて暮れた。その夜、各人にビールを半分、キャラメル一個、袋菓子一個、ちり紙が支給され、環境の整理がいいわたされた。しかめっ面をした四十歳ちかい班長が、典範令などを初年兵にくれた。

なにが起こったのか、ぜんぜんわからない。明日は戦場におもむくのだろうか。雨が夜もすがら降り、天幕から水滴がしたたり落ちる音を聞きながら、明日の運命を思った。

夜半、谷川の出水のため、山の峡に集積してあった糧秣、弾薬、その他の物資、炊事場が流され、上三峰に通じる河床に構築した対戦車壕が破壊されてしまった。

八月十七日は終日、この出水のあとしまつの作業に使われ、疲労困憊した。午後、突然きのう渡された弾薬、兵器を返還せよ、との命令が下り、部隊は異動することになった。私は、これら戦闘にたえない未訓練の作業部隊が後方に下がり、若い精鋭部隊がこの陣地に急派されるのではないかと想像したが、部隊は山を下り、約三百メートルすすんだのみで、すでに干からびた河床のほとりの街道ぞいに停止し、幕舎の設営が命ぜられた。

3　武装解除の日

八月十八日、中隊本部からは何の沙汰もないが、朝まだきトラックで避難してきた図們《ともん》の邦人が、「天皇の停戦にかんする放送」「鈴木貫太郎大将の割腹自殺」「東久邇宮の後継内閣組閣」の報を伝え、またある者は、「わが海軍のウラジオストク占領」を告げていく。

幕舎の中ではこの突然に襲ってきた事態急変のショックのために、ある者は歌をがなりつづけ、またある者は灯火に集まる蛾を無意識にたたき落とすなど、放心状態の様相が見られた。なかでも現地応召の老兵たちは一様に、家族のことを思いつづけているのであろう。

八月十九日は中隊の大半が兵器返納に行った。崖下の街道を開山屯（上三峰の満州側対岸）方面から、歩兵銃や大量の兵器弾薬を積んだ馬匹部隊が通過する。

夜、開山屯に被服の受領に行った。朝鮮人の村人がたくヨモギの蚊つぶしの煙がたゆとう月明かりの街道を、兵らが三々五々、黙々として歩く。

先日、山から下りるさい、われわれ兵隊にはなんのための移動か、上官からの説明はいっさいなかった。いままた、この停戦らしい事態の変化についても、なんの説明もない。しかし、歴史の歯車が音もなく大きく回転しているのだけは感じとられた。

八月二十日、酒保品が分配され、朝から酒を飲んだ。しかし、大半は古参兵の口に入ってしまう。先日、私のひざの痛みを指圧療法でいやしてくれた開拓団出身の老兵、鈴木久雄二等兵がその分配の不公平をなじったところ、兵長にビンタをくわえられた。

この日、防寒靴下とか、若干の被服類、靴が支給された。さらに八キロほどはなれた六〇四部隊では好きなだけ被服、物資をくれるというので出かけた古参兵が手ぶらで帰ってきて、参謀に拳銃で追い散らされたと話していた。

八月二十一日、八道河に集積した兵器を警備するために出発する第一小隊とともに、私は思いがけなく通訳として行くことになった。兵の特殊技能があらかじめ調査されていたのであろう。

八道河駅前の広場には、ところせましと兵器が集積してあった。その夜は駅の二百メートル西に設けられた小林中隊長の天幕の中に、中隊長、准尉、中当（中隊長の当番）と四人で眠った。

翌日、師団の兵器部長（大尉）がやってきて、その席に私もよばれた。兵器部長はソ連の軍使が来たときに伝える事項を口述した。

「これらの兵器は皇軍の魂であり、日夜みがき上げたものである。なかには若干さびたものがまじっているが、これは戦場における人と物と時間の不足のためであることを理解されたい」

という主旨のものであった。

この日はじめてソ連軍のめずらしい型の自動車（ジープ）が一台、駅前に到着し、朝鮮人の村人は赤旗をかかげてこれを迎えた。

ついで八月二十二日の午後、立派な黒ぬりの乗用車とジープ各一台が到着した。わが師団長とソ連軍軍使の一行であった。はじめて見るソ連軍の将校は、上衣の上にしめた帯革の右腰部に拳銃をおびただけで、軽快な印象だった。日本軍の将校の帯剣がなにやら時代おくれの感をあたえた。

私は軍使のジープに乗せられて、石門屯から四キロあまり山中に入った師団本部につれて行かれた。明らかに米国の援助物資である、このオモチャのようなジープがきわめて機動力にとむ、足まわりの強い車であることがわかった。

その夜八時ごろから、師団本部のとある八錐型天幕の中で武装解除の会談が行なわれた。簡素な事務机をはさんで奥の座にソ連軍の第二十五軍参謀長のクズニェツォフ中佐、情報部長リチコ少佐、通訳の大尉、ほかに警戒兵二人が陣どり、手まえにわが師団長古賀龍太郎中将と師団参謀長が座をしめ、私はその横に立った。

この師団は新編の部隊（昭和二十年三月二十日編成完結）で、ロシア語を解する正規の通訳官はまだ配属されていなかったので、手ぢかの部隊にいた初年兵の私が連れてこられたのだった。

私のロシア語は一応、文献、資料は充分こなせるが、会話は日常会話がマアマアというところ。だいたい学校で正規にロシア語を学んだ者は、通訳をするのをこころよしとしない見栄があった。したがって、会話は上手ではなかったが、ソ連軍通訳の大尉の日本語がまずくてまどろっこしいので、結局、私がはじめから終わりまで通訳することになってしまった。ただ、兵器、兵科、編成など軍隊特有の専門語については、さすがによく知っているこの大尉の助けを借りた。

クズニェツォフ中佐は中年のヤボったい猪首のロシア人で、ことさらに居丈高な態度でのぞんできた。これにたいして古賀師団長は物やわらかな受け身の態度の中に、ときおり毅然たる片鱗を見せた。

まず最初にソ連側より、古賀師団の編成、隷下各部隊の状況、人員、兵器、馬匹の員数の報告を要求し、書類の整理をいそがせた。

――師団は第一二七師団で、隷《れい》下にはつぎの部隊があった。歩兵第二八〇連隊、歩兵第二八一連隊、歩兵第二八二連隊、第一二七師団挺進大隊、野砲兵第一二七連隊、第一二七師団工兵隊、第一二七師団通信隊、第一二七師団輜重隊、第一二七師団兵器勤務団、第一二七師団病馬廠。

そして師団は主力を八道河ふきんにおき、第二八〇連隊は五家子、水流峯などソ満国境最右翼にあり、第二八一連隊は朝鮮咸鏡北道の訓戎、慶源、間島省延吉県の八道河ふきん、第二八二連隊は延吉県開山屯ふきんにおいて陣地構築、警備にあたっていた。

ようするに、ソ満東部国境の最右翼を分担する第三軍の最右翼を担任し、満州と北鮮の交通、連絡を制するかなめの位置にあったのである。第二点は、

「軍旗はどうしたか」

ということであった。これにたいして古賀師団長が、

「一つの連隊は新編部隊のため、まだ受領していない。もう一つの連隊は連絡がつかない。第三の連隊は連隊長が焼却した」

と回答すると、

「それはだれが命じたのか。軍旗を焼くのはけしからん」

とクズニェツォフ中佐がいう。これは、

「連隊長がみずからの責任で処理したのである」

という古賀師団長の回答でけりがついた。

第三点は、会寧方面に出撃した一中隊あまりの斬り込み隊のゆくえにかんすることであった。この小部隊は所在不明で連絡がつかないと聞いて、ソ連側はたいへん気にして至急連絡方を要求した。

会談は十時ちかくに終わり、ひきつづきべつの幕舎で会食することになった。

軍使の一行が出て行くと、背後から声をかける二等兵がいた。どうしても思いだせない。それでもやっと同期生の山口次郎君（満州国財政部勤務）であることに気がついた。つづいてその背後のやせこけた二等兵が、同僚の浅野忠彰君であることもわかった。二人とも山の中の洞窟陣地構築作業で、すっかりやせおとろえてむかしの面影がない。彼らはこの日、私とおなじように通訳要員として集められたのであった。

軍使との会食の場には、私と山口二等兵が参加して通訳に当たった。乾燥野菜の天ぷら、乾パン、日本酒、ビール、葡萄酒の野戦料理が卓上にならべられ、師団の各部長クラスがこの席につらなっていた。

クズニェツォフ中佐はビールを少量飲み、何年に満州のどの鉄道が敷設されたか、くわしく述べ立てて博識に誇り顔であったが、リチコ少佐は黙々として飲まず、多くを語らず、警戒の姿勢をゆるめなかった。やせぎすの精悍な顔をしたスポーツマン型の人物で、クズニェツォフ中佐のどこかお人好しを思わせる人柄と異なって、一脈の暗さを感じさせるウルサ型に思われた。

この夜、各部隊から集められた五名の通訳要員は、師団情報部に臨時編入され、洞窟の一室に落ちついたのは深更十二時をすぎていた。

元満鉄社員の上等兵が差し入れてくれた日本酒をのみながら、山口、浅野両君らの、この年の五月に召集された者たちの苦労話を聞いた。この二人は粗食（副食はおおむねメザシ二尾）、ビンタ、睡眠不足のため憔悴しきっていた。

4　わが師団長の述懐

八月二十三日は朝六時に起こされた。いつの間にきたのか、クズニェツォフ中佐の幕舎の前に、自動小銃を斜めにかまえたソ連兵がにこにこして立っている。その彼が、「マツオカ（松岡洋右）がモスクワに行っている」
という。

軍使の一行は師団本部の検閲をすませてから、隷下各部隊の人員検査に出かけるので、私はこれに随行することになった。師団本部から石門屯までたっぷり四キロの間に歩、砲、輜重、自動車隊などの部隊が整然と整列している。対戦車肉攻班の部隊は現役のみごとな兵士からなっていた。

自動車隊のいた小学校で休憩したとき、朝鮮人の校長がクズニェツォフ中佐に今後の方針をくどくどとたずねたので、古賀師団長が横合いからするどくしかりつけた。

開山屯から奥へ八キロほど入った第三大隊では、師団長は全員にたいして隠忍自重をうったえた。老村夫子が若者にじゅんじゅんと説きさとす風のもので、「ではみなさん、お大事に」と結んだ。この部隊では一下士官が自殺していた。私の原大隊でも師団長の演説が行なわれた。

最後にわれわれの一行は八道河の野戦病院に到着、朝からの空腹をいやす機会をえた。クズニェツォフ中佐はビールを牛飲した。私にはカルピスがうまかった。

その夜、夜もすがら間島（延吉）に引き揚げる部隊を八道河の橋で待ちうけて部隊番号をたずねたが、私の原隊には出会わなかった。トラックの荷台の上で星をながめながら眠る。満州の夜はもう、うすら寒い。

八月二十四日。野戦病院で朝食の給与をうけ、十時ごろ貨物廠に向かった。途中、延吉に引き揚げる部隊の隊伍があまりに乱れているのに出会い、師団長が一喝したが、効き目はなかった。

石門屯駅から北へゆるい傾斜の丘陵を二つ三つこえた高台の貨物廠に着いたとき、山のように積み上げられた糧秣に朝鮮人の老若男女がアリのように群がっていた。

「日本軍の警備兵はどうしたのか。だれも警備していないなんて、じつに無責任きわまる」

とクズニェツォフ中佐。

「だから私がはやく君たちの警備兵をよこせといったのに、君がいつまでにわが方の兵隊を出発させよというから、こういうことになるんだ」

と師団長が切り返す。

車を停めるなり飛び出したクズニェツォフ中佐が、拳銃をつかみ出して威嚇射撃をこころみた。やっと三発目に弾丸が飛び出すと、アリの群れがさっとくずれて、米俵をかつぐ者、軍靴をぶら下げるもの、思いおもいの方向にクモの子を散らすように駆け出した。下の集落まで追いかけて行く中佐に追いついて、私は村民に貨物廠の物資の略奪を禁ずるむねを伝えた。

貨物廠の丘へもどってくると、師団長がさがしてきた乾パンで午食することになった。運転手のソ連兵が見つけてきた生タマゴ数個と、ソ連軍支給の缶詰、豚脂の塩漬（サラ）、トマト、黒パンなどでピクニックのような会食となった。

師団長は、

「私は生タマゴが好きで、家にいるといつもこうして飲むんだ」

と生タマゴをたてつづけに三、四個流し込む。老将軍もこの平和な一時に敗戦のきびしい現実をしばしわすれて、

「君は兵隊ではないな」

と私をひやかしたり、はては、

「私は無天で（陸大を出ないで）ここまで累進したのに、こんなことになってしまった」

と、しんみり述懐した。

やがてソ連軍の警戒兵が数名、トラックでやってきたので、われわれは八道河の野戦病院に引き返し、ここで師団長は、乗用車でどこかへ出発した。私は貨物廠で師団長から防寒靴（兵用）をあずかったが、これを師団長にわたす機会を失ってしまった。師団長は抑留が冬期に入ることを見とおしていたのだ。

私はリチコ少佐と二、三日のこって八道河から開山屯にいたる一帯を見て歩いた。貨物廠

の山の向こうの朝鮮人集落に行ったとき、物見高く集まった朝鮮人の老人や子供にリチコ少佐が宣撫演説をこころみた。

私がこれを日本語になおし、それをまた村人の中学生が朝鮮語に通訳したが、リチコ少佐の演説ははなはだ公式的でむずかしすぎ、村人にはおそらく理解されなかったであろう。村人は私を、ソ連から帰ってきた朝鮮人二世と思っていたようだ。

八道河と開山屯をつうずる道路は、満州と朝鮮を結ぶ一幹線であるので、満州に応召していて、解放された朝鮮人兵士が大極旗を先頭に、大極旗の図柄を描いたハチマキをして、ぞくぞくと朝鮮領に隊伍を組んで帰って行った。私を見ると口ぐちに、「殺してしまえ」と威嚇した。

東寧の部隊で軍属として働いていた朝鮮人が、軍のトラックを運転してここまで到着したが、トラックはソ連軍に没収され、また朝鮮服をまとって逃亡中の日本兵が、ソ連兵に捕えられてきたので、軍服をあたえて間島の捕虜収容所に合流するようにした。

このころ接触したソ連兵は二十五軍司令部関係の兵隊で、直接前線で交戦した者でないため殺気だったところはなく、紳士的ですらあった。

武装解除の会談の翌朝、クズニェツォフ参謀長の天幕の警戒をしていた曹長とは数日間行動をともにしたが、ニコライとよぶ小ロシア人で、モスクワの南郊に住み、映画のシナリオを書いていたとかで、陽気でやさしい男だった。野性化した黒ブタを自動小銃でしとめてきて、ワラ火で毛をやき、器用に解体してシチューをつくってふるまってくれたり、なにくれと世話をしてくれた。

夜はトラックの上でソ連兵とごろ寝をするのだが、かなり冷える。ある朝、枕元でがやがやと女の声がする。昨夜着いた自動車部隊の女兵が、ロシア語を話す日本兵を見物にきたのだった。

一人の婦人上等兵は三年兵で、

「勲章をもらいましたか」

とたずねたら、

「私がもらうんだったら母性勲章（子供をたくさん産んだ母親がもらう勲章）くらいだわ」

と軽口をたたく。私のロシア語を、

「アクセントはすこしおかしいけど、正確なロシア語だわ」

とほめてくれた。

べつのソ連兵の一隊に会ったとき、一人が、

「どうして日本軍は一九四一年（昭和十六年）に攻撃してこなかったんだ、あのときだったらひとたまりもなかったのに」

とうすら笑いをしながらしつっこくたずねてきた。私は、

「そんなことは将軍連にきいてくれ」

とつっぱねてやった。

昭和十六年六月下旬、ナチス・ドイツ軍のソ連侵入直後、日本軍は関特演（関東特別演

習）と称して満州に約七十万の精兵を集中した。大連においても埠頭《ふとう》から大広場にいたる山県通りなどに戦車の示威行進が見かけられ、シベリヤ出兵の準備がすすんでいることが容易にうかがわれた。この北進の企図が上層部で南進に変わった情報は、ただちに尾崎秀実・ゾルゲの線でクレムリンにとどいたことは、いまでは周知の事実であるが、このときの日本の態度がソ連国民に大きな怨恨をのこしていた。

5　延吉捕虜収容所

八月二十七日の夜に出発し、途中、トラック上で眠り、二十八日の早朝に延吉に到着した。私の入隊した原隊、広い野原に充満しているソ連兵の集団の中に車を乗りつけた。近くで見るこれら歩兵部隊の兵は、うすよごれたそまつな軍服に、くるぶしの上十センチくらいのところにみじかくゲートルを巻きつけ、自動小銃を持っているほか、なにもたずさえていなかった。行軍はトラックでするもののようだった。重い装具、立派な軍装で歩いて行動する日本軍とは、根本的に考え方がちがうように思われた。個々の兵そのものも体軀は貧弱で、とても精兵とは思えなかった。

ここで朝食をとっている間に私の帯革がなくなったので、リチコ少佐に訴えると、たまたますぐそばにいた若い兵士のしめている日本軍の真新しい帯革を、いやがるのをむりやり取り上げて私にくれた。

ここで私はリチコ少佐と別れ、ソ連兵二人に護送されて捕虜収容所（通称二八収容所）に送られた。

二八収容所は延吉市街の北部にあり、私の入隊した六四六部隊の二キロほど東にあった。北に行くにつれてゆるやかな上りになる丘の斜面に、二十数個の木造兵舎がならんでいた。昭和十六年の関特演当時に応急に建てられたもので、演習場の仮兵舎という印象であった。

敷地面積は南北八百メートル、東西千五百メートルはあろうかと思われた。周囲は高さ四メートルくらいの有刺鉄線のサクでかこまれ、正面のただ一つの入口には鉄道の踏切のような、上下できる横木が設けられていた。この入口を入った左側に衛兵所があって、ここがソ連兵の詰所になっていた。

私は通訳要員として衛兵司令にひきつがれ、衛兵所で勤務することになった。ここにはすでに、武装解除の会談の夜に出会った浅野二等兵ともう一人、アヘン隠者のような中年の朝鮮人が通訳にあたっていた。

衛兵司令はエバフニェンコとよぶ狡猾《こうかつ》な目つきをした貧相な風貌の小柄な上級中尉で、これに善良なオジさんといったミハイリン中尉が副司令として配されていた。

ここでの私たちの仕事は、ぞくぞくと到着する日本兵の受け入れであった。装具を山ほど背負って、部隊長に引率されてくる疲れきった部隊、トラックに物資を満載して景気よく乗りつける自動車隊があるかと思うと、うすぎたない白麻の朝鮮服をまとい、戦友にかつがれてくる負傷兵、何日か山中を歩きつづけてきた襦袢《じゅばん》、袴、水筒一つもった兵隊が三々五々送られてくる。兵隊だけではなく、一般避難民もまじっている。これを二百人ずつ機械的にわけて収容するのが、第一の仕事であった。

収容所当局はまだ食糧の支給をはじめていなかったので、捕虜たちは自分で食事をまかなわねばならなかった。一方で、空地に天幕を張って毛布をしき、白い一装飯（米飯）をたき、牛缶を切り、日本酒をのんでいる自動車隊があるかと思えば、苦心して馬糧のコウリャンの皮をとり、煎《い》って飢えをしのぐグループもある。気のどくなのは組織をはぐれた兵士や避難民で、なにも食べるものがないまま放っておかれた。

私たち衛兵所勤務の兵隊も、朝から晩まで日本軍の乾パンばかりで、たまりかねて交渉したら、昼食時にどこからかスープを持ってきてくれた。

第二の仕事は、収容された部隊との連絡であるが、これがまた難物であった。どの兵舎にどの部隊が収容されたか、記録されていないので、広大な地域に散在する兵舎、幕舎をさがして歩かねばならなかった。

第三の仕事は、衛兵司令の私事の命令遂行であった。この上級中尉は、最上の時計数個、図嚢数個の蒐集をたびたび命令したが、この仕事は、いろいろな品々を売却にくる日本兵が衛兵所のそばに群がってくるので、適当にさばいてかんたんに解決することができた。

これらの代償として私は食糧をあたえるように司令に話したところ、彼はおしげもなく収容所の倉庫から米、乾パン、缶詰を放出してくれた。時計一個につき乾パン一箱ないし米一かます、または缶詰一箱が相場であった。

時計などの調達を命ずるさい、衛兵司令はしかつめらしく、「三十分以内に遂行せよ」と命令するのであった。あるいは彼個人の欲望から出た命令ではなく、上官からの依頼によるものだったかも知れない。

武器をたずさえたソ連兵の収容所内への立ち入りは禁止が建て前であるが、衛兵所の目をかすめて略奪にやってくるソ連兵が絶えなかった。略奪されてから訴えてくる人には、「略奪の現場に間に合うように報告してくれ」

といっておいたところ、息せききって注進が飛び込んできた。

さっそく副司令に告げると、おっとり刀で現場にかけつて、いましも二名のソ連兵が拳銃をもって荒らしている最中をひっ捕まえてくれた。犯人がさかんに弁明するのを有無をいわさず衛兵所につれて行った。

エバフニェンコ司令の方はずるくて、ひっきりなしに入るこの種の報告をうるさそうに聞いていて、しばらくしてから馬に乗って現場にかけつけるのだが、とても間に合うものではなかった。

収容所にきて三日目の朝、私は自動車の移動修理班つき通訳として転属することになった。迎えにきた自動車隊の大隊長に、衛兵司令が「これはよい通訳でしたよ」とおせじつきでひきついでくれた。私はミハイリン副司令には心から感謝のあいさつをして手をにぎった。

つれて行かれたのは、六四六部隊の北側に接した元杉山隊の車廠であった。すでに琿春自動車隊移動修理班の久保田大尉が、旧部下五十人をつれてきて宿営準備をしていた。車廠（ガレージ）のコンクリート床に自動車のシートをしきつめ、各人毛布一枚にくるまってメザシのように寝るしかなかった。ここで私は成島班長（伍長）と同等の待遇をされることになった。

このアフトバート（自動車大隊）に二ヵ月あまり配属して働くことになったが、仕事は日本軍の故障車を修理して、それに日本軍の物資をつみソ連領内に運搬することであった。

八月三十一日、久保田大尉とソ連軍の中尉とともに延吉から約二十キロ西方の朝陽川の自動車廠に行ったとき、ふきんの国民学校に邦人が集団避難しているのを見た。

自動車廠の一画には日本軍の部隊がそのままとどまっており、おりから行き合わせた将校集会室の昼食風景は、戦前となんら変わらないものであった。この部隊の構内にはさらに、軍人軍属の家族が避難していた。

翌日、久保田大尉ともういちど部品さがしに朝陽川の自動車廠におもむき、帰途にミソやつけ物、乾燥野菜をもらった。ジャルコフとよぶ若い中尉がトラックを運転していたが、われわれに渡されたミソだるの中にウジを見つけて、強硬に完全なものと交換することを主張してくれた。他部隊の者には不良品を押しつける友軍のきたないやり方にくらべ、自分の部下（？）をかわいがるソ連軍将校の気持がうれしかった。

私は自動車についてはぜんぜん知識がないので、しばらくは部品の名称などは単語帳をつくって、日本語とロシア語の両方でおぼえねばならなかった。そのうちにソ連兵の一人がマホルカ（粗煙草）を巻くために、どこかでさがしてきた本が岩波書店発行の『八杉の露和辞典』だったので、たのんでもらい受けた。マホルカ用にかっこうのインディアン・ペーパーだったが、彼はこころよくゆずってくれた。数枚欠けてはいたが、その後、重宝することになった。

このガレージでの生活には、食器がわりにヘッドライトのレンズをつかった。ハシは庭樹の枝を折ってつかっていた。

自動車の修理には、一日何台というノルマ（作業基準）が課されていたが、故障のていど、部品の在庫状況などに左右されるので一律にはいかず、なかなか達成されなかった。担当の小心そうなソ連軍中尉がしょげかえっているので、同情した久保田大尉が兵隊を集めてハッパをかけたりした。

九月四日の朝、温和な銀行員タイプのサラヴィヨフ大尉が、東條英機元首相の自殺未遂事件を知らせてくれた。

突然に命令が出て、約二十五名が八道河に移動修理に行くことになった。途中、道路の要所要所に検問所が設けられ、われわれの車はそのたびに停車して、運転手のソ連兵はパスポートを提示しなければならなかった。二、三名のソ連兵がわれわれに時計を要求したが、そのつど同乗の警戒兵が一喝してことなきをえた。

この日は、八道河駅前の旧満鉄社宅に宿営した。終戦直後、この駅前に集積した膨大な兵器はすでに運び去られ、故障車のみが残されていた。

この社宅に住んでいた朝鮮人社員もすでに避難し、低湿な空地にはマクワウリのタネが芽を出し、防空壕には野グソや汚物が悪臭をはなち、おびただしいハエを培養していた。

この日、石門屯から西北方に入った貨物廠で米、うどん、缶詰、ミソ、醤油などをしこたま積み込み、また山を掘り抜いた洞窟の中で防寒靴下、手ぶくろをたくさんひろった。

その晩、ジャルコフ中尉に招かれて、野戦パーティーに加わった。運転手のアレクサンドル・ベズルコフ（愛称サーシャ）とよぶがっしりした体軀の人なつっこい軍曹と警戒兵二人も同席した。

酒は酒精度の強い、いやな臭気をはなつ地酒、さかなは米国製の豚肉のミンチの缶詰であった。

話題はソ連軍の将軍の話にうつった。ノモンハン事件のさい、日本軍と相対した司令官はジューコフ、ロコソフスキーというソ連屈指の勇将であったこと、ロコソフスキー将軍は少年のころ不良だったこと、この両将軍が対独戦線で抜群の戦功をあげたことをジャルコフ中尉は話してくれた。

酔余の雑談は多岐にわたり、スターリンの民族政策におよんだ。ジャルコフ中尉が長ながと公式的に理論をのべたてたので、私もつられて、

「むずかしいことはわからないが、スターリン自身、被圧迫民族の出身だから、その民族政策がすぐれているのじゃないか」

と発言したら、みなから喝采をあびた。

6　危険なる疑惑

翌日、われわれの移動修理班は駅裏の広場に散在する各種自動車の修理にとりかかった。この自動車群はそれほど痛んでいないので、予期以上の成績をあげてジャルコフ中尉をよろこばせた。

私はときおり命令を伝達する以外に仕事がないので、日かげにすわってサーシャなどと雑談していた。この軍曹は西部シベリヤの産で、革命後の内戦当時に孤児となり、浮浪児の生活を送っていた。

軍隊に入る前は自動車工場の主任をつとめ、前後八年も軍隊にいること、その間、結婚して今年七歳になる女の児があるが、彼の留守中に妻が一大尉のもとにはしり、どうやら旅順について行ったらしいという。彼はソ連邦の女性の軽薄さを語り、日本女性の貞操観念をほめちぎった。

こんな話の最中にジャルコフ中尉でもまわってくると、靴のかかとをカチンとならす気をつけの姿勢をとり、

「フショ・フ・パリャトケ（異状ありません）」

としかつめらしく報告するのであった。

初秋とはもういえないこのころの空には、ときおりしぐれ雲がとおり、それが終日じめじめと降りつづく秋霖にかわる。こんなときにはハエが部屋中に群がって、おちついて食事などできない。炊事当番のつくる副食物は、材料にかぎりがあって、いつも牛缶がダシにつかわれるので、そのにおいをかいだだけで食欲が減退してしまう。

雨天でひまのありあまる兵隊たちは、私物の料理をつくっては炊事当番をふくれさせた。兵隊たちは防寒手套や靴下をぬい合わせて、腹巻やチョッキをつくって時間をついやした。これはやがてくる冬へのしたくというよりは、毛糸製品のとぼしい日本への復員準備のためであった。われわれだれもが復員のまぢかいことを信じていた。

この雨の日、ソ連軍の技術将校が二人、駅ふきんに散乱する兵器の残骸を調べにきた。これには成島班長と私が立ち会ったが、この技術将校らのていねいな言葉づかいや、いんぎんな物腰には、いかつい日本の将校の応対になれた私たちは、むしろ奇異の感すら抱かされた。

この人たちの質問はきまって、ロシア語はどこで習ったか、入隊前はなにをしていたか、ロシアへ行きたくないか、ということであった。

ある日のこと、一人の避難民が捕らえられてきた。前夜、例の貨物廠ふきんをうろうろしていて不審訊問にかかったのである。

この人は間島省の和龍にちかい一警察署の警尉（警部補に相当）で、家族をもとめて図們《ともん》に急ぐ途中であった。その所持品の中にあった官服姿の写真の肩章を見て、ジャルコフ中尉は日本軍の参謀将校だと思いこんでしまった。そばで私が極力その非なることを説明したがきき入れず、どこかへつれて行った。

満州国の警察官の階級章は、肩の線に並行した大型の金筋の入ったもので、ソ連軍の将校の肩章と酷似していたから、情報関係でない兵科の中尉が誤解してもやむをえないのだろうが、そのすじの専門家の取り調べでいずれ氷解するだろうから、と私は蒼白な面持ちのこの警察官をなぐさめてやった。

日本側とソ連側との国情の相違で、われわれがなんでもないと考えていることが、警戒心の強いソ連側には、あらぬ疑惑をいだかせていることがあった。

ジャルコフ中尉が私に、どこでロシア語を習ったかとたずねたとき、私は、

「外国語学校で習った」

と正直に答えたところ、彼は、

「じゃあスパイ養成学校だな」

といったので、おどろいて、さにあらざるむねを詳細に説明したことであった。

その後しばらくしてジャルコフ中尉に、

「自分たちはいつ解放されるのだろうか」

と質問したことがあった。すると、

「ヴィは二、三年帰れないだろう」

という。

この「ヴィ」という語は、「君たち」という複数二人称の意味と「あなた」というていね

いな単数二人称の意味があるので、日本兵全体をさすのか、私個人をさすのか、明確でない。それで、

「どうしてか、私はふつうの兵士なのに」

と反問したら、

「いや、君はふつうの兵隊じゃない」

という返事が返ってきた。

日本軍の復員について、私は一九二八年ごろ満州里ふきんにおけるソ支紛争当時、ソ連当局が中国軍捕虜にとったものと同様の措置、すなわち短期間の思想教育をしたのち、よき服装をあたえて帰国させるであろうことは想像していたが、かなり長期間になりそうなソ連側の態度がわかって、ショックをうけた。

そのうえ、私にたいするソ連側の評価、疑惑、誤解が胸につきささってすっかり憂鬱になってしまった。とにかく、これからはできるだけまずいロシア語をつかって、あらぬ疑いを起こさない戦法をとることにきめた。

ある日、石門屯ふきんの小学校のある山峡に、自動車の部品を集めにサーシャらと十数人で出かけた。サーシャは群がってくる朝鮮人の村人たちと毛布一枚を物々交換して、ニワトリの丸揚げ、鶏卵、白酒《ばいちゅう》（いわば中国焼酎）を手に入れ、河原でピクニック式の昼食をとった。

このとき同行した唯一の女兵はずんぐりして、鼻の先が上を向いて、それほど美人ではな

いが、〝太けれど柳は柳かな〟の風情のある女性だった。彼女は腕力が強く、若い男の兵士と相撲をとっても、なかなか負けなかった。日本の兵隊たちがきたないヤジでひやかしていたが、後刻、この女性がジャルコフ中尉の夫人であることがわかった。

彼は最初、兵隊を妻にしていることがきまわりがわるかったのか、かくしていたのだ。この国の軍隊では、男女軍人の結婚にさいしては上級者の委員会がもたれ、それが承認した場合には両者は同一部隊に配属される、とはサーシャの説明であった。

九月十日、ほぼ修理を完了した十数台の車が梯団をつくって延吉に帰ることになった。ところがいざ行進をはじめると、たちまち故障が続出し、ある初年兵の運転したトラックは坂の下で落伍してしまった。

と、どこからか大隊長のワルワーロフ大尉がジープで現われ、おそろしい権幕で私に向かって、「日本の兵隊どもは故意に反ソ行動をやろうとしている」

とどなりつけ、落伍した車の運転手に拳銃をつきつけて、狂人のように叱責の言葉を投げつけた。

港湾労働者出身のこの初年兵は、向こうハチマキで運転台にあぐらをかき、

「撃つなら撃ってみやがれ」

と必死のタンカを切っている。

もともと修理したてのこのぼろトラックは、オイル不足のため試運転が行なわれていないので、二、三百メートル行ってエンコするのは当然であり、また人手不足のため、運転にあ

たった未熟な初年兵が落伍するのは予期されたことだったが、疑いぶかい彼らは反ソ的な謀略行為と解するのであった。

ともあれ、全員を路肩に整列させ、私はワルワーロフ大隊長の訓示を伝えた。

「今後もしこの謀略行為のけはいが見えたら銃殺に処す」

というすごい文句がならべられた。

しかし、非力なぼろトラックは八道河の街はずれからはじまる坂道で、遠慮なくエンコをはじめるのであった。

それでも成島班長の大わらわの奮闘が効を奏し、全車両が夜九時ごろには全行程の四分の一を走り、とある寒村の路傍で眠ることになった。夜半に雨がふり出し、みなは迎えにきたソ連軍の十輪車のホロの中にもぐり込んで浅い眠りについた。

翌日、延吉の元杉山隊に到着すると、残留班の姿はなかった。ワルワーロフ大隊長が前日とは打って変わって上機嫌でやってきて、全員の努力に感謝し、週番将校に慰労の食事をあたえるように命令して行った。

午後になって約百五十名の修理要員が収容所からやってきたので、われわれの車廠は手ぜまになってしまった。これらの修理要員は二八収容所から自動車の運転、修理のできる者をつのり、これに朝陽川自動車廠出身の中尉二名を指揮官として配属した混成部隊で、われわれの部隊のように統制はうまくとれていなかった。

また、彼らにたいする食糧の給与が円滑でなかったので、われわれの持っている糧秣を提供したところ、たちまちわれわれが困ることになってしまった。

ジャルコフ中尉にこれを訴えたところ、

「どうして君らはそんなことをするのだ。君らは作業成績がよかったから特別に支給されたのに」

と、意外そうな顔をする。だがこの場合、おなじ場所に起居する日本兵が炊事をべつにすることはとうていできることではなかった。

新しい部隊の指揮官の二人の中尉は、東大工学部出と蔵前高工出であった。カバリョフ上級中尉がこの部隊の担当者となった。

この部隊の仕事は、車廠の背後に集積されたあらゆる型の故障車を応急修理することだったが、修理の容易な車はわれわれがすでになおしてしまった後であり、それに倉庫にある部品は不足がちなので、課題はそれほど容易に遂行されるものではなかった。そのたびにこの両中尉は口ぎたなくハッパを入れるのだが、この将校たちの立場はすっかり兵隊から浮き揚がっており、なにかしら気のどくな感じさえした。

日本の軍用自動車の車種はいくつかにわたっており、部品や各車種間に共通の規格がなかったので、小さな部品がなくてもたちまち困ったことになった。倉庫の部品の山のなかを時間をかけてさがしもとめねばならなかった。

これにたいしてソ連軍の軍用トラックは、一九三四年型フォードをモデルにした「ウートカ（アヒル）」とよぶ三トン積みか、米国が援ソ物資として送りこんだスチュードベーカー社の大型十輪車の二種類で、部品の入手もきわめてかんたんだった。

この新しい部隊のなかに、生後一年あまりで両親とともに米国に渡り、日米開戦後に交換船で帰国した青年がいた。この青年から米国での抑留生活の体験談をきいたが、それはわれわれにユートピアのような感をあたえた。

清潔なシーツとあたたかい毛布の寝台、各種のパンが食べたいだけ食べられる食堂の話、真珠湾の捕虜第一号のいたその収容所では、伝えられるような捕虜虐待の事実はなかった、と。

7　悲しき行軍

この旧杉山隊のガレージにいたころ、一夜、花火がさかんに打ち上げられた。打ち上げ場所は二八収容所のうらあたりの方角で、花火というより照明弾ともいうべきものがひっきりなしに夜空に交錯し、ゆらりゆらりと落ちてきた。

それを見ているソ連兵どもが、「サリュート（祝砲）」とか、「サユーズニキ（連合軍）」とか歓声をあげていたから、おそらく戦勝祝賀の行事が行なわれたのであろう。

九月十四日、われわれが十数台のトラックを修理し終わったころ、出発の命令をうけた。カバリョフ上級中尉にたずねてみると、その場所がどこかわからないので、ソ連へつれて行

かれるのではないか、と兵隊の間に不安が高まってきた。サーシャにたずねると、

「ちがうといったろ」

と不機嫌そうに否定するのが、なおさら動揺に拍車をかけた。

九月十五日、いよいよ数日の予定で行動することになった朝、一つの事件がもち上がった。隊長が蔵前高工出の中尉、成島伍長が技術顧問となり、行軍中は日本軍隊式の規律をもって隊長が指揮すること、というソ連側の意向が伝えられたが、これに気をよくした中尉がさっそく、成島伍長のビンタをとった。

移動修理班で業績をあげ、ソ連側の信任をかちえている成島伍長が、新たに参加したこの将校に同僚にたいするような言葉づかいをするのを不愉快に思っていた中尉が、ソ連側から「日本軍式の規律で」と申し渡されたこの機会に、つもるウップンを爆発させたのだった。

伊豆急バス運転手出身の成島伍長の、敗けた軍隊で階級差をやかましく目くじら立てるのはおかしい、という自然発生的な素朴な感情と、なお特権を維持したいという将校の感情との相剋であった。

しかし、ジャルコフ中尉が一人ずつ両名をよんで、両者をたくみになだめ、政治的に解決する思いがけぬ手腕をみせて、ことはおさまった。

この日われわれは、朝陽川の貨物廠で糧秣を積み込み、翌十六日にキンチャン（金蒼）にむけて出発した。図們《ともん》街道を行くと、おりから二八収容所から出た捕虜部隊が行軍して行くのに出会った。てんでに手製のリュックや薪《まき》を背負い、缶詰の空缶をわきにぶら下げている。

どんより曇った空はとうとう泣き出し、すごい豪雨になった。自動車で行軍する私たちはなんのこともないが、徒歩部隊は雨宿りするような場所もなく、肌着までずぶぬれである。私の隣りにすわっている若い警戒兵になにかと話しかけても、こちらを警戒しているのか、「トーチナ（そのとおり）」と一応の相づちを打つだけで乗ってこなかった。

九月十七日は、きのうとうって変わって晴れ上がり、車は快調に走った。避難民がところどころに群れをなして休んでおり、車をとめると歓声をあげて集まってくるので、あり合わせの乾パン、缶詰、携帯口糧をなるべく子供づれの婦人に手渡した。きけば琿春方面の開拓団の人々で、きのう延吉の国民学校の収容所を出発して、自宅にもどるところであった。衣服などもそれほどよごれておらず、婦人はこざっぱりとしたモンペをまとっており、子供たちもピクニックのような喜々とした表情で、一年後の引揚開始のさいの惨状は想像することもできなかった。

図們江にかかる鉄橋が爆破されていた。延吉から図們にきた鉄道は、図們江を渡っていったん朝鮮領に入って東に向かい、途中で訓戎からわかれて図們江を渡り、ふたたび満州領に入り、琿春に向かう。

この鉄道の北側に、図們江を渡らないで琿春に向かう密江街道とよばれる道路があった。この街道をすすみ、北側からせまる山間部をぬけると密江屯という村落がある。

この密江にでる山腹で、僚車が運転をあやまって約十メートルの崖から転落した。トラックの下敷きになった虫の息の運転手と助手をわれわれのトラックに収容し、私はほどちかい図們の陸軍病院に彼らを送ることを主張したが、ジャルコフ中尉はガンとして受けつけず、目的地である琿春まで運ぶという。

「ともかく自分の任務を遂行しなかった捕虜にたいして、ぼくは銃殺してもよい権限を持っている。だが、ぼくはそんなことをせず、入院させてやろうと思っているのだから、理解してほしい」

というのであった。

この街道を日本軍の捕虜部隊がぞくぞくと通過して行く。琿春をへてソ連領に行軍するのである。

通りがかった捕虜部隊の将校をつかまえて、転落したトラックを道路に上げる作業をたのんでみたが、兵隊が自分の教えた部下でないから動いてくれない、といってことわり、自暴自棄的な言葉を残して去って行く。

ソ連軍は日本の捕虜を自国に送り込むにさいし、日本軍の編成をくずし、他部隊の下級将校を各作業大隊に配属して、軍体制の崩壊をはかる方策をとり、それがすでに実効をあげていた。

密江峠を越えたあたりに、山峡に擱座した戦車があった。このふきんで一路、図們、延吉方面に来襲するソ連軍をむかえて激戦が行なわれたことがうかがえた。

夕方、訓戎の対岸に到着、野営することになったが、いったん落伍して追走してきた最後尾の僚車がわれわれに気づかず、橋を渡って朝鮮領に入ってしまった。すぐこれをサーシャが追いかけて行ったが、私はジャルコフの車で負傷者を琿春の元県立病院に輸送することにした。

たそがれのスズメ色のなかに白いものが動いて、やがて白衣をまとった金髪の看護婦が、ライラックの植え込みをぬって病舎に案内してくれるのが、なにか現実ばなれして、チェホフの一幕物にでも登場したような錯覚をおぼえた。

この負傷者はもう死ぬかもしれないと思った私は、留守宅など書きとめて畳敷きの一室に担架をかつぎこみ、日本軍の衛生兵に後事をたのんで引き返したのであった。

8　ソ連領に入る

逸走した車はとうとう見つからず、サーシャがむなしく引き揚げてきたので、ジャルコフ中尉と私の三人でふたたび捜索に向かった。途中で道をたずねた家には、「松下村自警団」という表札がかかげてあった。

ジャルコフ中尉は山中のでこぼこ道を強引に運転し、二時間も捜したが結局、目的を果たさず帰路についた。もう午前三時にちかかった。

明くる九月十八日の早朝、ジャルコフ中尉とふたたび捜索に出発、昨夜の松下村自警団屯所からは村長が乗り込み、案内してくれることになった。

その村から琿春に向かう図們江の対岸の砂地の村道に、タイヤの跡がついているのをたどって、やっとガソリン・エンコした僚車を発見した。

この車に乗っていた軍曹二人は、積載した糧秣の略奪に雲集する朝鮮人の暴民と夜っぴて戦いつづけ、われわれが発見して暴民を追いはらったときには、三十面の軍曹がうれし涙をこぼしておろおろしていた。

小春日和《びより》の荷台にゆられてもどる途中、若い村長の身の上ばなしを聞いた。

彼は青年時代に抗日運動に参加し、三年間牢獄につながれた経歴の持ち主であったが、このたびその経歴をかわれて村長に選ばれたとのことだった。

われわれは訓戎の対岸に引き返すとすぐに、北方、春化に向かった。途中、通過した琿春の町は死の街と化し、街角にソ連兵を相手の物売りが三々五々たむろしているにすぎなかった。

町の中央の十字路に極彩色の凱旋門が建てられており、ソ連軍の将校はそこでパスポートを調べられた。われわれの車は僚車のグループよりずっと前方を走っていたが、春化と琿春の間に駐屯する小部隊につかまって水アメの一樽《たる》を強奪された。私はジャルコフ中尉に報告するため、そこの部隊長に受領証を書かせた。

春化の手前で野営し、おそくまでトウモロコシを焼いて食べた。畑の持ち主と思われる中国人の農夫が愛想笑いして、だまったままその場を去らないので、われわれは缶詰などを代償としてあたえた。

翌九月十九日の朝、春化の日本軍部隊跡に着いたところ、門のとびらにチョークで、『日本のサムライを殺せ！』とロシア語で書かれた落書が目についた。国境に間ぢかいこの町では激しい戦闘が行なわれたのであろう。

この部隊の倉庫に朝陽川貨物廠から運んできた糧秣をおろした。朝陽川であれほど厳重に員数をチェックした糧秣が、ここではいちいち細かく伝票について精査されないことを看破した日本の捕虜たちは、缶詰、米などをたくみに〝員数〟をつけた。

春化から西方約七十キロの金蒼《キンチャン》までの山道は山ぶどうがつぶらに実り、蔦《つた》かずらがみごとに紅葉して、しばし敗戦の苦汁から遠ざけてくれた。

ときたま日本軍の破壊した谷川の橋梁跡では思わぬ時間をとられて、金蒼の山ひとつ手前の川を渡ったころは夜の十時をすぎていた。しんがりをつとめたサーシャと成島伍長の車が着いたのは夜半二時ごろであった。

九月二十日、金蒼にいたるまでの山道の両側に、ずらりとならんだ友軍のなかをぬけて行った。この部隊は金蒼の収容所から出発したもので、患者は延吉に送られたという。

金蒼の町は兵站《たん》基地らしく、多数の倉庫がならんでおり、自動車修理部隊があった。ここでわれわれの仲間はさっそく、自動銃をたずさえたソ連兵からタバコや時計、万年筆の略奪をうけた。被害者が訴えてきたので、さっそくかけつけて抗議すると、そばかすの浮き出た、幼な顔ののこった少年兵が自動銃をたたいて脅迫した。私が、

「ほしければあげるんだ。しかし、スターリン閣下は君たちに強盗せよと教えたわけではあ

るまい」

とたしなめると、しぶしぶ奪った五個の腕時計のうち三個を返してきた。その他の贓品《ぞうひん》も大半がジャルコフ中尉らの尽力で持ち主にもどった。

金蒼でクラスキノまで行軍の命令をうけ、ガソリンを補給して午後出発、春化で大休止ののち、半数が琿春に出発し、月明の道をひた走りに走って午前二時ごろ、琿春の官舎街に到着、道路上で仮眠した。早朝起きぬけに官舎に入ってみると、家具、畳など一物ものこさず略奪され、床板までなかった。

この日から数日、琿春河東岸の広場で待機することになり、その河原で暮らした。

延吉の収容所から行軍してきた捕虜部隊が、この街から東にのびた街道をクラスキノに向かって通過して行く。薪を背負った者、ナベを腰に下げた者など思いおもいの姿で、行軍の列は乱れっぱなしである。夜はひときわ明るいヘッドライトの列をつくって大型十輪トラックが糧秣、貨物を満載してソ連領にすすんで行くのが見られた。

無聊《ぶりょう》に苦しんだわれわれ移動修理班の面々は琿春河で水浴し、洗濯をし、しらみ退治をするのが日課となった。

九月二十五日の未明、われわれ一行もクラスキノに向けて出発した。満州領とソ連領の国境にはすでに大きな道路が開通し、トーチカなど陣地の跡はなにも見えなかった。

「どうだい、何もないだろう」

とジャルコフ中尉が鼻をうごめかせていた。

クラスキノ河の西岸に到着すると、とうとうソ連にきたという感慨でいっぱいだった。金蒼へ出張ということで延吉に私物の荷物をのこしてきたが、もう延吉へもどれないかも知れない。また、ソ連でどういう運命が待っているかも知れない。みなはロシア人にたいする不信と、前途の不安に憂鬱になっていた。

翌日、運転技術を持たない兵隊が引きぬかれて、延吉からきた徒歩部隊にくわえられ、どこかへ出発して行った。

この町は以前、ノヴォキエフスコエ（中国名で煙秋）とよばれたが、張鼓峰の戦闘の後で、クラスキン司令官の名をとってクラスキノと名づけられた。辺境の小さな町である。

クラスキノの町で見かける市民の服装はきわめてまずしく、男女とも靴をはいている者はすくなかった。日本兵の冬用軍衣を着たプラトーク（ネッカチーフ）とスカートの農婦を見かけた。近くの農場で働いているらしい。

国境からクラスキノにいたる地帯は、なんの作物も栽培されていなかった。

翌日、河を渡りクラスキノ市街を通過し、ポシェト湾を右に見る鉄道の踏切にちかい場所で宿営した。クラスキノは軍都で、大きな部隊が駐屯しているらしい。

駅前には日本軍の糧秣がミソ、醬油にいたるまで山積されていた。駅から出た線路が東北方三、四キロのところで道路と交叉する踏切を越えると、起伏するなだらかな丘がひろがり、そこは日本の捕虜で充満していた。

捕虜たちはこの草丘に天幕を張り、天幕のない者は壕を掘って、これを毛布でおおい、秋雨をしのいでいた。この丘の上で私は原隊の戦友に出会った。捕虜にたいする給与は一定の基準《ノルマ》にもとづいているらしく、兵士たちは配給の砂糖をたくわえて、飯盒でぜんざいをつくっていた。

その夜はげしい豪雨がきて、われわれはトラックの幌《ほろ》の中にすわりこんで、まんじりともせず夜を明かした。

9　クラスキノ風景

九月二十七日、踏切からあともどりしてザイサーノフカという集落にあるガレージに泊まった。街道から五百メートルほど入った丘の上に、広い前庭をもった煉瓦づくりの平屋があり、もともとは小工場ででもあったのか、旋盤などをとりはずした跡があった。このコンクリートの床に枯れよもぎを敷き、その上に毛布を敷きつめると、ともかく立派な部屋になった。

この部屋の正面にポシェトの岬が紺青の入江に突出し、それが陸地につづくあたりから、飛行機が発着していた。

地隙《ちげき》をへだててすぐ東側の丘にある三階建ての建物は病院らしく、窓辺に白衣の天使が目白おしにならんでいたりした。ずっと東の丘陵には夜になると、点々と灯火がともされ、キツネ火のように美しい。これが捕虜の収容所であった。

私は成島伍長、ジャルコフ中尉らとクラスキノの街に出かけた。とある三叉路の広場では告別式が行なわれており、いくつもの土饅頭《まんじゆう》の上には数々の花がかざられ、盛装した軍人や市民が礼拝している光景を見かけた。このたびの戦いにたおれた若い人々の新墓であろうか。

ここでも街を行き交う人々の服装は、いちようにまずしかった。日本兵の軍衣をまとい、戦車兵の帽子をかぶったソ連兵が肩で風をきって行くと、向こうから中年の婦人労働者が、道路清掃車を運転してやってくる。

この車のうしろからうすよごれた学童が、いたずらをしながらくっついて行く。たまたま河原で分かれた仲間が使役のトラックでやってくるのに出会い、情報を交換し合った。

裏町にトラックをつけて将校連が米や雑穀入りのかます、水アメの樽をおろしたことがあった。

「これはカッパライというんだよ、君らに関係ないことだがね」

と彼らはいたずらっぽく朗らかにウインクして口どめをするのだった。これはおそらくわれわれの糧秣から抜きとったものだろうが、いったいこの家はどういう家だろうかと好奇心にかられた。待っている間にこの家の四、五歳になる幼児と仲よしになった。彼らは私を日本の兵隊とは思っていないようであった。

また、ある隊長の留守宅に雑穀入りのかますを運んだことがある。入口にすぐプリタ（かまど）があって、炒《いた》めものをするにおいが往来まで流れて、忘れていた家族を思い出させた。

ダンスの音楽や足音が陽気に聞こえる家もあった。

九月二十八日——ジャルコフ、サーシャ、成島伍長と四人で延吉にもどることになった。クラスキノでのわれわれの仕事は自動車の修理であったが、そのための修理用部品の補充に行く必要があったのだ。

琿春の町でわれわれの車はなぜか、パスポートのチェック・ポイントをさけて裏街道に迂回した。

深更五時間あまりで延吉に到着、元杉山隊車廠の前に車をつけ、車上で熟睡した。

朝になってわれわれの帰着を知った留守部隊の初年兵らは、まるでオヤジどもが帰ってきたように歓迎してくれた。なつかしいヘッドライト用レンズを利用した食器には、味噌汁がこってり湯気を立てていた。

われわれの留守の間に平壌から数十名の部隊がきていた。彼らは新京の部隊であったが、終戦直前になって自動車で平壌に移動し、終戦後そのまま移動修理班としてソ連軍に使役されてきたのであった。

この部隊をひきいるソ連軍の中尉は、日本軍の兵隊をたいせつにとりあつかい、被服、食糧などでも大いに優遇したので、兵隊たちはこれを徳として、すっかり信頼しきっていた。

この部隊の兵隊たちから私は、ソ連参戦直後に関東軍の軍人軍属の家族が、新京からいちはやく平壌に疎開したこと、おなじころ満鉄社員の家族も平壌近郊に疎開したことを知った。また同時に、満鉄社員の家族は、終戦後まもなく満州にもどったとのうわさも聞いた。家族が会社の世話で団体行動をしていれば、なんとかぶじにすごしているのであろう、というのがせめてものなぐさめであった。

それにしても、最後の根こそぎ動員をしていなければ、この極限状態にあって在満の家族はまだ幸せであったであろうに。また、軍人軍属の家族だけをいちはやく逃がし、国境の開拓民をはじめ在満市民を見すてた関東軍当局の措置はどうしたものであろうか。軍隊は抽象的な国権を守るのではなく、生きた国民の生命、幸福を守るべきものではないか、と、どうにもならぬ怒りを見えぬものにぶっつけるのであった。

十月一日の早朝、ジャルコフ、サーシャとわれわれは自動車の部品、工作機械、糧秣を満載し、さきの平壌部隊と車をつらねて延吉を出発、クラスキノに向かった。

琿春の町はずれから乗り込んできた中国人らしい風貌のソ連兵と、わずかなことでいざこざがあったあと話し合ってみると、ウズベク人とわかった。この八字ひげの異民族の兵士はすっかりソ連兵になりきっており、二言めにはロシア語で「エビー・トゥバユ・マーテリ」という。

この言葉の意味は、直訳すると「お前の母親を姦せよ」というきわめて品のよくない表現である。ソ連の兵士はなにかにつけ無意味にこの言葉を口にし、はなはだしいのは「エビー・トゥバユ・ボーハ・マーテリ（聖母を姦せよ）」という。女兵までが平気でこの言葉を口走るのであった。

このウズベク人の兵士の提案で、国境の手前で車をとめ、彼が国境警備隊の兵舎から息せききってはこんできた白酒《バイチュウ》（コウリャン焼酎）を開けて昼食にした。さかなはゆでタマゴ、トリの丸揚げ、黒パン、乾パン（スハリー）。

空はあくまで青く、微動する大気のなかを白雲がゆうゆうと去来し、すべて世はこともなし、といったあんばいだ。一ぱい気げんで国境の丘をかけぬけ、われわれの先発車は夕方六時ごろザイサーノフカに着いた。

私が後続する僚車を案内するため、街道の入口でひとり待ちうけていると、ふきんに駐屯している戦車部隊の兵士が数人、私をとりかこんで略奪しようとした。私がとっさに、

「命令を遂行中！」

とさけんだところ、思いがけぬロシア語におどろいた彼らは、最初の企図をすてて、口ぐちにいろいろな質問を浴びせかけてきた。なかには、

「ドイツ軍がモスクワふきんまで出てきたときに、どうして日本は出なかったのか」

と相も変わらぬ質問をするので、

「日本はソ連との不可侵条約を守ったからさ」

と答えておいた。ひとしきり弱い者いじめの質問がすんで、彼らが散ってしまうと、またひとり若い兵士がやってきて、異民族らしい舌ったらずのロシア語で話しかけてきた。彼は延吉に進駐した当時の印象を語ったが、彼にいわせると、延吉の兵舎ほど完備した兵舎はソ連にはないというのだが、おそらくこのあたりが正直なところであろうか。

この街道の暗闇のなかを、黙々と捕虜の列が足をひきずっていく。ある者は歩きながら放

尿していく。無言の抵抗とデスパレートな感情の表現であろう。追い越してゆくソ連軍のトラックのヘッドライトに、白い土ほこりの幕が一瞬写し出されては消えた。

10　鉄の規律の正体

十月二日から、延吉から運んできたボロ車の修理が開始された。これがすんでしまうとも う仕事はなく、ふきんの将校の留守宅の馬鈴薯畑の収穫に動員させられたり、ソ連兵の風呂をたてたりした。

湿地帯にかこまれたこの馬鈴薯畑の出来は思わしくなく、ウズラのタマゴ大のものまで袋につめ込んだ。野菜の不自由なこの寒村では、貴重な冬の食糧となるのだろう。この私用の使役の報酬としてマホルカ（粗たばこ）の小箱が一個われわれ三十人に渡された。

風呂はガレージから二百メートル下ったところにある朽ちはてた一軒家にあり、掘り抜き井戸があった。一日がかりでたてた風呂では、それぞれ洗面器に二杯ずつの熱湯があてがわれるだけなのに、ソ連兵たちは「いい湯だった」と感にたえぬ面持ちで帰って行く。将校はさすがに清潔な下着に着がえていた。

朝から使役につかわれ、捕虜がやっと湯にありついたのは午後の日差しがうすれかかるころであった。宿営場所からこの一軒家の風呂までわずか二百メートルの距離であるが、カンボーイ（警戒兵）なしで自由に歩けるのはうれしかった。

あるとき、ソ連軍部隊の野営地の横を通ったことがあった。天幕のなかで若い女兵が髪をすいているのが見えたとき、私たちを引率している警戒兵が、

「あれはエブレイカ（ユダヤ女）だぜ」

と軽蔑した表情をあらわにみせた。ユダヤ人にたいする差別の感情が、こんなにも根づよいのを知っておどろかされた。

このころ指揮者である二人の将校（日本軍）にたいする、兵隊側の空気は急速に悪化していた。

彼ら二人は戦前そのままに当番兵をもち、当番のつくる特別料理を別室でとっていた。ソ連側の将校は夕食にかならず日本軍の将校を招いたので、私も通訳としてこれに同席したが、その席にはソ連兵のつくった野戦料理に日本軍の乾パン、砂糖のたっぷり入った紅茶、あやしげな酒が出された。

これだけでも一般の兵士の食事とはかけはなれているので、こんなことも両者の感情の離反に拍車をかけた。一人の伍長はアゴひげなどを生やして、将校などの命令をてんできかなかった。若い中尉たちはなんとかしてこの伍長をおさえようと腐心していたが、ばかにされるばかりで歯が立たなかった。

兵隊はひまがあるとサーシャやペーチャ、フェージャといった連中と相撲をとったり、棒押しに興じていた。上半身がすばらしく発達したサーシャも、相撲では小柄な日本兵にかる

く投げられ、くやしがって何度も向かって行った。

ペーチャは兄が将官であるという噂であったが、本人は殺人罪で牢獄生活をし、三年をへたのち戦線に立つため出獄させられたとか。小柄な二十二、三歳の青年で、他人の顔色を読むのがたくみであった。その彼は夏の軍衣と、日本軍の防雨外套しか持っておらず、東寧戦線で所持品をいっさい失ったといっていた。とにかく暢気なものであった。

ペーチャは私に「ガーワン」とか「カチューシャ」という流行歌を教えてくれようとしたが、音痴の私はその微妙な節まわしにはとてもついていけなかった。

また、あるときペーチャが、国内で流行しているのであろう、しゃれた軽口を教えてくれた。

「色だけたっぷり尉官さん。色と飯とは佐官さん。飯だけたっぷり将軍さん」

意訳するとこんなことになる。若い尉官には、胃袋を満足させるだけ食糧は配給されないが、お相手にはこまらない。佐官級になると食糧もお相手も充分にある。将官になるともう老齢で、お相手は必要でなくなるが、食糧だけは充分に配給される、という意味である。戦時におけるソ連の国内事情の一面を伝えるものであろう。

フェージャはやはり二十二、三歳の小柄な、笑うと唇がまくれて歯ぐきの表われる教養のない兵隊で、将校から「もっと文化的になれ」といわれると、顔だけは洗ってくるが、首から下は真っ黒であった。あるとき彼が、

「ヤポンカ（日本女性）はチースタ（清潔）だ」

と口走ったとき、サーシャがきっと目顔でおさえて、それ以上の発言をさせなかった。

捕虜とソ連兵の間に友情が生まれてきたころ、私と成島伍長はジャルコフ中尉らと延吉へ帰ることになった。クラスキノに残ることになったサーシャが、「できるかぎり君らの友人のめんどうをみる」といってくれたが、この人ともうふたたび会うことはないであろう。彼の住所を頭にたたみこんだが、体制のちがいは文通をも遮断することであろう。私が彼に万年筆を記念に送ったとき、彼はいたく恐縮していた。サーシャは立派な紳士であった。

十月八日の正午ごろに出発した。雲のたれ込めた十月の空を映してポシェトの海はいぶし銀に静まり返っていた。

この海沿いの街道をかなり走って宿舎街に入り、とある家の前にわれわれの十輪トラックが停まった。ここは大隊長のワルワーロフ大尉の自宅で、ここから彼の夫人、子供二人、お手伝いの十五、六歳の少女が乗り込んだ。いっしょに積み込まれた大尉のスーツケースはおそろしく古めかしいものであった。

国境を越える前に、トラックの助手席にいたワルワーロフ夫人は幌の奥深くに席をうつし、その前にペーチャやフェージャが腰高に座をしめて、声高に軍歌を合唱しだした。ワルワーロフ大尉は女医などとジープで先駆する。

国境でいったん停車すると、警備兵が幌をのぞき込んで、

「女はいないか」

とたずねる。ペーチャたちが異口同音に、

「ニェット、ニェット（いない、いない）」

という。まんまと国境を通過すると、ワッという歓声をあげる。この夫人たちの同伴は合法的ではないのだろう。誇るべきソ連の鉄の規律も戦勝のどさくさでゆるんできたのだろうか。

その日の夕方、われわれは延吉の元杉山隊の車廠に到着した。

十月九日――このガレージのうらに集められたオンボロ自動車の修理に値するものは、そのまま、あるいは修理ののち物資を積んで、ソ連領に運び去られ、いまはただ荒涼たるスクラップの山と化していた。

仕事のなくなったわれわれ自動車兵たちは毎日、延吉駅へ積載作業にかよった。この部隊の指揮をとる衛生兵の曹長（日本兵）はパビナール（一種の麻薬）常用者で、この薬品ほしさに体温計を操作して、四十度ちかくに目盛りを上げて仮病をつかったが、ついに看破されてしまった。

駅で作業しているわれわれに朝鮮人のヤミ屋がつきまとって、ジャッキとか工具などをねだった。

深夜まで作業が長びいたとき、私が食糧の増配をソ連側に要求したところ、それがとり上げられて黒パンが支給された。こんなことで若い兵隊たちの私への評価はぐんとあがった。

この作業をしているとき、たまたまソ連軍の将官に出会った。タタール族らしい容貌の人で、太い白線が一本入った紺の短袴に長靴をはき、弓のように反《そ》った軍刀を下げていた。ロシア語を話す兵隊がいるというので、つれてこいということだったらしい。

質問は例のごとく、「どこでロシア語を習ったか」「入隊前どんな仕事をしていたか」「ソ連に行きたくないか」「捕虜になった心境はどうか」ということであった。

この将軍との対話がすんだあとの帰途、警戒兵が、

「あれほどの将軍さんでも、兵士に『ドゥラーク（馬鹿）』と一言いったら降等させられるんだぜ」

と話してくれた。

11　ロシア人気質

そのころ、われわれの小部隊は毎日、白米を食べ、豊富な食事にめぐまれていて、なおかなりの糧秣をたくわえていたが、しばらく糧秣の補給がとだえていたので、食糧のなくなるのを心配した炊事担当者が、

「もう糧秣がない」

と虚偽の申告をして早急に支給方を要求した。

と、その翌日、ソ連側の主計大尉のきびしい家宅捜索が行なわれて、このサル知恵の計画はみごとに失敗し、たくわえていた多量の米まで取り上げられてしまい、そのかわりに定量

のコウリャンをあたえられることになった。

私は隠匿糧秣のありかをかぎ出していく主計大尉の敏捷な動作が、きわめてイタについているのに驚くとともに、供出をこばんだ富農（クラーク）の家宅捜査はかくもあろうかと深い、興味を感じた。

ソ連軍の兵士にたずねてみると、その夕方に翌日の食糧がないということはめずらしく、夜間のうちに補給されるのが普通である、ときかされた。資本主義と社会主義の国における考え方の相違が、この小さな事件に浮きぼりにされていて、われわれがソ連軍に抑留されていることを、痛切に感じたことであった。

この一件いらい、兵隊たちは老主計大尉をにくんで、「吉良《きら》大尉」とよぶようになった。忠臣蔵の吉良義央《きらよしなか》というわけである。私はこの「吉良大尉」の車に同乗して、延吉の西郊にある貨物廠分廠に糧秣をとりに行ったことがあったが、そのときの新しい運転手は三十歳くらいの優しい目の持ち主であった。ニェスチャスリービッチ（不幸な人）という奇妙な苗字の一兵卒で、ウラジオストク出身の劇作家志望者とのことであった。

夕食後、われわれがガレージで談笑にふけったり、歌をわめき散らしたりしているころ、彼は突拍子もない日本語で声をかけてきては、ウクライナの小唄を美しい声でひとくさり聞かせて行くのであった。

このころ、われわれのガレージ訪問の常連となったソ連兵の中に「羽織のひも」というあだ名をつけられた軍曹がいた。毎晩酔っぱらっては、「私とあなたは羽織のひもよ」の沖縄民謡を唄いにくるので、どなりつけると、暴れちらしてもてあます存在であった。

彼の家族は独ソ戦で全部殺されてしまったと彼の戦友が話してくれたが、平素は打ち沈んだ気弱な兵隊であった。

十月もなかばになると、かなり冷えこんでくる。広い吹きさらしのコンクリートの土間に、エンジンの防寒用カバーを一枚敷き、そのうえにキャンバスのシートを敷きつめ、その上に毛布一枚に外套をかぶってごろ寝するのだが、寒さのため夜中に三度はかならず便意をもよおす。

真っ暗闇の中を、ガレージの西端にある便所まで石畳の上を軍靴をガタガタさせて行くと、自動小銃をわきにかまえた歩哨が、

「クトー（だれか）」

と誰何《すいか》する。返事に手間どったらプスッとくる。いやではあるが、どうしても起きねばならなかった。

寒さと粗悪な食事のため、兵隊の下痢患者はふえる一方で、野ざらしの便所にはアワやコウリャンが、原形のまま血便にまじって堆積していた。

このころの作業は北鮮に移動する部隊のための、キャベツと馬鈴薯の輸送、積み込みであった。

延吉駅にちかい旧電業社宅のあたりが、避難民のための住宅にあてられていたが、その道路ぎわには新しい墓地が設けられ、白木の墓標が日ごとにふえていった。われわれのトラッ

クが通ると子供らが、家の中から飛び出してきて「万歳」を浴びせかける。

そこでわれわれが積荷のキャベツを二つ三つ、そっと道路におとしてやると喚声をあげてそれをひろう。そのうちだんだん大胆になって、かなりのキャベツの山を道路上にほうり出してやるのだが、運転手がニェスチャスリービッチ君だから心配はなかった。

十月十二日。このころになって盗難がひんぴんと起こった。それもきまって、前歯の欠けた若い歩哨の立った晩にかぎるのであった。そこで昨夜も彼が歩哨するのを見て、私は全員に注意しておいたのだが、朝になってみると、きれいにやられていた。

日本式の女結びにむすんで、枕元においたリュックサックのひもが、不器用なロシア結びに変えられ、中味がほとんどカラになっている。

例の歩哨の歯っ欠けが、

「おはよう」

というのに、

「お前なんかに、おはようという資格なんぞあるものか」

とどくづくと、

「おれが、お前の物を盗んだとでもいうのか」

と、問わず語りの応対をする。彼が犯人であることは百パーセント確実なのにである。

被害は上等の鉛筆数本、新品のノート二冊、ふんどし三、冬襦袢《じゅばん》、袴下《こした》各一、木綿糸、針、靴の半張り皮、腹巻などなどである。日記帳二冊と冬の手套をぬい合わせたチョッキ、半ズボンは身体に着けていたので助かった。盗まれたロシア版の『タラスコンのタルタラン』と戦闘帽は、うらのボロ自動車のかげから出てきた。

私の場合はなんとか補充のつくものばかりでよかったが、となりに寝ていた軍属の場合は悲劇であった。彼は東寧で敵襲にあい、洞窟に避難させた妻子を手榴弾で自爆させ、血路を開いて陣地に帰ったときに無条件降伏の報を聞いたという。彼にのこされたのは、一片の家族の手札型写真にすぎなかった。この写真も一夜、ソ連兵に盗まれた被服類とともに姿を消してしまった。翌朝これを知った彼のかわいた絶望の表情をなぐさめるすべはなかった。

歩哨要員の一人にこの盗難の件を話し、写真を見つけてくれとたのむと、

「努力しよう。ときに、君に砂糖をやるから、あの自動車のシートをくれないか」

とねだってきた。このシートはドアのないガレージでの生活に、風を防ぐ唯一のものだからやるわけにはいかず、追っぱらうしかない。

そのうちソ連兵は、移動を前にしてヤミ市でみやげ物を手に入れる金をつくるため、めぼしい物をかっぱらいはじめた。フルハト河畔の崖の上にある便所に張りめぐらされた下痢患者の糞便ですそが汚れたキャンバスのシートもだれかに持ち去られて、われわれは一望千里の場所で用を足さねばならなかった。

ニェスチャスリービッチ君が、取材のため難民の生活を見たいというので、駅に野菜を運んだ帰途、河南の難民地区に同行した。

車を降りて、とある一軒の家で頭髪を丸刈りにし、男装した奥さんにみやげの馬鈴薯一袋、

コウリャンとキビの袋をわたし、話しこんでいるとき、一人の日本人の老人が走ってきて、いま数人組のソ連軍のニセ通訳が略奪をしているからきてくれ、と訴えた。

ニェスチャスリービッチ君に行ってくれとたのんでも、この人のよい、軍人とはおよそ縁遠い彼は、困惑のまゆをひそめるだけであった。

おりよく通りかかったソ連軍の大尉ほか将校一名にこのむねを告げて逮捕方をたのんだところ、この一味の首領株と思える黒眼鏡の朝鮮人がもはや逃げられぬと見て、拳銃をどこかへかくして向こうからやってきた。

難民の家々から略奪した被服類が、馬車に満載されて道路上に置いてあった。私はこれらを引き取るように難民代表に話してから、この盗人と対決した。しかし、その男はあたまから日本人を馬鹿にした、ふてぶてしい態度で犯行の事実を否定し、かえって反抗的に威丈高に出る。

みかねたソ連軍大尉が、拳銃でこれをおさえて日本人代表一名を証人として同行し、憲兵隊に連行してくれた。

終戦後、延吉地区にどんな政権が樹立されたのかわからなかったが、ソ連軍当局が軍政をしき、現地に社会主義政権の樹立をすすめていることは推測できた。

路上でも「労農青年同盟」のマークをつけた朝鮮人を多く見かけたが、彼らは旧満州国政府、特殊会社の幹部、町の有力者を逮捕し、残虐な拷問《ごうもん》をくわえているということであった。

軍人、軍属は捕虜収容所に、その家族は天主教会に収容され、ソ連軍に警備されていたので、地方政権や暴民の手のおよばぬラチ外にあったが、一般の日本人難民はなんの保護もなく、みだれきった治安の下にくるしんでいたのだ。

最後の根こそぎ動員で青壮年を軍隊にとられて、のこされた老人や婦女子が暴民の略奪にさらされている地獄図を私はこの日、この目でたしかめることができた。

12　ふたたび延吉へ

ジャルコフ中尉は、われわれの起居するガレージのすぐそばにある小屋に、兵隊である妻君と住んでいた。この小屋はベニヤ板を箱型に組み立てたもので、そのままトラックの荷台に積めるようにつくられていた。

内部には小ぶりの兵用寝台二、机一、椅子二がおかれ、さすがにきちんと整頓されていた。妻君が洗濯物にアイロンをかけている光景などは、平時にロシア人の家庭を訪問したような錯覚をあたえた。

私はそのとき、大正六年製の兵用外套を着ていたが、かなり上質のラシャ布地なのを妻君がほめちぎってくれるのには閉口した。もし、この外套を召し上げられたら、この冬をどう越したらよいか、心配がさきに立ったからである。この国はよほど繊維製品にうえていたのであろう。

さいわいにジャルコフ夫妻は、私を苦しめるようなことはしなかった。

自動車大隊の北朝鮮への移動がちかづくにつれて、われわれは元杉山隊の倉庫にある、あらゆる自動車部品の輸送に動員された。

大隊の貨物をひとわとおり送り出してしまうと、われわれの仕事はらくになり、フルハト河の河原でドラム缶の風呂をたてたり、散髪をする余裕が出てきた。兵隊の間には頭髪を長くする者も多くなった。

十月二十七日、自動車大隊の首脳部が平壌に先発することになり、ワルワーロフ大尉はジープで、ほかの将校、下士官はスチュードベーカー（十輪車）で出発した。衛生下士官のオヤジがすっかりはしゃいで、どこで手に入れたのか昭和刀の抜き身をふりまわして、騒々しくわれわれに別れを告げていった。

留守隊長にはマルダーノフ中尉が就任した。彼はさっそく、いままでワルワーロフ大尉がいた隊長室に陣取り、日本人の捕虜はガレージのコンクリートの土間から、本建築の兵舎の一室にうつしてくれた。私は隊長室に寝台をあたえられ、隊長とおなじ食事をとることになった。

われわれの指揮官だった二名の日本軍将校はクラスキノに残留して、この当時は指揮者がいなかったので、年長でロシア語も話せる二等兵の私を抜擢して、ソ連軍の将校とおなじ待遇をあたえ、私を通じて捕虜を掌握しようという意図にでたものであろう。

マルダーノフ中尉はタタール族で、がんじょうな体軀の、東洋の豪傑を思わせる風貌の持ち主であった。朝から白酒《ばいちゅう》をのみ、ほろ酔い機嫌で仕事をはじめる。

当番の兵隊は、どこかのレストランのボーイとでもいいたい物腰で、食事のさいには曲げた左手に白いナフキンをかけてサービスし、私にもおなじ態度で接した。

朝はホロジェッツ（煮こごり）になにか軽い一品、昼はスープに肉料理、夜は一品料理、パンがでないときは日本軍の乾パンが出た。ソ連軍兵士の食事はほとんど一品であった。

私にとって、砂糖入りの熱い紅茶で、カロリーの高い食事がとれるのはありがたかったが、この待遇がおなじ日本の捕虜たちにあたえる感情は、マルダーノフ中尉の期待と一致するものではなかった。二等兵の私だけが特別な待遇をうけることは、彼らとの仲を離間することになるが、私はやむをえず、とうぶん成り行きを見ることにした。

一方、マルダーノフ留守隊長の生活は、無聊をまぎらわすためか、酒、女、それに要する費用の捻《ねん》出にいそがしかった。

大隊の主力が北朝鮮に去ってさびしくなったこの残留部隊に、利にさとい朝鮮人がボロ自動車をねらって、後からあとから顔を出した。マルダーノフ中尉はそのボロトラック一台を金千円プラス懐中時計一個の相場で取り引きした。

このころはすでにソ連軍の軍票が出まわっていた。赤い大型の、ビール瓶のラベルを思わせるそまつな紙幣で、これを九枚かさねた束を二つ折りにして一枚ではさみ、百円なり千円なりの単位を見わけやすくする使い方をしているのがめずらしかった。この紙幣のたばをひもでしばって、ぶらさげて歩いているソ連兵もいた。町では、この軍票と旧満州国紙幣の両方が流通していた。

マルダーノフ隊長の参謀にあたるとりまきは、ユダヤ人の准尉（スタルシナ）であった。映画『望郷』でジャン・ギャバン扮するペペルを追う無抵抗主義の刑事の顔によく似たこのユダヤ人は、

「バーチャ（大隊長殿）、バーチャ」

と、歯のうくようなお世辞をマルダーノフ隊長に浴びせかけて、彼が隊長室へ来るときは、およそこのたぐいの商談でしかなかった。

私も一夜、延吉市内の「京城食堂」という朝鮮料亭で、朝鮮人歯科医の招宴に同席したことがあった。

ソ連軍の軍紀はきびしいようで、憲兵が各室を臨検にきたが、

「マルダーノフ中尉、宴会中（グリャーエット）」

ということでなにごともなくすんだ。だが、同席した朝鮮人の仲居が私に、ソ連軍兵士からの被害をしきりに訴えていた。

この席で、マルダーノフ氏は歯科医にねだって、上の犬歯二本のホーロー質をけずって、金冠をかぶせる話をとりつけた。歯科医は、

「丈夫な歯をダメにしてしまうのに」

と私につぶやいていたが、二、三日してこの手術はすんだ。マルダーノフ中尉は「チーズ」の発音の口つきをして、エッに入っていた。

大隊長室に朝鮮人の、一見してそれとわかる売春婦が同居するようになったのを機に、私は捕虜たちの部屋にもどることにした。彼女の顔一面に吹出物が出ているので、私はマルダーノフ氏がわるい病気をもらわねばよいが、とひそかに気づかった。

ある夜、延吉市の東北部にある天主教会に、マルダーノフ中尉とユダヤ人准尉と三人でいったことがある。ここはすでにのべたように、軍人軍属の家族の収容所になっていたが、ここへ、いわば女狩りの手引きにつれて行かれたのである。

闇夜に黒々とそびえている三階建てのコンクリートの建物の外部から、私がわざと奇声を発すると、いままでざわめいていた話し声がたちまち静まり返ってしまった。二、三度くり返して、外部をまわってみたが、扉はとじられたままで、もちろん戦利品はえられるはずはなかった。

心おだやかでないマルダーノフ中尉たちは、ふきんの交番を訪ねて日本人の女を出すように交渉した。このとき交番に立っていた朝鮮人警察官は、旧満州国時代の制服、制帽のままで、ただ制帽は白布でハチマキ状にまいたものをかぶっていたが、

「そのようなことを警察官がお手伝いすることはできない。ソ連軍の責任でされるなら、私の関知するところではない」

と毅然たる応答をしてくれたのには感銘をうけた。

十一月一日、六四六収容所から将校の第一梯団が、帯剣のままソ連領にむけて出発した。

十一月三日の明治節には、三十センチほどの雪がつもった。長い冬の前ぶれである。

十一月九日にはマルダーノフ隊長ら留守部隊も、北鮮に移動することになり、私は三十名の兵隊とともに〝二八〟の収容所に送られた。ニェスチャスリービッチ君がウラジオストクの自宅の住所をくれたが、文通できるとは思えなかった。

二八収容所には午後一時すぎに着いたが、入口の衛兵所で数時間またされ、日がとっぷり暮れてから所持品の検査があって、目ぼしい物は衛兵の手におさまってしまった。この小泥棒たちもさすがに白日の下ではかっぱらいができなかったようだ。

13 有刺鉄線の中で

「二八」とよばれる捕虜収容所は、南面したゆるやかな斜面に広大な面積をしめ、入口から頂上まで中央を南北に道路ともいうべきものがつらぬき、その両側に木造兵舎が階段状に二十数棟ならんでいた。

兵舎は幅七メートル、長さ三十メートルくらい、高さは地上部分は約一メートルで、地下に二メートルほど掘り下げ、地上に露出した外壁面には小さな明かりとりの窓をのこして土を盛り上げ、厳寒にそなえてあった。

収容所の周囲は高さ四メートルの有刺鉄線の柵が二重に張りめぐらされ、要所要所には高さ七、八メートルの望楼がつくられ、歩哨が常時立哨していた。すでに九月はじめの混乱、喧騒はおさまり、一応の秩序ができあがっていた。

この収容所が「二八」とよばれるのは、昭和十九年八月にチチハルからここに移駐した「公一三一二八部隊」がそのようによばれていたからと思われる。この部隊（歩兵第二四八連隊）の主力は昭和二十年五月に図們《ともん》に移駐し、終戦当時は一部しか残留していなかったとか。

終戦直後、「六四六」の兵舎は一時的に、一般避難民や軍人軍属の家族の避難場所となっていたが、八月下旬に前者は市内に、後者は天主堂（ドイツ系カトリック教会）の家族収容所にうつされ、「二八」の兵舎とともに捕虜のみの収容所となった。私が「二八収容所」に入ったこのころには、兵と下士官のみが収容され、「六四六収容所」は将校、憲兵、警察官の収容所となっていた。

私は通訳要員として衛兵司令にひきつがれ、この司令も通訳として働くように命じたのだが、通訳団と連絡したところ、通訳はもっか飽和状態ということで、しばらく一般の兵隊のいる兵舎で待機することになった。

私は応召後、終戦まで初年兵の教育隊におり、終戦後は師団司令部つき通訳、ついで自動車の移動修理班つき通訳と特殊勤務ばかりやってきたので、古参兵とともに起居する内務班的な生活を、ここではじめて体験することになった。

さすがに終戦前のきびしさはなかったが、上級者、古参兵の特権はいぜんとして維持されていた。ここでの最下級者は、終戦直前の根こそぎ動員で応召してきた在満の市民連中で、いずれも民間各界における中堅層で、年齢も三十四、五歳以上の老兵であった。

これらの人々が二十歳をこえたばかりの若い古参兵のために水くみ、飯上げ、食器洗い、掃除、その他あらゆる雑役をやらされ、ひとつまちがえば、悪罵《あくば》の雨やビンタを食うのであった。

私はロシア語がわかり、このさい〝たよりになる男〟ということで特別あつかいされたが、それでも移動修理班時代にのばしかけた頭髪を、むりやり坊主刈りにされてしまった。また、収容所外に出る使役にはなかなか参加できず、半地下で薄暗く不衛生な兵舎で装具番（留守番）をさせられた。

そのころの使役というのは、もっぱら燃料――マキの収集で、ふきんの官舎、施設を壊して古材を搬入することであった。一人あたり長さ一メートルくらいの材木の切れっぱしをかついで、行列をなして帰ってくる軽作業であるが、戸外でかたときの自由を味わうことができた。

そして、たまには軍酒保跡でコンクリートの床にこびりついた酒粕の乾物を発見し、随喜してひろって帰り、夜に缶詰の空缶で甘酒もどきをつくる楽しみもあった。また、金や物のある者はなにかしら食物を路傍で手に入れることもできた。

終戦直前にかき集められた老初年兵には大正、昭和はじめのリベラリズムの影響をうけている者がすくなくなかったので、やがて自分たちのおかれている立場に不満や矛盾を感じはじめ、なんとか改善したいと考えるようになっていた。

ちょうどこのころ、どこからか「日本新聞」と標題のあるタブロイド版二ページの印刷物が兵舎に送りこまれてきた。活字も不ぞろいで、行間があきすぎて素人っぽく、その内容はソ連の宣伝、その他、敗戦を契機として労働者や農民の政府を樹立するため兵士の参加を訴えたものであった。私は、ソ連もそろそろ日本軍捕虜の洗脳工作に乗り出してきたな、と用心した。

後年、シベリヤのラーゲリ（収容所）で猛威をふるったと伝えられる洗脳工作を受け入れる温床の萌芽が、すでに兵士のあいだに芽生えていたのである。

この収容所の正門を入ってまっすぐ、百メートルほど行った左側に糧秣倉庫があり、周囲に有刺鉄線がめぐらされていた。

ある雪の朝、一人の捕虜がこの有刺鉄線にもたれて、白雪を血に染めて死んでいた。

「この兵隊は以前からこの糧秣庫に潜入し、缶詰などを盗んできてはだれにもわけないで、ひとりでとくいになって食べていた。三度目にとうとう衛兵に見つかって射殺されてしまった」

というううわさが流れてきた。

ソ連兵の中には射撃の腕自慢の者がいて、マンドリンといわれる自動小銃で碍子《がいし》や電線をねらい、そのおかげでひんぱんに停電がおきたのもこのころであった。

雪が降るというこの季節に、まだ夏衣しか持たない者がいた。持っているだけの衣類を重ね着して、上衣をズボンの下に入れて帯革を上からしめる、というスタイルがめだつようになった。これは応召前に新京（長春）で見た、スターリングラード戦線におけるドイツ軍捕虜のスタイルと期せずしておなじであった。こうすると温かいのかと私もこころみてみたが、冷たさは太もものあたりからはい上がってきて、おなじことのように思えた。

九月はじめ、私がこの収容所に到着した当時の通訳は浅野忠彰君（満鉄社員）で、ハルビンの「バル・ハン」のミーシャと私の三人だったが、私が二ヵ月間の留守をしたあいだに人員もふえ、一応の通訳団を編成していた。

彼らは二階建て、一戸建ての小屋を占拠し、通訳のスタッフのほかにとりまき当番要員も数人おり、将官なみの特別給与をうける特権グループに成長していた。浅野君の話によれば、通訳団のなかで正規の学校でロシア語の教育をうけた者は二、三人で、あとはいいかげんな未熟な者だが、いまこれをやめさせるわけにはいかないとのことであった。

終戦当時、憔悴《しょうすい》しきっていた浅野君もすっかり太り、自信たっぷりに活動していた。この通訳団のなかには、ソ連軍の軍帽、軍装に似かよったものを着用し、ソ連将校らにおもねった態度を見せる者もいた。

そのうちに浅野君から、

「となりの陸軍病院が通訳をもとめているから行かないか」

という話がきた。この陸軍病院は戦前のままの体制で、軍医たちが権限を持っており、そのうえ通訳する内容がむずかしいので、収容所の通訳は陸軍病院に行きたがらない、ということだった。

私は、寒さにたえる施設を持ち、発疹チフスを媒介するしらみのいない場所、しかも医師が手ぢかにいるところなら、願ってもない職場だ、と二つ返事で陸軍病院に行くことにした。

14　酷寒地獄きたる

十一月十九日、私は二八収容所の西どなりにある延吉陸軍病院に転出した。

さっそく病院に申告――あいさつに行ったところ、ちょうど監督将校のブロンジン軍医少佐も来合わせていた。院長の高橋正高軍医中佐は私の申告が終わるか終わらないうちに、

「君もすぐに家族のところへ逃げて行くつもりか」

という、質問というより詰問をしてきた。

なぜ、会うそうそうこういう歯に衣着せぬ質問をするのか腑《ふ》に落ちないまま、そのようなことは毛頭考えていないむねを答えた。

だんだん聞いていくうちに、前任者の山口という通訳が、家族をさがすと称してソ連軍の女医とともに新京（長春）に行き、まんまとその女医をまいて行方不明になってしまったので、その轍《てつ》をふまないように院長がクギをさしたことがわかった。

そのうえ、この山口というのは二ヵ月前、八道河の野戦病院に入院した山口次郎君（私と同期で満州国財務部勤務）のことで、この病院では便宜上、中尉の肩章の着用をゆるされて

いたことがわかった。

自由になりたい、家族のもとに帰りたいと逃亡を考えてはみるが、なにぶんにも地理不案内の土地であり、とくに延吉地区では朝鮮人自警団の警戒がきびしく、この難関を突破するだけの金も食糧も才覚もなにひとつない。もし逃亡するとすれば、山口君のようにソ連軍の交通手段、便宜を利用するしかないであろう。しかし、この厳寒に向かっては耐えるよりしかたがなかろう。

院長の面接がすんでから私は、玄関わきの小部屋に寝台をあたえられ、庶務班の衛生兵とともに起居することになった。まず入浴させられ、清潔な下着、軍衣をあたえられた。病院側としてはしらみの潜入を警戒したのであろう。

延吉陸軍病院は満州第九八七部隊とよばれ、昭和十二年、ここに設立された。東西と南北にそれぞれ三百メートルあまりの地域をしめ、建物は煉瓦づくり、平屋の本建築で、延辺地区きっての完備した軍病院であった。汽缶庫の高さ十五メートルほどの二本煙突が延吉の市街から望見され、すぐにそれとわかった。

建物は敷地の中央部にあり、正門を入って、車まわしの花壇をまわって玄関を入ると、そこが管理棟で、左手に庶務室、院長室などがある。管理棟の向かって右手、かぎの手に中央廊下が南北に走り、その右側に南から北へ家族病棟、歯科・薬室棟、内科一病棟、内科二病棟、衣料工場・洗濯場、伝染病棟、さらにそのおくに伝染仮病棟がある。

管理棟の北、中央廊下の左側には仮炊事場、炊事場・汽缶庫、外科一病棟（レントゲン室、手術室など）、外科二病棟、病理試験室があった。正門を入った左側に衛兵所、その背後に車庫、そのおくに薬室倉庫があり、また汽缶庫のななめ後方に教育隊の兵舎があった。

このころ軍医は高橋正高院長（眼科）、並木三郎（内科）、板垣新三、福村一雄（外科）、能田重男（内科）、藤本省一（伝染）、重福太郎（病理）、鈴木芳雄（歯科）など終戦当時の勤務員ほか、琿春、東寧の陸軍病院の解体にともない流入した者をくわえ、十名あまりにたっし、そのほかに庶務課長の安藤照中尉はじめ衛生将校、薬剤将校が五、六名いた。

衛生下士官、兵が百五、六十名、看護婦は日本赤十字社派遣の篤志看護婦六十名に、陸軍が採用した陸軍看護婦十名をくわえ、約七十名。この日赤救護班は秋田班、京城班、香川班、長野班で編成され、その後、他県の班が参加した。

なお、これらの基幹部員のほかに、この病院には終戦後に軍人軍属の家族が一部収容され、それらが補助看護婦として働き、陣容はかなり充実していた。そのほかに入院した患者で退院後、勤務要員として留用された者をくわえると、勤務員総数は約三百名にたっしていたものと思われる。

通訳要員としては、私のくるまえに戸泉米子夫人と谷戸通熙氏がいた。戸泉さんは延吉特務機関専属、戸泉賢龍氏の夫人で、ウラジオストクの師範学校の出身といい流暢《りゅうちょう》なロシア語を話した。夫君は抑留され、のこされた小学校高学年の男の子をかしらに、幼い子供四人が病院に収容されていた。

谷戸君は元満州国宮廷府の高官で、みやびやかな風貌の紳士であった。昭和二十年五月の現地応召組で、終戦当時は五家子方面の国境陣地で戦闘に参加し、朝鮮の富寧から私より一ヵ月前に延吉についたという。奉天（瀋陽）育ちのハルビン学院大出身であるので、ロシア語のほか、中国語の素養も本格的であった。

この病院が煉瓦づくりの本建築であることはすでにのべたが、暖房はセンター方式でボイラー室からスチームが送られており、一部伝染病棟だけストーブがおかれていた。電力は終戦直後の一週間をのぞいて、市の発電所からたえることなく送電されてきた。

水道も終戦直後の停電期間は断水し、教育隊のうらの井戸を使用したが、その後まもなく復旧し、水洗便所もつねに正常をたもっていた。

廊下は戦前どおり掃除がゆきとどき、土足は禁じられ、上靴をもちいていた。きわめて衛生的な住環境で、二八捕虜収容所とは地獄と極楽の差があった。

院長の高橋正高軍医中佐はこの年八月八日、ハルビン近郊の阿城陸軍病院から着任したばかりで、席のあたたまらぬうちに終戦を迎え、部下の掌握も充分でないように見うけられた。

この病院は八月二十日ごろソ連軍に接収され、ブロンジン軍医少佐が監督将校として着任した。この人は四十歳くらい、中肉中背のもの静かな、見るからに市井《しせい》の良心的な医師のタイプで、監督将校としては迫力にかけ、歯切れがわるいように思われた。おそらく共産党員ではなかったであろう。私のような兵隊にたいしても、「あなた」というていねいな言葉で接してくれた。

ブロンジン少佐に日常接触する病院側の代表は庶務課長の安藤照衛生中尉で、この病院創設いらい生え抜きの最古参であった。

安藤中尉の家族もこの病院に収容されていたが、長女（七歳）、次女（五歳）が昭和二十年の十一月に、長男（二歳）が翌二十一年一月に病死した。病気はいずれもジフテリアであった。ブロンジン少佐はソ連からジフテリアの血清を軍用機でとりよせてくれたが、すでに病状が昂進していたので効を奏しなかったという。

悲嘆にくれる安藤中尉にたいし、ブロンジン少佐はその遺骸を荼毘《だび》に付すマキを贈った。この時期におけるマキはきわめて貴重なもので、容易ならぬプレゼントであった。私はこの非情な準戦時下において、とくにソ連の軍人から予期せぬ、日露戦争当時を思わせる騎士道的な対応に接して、むしろ奇異の感にうたれた。

私たち通訳の仕事は、ただロシア人とのやりとりを、そのまま受け身に通訳するというだけでなく、日本人が不利にならないように気くばりをする、いわば渉外代表であることが必要であった。

日本軍人は一般に、ソ連にたいしてきわめてティミッドでおとなしく、事にどう対処してよいかわからないのであった。そのうえ、この病院には患者や婦女子を大勢収容しているので、不祥事の起こらぬよう万全を期さねばならなかった。さいわいに、ロシアにも病院を特別あつかいする伝統があり、出入りするソ連軍の将校も医師、衛生関係の教養のある人が多かったので幸いであった。

私が転属してきたところ、延吉陸軍病院は第三病院（Gospital' Voennykh Plenov No.3〈捕虜第三病院〉とよばれていた。このほかに、六四六収容所に第一、第二の両病院があった。昭和二十年十一月十日ごろ平壌からきた病院が第一病院、ソ連参戦直前に東部国境の東寧から龍井に転進してきた病院が、九月二十三日ごろから第二病院として病院業務を開設していた。さらに、二八収容所内に第四病院があった。

第一、第二、第四の三病院は衛生材料、薬剤ともきわめてとぼしい診療所風なものであったから、重症患者はみな第三病院に送られてきた。

朝鮮北部および満州東南部の日本軍捕虜は、一部をのぞいてほとんど全部がこの延吉の二八および六四六収容所に送られて行った。第三病院はその中心をなす中央病院的存在であった。

このころ第三病院に送られてきた病人は、まず中央廊下で整列して人員を調べられたが、担当のソ連軍中尉は、われわれが「番号」をかけさせ、末尾の番号により瞬時に人数を判断して報告するのだが、彼はその数字を信用しなかった。そこでもういちど二列横隊に病人をならべ、ヒツジの頭数をかぞえるように左端から自分で一、二、三と手をそえてかぞえて末尾まで行き、やっと納得するのであった。

私たちはその警戒心におどろき、つぎにその計算能力のなさにあきれたものだった。こうして点呼に時間をとっている間に、廊下の壁にもたれ、そのままこときれる病人もいた。このような死亡者の名前や原隊、郷里は不明の者が多かった。

入院患者の激増にともない収容場所が不足してきたので、大病室のベッドをかたづけ、わらぶとんを床にしきつめ、収容人員の増大をはかることになった。ブロンジン少佐は病院当局に、患者数一千名に対応する準備を命じたが、実際のピークは十一月から十二月にかけてで、最高五百名くらいであった。

軍医も看護婦も全勤務員がこの非常事態に対応して、献身的な活動を展開した。長時間の作業、とぼしい資材にたえ、平素の訓練の成果を発揮し、第三病院には真剣な空気がみなぎっていた。

この病院に来て、私は奇妙な現象に気がついた。糧秣受領やほかの病院との連絡、あるいは市内の軍人専属家族収容所へ往診などのため、捕虜も病院の柵外に出る用事があるが、そのさいには外出証が発行された。

この外出証はハガキ半分大のザラ紙に、『病院の用事を行なうため何某に外出を許可する。何月何日、捕虜第三病院長、高橋正高中佐』とロシア語でガリ版印刷してある。この何某という個所と日づけを日本側通訳がロシア文字で記入して、外出希望者にあたえる。本人がそれを衛兵所で見せると、「ハラショー（よろしい）」でフリーパスという仕組みであった。

捕虜が捕虜に外出を許可する構図で、まことに奇妙な制度であるが、だれも異議をとなえる者がなく、また事故も起こらず、だいぶ長くつづけられた。

このころになると、延吉の山野は白一面の世界となり、二重窓の隙間から粉雪が白い灰のように降り込み、室内の湿度のため窓ガラスに花模様が描かれて外が見えなくなる日がつづいた。外気は零下十度ないし二十度に下降するが、二八収容所からソ連に送られる捕虜の列は、十二月初旬まで絶えなかった。

十二月四日に出発した最後の作業大隊は、第五十二大隊ということであった。一作業大隊はだいたい一千人であるから、約五万二千人が延吉の収容所からソ連に送られたことになる。

私が陸軍病院に転属した十一月九日の夜、クラスキノから十数人の病兵が幌トラックで送られてきた。彼らの証言から、日本の捕虜がウラジオストクから「ダモイ（domoy〈帰国〉）」するというのはうそであり、有蓋貨車で奥地に送られていることがわかった。

（昭和六十二年「丸」八月号、九月号収載。筆者は一五二六七部隊員）

解　説

高野　弘〈雑誌「丸」編集長〉

〽ここはお国を何百里　離れてとほき満州の　赤い夕日にてらされて——戦陣にあって戦友の死を悼む想いが平明に表現されているうえに、曲調にヒューマンな味があるので、多くの人びとに愛唱された軍歌『戦友』のイントロである。

〽どこまで続く泥濘《ぬかるみ》ぞ、ではじまり〽敵にはあれど遺骸《なきがら》に　花を手向《たむ》けて懇《ねんごろ》に　興安嶺よいざさらば、で終わる『討匪行』は、あの〝われらがテナー〟藤原義江作曲による、同じく戦場における別離の悲愁を歌いあげたものであり、赤い夕日の満州の大昿野に、あるいは酷寒の季節ちかきを告げる雨降りしぶく日暮空の下、窮地にある兵士の心をみごとに表現している。だからこそ戦後の今日まで長く歌いつがれてきたのであろう。そこには、やはりあの時代の、それなりのロマンがあったにちがいない。

〽今日も暮れゆく　異国の丘に——余りに有名な『異国の丘』の歌いだしであるが、最初、この作者不明の歌をマイクにのせたのは、シベリヤ抑留から帰還した一人の復員軍人であったという。昭和二十一年一月十九日（土）、舞台はＮＨＫの「素人のど自慢演芸会」である。目をつけたレコード会社ビクターが翌年音盤化するや、作者不明のまま三十万枚を売りつくしたが、まもなく作曲者は、のちに数かずのヒットソングを生みだした吉田正と判明した。吉田はかつてソ満国境にて迫撃砲で負傷し、人事不省のまま捕虜になった元陸軍伍長であった。

もう一つのエピソード。昭和二十七年四月三日封切の東宝作品『私はシベリヤの捕虜だった』の原作者は、意外にも〝小指〟の醜聞で宰相の地位を去らねばならなくなった宇野宗佑だった。

宇野は昭和十八年十二月学徒出陣で陸軍に入営（敦賀連隊区）、のち甲種幹部候補生として満州の首都新京の陸軍経理学校へ入学、陸軍主計少尉として朝鮮北部の陸軍航空隊へ配属されるが終戦、捕虜としてソ連船にてシベリヤ送りとなっている。その体験を綴ったのが映画の原作『ダモイ・トウキョウ（葛城書房刊昭和二十三年初版）』だったのである。

『流線型特急あじあ号』『アカシアの大連』『白系ロシアの美少女』『花のマーチョ』そしてトレードマークの『赤い夕陽』、西部開拓さながらの狂爛の『満蒙入植』の大合唱、「コウリヤン刈って広いなあ、満州って広いなあ」と教科書にまで登場する『日本の生命線』には、軍国少年といえぬまでも「少国民」の一人であった筆者など大いに胸をはずませられたものである。そこには子供心に何かしらを期待する冒険心と甘いロマンチシズムとを感じとっていたのだろう。

しかし、実際にはこのようなイメージとは天と地ほど隔絶した国家間の利益追及と民族のエゴがうず巻く「王道楽土」の夢とは程遠い、どろどろした血なまぐさい現実が中国大陸の東北部に展べられていたのである。

関東軍発祥の地は、遼東半島末端に位置する旅順である。その租借地が関東州にあったところから、その名にちなんで「関東軍」という名称が生まれた。

関東軍が歴史的脚光を浴びだしたのは、昭和六年の柳条湖事件からであるが、事件の勃発に応じて関東軍司令部は、旅順から奉天に移り、さらに満州国の建国とともに新京まで北上した。

このことは、関東軍というものがたんなる海外派遣軍という立場だけにとどまらず、満州建国と表裏一体の大きな組織体としての役割を演じるようになったことをしめす。

一方からみれば、それは日本の国策、つまり遠大なる大東亜共栄圏建設の一環として重要な位置をしめている国策遂行機関ともいえる反面、他方からみれば「手に負えぬ驕児」でもあった。

昭和七年の八月、本庄繁大将に代わって武藤信義大将が関東軍司令官になったとき、関東軍は満州における軍事・外交・行政を軍司令官がにぎるいわゆる三位一体制を確立して、軍司令官は特命全権大使と関東州長官の三官をかねるようになった。これは関東軍が大陸防衛軍という性格にきりかえられたことを物語るものであって、いらい終戦まで関東軍はぼう大な組織と機構を維持することになる。

大陸防衛軍としての関東軍の本質的目的が、対ソ作戦にあったことはいうまでもないが、満州国防衛の責任者として、満州国政府に対する「内面指導権」を強力に行使したことも事実である。

「日本と満州国の関係は、太陽と月のようなものである。月は太陽の光をうけて光る。われわれは日本の光を月に映す役割をはたしているのだ」という考え方が関東軍の本音、あるいは理念であったのである。

軍司令官が菱刈隆大将、南次郎大将と代わったころには関東軍は強大な野戦軍となっており、内地師団の増派も行なわれ、北辺の鎮護は文字どおり鉄壁を誇るようになった。

そのころには満州国自体も「国軍」とよばれる自衛軍を整備し、関東軍の一翼となり、満州の治安は辺境の一部をのぞいては、ほぼ維持されるようになった。そして昭和十年ごろには、関東軍の総兵力も二十万をこえていた。

しかしながら、東北辺の国境では日ソ両軍の兵力の増強競争が、一触即発の緊迫した空気をみなぎらせ、越境事件がひん発した。大小の越境事件は枚挙にいとまがないが、なかでも昭和十三年七月の「張鼓峰事件」とその翌年の「ノモンハン事件」はともに、あやうく全面戦争の契機になろうとした点で最大の危機だったといえよう。

昭和十六年七月、兵員約五十万名、馬匹約十五万頭、作戦用航空機千二十五機を急きょソ満国境にはりつけた、わが陸軍の建軍いらい史上空前の臨時動員が実施された。これが世に有名な「関特演」である。

昭和十六年（一九四一）六月二十二日、ドイツ軍は百七十コ師団を基幹とする「バルバロッサ作戦」の火ぶたを切りソ連領域に進攻を開始した。

日本の朝野はこの報をうけて、異状な興奮状態におちいり、これまで対ソ戦に反対をとなえていた海軍までも、南方進出の姿勢をくずさないという条件で陸軍側に同調した。

北方戦備にたいする動員は、ついに昭和十六年七月上旬に発令され、日本中、津々浦々に召集令状が配布された。国民はこの大動員令に、ひとしく恐れおののいた。あそこの家こちらの家から男子は姿を消し、村は火の消えたようになった。

ドイツが全兵力をあげてポーランドをはじめ、ソ連圏に突入したバルバロッサ作戦開始から一ヵ月、わが参謀本部の焦慮はその極にたっし、東條首相を納得させ、ついに動員にふみきらせたのである。

関東軍は「時局にともなうこの一連の業務処理を、平時的事項と截然区別する」とともに「企図を秘匿のため七月十一日、大陸命第五百六号にもとづく軍命令」をもって、動員部隊の集中いっさいを「関東軍特種演習」と称呼する旨を明示し、略して「関特演」と称することになった。

関東軍の当時の兵力は約三十五万名で、これに増加されるのが第五十一師団、第五十七師団と、今度の準備態勢のため、在来の満鮮十四コ師団や飛行集団の戦時定員への人員増、その他軍直部隊や、後方兵站《たん》部隊の新設など約五百余の大小部隊であった。そのなかには直轄部隊として独立瓦斯大隊一、独立瓦斯中隊二、野戦化学部一、関東軍野戦防疫給水部一、第三軍、第四軍、第五軍それぞれに独立瓦斯中隊一がふくまれていた。

これら満鮮地区への急送する兵力は約五十万人、これが完成したあかつきには関東軍は全部で人員八十五万、馬二十五万というぼう大な数量となる。

独ソ開戦当初は、はなばなしいドイツ軍の電撃的攻勢に目をみはり、一時的ながらもソ連の崩壊ちかしとする空気が支配的であったが、七月中旬、ドイツ軍の呼号する短期決戦にかげりがみえはじめた。

また、極東ソ連軍の兵力減少も、わが方の期待をうらぎり、その戦備に弱体化の傾向がみられなかった。

その反面、われの南方（仏印進駐）への緊張はにわかに高まり、八月上旬ごろまでに決定すべき北方処理の発動は、いまや不可能とみざるをえないようになった。

七月三十一日、田中第一部長は最終的に東條陸相の真意を打診したところ、「いまや支那事変の処理につとめつつ、南方作戦をかくごすべき段階にいたったようだ」という陸相の意見に、田中作戦部長はこれを「あきらかに北進断念であり、もはや南進政策の強行をもって、不動の国策としなければならなくなった」と判断した。

こうして、建軍いらい未曾有の大動員のもと、大軍は海をわたり、満鮮の地に展開布陣したが、北方武力行使は中止となり、一転して南方作戦の準備は急速にすすんだ。また、政府はいっそう、対米交渉に専念する。

関東軍は酷寒はやきソ満国境に展開した部隊の緊急なる収束をはかり、はやくも南方地域に移動がすすめられた。

昭和十六年九月十八日、大陸命第五百四十二号により、関特演で展開中の部隊はぞくぞくと抽出されて、華南、台湾、仏印に送られていった。これらは関特演で関東軍の増援として海をわたり、満鮮の地に布陣したばかりであった。

十一月六日、大陸命第五百五十五号が発令された。これは南方開戦決意にともなう南方軍の編成と、戦闘序列の発令でフィリピン、グアム島、香港、英領マレー、シンガポール、ビルマ、ジャワ、スマトラ、ボルネオ、セレベスなどへの進攻作戦の編組であった。これにより関特演で動員された多くの部隊は、南方進攻軍の隷下に入ることになった。

ヒトラーに踊らされた壮大なドラマというべきか、急激なる世界の情勢変化と混沌たる戦線流動のためか、田中作戦部長が焦慮にかられて発動した関特演は、ここに南方作戦軍に吸収されて、雲散霧消したのである。

統帥部は命令一通で、ことは変化しうるけれど、家族、家業を投げうって召集された兵は、黙もくと命令にしたがうのみである。関特演は消え、北方さして召集令状一枚で動員された兵は、こんどは大命のまま南をさして専心歩をすすめるのみで、ふたたび故郷にもどれる日はこなかった。そして十二月八日（昭和十六年）、太平洋戦争開始の詔勅が発せられたのである。

太平洋戦争も南方戦線が順調のあいだは、なんということもなかったが連合国側、とくに米軍の反攻がはげしくなるにつれて、兵力・資材の補充追送は必然的に急ピッチですすめられるようになった。こうなれば日本本土に次ぐものは、なんといっても満州ということになる。

もともと満州は日本の生命線ともいわれており、関東軍はその生命線確保をもって、自他ともにゆるしていたのだ。戦争開始いらい終戦にいたるまで、いかに莫大な兵力・資材・資源が満州から太平洋戦域の全圏内に送りだされたことか。じつに関東軍は日本の全戦力の、有力にしてかつ最後までの補充源であり、深い井戸でもあったのである。

したがって、関東軍が精鋭の名に価したのは、せいぜい昭和十九年当初までであった。南方および沖縄における火急の事態は、相つぐ兵力の抽出、移動となって「員数」こそ水増しされたものの、関東軍の内実はもはや兵器も練度もおとった「張り子のトラ」となりはてていたのだ。

それまでの軍司令官梅津美治郎大将が参謀総長に転じ、新たに関東軍司令官として山田乙三大将が着任したのは、そのようなさなかの昭和十九年七月のことであった。

緒戦のころ、満州および朝鮮には陸軍の精鋭十五コ師団がいた。しかし昭和十九年の二月、中部太平洋のトラック泊池が米海空軍の奇襲をうけて連合艦隊が後退すると、この方面の部隊は急速に太平洋正面に転進せざるをえなくなった。

これら兵力の抽出はすでに昭和十八年十月、在チチハルの第二方面軍司令部の豪北方面への転用からはじまるが、昭和十九年にはいるや錦州の第二十七師団、チチハルの第十四師団、遼陽の第二十九師団、牡丹江の第九師団、公主嶺の第六十八旅団、ハルビンの第二十八師団、綏陽の第八師団、孫呉の第一師団、勃利の戦車第二師団、チャムスの第十師団、ハイラルの第二十三師団、東寧の第十二師団と、まさに精鋭をあげて南方にひきぬかれていった。

さらに昭和二十年には主なものだけでも一般師団七、戦車師団一が転用され、そのほか独立砲兵、工兵部隊などをくわえると枚挙にいとまがない。

かつて「無敵関東軍」を呼号したころのこれらの部隊の精鋭ぶりは、その転用された戦場でいかんなくはっきされている。パラオに転用された第十四師団のペリリュー島における七十余日の勇戦奮闘は戦史に特筆されるところ。また、フィリピンにおける第一師団、戦車第二師団、第二十三師団、あるいは沖縄攻防戦における第二十四師団などはつねに作戦の中核部隊として、いずれも関東軍ならではの戦闘ぶりをのこしている。

しかし反面、満州に残された関東軍の実体は悲惨だった。もはやぼろぼろのツヅレを合わせたような、見せかけの部隊になりはてていたのである。

まして昭和二十年に入ると、大本営の企図した日本本土決戦ということになれば、背にハラはかえられない。本土をとられて満州だけがあり、内地の各軍がついえて関東軍だけあったところで何になろう、いっさいを本土決戦へ、戦力のすべてを内地へ——こうして昭和二十年三月ごろには、開戦当時の十五コ師団中でのこる師団は一つもなく、終戦時には満鮮にいた二十九コ師団のうち、主力は同年三月以後にいわゆる満州根こそぎ動員によるにわか編成部隊であり、なかには編成途中で終戦をむかえた部隊もあり、さしもの関東軍も、ほとんど底をついたといった実情であった。

ちなみに終戦時における関東軍の兵力の概数をあげてみると、兵員六十五万人（根こそぎ動員の結果）、師団数二十四（ただし装備不良）、航空機百五十機（機材・練度は二流以下）、戦車八十両（練度は中位）という悲しい状態だった。

さて、ソ連軍の対日参戦、満州への侵攻はいつか。米軍が中国大陸に足をかけるか、あるいは日本の戦闘能力がおとろえたとき、熟柿がおちるのを手に入れるように参戦するだろう。その時期は二十年の八月か九月——昭和二十年の初め大本営ならびに関東軍では、こう予期していた。したがって、この判断はかならずしも適中しなかったわけではないが、八月か九月という大ざっぱな判断が、結果的に大きくひびくことになる。

大本営が、それまでの作戦計画を大幅にきりかえ、全面持久作戦計画を関東軍に示達したのは、昭和二十年五月三十日であった。それは、「関東軍は、京図線以南、連京線以北の要域を確保ならしむべし」というものだった。前年の九月に示達された「帝国陸軍対ソ作戦計画要領」では、まだ国境における防御戦闘、満州の広域を利用するソ連軍の阻止妨害、やむをえざるも満州東南部より北朝鮮の地域の確保——という三段がまえの計画であったのが、最後の段階では、満州東南部の山岳地帯による専守防御・持久がもっぱらの眼目となったのである。

　このとき、すでに満州全域に散らばっていた日本人居留民は、切り捨てられていたのである。しかも、作戦は機密を要するという作戦至上の観点から、この計画はもちろん極秘に付せられ、移動は隠密に行なわれた。

　日本人居留民は、日本軍の大々的な南方への抽出もほとんど知らず、また、軍が居留民を見捨てているということもしらなかった。彼らは、あの精鋭関東軍のマボロシに信頼をよせ、たとえ内地が占領されても、満州だけで三年は持ちこたえられる兵力・物資がある——という「伝説」を信じきっていた。

　それにしても、大本営の計画策定は、あまりにも遅きに失した。関東軍は新計画を受領すると、ただちに配備の変更にとりかかったが、まさに配備の変更、部隊の移動などで混乱のさなかを、ソ連軍の不意の侵入におそわれるのである。


　昭和二十年八月九日午前二時、大本営の一室に仮眠していた参謀のひとりが、情報部参謀にゆり起こされた。「先刻のサンフランシスコ放送によれば、ソ連は対日宣戦布告をした」と情報参謀が告げた。いよいよソ連参戦か、ついに来るものがきた——というのが実感であったろう。かくごはしていたものの六日の広島への原爆投下につづく、二重の打撃だった。いまさら打つ手とてなく、国軍の主力は本土決戦準備のさなかにあったのである。

　それよりまえ昭和二十年四月五日、ソ連は日ソ中立条約（昭和十六年四月締結）を一方的に破棄するむねを通告してきた。ところが日本政府は、このような不信なソ連を介して、対米英和平工作をしていたのだ。

モスクワで八月八日の午後五時（日本時間八月八日真夜中――サンフランシスコ放送の直前）、モロトフ外相は佐藤駐ソ大使をよんだ。和平交渉にかんする知らせではないか、と思っていた大使の手にわたされたものは、ひにくにも対日宣戦布告であった。

佐藤大使がモロトフから宣戦布告をうけとっているとき、極東ソ連軍は約八十コ師団の兵力をもって、ソ満国境を三方面から進撃して、怒涛のごとく侵攻を開始していた。

このソ連参戦にともなう処置に忙殺されているとき、原爆の第二弾が長崎に投下された。日本政府が、公式にソ連の宣戦布告文書をマリク駐日大使からうけとったのは、八月十日午前十一時十五分であった。そして在モスクワの佐藤大使が打電した電報は、ついに日本政府の手もとには到達しなかった。このころ、進攻するソ連軍はすでに破竹の勢いで、満州国内部に数十キロも侵入していたのだった。

八月八日夜、満州の天地は暗たんとして、降雨はつづいていた。このとき、ワシレフスキー元帥を総司令官とするソ連極東軍は、気負いこんで満州領内へと進撃していた。マリノフスキー元帥を司令官とするザ・バイカル方面軍は、大興安嶺をめざして西部国境方面に、メレツコフ元帥の指揮する第一極東方面軍は、ウスリー江をわたって東満および朝鮮に、プルカーエフ大将麾下の第二極東方面軍は、アムール河（黒龍江）をこえて北満に、三方からいっせいに進攻を開始した。

この三軍はいずれもすぐれた機動力と、豊富な砲兵力をようしていた。マリノフスキーの回想によると、ザ・バイカル方面軍は第六親衛戦車軍をふくむ四コ軍からなり、戦車軍の編成は戦車および装甲車千十九両、野砲および迫撃砲など九百四十五門、自動車六千四百九十八両、オートバイ九百四十八両という編成であった。他の軍も戦車師団によって強化され、その砲数は九千五百門に達していた。

また、満州の東部要塞の攻撃にあたる第一極東方面軍には一万一千門におよぶ大砲と、迫撃砲が配属され、戦車八十両以上からなる戦車旅団も十数コ旅団、さらに機械化旅団、自走砲連隊などで強化されていた。

これらはいうまでもなく、やせおとろえた関東軍を疾風枯葉をまくように席巻しうる大軍、とりわけ機械力、火力であった。ソ連が対日戦闘の準備期間中に、軍隊および軍需物資輸送のために、シベリヤへ動かした鉄道貨車は十三万六千両におよんだという。

八月十二日、関東軍司令部は満鮮国境ちかくの通化に後退した。これは予定どおりの行動であったが、この一事が、全満を不安と不信のルツボに追いこんだことはいなめない。

通化は東辺道の奥地である。関東軍は主力を京図線以南に集結して、ソ連軍の進攻に対する抵抗を試みるつもりで、その戦闘司令部として通化がえらばれたのであるが、そのことは明らかに「関東軍戦わず」の感を万人にあたえることとなった。

ましてや関東軍司令部が移動にさいして、その家族たちを他の一般市民よりも優先的に同行疎開させたことは、いちじるしい悪影響を人心におよぼす結果を生んだのである。多くの在満邦人たちは唯一のたよりである関東軍に「見殺し」にされたと感ぜざるをえなかった。事実、同様のことが各地でも行なわれ、多くの人びとが見殺しにされている。混乱のなかとはいえ、この一事は戦史には記されることのない一大痛恨事であったといわざるをえない。

組織的な抵抗をうけないソ連軍の進攻速度は、当然のごとく迅速であった。彼らは国境地帯から満州の中枢部に、求心的に殺到してきた。

関東軍の命運を決する最後の幕僚会議は、八月十六日に開かれた。降伏の大詔を遵守するか、抗戦持続かの論議は白熱化したが、東辺道の山奥にこもってあくまで抗戦という主張は、秦彦三郎参謀長の「山田乙三を違勅の馬賊にするのか」という一言で押さえられた。関東軍はその日、ソ連軍に対して降伏の申し入れをするとどうじに、全軍に対して停戦命令を示達した。

思えば、創設いらい長らく対ソ戦に備えた関東軍の戦いは、はじまってみれば悪夢のごとく、史上にもまれな短期間に終幕したことになる。八月九日にはじまって八月十六日までのたった一週間の作戦であった。

しかし、戦闘はみじかかったが、その後の抑留は長く長くつづいた。三年、五年、長きは十年にもわたる酷寒のシベリヤ、白夜のウラルで粗悪な糧食のもと重労働に従事することとなるのである。

名古屋城に模したやぐら造りの新京の関東軍司令部では、さん然とかがやいていた菊花の紋章がとりはずされ、書類を焼く黒い煙が、いつまでもたなびきつづけていた。

ソ連軍が新京に入ったのは十八日であった。そして翌十九日にはソ連軍の軍使が新京に到着して、関東軍司令部はその機能の一切を停止し、二十二日にいたってすべての軍、政府機関は接収された。日本帝国の永遠の栄光を理念として生まれた関東軍は、ここにはかなくもその四十余年のその生涯をとじたのである。

山田乙三軍司令官以下の幕僚が、ソ連へ連行されたのは秋の気配濃き九月の初めであった。

単行本　平成四年三月「あゝハイラル『第八国境守備隊』顚末記」改題　光人社刊

ＮＦ文庫

ハイラル国境守備隊顛末記　新装版

二〇二二年二月二十三日　第一刷発行
編　者　「丸」編集部
発行者　皆川豪志
発行所　株式会社　潮書房光人新社
〒100-8077　東京都千代田区大手町一-七-二
電話／〇三-六二八一-九八九一(代)
印刷・製本　凸版印刷株式会社
定価はカバーに表示してあります
乱丁・落丁のものはお取りかえ致します。本文は中性紙を使用
ISBN978-4-7698-3252-2　C0195
http://www.kojinsha.co.jp

NF文庫

刊行のことば

第二次世界大戦の戦火が熄《や》んで五〇年――その間、小社は夥しい数の戦争の記録を渉猟し、発掘し、常に公正なる立場を貫いて書誌とし、大方の絶讃を博して今日に及ぶが、その源は、散華された世代への熱き思い入れであり、同時に、その記録を誌して平和の礎とし、後世に伝えんとするにある。

小社の出版物は、戦記、伝記、文学、エッセイ、写真集、その他、すでに一、〇〇〇点を越え、加えて戦後五〇年になんなんとするを契機として、「光人社NF(ノンフィクション)文庫」を創刊して、読者諸賢の熱烈要望におこたえする次第である。人生のバイブルとして、心弱きときの活性の糧《かて》として、散華の世代からの感動の肉声に、あなたもぜひ、耳を傾けて下さい。

潮書房光人新社が贈る勇気と感動を伝える人生のバイブル

NF文庫

大空のサムライ　正・続

坂井三郎

出撃すること二百余回——みごと己れ自身に勝ち抜いた日本のエース・坂井が描き上げた零戦と空戦に青春を賭けた強者の記録。

紫電改の六機　若き撃墜王と列機の生涯

碇　義朗

本土防空の尖兵となって散った若者たちを描いたベストセラー。新鋭機を駆って戦い抜いた三四三空の六人の空の男たちの物語。

連合艦隊の栄光　太平洋海戦史

伊藤正徳

第一級ジャーナリストが晩年八年間の歳月を費やし、残り火の全てを燃焼させて執筆した白眉の〝伊藤戦史〟の掉尾を飾る感動作。

英霊の絶叫　玉砕島アンガウル戦記

舩坂　弘

全員決死隊となり、玉砕の覚悟をもって本島を死守せよ——周囲わずか四キロの島に展開された壮絶なる戦い。序・三島由紀夫。

『雪風ハ沈マズ』　強運駆逐艦 栄光の生涯

豊田　穣

直木賞作家が描く迫真の海戦記！　艦長と乗員が織りなす絶対の信頼と苦難に耐え抜いて勝ち続けた不沈艦の奇蹟の戦いを綴る。

沖縄　日米最後の戦闘

米国陸軍省 編
外間正四郎 訳

悲劇の戦場、90日間の戦いのすべて——米国陸軍省が内外の資料を網羅して築きあげた沖縄戦史の決定版。図版・写真多数収載。